David hat sein Gedächtnis verloren. Er weiß nicht mehr, wer er ist. In einer Zeitungsanzeige fordert er Verwandte und Bekannte auf, ihm einen Brief zu schreiben, um ihm seine Erinnerungen zurückzugeben. Und er bekommt Antworten auf seine Fragen. Aber will er die wirklich hören? Denn sie sind ganz unterschiedlicher Art und nicht immer schön. Sein Jugendfreund Jon, ein Musiker, der gerade den Halt zu verlieren scheint, meldet sich. Sein Stiefvater Arvid, ein Pfarrer, der auf den Tod wartet. Und seine Jugendliebe Silje, eine Frau mittleren Alters, die möglicherweise gerade im Begriff ist, aus ihrer Ehe auszusteigen. Die Briefe geben ihnen allen die unerwartete Chance, von ihrem eigenen Leben zu erzählen, während sie zugleich Davids Geschichte einkreisen. Aber wer ist David wirklich?

Carl Frode Tiller, geboren 1970, ist ein norwegischer Autor, Historiker, Musiker und Komponist. Er gilt als Meister der psychologischen Zwischentöne. Seine Romane sind vielfach preisgekrönt und in 16 Sprachen übersetzt. »Wer du heute bist« ist nach »Kennen Sie diesen Mann?« der zweite Teil der Trilogie um den gedächtnislosen David.

Carl Frode Tiller

Kennen Sie diesen Mann?

Roman

Aus dem Norwegischen von Ina Kronenberger

btb

Die norwegische Originalausgabe erschien 2007
unter dem Titel »Innsirkling« bei H. Aschehoug & Co., Oslo.

Die Übersetzung wurde vom Deutschen Übersetzerfonds e.V.
gefördert, wofür sich die Übersetzerin sehr herzlich bedankt.

Die Übersetzung wurde von NORLA unterstützt.
Der Verlag bedankt sich dafür.

MIX
Papier aus verantwortungsvollen Quellen
FSC® C014496

Verlagsgruppe Random House FSC® N001967

1. Auflage
Genehmigte Taschenbuchausgabe Februar 2018

Covergestaltung: semper smile, München
unter Verwendung der Motive von © BY/Plainpicture;
David et Myrtille/Arcangel Images; Shutterstock/Dudarev Mikhail;
Nejron Photo
Druck und Einband: GGP Media GmbH, Pößneck
SL · Herstellung: sc
Printed in Germany
ISBN 978-3-442-71590-9

www.btb-verlag.de
www.facebook.com/btbverlag

JON

Saltdalen, 4. Juli 2006. Auf Tournee.

Wir fahren langsam ins Zentrum, falls man hier überhaupt von einem »Zentrum« sprechen kann, ein kleiner Verkehrskreisel mit ein paar Häusern drum herum. Ich lehne mich auf dem Sitz vor, sehe mich um, kein Mensch weit und breit, alles tot, still, so gut wie keine Geschäfte, nur eine Kneipe, die ist geschlossen, und ein Lebensmittelladen mit verhängten Fenstern. Verdammt, sollen wir *hier* etwa spielen? Sieht grad nicht so aus, als würde hier überhaupt jemand wohnen, ist mir ohnehin ein Rätsel, wer hier leben will, wer sich das antut. Ich lehne mich wieder zurück, lasse das Seitenfenster herunter und lege den Ellbogen auf den Türrahmen. Kühle, frische Luft schmiegt sich an mein Gesicht, angenehme Luft. Ich lege den Kopf in den Nacken und schließe die Augen, atme durch die Nase ein, so viele Gerüche liegen in der Luft, wenn es geregnet hat, dieser Geruch nach nasser Erde, nach Flieder. Ich öffne die Augen, beuge mich wieder vor. Verdammt, ist das hier eine gottverlassene Gegend, wie ausgestorben, kein Mensch zu sehen und auch fast kein Laut zu hören, bis auf unseren Motor. Und das Geräusch von Autoreifen, die über regennassen Asphalt rollen. Verstehe überhaupt nicht, wer an so einen Ort zieht.

»Hätten wir vor dem Auftritt noch ein bisschen mehr Zeit, würde ich glatt angeln gehen«, sagt Anders. »Es soll hier einen guten Lachsfluss geben.«

Drehe mich zu ihm um und grinse. Aber offensichtlich meint er es ernst, er sitzt auf der Rückbank und zeigt mit dem Kopf nach rechts. Ich recke den Hals und schaue in die Richtung. In einem Fenster auf der anderen Straßenseite hängt ein Pappschild, »Verkauf von Angelscheinen« steht darauf, schwarzer Edding und leicht nach rechts geneigte Schreibschrift. Drehe mich wieder um und schaue durch die Windschutzscheibe.

»Na ja«, sage ich. »Wenn man mal von Inzucht absieht, kann man hier bestimmt nur jagen und angeln und so.«

Schaue nach hinten und grinse ihn an. Aber Anders hat sich weggedreht und meine Bemerkung wohl nicht mitbekommen. Ich sehe wieder nach vorn.

»Und Sport, natürlich«, füge ich hinzu. »Skifahren und so! Aber keinen Mannschaftssport, für einen Mannschaftssport gibt's hier bestimmt nicht genug Leute.«

Eine Weile sagt keiner von uns ein Wort.

Lars biegt nach rechts auf eine Straße, die hinunter zum Kai führt. Ich erhasche einen Blick auf das blauglänzende Meer, ein paar Möwen kreisen über einem grünen Container. Aber kein Schwein zu sehen, alles tot, verdammt, es ist mitten am Tag, und alles ist menschenleer. Beuge mich ein wenig vor und schaue von einer Seite zur anderen, grinse und schüttele den Kopf.

»Scheiße, Mann!«, sage ich, warte einen Moment, schüttele wieder den Kopf. »Sieht ganz so aus, als stünde der Zentrumspartei noch eine große Aufgabe bevor, wenn sie ihr Ziel erreichen wollen, ein lebendiges Landleben.« Warte wieder einen Moment, dann schaue ich zu Lars hinüber und schüttele ungläubig den Kopf. »Wenn du jetzt irgendwo ein Banjo und Volksmusik hörst, gibst du Gas!«, sage ich, lache kurz.

Aber er lacht nicht mit, sitzt bloß da, beide Hände am Steuer, und starrt vor sich hin, kann sein, dass er »Beim Sterben ist jeder der Erste« nicht gesehen hat, für Lars gibt's ja nur die Musik, der interessiert sich nicht die Bohne für Filme, jedenfalls nicht für solche.

»Scheiße, Mann«, murmele ich. »Bin ich froh, dass ich hier nicht wohne.«

Einen Moment lang sagt niemand ein Wort.

»Hier also auch nicht?«, fragt Lars leise und ohne mich anzuschauen.

»Kein Schwein auf der Straße«, sage ich.

»Nein«, sagt er kurz.

Ich sehe ihn wieder an, sage nichts, warte einen Moment. Was ist denn mit ihm los, verdammt. Er klingt so ernst. Sieht so ernst aus. Sein Gesicht ist so angespannt. Und er starrt vor sich hin. Ich warte ein paar Sekunden, wende den Blick nicht von ihm ab.

»Hast du was?«, frage ich. Er antwortet nicht, sitzt da mit steifen Armen, beide Hände am Lenkrad, stiert vor sich hin. Im Auto ist es mucksmäuschenstill, niemand sagt was. Was ist denn los? Lars ist doch normalerweise nicht so, ist fast immer gut drauf.

»Hast du was?«, frage ich noch einmal.

»Ich?«, fährt er mich an und schiebt den Kopf zugleich einen Zentimeter vor.

Völlige Stille.

Starre ihn verblüfft an.

»Ich hab es einfach langsam satt, dass du so negativ bist«, sagt er.

»Negativ?«, murmele ich.

»Ja, negativ«, sagt er, starrt unverwandt vor sich hin, wartet kurz, schluckt. »Egal, wo wir hinkommen, alle Orte sind Käffer«, sagt er. »Egal, was wir essen, es schmeckt zum Kotzen, alle, die wir treffen, sind Idioten.«

Sitze nur da und starre ihn an, bringe kein Wort heraus, was faselt er da, ich und negativ? Ich warte einen Moment, weiß nicht, was ich sagen soll, denn davon war noch nie die Rede, das kam völlig unerwartet, dass ich negativ bin, bin ich negativ? Ich warte einen Moment, dann drehe ich mich zu Anders um. Er schaut aus dem Fenster, drückt die Stirn gegen die Scheibe, tut so, als würde er mich nicht sehen, hat offensichtlich nichts mitgekriegt. Plötzlich wird mir klar, dass sie darüber gesprochen haben, dass sie sich darüber unterhalten haben und sich einig sind, dass ich immer nur alles runtermache. Und jetzt spüre ich, wie mein Herz schneller schlägt, wie der Puls abgeht. Ich starre Anders an und merke, dass sich mein Mund wie von selbst öffnet, sitze da mit offenem Mund, gaffe ihn an. Ich mache den Mund wieder zu. Schlucke einmal und noch einmal. Drehe mich wieder zu Lars um, schaue ihn an.

»Es ist echt anstrengend mit dir«, sagt er. »Verdammt anstrengend! Die ganze Tournee war anstrengend!«

Er sitzt da und starrt durch die Windschutzscheibe, das Gesicht angespannt und weiß, und er schluckt in regelmäßigen Abständen. Ich starre ihn unverwandt an. Bringe kein Wort heraus, weiß nicht, was ich sagen soll. Das hier kam so plötzlich, damit hatte ich nicht gerechnet, dass sie mich negativ finden, dass sie es anstrengend finden, mit mir zu reisen.

»Es ging schon beschissen los und ist dann immer schlimmer geworden«, sagt Lars. Dann räuspert er sich, sieht mich nach wie vor nicht an. »Ich glaube, du ahnst gar nicht, wie viel Kraft uns das kostet, dich einigermaßen bei Laune zu halten.

Du läufst durch die Gegend und lästerst über alles und jeden, du machst alles runter, was sich zwischen Himmel und Erde bewegt. Kapierst du gar nicht, wie anstrengend das für uns ist, wenn wir mit dir zusammen sind?«

Ich höre mir an, was er sagt, und mir ist klar, dass er sich die Sätze zurechtgelegt hat, höre es an der Art, wie er spricht. Höre auch, dass er es ernst meint, es mag so klingen, als käme es ihm gerade in den Sinn, aber er meint es wirklich ernst. Ich starre ihn weiter fassungslos an. Warte einen Moment. Weiß nicht, was ich sagen soll. Darf auf keinen Fall wild drauflosreden, muss aufpassen, was ich sage. Denn das hier muss ich abkönnen, ich muss erwachsen genug sein, um derlei Kritik einzustecken, darf auf keinen Fall unsachlich werden und auf ihn losgehen. Aber das Ganze kam ziemlich unerwartet, darauf war ich nicht vorbereitet gewesen, sie hatten ja bisher über meine Sprüche gelacht, hatten über meine Schwarzseherei und meine abfälligen Bemerkungen ihre Witze gemacht. Oft habe ich mich sogar für schwarzseherischer und pessimistischer ausgegeben, als ich es eigentlich bin, war spöttisch und sarkastisch, um sie zum Lachen zu bringen, habe die ganze Zeit geglaubt, es sollte so sein, sie wären genauso gern mit mir zusammen wie ich mit ihnen, sie würden mich genauso mögen wie ich sie. Ich war der Meinung, dass ich noch nie so gut in eine Band gepasst habe wie in diese, sowohl musikalisch wie auch von den Leuten. Auch wenn ich so viel älter bin als sie.

Einen Moment ist es still. Langsam wende ich mich von Lars ab, stütze den Kopf in die rechte Hand und starre durch das offene Fenster, nehme die andere Hand hoch und kratze mich mit dem Mittelfinger an der Nase. Und dann fange ich plötzlich an zu heulen. Einfach so, als würde in mir ein Damm brechen, von dem ich nichts geahnt habe, Tränen schießen aus meinen Augen, laufen kalt über meine Wangen. Ich drehe den Kopf noch ein Stück weiter nach rechts. Wische die Tränen weg, schlucke. Scheiße, was ist das denn jetzt, ich sitze da und flenne, was ist bloß mit mir los, verdammt noch mal, ich habe weiß Gott wie lange schon nicht mehr geheult, und jetzt sitze ich da und flenne, flenne wegen einer solchen Bagatelle, weil sie behaupten, ich sei negativ, was ist bloß mit mir los, verdammt, ich mache mich ja lächerlich. Es dauert ein paar Sekunden, dann fange ich plötzlich an zu lachen, einfach so, fange lauthals an zu lachen, wiehere vor Lachen, versuche darüber zu lachen, dass alles so lächerlich ist, eine lächerliche Bagatelle, und ich versuche, lachend meine Tränen zu verscheuchen, aber es gelingt mir nicht. Die Tränen hören nicht auf, und ich sitze da und lache und weine im Wechsel, wie ein hysterisches Weibsbild, es hört sich total gestört an, als würde ich den Verstand verlieren, und die anderen sagen kein Wort, kapieren anscheinend nicht, was mich gerade reitet, denn das bin nicht ich, das ist so untypisch für mich wie nur irgend was, und jetzt muss ich mich zusammenreißen, so geht es nicht. Ich wische mir mit dem Finger die Nase trocken und schniefe. Beiße die Zähne zusammen und höre auf zu lachen. Huste ein wenig, räuspere mich. Lache nicht länger, kann aber auch nicht aufhören zu heulen, heule leise, meine Lippen sind tränennass, der Salzgeschmack bitzelt auf der Zunge.

Es ist mucksmäuschenstill.

»Wo ist denn dieses Kulturhaus?«, fragt Anders plötzlich. »Sollte das nicht außerhalb vom Zentrum liegen?« Er versucht, das Thema zu wechseln, tut so, als wenn nichts wäre, will mir irgendwie Zeit geben, die Tränen abzuwischen und mich wieder zu fangen, damit ich nicht noch mehr das Gesicht verliere. »Wobei, was heißt hier Zentrum? Schwer zu sagen, wo in dem Ort das Zentrum ist«, fährt er fort, will sich meiner Meinung quasi anschließen, mir in dem Punkt zustimmen, dass das hier ein gottverdammtes Kaff ist, als würde das die Sache besser machen.

Erneut Stille.

Sitze einfach nur da und heule. Und Anders und Lars sagen kein Wort, sie kapieren wohl genauso wenig wie ich, was los ist. Das hier ist so untypisch für mich, wie es untypischer nicht geht. Fühle mich leer, fühle mich matt, alle Kraft ist aus meinem Körper gewichen. Es wird immer anstrengender, mit dir zusammen zu sein, hat Lars gemeint, mies drauf und negativ. Aber warum haben sie nie etwas gesagt? Wie soll ich mich ändern, wenn sie einfach nur mitspielen? Sie hätten mir doch ein Zeichen geben können, habe die ganze Zeit geglaubt, dass sie mich genauso gern mögen wie ich sie, dabei fanden sie es zunehmend nervig, mit mir zusammen zu sein, negativ. Ich drehe den Kopf noch weiter nach rechts, presse die Lippen zusammen und schlucke.

»Halt an!«, platzt es plötzlich aus mir heraus. Ich höre, wie böse ich klinge, böse und entschlossen. Ich lege die Hand auf das Gurtschloss, drücke den roten Plastikknopf, schaue dabei starr geradeaus.

»Mensch, Jon«, sagt Lars, sagt es bittend.

»Halt an!«, zische ich.

»He, du«, sagt Lars.

Drehe mich zu ihm hin, starre ihn an.

»Halt an, verdammt noch mal!«, brülle ich.

Völlige Stille. Einen Augenblick später bremst Lars. Vorsichtig. Fährt an die Bordsteinkante und hält.

»Mensch, Jon!«, sagt Anders.

Aber ich mache die Tür auf, steige aus.

»Bleib da!«, bittet Anders.

»Jon!«, sagt Lars.

Doch ich schlage die Tür zu und laufe los, gehe stur geradeaus, drehe mich nicht um, weiß nicht, wohin ich will, will nur noch weg, fort von hier.

Vemundvik, 6.–10. Juli 2006

Lieber David,
ich saß im Bus auf dem Weg zu unserer Hütte, als ich las, dass du dein Gedächtnis verloren hast, und nachdem ich den Schock verdaut hatte und gerade überlegte, wie ich dir helfen könnte, tauchte eine Erinnerung auf, kam immer wieder hoch, ohne dass ich begreife, wieso, und ich beschloss, diesen Brief zu schreiben. Ich sah uns zwei auf einem unserer vielen langen Spaziergänge rund um das Stadtzentrum von Namsos. Mir war nicht bewusst gewesen, dass ich diese Erinnerung in mir trage, sie kam erst wieder in mir hoch, als ich dort im Bus saß und spürte, wie es war, mit siebzehn durch die Straßen zu ziehen, nur du und ich, Seite an Seite, ohne ein bestimmtes Ziel. Ich meinte mich zu erinnern, dass wir beide davon ausgingen, wir würden diese Spaziergänge machen, weil wir uns langweilten und nichts anderes vorhatten, aber wenn ich an unsere Gespräche zurückdenke, wie viel wir einander zu erzählen hatten, wie sehr ins Thema vertieft und engagiert wir manchmal waren und wie schnell wir einen anderen Weg einschlugen, sobald wir einen Menschen sahen, mit dem wir uns sonst hätten unterhalten müssen, dann schließe ich daraus, dass diese Spaziergänge für uns sehr wohl wichtig waren.

Und vielleicht liegt es gerade daran, dass eine derart unspektakuläre und alltägliche Unternehmung das Erste war, was in mir hochkam und mir leuchtend vor Augen stand, als ich deine

Anzeige las. Keine Ahnung, aber einiges von dem, was ich in diesem Brief berichten werde, entnehme ich jedenfalls diesen Gesprächen – deine Ansichten, Schilderungen von Vorfällen, denen ich selbst nicht beigewohnt habe, oder von Leuten, die du kanntest, die ich aber nie kennengelernt habe.

In der Grundschule wusste ich nicht viel mehr von dir, als dass dein Stiefvater Pfarrer war, du Fußball spieltest und derjenige warst, der beim Werfen am weitesten kam, wenn Sporttag an der Schule war. Ich weiß nicht, warum ich mir ausgerechnet die letzten zwei Punkte gemerkt habe, womöglich weil ich selbst so schlecht darin war. Ich warf wie ein Mädchen (von unten), und ich hatte den Ruf, der Erste und vorläufig auch Letzte an der Mittelschule von Namsos zu sein, der anstatt einen Strafstoß auszuführen, den Ball von der Außenlinie einwarf; einen Ruf, auf den ich übrigens vorgab stolz zu sein, als ich dich kennenlernte.

Unsere Freundschaft begann in der 11. Klasse. In der Sporthalle sollte eine Anti-Drogen-Kampagne stattfinden, und ich hatte beschlossen zu schwänzen, wie ich mich erinnere. Ich hatte mir damals ein Image als Anarchist und Freak zugelegt und versuchte, allen weiszumachen, mich selbst eingeschlossen, dass die liberale Einstellung eines Anarchisten gegenüber dem, was die linke Presse »Bewusstseinserweiternde Stoffe« nannte, mir keine andere Wahl ließe, als den Rucksack über die Schulter zu werfen und zum Ausgang zu gehen, nicht unbedingt demonstrativ, aber doch mit dem lässigen Gang und der aufgesetzt gleichgültigen und verkrampft lockeren Körpersprache, die männliche Teenager gerne an den Tag legen, wenn sie verbergen wollen, wie unsicher sie sich eigentlich fühlen. Das war aber nicht der eigentliche Grund. Papa saß damals wegen einer Dro-

genstrafe im Gefängnis, und aus falsch verstandener Loyalität zu ihm wollte ich die Veranstaltung boykottieren. Als der Direktor aber meinen Namen rief und sagte, ich solle auf der Stelle auf meinen Platz zurückkehren und mich hinsetzen, und sich alle, die dort saßen, zu mir umdrehten und mich anstarrten, wurde ich plötzlich von meinen Gefühlen übermannt, die ich bis dahin einigermaßen unter Kontrolle gehabt hatte, und brach vor der ganzen Schule in Tränen aus. Die meisten wussten vermutlich, dass Papa im Gefängnis saß und was er verbrochen hatte, aber in dem Moment warst du der Einzige, der den Zusammenhang verstand, und nach ein paar Sekunden der Stille, in denen mich das Lehrerkollegium und die über dreihundert Schüler erstaunt ansahen, hörte ich, wie du dem Direktor laut und vernehmlich die Frage stelltest: »Wie würden Sie es finden, wenn Sie Ihren eigenen Vater schlechtmachen sollten?«

Später, als ich mich in dich verliebt hatte, sah ich James Dean vor mir, wenn ich an die Geschichte zurückdachte. Ich meinte mich zu erinnern, dass du auf einer der Bänke gesessen hast, bequem nach hinten gelehnt, die Ellbogen in der Sprossenwand hinter dir verhakt, und dass du gelächelt hast, als du den Direktor mit ruhigem, besonnenem Blick angeschaut hast. Mittlerweile ist das Bild natürlich verblasst. Das Einzige, was ich sicher weiß, ist, dass du ein weißes T-Shirt anhattest und gesagt hast, was du gesagt hast.

Anfangs hatte ich das Gefühl, du hättest mich irgendwie bloßgestellt, und ich war stinkwütend auf dich, aber mit zunehmendem Abstand zu dem Vorfall wuchs meine Dankbarkeit, und mit der Zeit war ich fast gerührt darüber, dass du mich auf diese Weise verteidigt hast. Ich bewunderte dich für deinen Mut und deinen Gerechtigkeitssinn, und bevor wir Freunde wurden und uns regelmäßig trafen, sorgte ich dafür, zufällig dort aufzu-

tauchen, wo du gerade warst. Bekam ich mit, dass du zu einer Party gehen wolltest, setzte ich alles daran, zur selben Party eingeladen zu werden; hattest du vor, ins Kino zu gehen, blies ich alles andere ab und ging ebenfalls ins Kino, und mein Weg zur Schule oder in die Stadt führte mich stets an dem Haus vorbei, in dem Arvid und Berit mit dir wohnten, weil ich hoffte, dir dabei über den Weg zu laufen oder dich wenigstens von Weitem zu sehen. Dass mich der Umweg mehrere Minuten kostete, war mir egal.

Gleichzeitig versuchte ich aber, eine gewisse Würde zu wahren. Ich hielt Abstand und war nie aufdringlich, ich lächelte und grüßte kurz, wenn wir uns trafen, traute mich aber nicht, dich anzusprechen, und angesichts der Tatsache, dass du ein eher ruhiger und abweisender Typ warst, der selten mehr sagte, als unbedingt notwendig war, kann ich kaum begreifen, wie wir überhaupt miteinander ins Gespräch kamen. Aber irgendwie müssen wir es ja hingekriegt haben, denn noch bevor das Jahr vorbei war, waren wir unzertrennlich geworden.

In der Hütte habe ich natürlich kein Internet. Als ich deinem Psychologen eine Mail schicken wollte, um mich zu erkundigen, wie ich dir helfen könnte, musste ich zu einem Nachbarn gehen. Er ließ mich herein, und ich durfte seinen Computer benutzen, aber er war verärgert und unfreundlich und konnte es kaum erwarten, dass ich wieder ging, so dass ich leider nicht die Zeit hatte, all meine Fragen zu stellen. Doch wenn ich die einzige Mail, die dein Psychologe mir geschickt hat, richtig verstanden habe, liegst du auf der Isolierstation, und ich dürfte dich ohnehin nicht besuchen, was ich natürlich am liebsten sofort getan hätte. Kontakt sei nur über Briefe möglich. Und diese Briefe sollten nicht nur dazu dienen, dein Gedächtnis aufzufrischen.

Selbst wenn es keinem der Briefeschreiber gelang, dein Erinnerungsvermögen zurückzuholen, sei es trotzdem wichtig, dass du so viel wie möglich darüber erfährst, wer du einmal warst, welches Leben du geführt hast, mit wem du Kontakt hattest, mit wem du verwandt bist, woher du kommst usw. Dein Psychologe bat mich daher, alles aufzuschreiben, was ich wusste, nicht nur das, was wir zusammen erlebt hatten. Bevor ich jetzt also mit uns beiden weitermache, will ich versuchen, das Wenige aufzuschreiben, was ich über deine Familie weiß und über dein Leben vor unserer Zeit.

Bei euch im Flur hing eine Luftaufnahme von einem weißen Holzhaus, das ziemlich dicht am Wasser stand, zwischen den Uferfelsen der Insel Otterøya. Bevor Berit Arvid heiratete und sie zu ihm nach Namsos zog, hast du in diesem Haus gewohnt, zusammen mit ihr und deinem Opa mütterlicherseits, Erik. Deinen Opa kenne ich aber nur von einem alten Schwarz-Weiß-Foto, auf dem er als junger Mann abgebildet ist, ein eher robuster Straßenarbeiter mit wuscheligem Haar, breitem, rundem Rücken und einem kräftigen schwarzen Schnauzer, der aussah wie zwei Zöpfchen, die zur Seite abstanden.

Berit hatte deinem Opa den Haushalt gemacht, seit deine Oma irgendwann Anfang der Sechzigerjahre gestorben war. Mit siebzehn oder achtzehn zog sie in ein Zimmer in Namsos und machte zur selben Zeit wie Mama eine Ausbildung zur Krankenpflegehelferin, aber nach knapp einem Jahr wurde sie mit dir schwanger, musste die Schule abbrechen und wieder nach Otterøya ziehen. Wer dein Vater war, erfuhr kein Mensch, Berit weigerte sich aus irgendeinem Grund, den Namen preiszugeben, und sie behielt das Geheimnis für sich, solange sie lebte.

Meine Mutter hat viel von Berit in dieser Zeit erzählt, sie schilderte eine blasse dünne junge Frau mit roten Haaren, Som-

mersprossen und einer kleinen Stupsnase. Sie erzählte, wie scheu und hilflos Berit auf den ersten Blick wirkte und wie überrascht sie selbst gewesen sei, als sich herausstellte, dass ihre Freundin das Gegenteil davon war. Wie so viele, die eine schwere Kindheit und Jugend hinter sich hatten, war Berit hart im Nehmen, und nach allem, was meine Mutter mir erzählt hat, schien sie überhaupt keine Angst gehabt zu haben und alles andere als schüchtern gewesen zu sein, ganz anders als die meisten Leute, die vom Land in die Stadt kamen, um dort die Schule zu besuchen. Sie war schlagfertig und redete, ohne Luft zu holen, hielt mit ihrer Meinung nicht hinterm Berg, egal mit wem sie sprach, und wenn ihr jemand Unrecht tat, konnte sie rabiat werden und den Schuldigen hemmungslos demütigen. Körperliche Gebrechen, Sprachfehler, eine belastende Vergangenheit: Sie führte alles ins Feld, und sie formulierte so gut und treffsicher, dass die Zuhörer unweigerlich lachen mussten. Und wenn das Opfer es ihr mit gleicher Münze heimzahlte und beispielsweise ihre schlechten Zähne kommentierte, grinste sie nur böse. Selbstmitleid und Sentimentalitäten waren ein Luxus, den sie sich nicht leisten konnte, und sie ließ niemanden an sich heran. »Tja, hätte mir damals jemand erzählt, dass sie sich ausgerechnet einen Pfarrer suchen würde, hätte ich mich weggeschmissen vor Lachen!«, pflegte Mama zu sagen.

Deinem Opa fiel es ebenfalls schwer, sich an den Gedanken zu gewöhnen, dass seine Tochter einen Pfarrer heiratet. Nach allem, was du erzählt hast, war der alte Mann bis zu seinem Tod Atheist und moskautreuer Kommunist. Oft schüttelte er den Kopf und lachte über das, was Arvid glaubte und vertrat, und nie wurde er es leid, konkrete Beschreibungen oder rationale Erklärungen für diverse Wunder einzufordern, die in der Bibel beschrieben wurden. »Kannst du das mit der Jungfrauen-

geburt nicht so erklären, dass ein einfacher Mann aus Otterøya es versteht?«, sagte er beispielsweise, und wenn Arvid den ironischen Unterton geflissentlich überhörte und eine ernste Antwort gab, lauschte dein Opa nur belustigt und wieherte los, sobald Arvid mit seiner Rede zu Ende war. »Ja, das waren noch Zeiten!«, sagte er dann gerne und schüttelte nachsichtig den Kopf. »Heute gibt es das nicht mehr, so viel ist sicher!«

Diese Gespräche waren für ihn Unterhaltung vom Feinsten, hast du mir erzählt, genau wie wenn er Berit damit aufzog, aus was für einer Familie und aus welchem Umfeld sie kam. Wenn sie beisammen waren, war seine Sprache noch deftiger und derber als sonst, und stets kam er wie zufällig auf Episoden von früher zu sprechen, denen allesamt gemein war, dass sie von Dingen handelten, die nicht in das christliche Umfeld passten, an das Berit sich anzupassen versuchte, zu dem sie gehören wollte. »Wie der Silvesterabend, an dem du alle Kerle unter den Tisch getrunken hast«, sagte er beispielsweise und lachte laut und hemmungslos, und wenn deine Mutter nicht lachte, tat er überrascht und verständnislos. »Erinnerst du dich denn nicht mehr?«, fragte er dann, und während er sich köstlich amüsierte und auf eine Antwort wartete, kochte Berit innerlich vor Wut.

Du hast immer geschmunzelt, wenn du mir davon erzählt hast, aber in solchen Situationen warst du unsicher und hast dich nicht wohlgefühlt. Arvid hingegen versuchte so zu tun, als fechte ihn das Ganze nicht an. Er reagierte zwar manchmal verärgert, genervt oder wütend, aber er wollte dir und deiner Mutter vorgaukeln, dass es unter seiner Würde sei, sich von so etwas aus der Fassung bringen zu lassen, und darum lächelte er nur und zeigte sich unendlich geduldig und tolerant. Das passt übrigens bestens zu dem, wie ich ihn als Mensch erlebt habe, nachdem wir zwei uns kennengelernt hatten und ich immer mehr

Zeit bei euch verbrachte. Mag sein, dass meine Erinnerung an diese Zeit davon geprägt ist, dass Arvid nach dem Tod deiner Mutter psychische Probleme bekam, wie ich später erfahren habe, aber ich meine mich dennoch zu erinnern, dass er mir vorkam wie jemand, der versucht, sein chaotisches Innenleben mit einem ruhigen und beherrschten Äußeren zu überdecken, und der es, ohne es selbst zu ahnen, übertrieb und daher am Ende furchteinflößend wirkte. Sein Lächeln war so gütig und mild, dass es schwer war, an die Liebe zu glauben, die es ausstrahlen sollte, und er redete so langsam und bedächtig und so eindringlich, dass zumindest ich in seiner Gegenwart unruhig wurde und keineswegs unbekümmert war, wie er es sich gewünscht hätte.

Viele deuteten sein Auftreten im Übrigen falsch und sahen darin den Beweis dafür, dass das Klischee des selbstgefälligen und hochmütigen Pfarrers stimmte. »Es ist nicht schwer, anderen gegenüber lieb und freundlich und nachsichtig zu sein, wenn man davon überzeugt ist, dass man selbst in den Himmel kommt und alle anderen in die Hölle!«, sagte Mama immer. Aber keiner von uns, die Arvid kannten, erlebte ihn als selbstgefällig und hochmütig. Ganz im Gegenteil, es schien vielmehr so, als hegte er den aufrichtigen Wunsch, ein ganz normaler Mensch zu sein, der nun zufällig einmal Pfarrer war, als sehnte er sich danach, dazuzugehören. Nur gelang ihm das nicht. Wenn er, der sonst so besonnen war, den blauweißen Fußballschal umband, auf der Tribüne stand und Namsos anfeuerte, grinsten viele und bedachten ihn mit derselben Verachtung wie Politiker, die sich so aufführten. Sie hielten es für Theater und einen Anbiederungsversuch dem einfachen Mann von der Straße gegenüber. Außerdem hatte Arvid wie so viele Pfarrer die leidige Tendenz, jedes Gespräch früher oder später auf das

Thema Christentum zu lenken, und das sorgte oft für eine gewisse Distanz zu den Leuten, sie fühlten sich damit nicht wohl. Saßen wir an einem Winterabend draußen auf der Treppe und bestaunten zum Beispiel den Sternenhimmel, konnte ich sicher sein, dass er wie zufällig auf den Stern von Bethlehem zu sprechen käme, und wenn im Fernsehen eine Natursendung gezeigt wurde, in der zu sehen war, dass irgendeine Tierart an ihre Umgebung angepasst war, wartete ich nur darauf, dass er seiner Verwunderung darüber Ausdruck verlieh, dass es Menschen gab, die ernsthaft glaubten, so etwas Fantastisches sei ein Zufallstreffer.

Du hast selbst gesagt, dass du diese Seite an ihm hasstest. Als du kleiner warst, hast du oft erlebt, wie die Stimmung kippte, wenn er ins Zimmer trat. Ein lautes, angeregtes Gespräch konnte vollständig abebben, wenn er auf der Bildfläche erschien, und unter den Anwesenden machte sich eine verunsicherte, leicht nervöse Stimmung breit. Es gab immer welche, die sich mordsmäßig ins Zeug legten, um sich so zu geben wie sonst auch, aber sie waren ziemlich allein und fielen daher so sehr auf, dass ihr Bemühen fast immer verkrampft und peinlich wirkte und alles andere als heldenhaft, und entweder gaben sie bald auf und schwiegen, oder sie machten es wie die anderen: fingen an, über Dinge zu reden, die sie in Gegenwart eines Pfarrers für unverfänglich hielten. Sie gaben Trivialitäten von sich über Gott und die Welt, und sie trugen Ansichten vor, denen kein Mensch, der seine sieben Sinne beisammenhatte, widersprechen konnte. Und während du vor Scham rot anliefst, merkte Arvid deiner Einschätzung nach nichts von dem, was um ihn herum vor sich ging. Heute bin ich mir nicht mehr sicher, ob du wirklich recht hattest. Ich habe Arvid als einen intelligenten und aufmerksamen Menschen in Erinnerung, und ich stelle mir vor, dass diese

Situationen für ihn mindestens ebenso unangenehm und quälend waren wie für dich.

Die verunsicherte, leicht nervöse Stimmung, die aufkam, wenn Arvid einen Raum betrat, konnte ich im Übrigen auch bei euch zu Hause spüren. Euer Benehmen und eure Gespräche bekamen etwas leicht Steifes und Künstliches. Als wäre die vermeintliche Ruhe, die Arvid ausstrahlte, ein Ideal, nach dem die ganze Familie strebte, ja, nicht nur die Familie, auch die Freunde der Familie. Es kam mir vor, als bemühten sich die meisten in diesem christlichen Umfeld darum, möglichst gütig, freundlich und voller Nächstenliebe zu erscheinen, als müssten sie sich ständig und um jeden Preis daran erinnern, wie sehr sie einander lieb hatten. Wenn ich bei euch zu Hause war, hatte ich das Gefühl, dass man den anderen zwar widersprechen konnte, sich aber niemals streiten durfte, man durfte sogar verärgert und wütend sein, doch auf keinen Fall die Stimme erheben. Alle Stimmungsschwankungen waren, wenn möglich, zu dämpfen und zu glätten, nicht nur die Wellentäler, auch die Gipfel. Man durfte sich durchaus freuen, brauchte deswegen jedoch nicht gleich in Jubelschreie auszubrechen, ein Lächeln genügte. Und wenn sich jemand dennoch mitreißen ließ, schwiegen die anderen ein paar Sekunden lang demonstrativ, oder sie lächelten nachsichtig, um dann von etwas anderem zu reden.

Aber trotz oder vielmehr dank dieser unausgesprochenen Erwartung, sich jederzeit zu beherrschen, kam es zwischendurch zu heftigen Gefühlsausbrüchen. Einmal wurde ich Zeuge eines Wutanfalls, in dem ich etwas von der Berit aufblitzen sah, von der Mama mir erzählt hatte. Deine Mutter hatte gerade den Fußboden gewischt, und Arvid trampelte mit lehmverschmierten Stiefeln herein. Zu Recht wurde sie zornig, es war keine Bagatelle für sie, wenn jemand mit schmutzigen Stiefeln ins

Haus kam, nachdem der Boden gerade geputzt worden war. Dort, wo deine und meine Mutter herkamen, hatte die Hausfrau ein Recht auf Anerkennung, wenn sie das Haus sauber hielt, und der Selbstrespekt stieg und fiel mit der Anerkennung des Ehepartners und der Nachbarn. Nachdem Mama gewischt hatte, räumte sie zum Beispiel nie Abzieher, Eimer und Putzlappen zurück in den Schrank, wo sie hingehörten, sie lehnte den Abzieher in der Diele an die Wand, stellte den Eimer daneben und hängte den feuchten Putzlappen darüber, und dort blieben sie stehen bis zum nächsten Tag, damit alle, die hereinkamen, daran erinnert wurden, den frischen Geruch der Schmierseife zu kommentieren oder Mama als pflichtbewusste, hart arbeitende Frau anzuerkennen. Die Schuhe nicht auszuziehen, wenn man ins Haus ging, war so gesehen eine schwere Beleidigung, man könnte genauso gut zu ihr sagen, sie sei als Mensch völlig unbedeutend.

Berits Wut, als Arvid mit schmutzigen Stiefeln ins Haus kam, stand dennoch in keinem Verhältnis zu dem Vergehen, dessen er sich schuldig gemacht hatte. »Du verdammtes Dreckschwein!«, schrie sie, und allein, dass jemand in eurem Haus in dieser Lautstärke sprach und diese Worte benutzte, ließ mich zusammenzucken und mit offenem Mund dasitzen. Noch beeindruckender für mich war, als sie alles, was auf der Küchenzeile stand, zu Boden fegte. Ihr Unterarm strich wie eine Sense über die Arbeitsplatte, Tassen und Teller, Gläser und Besteck gingen in einem ohrenbetäubenden Lärm zu Boden, und als ein entsetzter Arvid sich wieder so weit gefasst hatte, dass er sie fragen konnte, was um alles in der Welt in sie gefahren sei, zog sie mit hysterischem Grinsen die Schultern hoch: »Ich mache es genau wie du, ich sorge dafür, dass mir am Abend die Arbeit nicht ausgeht«, sagte sie und brach in Tränen aus.

Ich habe nie gehört und kann es mir auch nicht vorstellen, dass du ähnliche Ausbrüche hattest. In der Schule oder zusammen mit Freunden warst du, wie gesagt, der etwas schroffe, stille Typ, und zu Hause triebst du es noch weiter, hast dir ein hartes, fast gefühlskaltes Auftreten zugelegt, vor allem Arvid gegenüber. Du warst nicht direkt feindselig, es schien eher, als hättest du den Anspruch auf Beherrschung ins Extreme gesteigert, als hättest du beschlossen, überhaupt keine Gefühle zu zeigen, und oft bekam dein Benehmen dadurch etwas Mechanisches. Wenn Arvid dich beispielsweise um einen Gefallen bat, hast du ihn, ohne zu murren, erfüllt. Du hast kein Wort gesagt, ihn nicht einmal angesehen, du bist einfach aufgestanden, um zu tun, worum er dich gebeten hatte, und dann bist du zu dem zurückgekehrt, was du vorher gemacht hast. Als sei er dein Chef und nicht dein Stiefvater. Und wenn er versuchte, mit dir zu reden und ein Gespräch in Gang zu bringen, war deine Antwort oft einsilbig, deine Stimme gleichgültig und monoton. »Schön«, lautete die Antwort, wenn er dich fragte, wie unser Hüttenaufenthalt gewesen sei. Oder »Nein!«, wenn er fragte, ob wir einen Fisch gefangen hätten.

In solchen Situationen hatte ich oft Mitleid mit ihm. Er lächelte und tat so, als nähme er es sich nicht zu Herzen, aber ich konnte ganz klar sehen, dass es ihn schmerzte, wenn du so abweisend warst. Als ich dich auf einem unserer Spaziergänge damit konfrontierte, war deine Reaktion überraschend heftig, wie ich mich erinnere. Du könntest seine freundschaftliche Art und die grenzenlose Geduld, die er dir entgegenbrachte, nicht ertragen, sagtest du, du würdest die Liebe, die er damit zum Ausdruck bringen wollte, nicht für echt halten und hättest keine Ahnung, wie du dich dagegen wehren solltest. Dir tat er manchmal auch leid, mitunter hattest du ein schlechtes Gewissen, wenn er dir mit so viel Güte begegnete, und du fühltest dich unter Druck gesetzt, ihm gegenüber ebenso gütig zu sein. Aber dazu hattest du keine Lust, nicht weil du immer noch eifersüchtig auf ihn warst wie damals als Kind, als er deine Mutter heiratete, sondern weil es dir das Gefühl gab, dich selbst zu verlieren und so zu werden, wie er dich gerne haben wollte. Du warst der Ansicht, dass er dich ganz bewusst zu formen versuchte. Das habe er von Anfang an versucht, sagtest du, er habe lediglich die Taktik geändert und gehe raffinierter vor. Als du noch kleiner warst, hat er aus der Bibel vorgelesen oder Geschichten erzählt, er hatte »Den Glücksschmied« für dich abonniert, dich mit in die Kirche genommen und in die Sonntagsschule gesteckt, dir mit dem Teufel und ewigen Qualen in der Hölle Angst eingejagt, wenn ihr am Abend zusammen gebetet habt. Er hatte alles in seiner Macht Stehende getan, um dich auf den Weg zu führen, den er für den rechten hielt, aber es hatte nichts genützt, und jetzt verlegte er sich ganz bewusst darauf, sich stattdessen als Vorbild zu gerieren und bei dir einzuschmeicheln. Er sei freundlich und liebevoll, weil er darin die einzige Chance sehe, dich für sich zu gewinnen, sagtest du, nicht er allein, sondern das ganze christliche Umfeld, zu dem deine Familie gehörte, engagierte sich in diesem Bekehrungsprojekt, man betete für dich, redete Berit zu, sich stärker dafür einzusetzen, dass du dich der christlichen Jugendgemeinde anschließt (vor allem dem Chor, da du gut singen konntest), und sie kannten keine Scham, wenn es darum ging, das Christsein schönzureden.

Obwohl ich fand, dass du Arvid Unrecht tatst, wenn du so abweisend warst, imponierte mir die Stärke, mit der du ihm und seinen christlichen Freunden standgehalten hast. Deine Mutter hatten sie »gezähmt«, wie Mama es ausdrückte. Zwar rauchte sie heimlich (ich erinnere mich an aufgequollene Kippen, die in der Toilette schwammen, und den Rauchgeruch, den sie mit Hilfe von Pfefferminz- oder Mentholkaugummi zu ver-

bergen suchte), und du hattest den Verdacht, dass sie etwas von ihrem früheren Ich zeigte, wenn sie, was selten geschah, ihre ehemaligen Freundinnen auf Otterøya besuchte, alle waren sich jedoch sicher, dass sie ihren Lebensstil verändert und Jesus in ihr Herz eingelassen hatte. Eine Zeitlang war sie sogar zu Versammlungen bei Arvids Tante mitgekommen, aber das schien ihr dann doch zu viel des Guten. Sie legte keinen gesteigerten Wert darauf, stundenlang an einer Stickerei zu sitzen, die als Preis für den nächsten Basar gedacht war, und dabei Kaffee zu trinken, Waffeln mit karamellisiertem Ziegenkäse zu essen und Frauen zuzuhören, die zwanzig oder dreißig Jahre älter waren und sich vor Lachen kringelten und für verwegen hielten, sobald sie das Wort »Furz« in den Mund nahmen, wie sie behauptete.

Doch wie sehr Arvid und die anderen sich auch bemühten, es gelang ihnen nicht, dich zu »zähmen«. Ganz im Gegenteil, je mehr sie sich bemühten, umso mehr hast du dich von ihnen abgewendet, und in einer Phase, in der sie besonders eifrig waren, hast du Arvid und seine Leute nur mit hasserfüllten Ausdrücken bedacht. Du hast versucht, dir einen ironischen und leicht gleichgültigen Ton zuzulegen, aber hinter dem Grinsen und dem Lachen verbargen sich Wut, Frust und Trauer, und viele lange Abende hast du bei uns verbracht, weil du erst nach Hause gehen wolltest, wenn du sicher sein konntest, dass Arvid zu Bett gegangen war. Wir sprachen nie darüber, dass es manchmal elf, zwölf oder halb eins wurde, bis du mit einem Gähnen meintest, morgen müsstest du für die Schule früh raus, doch ich hatte begriffen, und du wusstest, dass ich begriffen hatte, und ich konnte dir ansehen, wie dankbar du warst, dass ich zu dir hielt, ohne Fragen zu stellen. Für mich war es eine Selbstverständlichkeit, und ich wusste, dass du dasselbe für mich tun würdest, wenn ich jemanden brauchte, der mich unterstützte.

Namsos, 5. Juli 2006. Heim zu Mama.

Lege die Hand auf die Türklinke und drücke sie herunter, versuche die Tür zu mir heranzuziehen, aber sie lässt sich nicht heranziehen, sie ist verschlossen, früher hat sie nie das Haus abgeschlossen, das ist neu, damit hat sie angefangen, weil sich so viele Kanaken auf der Straße herumtreiben, seit es die Asylantenwohnheime gibt. Sie traue sich nicht mehr, die Tür unverschlossen zu lassen, sagt sie. Ich strecke die Hand aus und drücke auf den Klingelknopf, einmal und noch einmal. Stecke die Hände in die Hosentaschen und versuche, lässig auszusehen. Ziehe sie wieder heraus, greife mit beiden Händen nach hinten und umfasse das Treppengeländer, drücke mich langsam hoch und setze mich darauf, betrachte das gelb gesprenkelte Glas in der Haustür, warte einen Moment, aber nichts passiert, darum lasse ich mich wieder herunter. Ziehe los, um den Schlüssel zu holen und die Tür aufzusperren, der Reserveschlüssel hängt sicher dort, wo er immer gehangen hat. Ich gehe zum Schuppen, löse den Haken und öffne die Tür, sofort ertönt ein Knarren, lang und klagend. Sollte wohl die Türangeln ölen, solange ich hier bin, so wie das quietscht.

»Nein, so was«, höre ich Mama plötzlich sagen, »du bist's?«

Drehe mich um und schaue sie an. Sie steht in der Haustür, sieht ziemlich müde aus. Komisch, wie alt sie in letzter Zeit geworden ist, sie steht da und lächelt mich zaghaft an.

»Du bist also daheim?«, sage ich.

»Natürlich bin ich daheim.«

»Es hat so lange gedauert, bis du aufgemacht hast, dass ich angenommen habe, du wärst unterwegs«, sage ich und schließe hinter mir die Tür zum Schuppen.

Und schon lacht sie ihr trauriges Lachen.

»Wohin sollte ich unterwegs sein?«, fragt sie, lächelt mich traurig an, will mir quasi bedeuten, wie selten sie das Haus verlässt, wie einsam sie ist. Ich bin noch nicht richtig da, schon fängt sie damit an.

»Woher soll ich das wissen, du könntest ja ein ausschweifendes Leben führen, keine Ahnung«, sage ich, versuche, mit einem Scherz darüber hinwegzugehen.

»Denkst du das wirklich?«, fragt sie, lacht wieder dieses traurige Lachen. »Nein, ich bin nicht mehr so oft unterwegs.«

Sehe sie an, sage nichts. Immer muss sie damit anfangen, ich bin noch keine halbe Minute da, schon geht es los, verdammt anstrengend ist das, aber ich lächele immer noch, gehe lächelnd auf sie zu, muss ihr Gejammer einfach überhören, es bringt nichts, wenn ich was sage. Ich lege eine Hand auf ihre Schulter und nehme sie in den Arm. Der Zigarettengeruch weht mir ins Gesicht, und ich spüre, wie ihr Jochbein sanft gegen meines stößt, ein hartes Jochbein. Sie legt vorsichtig eine Hand auf meinen Oberarm, berührt mich kaum, lässt mich fast sofort wieder los, lehnt sich gegen die Tür und streckt den Arm aus, bittet mich hinein.

»Bitte schön, komm rein!«, sagt sie.

»Danke«, sage ich, betrete den stickig heißen Flur. Eine Fliege schwirrt am Fenster herum, stößt hin und wieder gegen die kleine Scheibe.

»Das ist ja eine schöne Überraschung«, sagt sie.

»Ja, nicht wahr.« Ich sehe sie an und lächele, bücke mich und ziehe die Schuhe aus.

»Ich trinke gerade Kaffee auf der Veranda«, sagt sie, zeigt mit einer Hand auf die Verandatür und schließt mit der anderen die Tür zum Flur. »Geh schon mal raus und setz dich, ich hol dir eine Tasse!«

»Ah, das klingt gut, ich habe richtig Lust auf Kaffee«, sage ich, versuche fröhlich zu klingen, positiv, versuche irgendwie, ihre Stimmung zu heben.

Ich gehe in die Stube, langsam, die Hände in den Hosentaschen. Das Sonnenlicht fällt schräg durch das Fenster, und eine grauglänzende Zigarettenwolke hängt über dem Wohnzimmertisch. Ich gehe auf die Veranda, setze mich auf einen der Stühle und betrachte den Garten. Die Beete sind ziemlich zugewachsen, das Gras ist hoch. Sollte anschließend vielleicht den Rasen mähen, ihr etwas helfen. Und schon kommt Mama auf die Veranda, eine Bohle knarrt leise, als sie darauf tritt.

»Ja, ja«, sagt sie, und ihre Stimme klingt plötzlich aufgesetzt munter, so als wollte sie etwas verbergen, sie wirft mir einen nervösen Blick zu und lächelt. »Du hast es ja wenigstens probiert!«, sagt sie und stellt die Kaffeetasse vor mich hin.

Ich sehe sie an, verstehe nicht ganz, was sie damit sagen will.

»Und man muss im Leben ja auch mal scheitern!«, sagt sie, sagt es mit dieser aufgesetzt munteren, dieser gespielt fröhlichen Stimme. Und dann begreife ich plötzlich, was sie meint, sie scheint zu glauben, dass ich die Musik aufgegeben habe und dass ich deswegen hier bin und nicht auf Tournee, sie tut so, als sei für sie klar, dass ich die Musik an den Nagel gehängt habe, und sie gibt sich erleichtert, erfreut, damit ich ein schlechtes Gewissen bekomme, wenn ich ihr erzähle, dass ich doch nicht aufgehört habe. Habe zwar die Band von Lars und Anders verlassen, aber davon kann sie nichts wissen, sie schauspielert nur, außerdem habe ich die Musik nicht aufgegeben, will auf alle Fälle damit weitermachen.

»So so«, sagt sie.

»Mama!«, sage ich, versuche nachsichtig zu lächeln.

Sie tut so, als würde sie mich nicht hören.

»Wenn es denn so ist!«, meint sie, weicht meinem Blick aus, lächelt zaghaft.

»Mama!«, sage ich etwas lauter. »Ein paar Auftritte wurden abgeblasen, darum haben wir ein paar Tage frei, deshalb bin ich hier«, sage ich, behaupte es einfach, bringe es nicht über mich, ihr zu erzählen, dass ich in der Band aufgehört habe, das bestärkt sie nur noch mehr in ihrem Glauben, es sei falsch, auf die Musik zu setzen.

Einen Moment ist es still.

»Schenk dir am besten selbst ein!«, sagt sie, überhört, was ich sage, sieht mich nicht an, beugt sich nur vor, nimmt die Kaffeekanne in die Hand und stellt sie vor mich auf den Tisch, lächelt vorsichtig. »Ich verschütte ständig alles«, sagt sie, versucht zu lachen. »Ich nehme neue Tabletten, seitdem zittert meine Hand ganz schrecklich.«

Ich sehe zu Boden und unterdrücke ein Seufzen, schaue wieder auf, will gerade wiederholen, dass ich nichts hingeschmissen habe, lasse es aber bleiben, es ist sinnlos, ich reiße mich zusammen und sehe sie wieder an.

»Hast du dem Arzt davon erzählt?«, frage ich, nehme die Kaffeekanne in die Hand und schenke uns beiden ein, kräftigen schwarzen Kaffee, frisch aufgebrüht. Ich sehe sie an, ihr trauriges Gesicht mit dem aufgesetzt tapferen Lächeln, merke, wie der Ärger in mir wächst.

»Nee!«, sagt sie, und jetzt klingt sie fast verärgert, zieht den einen Mundwinkel leicht hoch und wackelt mit dem Kopf, sieht plötzlich auch verärgert aus.

»Das musst du unbedingt tun!«, sage ich.

»Ach was! Warum sollte ich? Jede Tablette hat Nebenwirkungen, egal was ich nehme.«

Einen Moment ist es still. Dann sieht es so aus, als würde ihr plötzlich bewusst, dass sie zu weit gegangen ist, sie holt tief Luft und beugt sich über den Tisch.

»Stimmt schon«, sagt sie schnell, nervös, versucht, sich wieder zu fangen, versucht zu lächeln. »Ich sollte mit dem Arzt sprechen.«

»Unbedingt, so kann es ja nicht weitergehen«, sage ich, versuche, meinen Ärger zu unterdrücken und ihr etwas entgegenzukommen, versuche, ihr etwas von dem Mitleid zu geben, das sie gern haben will, ihre Stimmung zu bessern, indem ich mitspiele, mit ihr über Krankheiten rede.

»Ja, ja, mal sehen«, sagt sie und starrt auf den Tisch.

»Du leidest doch schon genug«, sage ich, »dann solltest du dich nicht auch noch damit quälen müssen.« Ich weiß, dass sie das gerne hört. Sehe sie an, sehe, wie ihr Gesicht aufleuchtet, sie wackelt mit dem Kopf, lächelt ihr tapferes Lächeln.

»Ich lebe ja noch«, sagt sie.

»Zum Glück«, sage ich und lache.

Sie verzieht den Mund zu einem Lächeln, einem anderen Lächeln, das hört sie gern, ihr Lächeln ist jetzt ehrlicher. Ich muss jetzt einfach weitermachen, muss irgendetwas sagen, was sie gern hört, egal was, muss irgendetwas sagen, was ihre Stimmung hebt, ich ertrage es nicht, zusammen mit ihr in dieser Schwermut zu verharren, das halte ich nicht aus, jedenfalls nicht jetzt. Ich sehe sie an, will gerade fragen, ob es in letzter

Zeit besonders schwer für sie war, da klingelt das Telefon. Sie stützt die Hände auf die Armlehnen und steht langsam auf. Auf halber Höhe verzieht sich ihr Gesicht zu einer schmerzhaften Grimasse, und sie fasst sich rasch an den Rücken, bleibt eine knappe Sekunde mit geschlossenen Augen stehen, bevor sie losgeht, die ersten Schritte sind steif und langsam, dann werden sie leichter, geschmeidiger. Ich schaue ihr hinterher, betrachte die schmalen Schultern und den vor Erschöpfung schiefen, leicht gebeugten Rücken. Ich bekomme unweigerlich ein schlechtes Gewissen, hier sitzt sie tagein, tagaus mutterseelenallein in dem großen Haus mit Schmerzen am ganzen Körper, es ist wirklich nicht verwunderlich, dass sie ein bisschen klagen möchte, dass sie sich ein bisschen erleichtern muss, wenn schon mal jemand vorbeikommt, dafür sollte ich etwas Nachsicht zeigen, sie hat im Laufe meines Lebens mehr für mich geopfert, als man von einem Menschen verlangen kann, und das Mindeste, was ich für sie tun kann, ist, ihr Selbstmitleid zu ertragen und ihr zuzuhören, ohne ärgerlich oder genervt zu reagieren. Ich nehme die Kaffeetasse in die Hand und trinke einen kleinen Schluck. Stelle sie wieder ab. Sitze da und betrachte den Garten, er ist völlig verwildert, in den Beeten wurde wohl lange kein Unkraut mehr gejätet, und die Hecke sieht aus wie eine Wildnis, sie ist riesig und ungleichmäßig, ist auch schon in den Rasen hineingewachsen, fiese Pflänzchen, die hier und da herausschauen. Nach einer Weile kommt Mama zurück, hat den Tabakbeutel in der einen Hand und das Feuerzeug in der anderen, sieht mich an und lächelt. Und ich lächele zurück.

»Das war Eskil«, sagt sie, setzt sich hin. »Er kommt zu Besuch!«

Ich antworte nicht sofort, beobachte sie. Sie steckt die Hand in den Tabaksbeutel, nimmt eine Prise Tabak heraus und verteilt sie auf dem Zigarettenpapier.

»Aha«, sage ich, nehme die Kaffeetasse in die Hand und setze sie an die Lippen, habe keine Lust, Eskil zu begegnen, versuche jedoch, mir nichts anmerken zu lassen, schlürfe etwas Kaffee, räuspere mich. »Wann denn?«, frage ich.

»Er ist schon unterwegs, aber er muss noch was erledigen, er kommt vermutlich irgendwann am Nachmittag«, sagt Mama zufrieden, während sie das Papier anfeuchtet, dann steckt sie die Zigarette in den Mund.

Sehe sie an und nicke, spüre, wie meine gute Stimmung verfliegt.

»Nur Eskil?«, frage ich.

»Was?«

»Kommt er allein oder ist Hilde dabei?«

Mama sieht mich verwundert an.

»Das weiß ich nicht«, sagt sie, schlägt ein Bein über das andere, zündet die Zigarette an und zieht daran. »Danach habe ich ihn nicht gefragt, aber ... sie kommt bestimmt mit, bestimmt.« Sie wartet einen Moment, dann sieht sie mich plötzlich an und lächelt. »Sie hat ja so viel zu tun, weißt du. Ich weiß nicht, wann ich sie zuletzt gesehen habe, aber es ist jedenfalls lange her.«

»Mhm! Und wie lange ist es her, seit du Eskil zuletzt gesehen hast?«, frage ich, weiß, dass ich das nicht sagen sollte, sie tut mir leid, weil Eskil fast nie zu Besuch kommt, aber ich kann nicht anders. Sie sieht mir direkt in die Augen, eine Zehntelsekunde nur, dann lächelt sie schnell.

»Tja«, sagt sie. »Aber Eskil hat ja die Politik, weißt du. Neben dem Job. Das ist was ganz anderes.«

»Du hast ihn bestimmt nicht öfter gesehen, bevor er in den

Gemeinderat gewählt wurde, oder?«, sage ich, kann es nicht lassen, es rutscht mir einfach heraus.

Mama lächelt nach wie vor, zieht erneut an ihrer Zigarette.

»Ach ja, reden wir über was anderes«, sagt sie und bläst den Rauch durch die Nase, ich höre das leise Geräusch, das dabei entsteht.

»Tja«, sage ich nur. Die gute Stimmung ist verflogen, und ich merke plötzlich, wie missgelaunt ich bin.

Wir greifen gleichzeitig nach den Kaffeetassen, trinken einen Schluck und stellen sie wieder ab, ein leises Klirren, dann ist es still.

»Neulich habe ich übrigens Wenche getroffen«, sagt Mama.

Sehe sie an, antworte nicht sofort. Jetzt kommt sie mir wieder mit Wenche, lässt einfach nicht locker, darauf habe ich keine Lust mehr.

»Aha«, sage ich bloß, bringe es nicht über mich zu fragen, wie es ihr geht, kann nicht mit Mama über Wenche sprechen.

Kurze Pause.

»Ihr geht es gut«, erzählt sie, zieht an der Zigarette.

»So«, sage ich kurz.

Pause.

»Ich glaube, wir haben uns eine halbe Stunde lang unterhalten, mindestens!«, fährt Mama fort. »Es war sehr nett«, sagt sie, wartet kurz. »Sie hat übrigens nach dir gefragt.«

Sehe sie an, spüre die Wut in mir hochsteigen. Ich mache den Mund auf und will gerade etwas Böses von mir geben, kann mich aber beherrschen, blicke auf den Tisch und warte eine Sekunde. Schaue wieder zu ihr auf.

»Du kannst machen, was du willst, Mama«, sage ich, versuche, ganz ruhig zu sprechen, ringe mir eine Art Lächeln ab.

»Aber Wenche und ich werden nicht wieder zusammenkommen.«

»Aber … davon war doch gar nicht die Rede, Jon«, sagt sie, sagt es mit verblüffter, leicht gekränkter Stimme, mimt die Unschuldige, weiß genau, dass sie versucht, mir ein schlechtes Gewissen zu machen, weil ich Wenche verlassen, den Job hingeschmissen und alles auf die Band gesetzt habe, doch sie tut ganz arglos, sieht mich mit traurigen Augen an.

»Okay«, sage ich kurz und knapp. »Gut.«

Sie schaut zu Boden, seufzt und schüttelt fast unmerklich den Kopf, sitzt da mit übergeschlagenen Beinen und der qualmenden Selbstgedrehten in der Hand, sieht traurig aus.

»Alles, was ich sage, ist falsch. Ich kann machen, was ich will!«

Stille. Ich weiß, dass sie das sagt, damit ich sage, dass es nicht stimmt, aber das tue ich nicht.

»Ich will doch nur …« Sie seufzt und starrt auf den Tisch, schüttelt leise den Kopf. »Ich weiß wirklich nicht«, murmelt sie, zieht erneut an ihrer Zigarette.

Stille.

Sehe sie an, ihre schmalen Schultern, den schiefen ausgezehrten Körper, von jahrelanger Schufterei und Krankheit gezeichnet. Sie ist noch gar nicht so alt, sieht aber alt aus, mit den Kräften am Ende. Einen Moment ist es still, dann spüre ich, wie ich ein schlechtes Gewissen bekomme, obwohl ich keins haben will, doch ich kann nichts dagegen machen. Ich schaue zur Seite. Hole tief Luft und stoße sie lautlos wieder aus, seufze, ohne ein Geräusch von mir zu geben. Ich muss versuchen, mich nicht von ihrem Selbstmitleid herunterziehen zu lassen, die Wut hinunterzuschlucken und ihr den Trost zu geben, den sie haben möchte, so erwachsen sollte ich sein. Einen Moment ist es still. Ich mache den Mund auf und will mich gerade entschuldigen, lasse es aber bleiben, bringe es nicht über mich, kann nicht zulassen, dass sie weiter auf mir herumreitet, es ist nicht richtig, verdammt noch mal, das habe ich mir schon tausend Mal gesagt. Ich muss mich verdammt noch mal zusammenreißen und darf jetzt nicht nachgeben.

Stille.

»Ich dachte, ich könnte vielleicht den Rasen mähen«, sage ich unvermittelt.

Sie sagt nichts, nickt nur, sieht aus wie ein verletztes Tier.

»Hast du Benzin für den Rasenmäher?«, frage ich.

»Der Kanister steht im Schuppen«, sagt sie, sieht mich nicht einmal an.

Merke, wie mein schlechtes Gewissen zunimmt, spüre die Wut und das schlechte Gewissen zugleich, weiß nicht recht, was ich sagen soll.

Stille.

»Tja«, sage ich, stütze mich mit den Händen auf den Armlehnen ab. »Ich kann es genauso gut gleich machen, dann habe ich es hinter mir.«

»Ja«, sagt sie nur und drückt die Zigarette im Aschenbecher aus.

Nach dem Mähen trieft mein Rücken vor Schweiß, und es juckt, ich winde mich ein wenig, reibe mich an der Decke, dann schließe ich die Augen und bleibe ganz still liegen, spüre, wie die Sonne auf dem Körper brennt, rieche den süßlichen Duft von frischgemähtem Gras. Nach einer Weile höre ich plötzlich Autoreifen auf dem Kies. Ich setze mich auf, rühre mich nicht, lausche. Eskil kommt, er wollte doch erst am Nachmittag da sein, aber das muss er sein, ich erkenne das Motorengeräusch, es ist sein großer SUV. Es dauert keine Sekunde, dann werde ich plötzlich von einem mächtigen Widerwillen übermannt, werde gewissermaßen von Panik ergriffen, und ich stehe auf, bücke mich, nehme die Decke in die Hand, ganz automatisch. Irgendetwas in mir sträubt sich dagegen, Eskil zu begrüßen, und ich gehe zu den Beerensträuchern, schnell, bevor er um die Ecke biegt und mich sieht. Ich lege die Decke auf den Grasfleck hinter dem größten Johannisbeerstrauch, dann lege ich mich hin, in den Schutz der Beerensträucher, total bescheuert eigentlich, ich verstecke mich, das ist fast schon krank, aber es nützt nichts, ich will ihn jetzt nicht sehen, will das Aufeinandertreffen so lange wie möglich hinauszögern. Kurz darauf höre ich das leise Knistern eines Motors, der gerade ausgeschaltet wurde, höre eine Autotür, die geöffnet wird, das leise Klicken. Und noch eine Autotür. Demnach ist Hilde also dabei, murmele ich vor mich hin, das ist nicht schlecht, er hält sich normalerweise etwas zurück, wenn sie dabei ist.

Stille.

»Aber jetzt sind wir zu Besuch!«, höre ich Eskil plötzlich sagen, mit schroffer, aber gedämpfter Stimme.

Keine Antwort.

»Okay?«

Immer noch keine Antwort.

»Verdammt noch mal!«, flucht er.

Ich liege ganz still da, lausche, höre Schuhe auf dem Asphalt. Dann wird eine Autotür zugeschlagen.

»Jetzt reiß dich zusammen!«, zischt Eskil leise.

Ich merke, wie sich mein Mund zu einem Lächeln verzieht, kann die Freude nicht unterdrücken, es ist also doch nicht alles so rosarot und harmonisch, wie Eskil es gerne darstellt, und ich empfinde plötzlich große Schadenfreude. Vorsichtig drehe ich mich auf die Seite, strecke die Hand aus und drücke ein paar Zweige des Johannisbeerstrauchs zur Seite, schaue hindurch. Sie biegen gerade bei der Garage um die Ecke, Eskil zuerst, Hilde direkt dahinter, ihre Gesichter sind angespannt, alle beide. Und dann dreht sich Eskil plötzlich mit erhobenem Zeigefinger um. Er sagt etwas, was ich nicht hören kann, ich sehe nur, dass er wütend ist, er zischt ihr leise etwas zu, und Hilde steht da und sieht ihm geradewegs in die Augen, sagt nichts, aber auch sie sieht wütend aus, entschlossen.

Und dann geht plötzlich die Haustür auf, und Mama erscheint auf der Treppe.

»Nein, da seid ihr ja«, sagt sie, wischt sich die Hände an der weißblau karierten Schürze trocken, streckt sie aus und geht die Treppe hinunter auf Eskil zu. Und Eskil setzt die Sonnenbrille ab, breitet ebenfalls die Arme aus, steht da und lächelt sie mit ausgebreiteten Armen an. Sie umarmen sich, wiegen sich hin und her, lange. Sieht total krank aus, als hätten sie sich seit einem Jahr nicht gesehen, Eskil kommt zwar nur selten zu Besuch, aber trotzdem, das hier ist furchtbar übertrieben, lächerlich. Und dann legt Mama ihm die Hände auf die Oberarme und schiebt ihn ein wenig von sich weg, steht da und mustert ihn.

»Bist du dünner geworden?«, fragt sie, mit gespielter Angst in der Stimme, freut sich aber ganz offensichtlich.

»Aber Mama«, sagt Eskil und lacht.

»Ja, doch, du bist dünner geworden«, sagt Mama.

»Nein, nein«, lacht Eskil.

»Du nimmst dir doch hoffentlich die Zeit, ordentlich zu essen?«

»Also, Mama!« Eskil lacht erneut.

»Das tust du doch, oder?«, fragt Mama.

»Ja klar!«

Ich betrachte die beiden, versuche zu grinsen, kriege es jedoch nicht so ganz hin, das Grinsen fällt böse und höhnisch aus. Ich schaue zu Hilde, sie steht im Hintergrund, versucht, zu lächeln und sich nichts anmerken zu lassen, aber ich kann sehen, dass sie es ebenfalls albern findet, wie sich die beiden aufführen, dass sie die Szene peinlich findet. Nach einer Weile geht Mama auf Hilde zu und nimmt sie in den Arm.

»Wie schön, dass du mitgekommen bist«, sagt sie.

»Ja«, sagt Hilde, ringt sich ein Lächeln ab.

Mama dreht sich um, geht wie zufällig zurück zu Eskil, hakt ihn unter, lächelt, während sie etwas sagt, was ich nicht höre, und Eskil zieht die Augenbrauen hoch und lächelt, tut glücklich und überrascht, ich höre nicht, was er sagt, aber er sagt wohl etwas in der Art von, dass er sich freut, und dann laufen sie los, gehen Arm in Arm ins Haus, lächelnd, und Hilde folgt ihnen. Ich drehe mich wieder auf den Rücken, merke, wie ich sauer werde, wie die Stimmung kippt, ich hätte nicht hierherkommen sollen, konnte ja nicht wissen, dass Eskil zu Hause auftaucht, aber trotzdem, es war bescheuert, nicht woanders hinzufahren, egal wohin, nur nicht hierher. Ich schließe die Augen, hole tief Luft und stoße sie in einem langen Seufzer aus, versuche, mich wieder zu beruhigen, es wird schon irgendwie gehen, muss ja nicht länger bleiben als nötig, kann noch zu Mittag essen und Kaffee trinken und dann wegfahren, irgendeine Verabredung vortäuschen und abhauen, brauche ja nicht über Nacht zu bleiben. Ich schlucke, merke, wie ich bei diesem Gedanken etwas ruhiger werde, entspanne mich etwas mehr. Ich lege die

Hände unter den Kopf und schließe die Augen. Es ist ganz still, kein Laut zu hören.

»Hier versteckst du dich also?«, höre ich plötzlich jemanden sagen.

Schlage die Augen auf und sehe genau in Eskils Gesicht. Er steht über mir, grinst mit einer gefakten Ray-Ban-Sonnenbrille in der Stirn. Sein Gesicht ist sonnengebräunt, die weißen Zähne sehen noch weißer aus als sonst, leuchten mir entgegen. Ich sage nicht sofort etwas, versuche, überrascht auszusehen.

»Seid ihr schon da?«, frage ich.

Er wartet einen Moment, zeigt mir ganz deutlich, dass er mich durchschaut, wenn ich versuche, ihm auszuweichen, ist taktlos wie immer. Spüre die Verärgerung, zeige sie aber nicht, versuche zu lächeln.

»Du hast das Auto also nicht gehört?«, fragt er grinsend.

»Ich bin etwas weggedöst«, sage ich.

»Ach so!«, sagt er.

Ich sehe ihn an, versuche weiterhin zu lächeln, schaffe es aber nicht ganz, das Lächeln fällt eher dümmlich aus, ich ärgere mich über mich selbst, sollte die Taktik ändern und zugeben, dass ich versucht habe, ihm auszuweichen, aber das mache ich nicht, bringe es nicht über mich. Gebe vielmehr ein langes Gähnen von mir, versuche, ihn irgendwie davon zu überzeugen, dass ich weggedöst war.

»Hast du Lust, reinzukommen und dich zu uns zu gesellen?«, fragt er. »Oder willst du noch etwas schlafen?«

Die Wut in mir wächst, ich spüre, wie mein ganzer Körper von einem starken Widerwillen erfasst wird, aber ich lasse mir nichts anmerken, tue so, als würde ich seine Ironie nicht hören, seinen Sarkasmus.

»Ich komme«, sage ich, reibe mir das eine Auge, reibe mir sozusagen den Schlaf aus den Augen, anschließend stehe ich auf. Er nickt und grinst, dann dreht er sich um und geht. Ich warte ein paar Sekunden, bücke mich, schnappe mir die Decke und schüttele das frischgemähte Gras ab, rolle sie zusammen und nehme sie unter den Arm, trotte hinter ihm her, achte darauf, dass ich etwas langsamer bin, habe keine Lust, unterwegs mit ihm zu reden. Nach ein paar Metern bleibe ich stehen und tue so, als wäre ich auf etwas getreten, ich schneide eine Grimasse und hebe zugleich den Fuß hoch, stehe auf einem Bein und fühle unter der Ferse nach, bleibe so stehen, bis Eskil durch die Verandatür verschwunden ist, dann laufe ich weiter, zwinge meine Füße über den Rasen auf die Veranda, der Widerwille wächst und wächst, doch es lässt sich nicht vermeiden, ich gehe über den knarrenden Verandaboden in die Stube. Bleibe sofort stehen, höre Mama in der Küche lachen, höre gleich darauf Eskils schallendes Gelächter, sein Lachen, das alles andere übertönt. Einen Augenblick ist es still, dann sagt Eskil etwas, ich kann es nicht richtig hören, aber Mama lacht laut und nennt ihn einen großen Quatschkopf. Alles ist wie immer. Eskil unterhält sie auf die übliche selbstverliebte Art, und Mama lacht über alles, was er sagt und tut. Merke, wie ich mich immer mehr ärgere, habe keine Lust, zu ihnen hineinzugehen, habe keine Lust dazustehen und so zu tun, als fände ich Eskil so unterhaltsam und witzig, wie er es gerne wäre.

»Hallo, Jon«, höre ich plötzlich jemanden sagen.

Drehe mich um. Dort steht Hilde, mitten im Zimmer mit einer Schachtel Prince Mild in der Hand. Sie lächelt mich freundlich an. Sie ist immer freundlich, ich kann nicht begreifen, wieso sie sich auf Eskil eingelassen hat, begreife nicht, wie sie es mit ihm aushält, er hat sie jedenfalls nicht verdient.

»Hallo«, sage ich, gehe auf sie zu, lege eine Hand auf ihren nackten, sonnengebräunten Arm, direkt neben das Tattoo, sie hat sich irgendein asiatisches Zeichen stechen lassen. »Lange her.« Ich nehme sie in den Arm.

»Ja«, sagt sie. »Ich habe dich seit Gretes Sechzigstem nicht mehr gesehen.«

»O Gott, erinnere mich nicht daran. Lange her, dass ich so besoffen war«, sage ich, lache leise.

Sie lacht nicht, sieht mir direkt ins Gesicht und lächelt vorsichtig, ein seltsames Lächeln, als würde ich ihr leidtun, ich kann nicht begreifen, weshalb ich ihr leidtun sollte, aber so sieht es fast aus, als hätte ich an Mamas Sechzigstem irgendetwas gemacht, als hätte ich mich blamiert oder so, ich kann mich nicht daran erinnern, dass ich mich blamiert hätte, aber es kann gut sein, ich war so verdammt besoffen. Jetzt bloß nicht daran denken, so schlimm kann es nicht gewesen sein, wenn keiner was zu mir gesagt hat.

»Und wie geht's dir?«, frage ich.

Sie lächelt ein ganz normales Lächeln jetzt. »Es geht mir gut!«, sagt sie. »Und dir?«

»Mir auch!«, sage ich, versuche munter zu klingen.

Zwei Sekunden.

»Und deine Band?«, höre ich Eskil plötzlich sagen.

Drehe mich um, er schlendert auf uns zu, hat die Sonnenbrille immer noch in die Stirn geschoben, sieht mich an und grinst.

»Was macht die Band?«, fragt er noch einmal, blinzelt träge, strahlt dabei Selbstvertrauen aus, Ruhe.

»Der geht's gut!«, sage ich, versuche, ihn ebenfalls anzulächeln. »Wir sind gut dabei!«

Er nickt, wartet einen Moment.

»Bist du nicht langsam ein bisschen zu alt dafür?«, macht er weiter.

»Zu alt?«

»Um durch die Gegend zu laufen und von einem Leben als Popstar zu träumen«, sagt er.

»Ich träume ja nicht von einem Leben als Popstar«, sage ich, spüre die Wut wieder hochsteigen, lächele ihn aber weiterhin an.

»Stimmt«, sagt er. »Du bist ja Künstler!«

Würde ihm am liebsten eine entsprechende Antwort geben, bringe es aber nicht über mich, habe keine Lust, einen Streit vom Zaun zu brechen, das geht meistens nicht gut aus. Ich sehe ihn an und schmunzele stattdessen, tue so, als wäre es ein Scherz, als würde ich den Sarkasmus in seinen Worten nicht bemerken. Hilde lächelt, sieht mich jedoch nicht an, sie steht da und schmatzt mit den Lippen, wirft Eskil einen Blick zu, der besagt, er soll sich gefälligst zusammenreißen. Ihr Blick ist gespielt desinteressiert, er soll zeigen, dass sie es satthat.

»Ist was?«, fragt Eskil. Er sieht sie an und zieht die Augenbrauen hoch, setzt eine übertrieben unschuldige Miene auf.

»Nein, nein«, sagt Hilde.

»Du siehst so müde aus!«

Sie sagt nichts, sieht ihm nur direkt in die Augen.

»Bist du sicher, dass alles in Ordnung ist?«, fragt Eskil.

»Es ist alles in Ordnung, wie immer«, sagt Hilde.

»Meine Güte!«, sagt Eskil.

»Ja, ist so!«, sagt sie.

Beuge mich vor, um einen vermeintlichen Fleck auf der Shorts zu entfernen, freue mich insgeheim, dass sie sich streiten, bin aber auch etwas verlegen, peinlich berührt. Nach einem Moment tue ich so, als fiele mir gerade etwas ein, was ich Mama fragen muss. »Äääh«, sage ich, kratze mich am Kinn und gehe los, gehe durch die Stube in die Küche. Mama kehrt mir den Rücken zu, steht am Herd und rührt in der Soße. Sie dreht sich um und sieht mich an, lächelt, als wäre alles vergessen, was vorhin war, alles ist ganz anders, seit Eskil gekommen ist, sie ist nicht mehr so schwermütig, ist nie schwermütig, wenn Eskil in der Nähe ist, ist fast fröhlich.

»Danke fürs Rasenmähen, Jon«, sagt sie. Dreht sich wieder um, rührt in der Soße. Ich betrachte die gewundenen blauen Adern auf ihrem Handrücken, ihre abgearbeiteten Hände.

»Nicht der Rede wert«, sage ich.

Zwei Sekunden.

»Kann ich dir hier was helfen?«, frage ich.

Sie dreht sich wieder zu mir um, lächelt.

»Nein, nein!«, sagt sie.

»Sicher?«, frage ich.

»Ja«, sagt sie.

Zwei Sekunden später.

»Jetzt lass dir schon von ihm helfen!«, höre ich Eskil plötzlich sagen.

Sehe, wie Mamas Gesicht sofort aufleuchtet.

»Was erzählst du da schon wieder, du Quatschkopf?«, sagt sie laut und fröhlich.

Und schon schlendert Eskil zu uns herüber. Er hat die Sonnenbrille abgenommen und kaut darauf herum, während er sein schiefes Grinsen aufsetzt, das er für charmant hält. Er sieht Mama an, nimmt die Brille aus dem Mund.

»Jetzt lass dir schon von dem Knaben helfen!«, sagt er. »Du weißt doch, wie großartig er das findet!«

Er steckt die freie Hand in die Hosentasche und lehnt sich

an den Türrahmen, steht da und strahlt Selbstzufriedenheit aus. Und Mama sieht ihn an und lacht.

»Quatschkopf!«, sagt sie.

Eskil grinst, genießt die Situation. Er ist genau wie alle anderen, genießt es, wenn man ihn Quatschkopf nennt. Ich starre ihn an, spüre, wie der Groll in mir wächst, etwas Böses kommt in mir hoch, eine schreckliche Wut.

»Dein Bruder ist aber auch ein Quatschkopf, ich weiß gar nicht, was ich mit ihm machen soll«, sagt Mama, sie dreht sich zu mir und schüttelt den Kopf, lächelt. »Ich weiß nicht, was wir mit ihm machen sollen«, fügt sie hinzu.

»Ach, nein?«, sage ich.

Sie sieht mich verwirrt an. Und das Verbitterte in mir wird größer, das Böse. Am liebsten würde ich sagen, dass ich ein paar gute Vorschläge hätte, aber ich kann mich beherrschen, halte den Mund. Es ist ganz still, und Mama und Eskil sehen mich an, und ich muss etwas sagen, egal was, irgendetwas muss ich sagen.

»Ich geh mal runter zum Strand, zum Baden!«, platzt es aus mir heraus.

Erneut Stille.

Mama sieht mich an, legt die Stirn in Falten.

»Jetzt?«, fragt sie.

Ich gähne und zucke mit den Schultern, tue ganz arglos, schaffe es jedoch nicht ganz.

»Ich bin vorm Essen wieder zurück«, sage ich schnell und ringe mir ein Lächeln ab. Eskil grinst und sieht mir direkt in die Augen. Ich halte seinem Blick eine Sekunde lang stand, dann schlage ich die Augen nieder, spüre, wie mir warm wird, merke, dass ich erröte, stehe hier und werde rot vor Wut und Scham.

»Ihr braucht mich ja nicht, oder?«, sage ich, und ich höre, wie verbittert es klingt, höre das Selbstmitleid in allem, was ich sage. Und ich merke, wie mir noch wärmer wird, wie ich mich noch mehr schäme.

»Ja, aber Jon«, sagt Mama. »Du kannst mit dem Baden doch bis später warten. Es kommt so selten vor, dass wir alle drei zusammen sind.«

Sehe sie an.

»Alle drei? Zählt Hilde vielleicht nicht?«, sage ich, sage es so laut, dass Hilde es ganz sicher hört. Schaue Mama an und lächele gequält.

Vollkommene Stille.

Ich sehe, wir ihr Mund sich öffnet, wie ihre Augen dunkler werden. Sie wirft mir einen wütenden Blick zu, und ich blute innerlich, die Scham in mir brennt, die Wut glüht, aber ich sehe ihr direkt ins Gesicht und lächele sie weiter an. Einen Augenblick ist es still, dann dreht sie sich um und rührt wieder in der Soße.

Stille.

Ich stehe einfach da, rot im Gesicht, lächele. Und Eskil zieht die Augenbrauen hoch und schüttelt fassungslos den Kopf, sagt nichts. Ich schweige ebenfalls, lächele immer noch, verlasse die Küche, blute innerlich, versuche aber, möglichst gleichgültig zu wirken, gehe mit brennendem Rücken durch die Stube und die Verandatür.

Vemundvik, 10.–13. Juli 2006

Der Wunsch wegzugehen gehörte zu den Dingen, die uns verbanden. Wir wollten beide Namsos verlassen und nie mehr zurückkehren. Schon als Elf- oder Zwölfjähriger hängte ich ein großes Poster auf, das New York by night zeigte, und abends vor dem Einschlafen lag ich oft da und stellte mir vor, wie es wäre, in einer ganz bestimmten Straße dort zu wohnen, in einem ganz bestimmten Wolkenkratzer, hinter einem ganz bestimmten Fenster. Schon damals hatte ich das Gefühl, das Leben, das für mich bestimmt war, sei in dem kleinen, verschlafenen Sägewerksstädtchen, in dem ich wohnte, nicht möglich, und diese Überzeugung wurde noch stärker, als ich dich kennenlernte, denn wir pflegten eine gemeinsame Verachtung für das Kleinstadtleben und die Welt, in der wir aufgewachsen waren. Wir zogen gern über Namsos und seine Bewohner her, lachten über sie, berauschten uns gemeinsam daran, dass wir aufs Geratewohl durch die Straßen zogen und uns gegenseitig darin übertrafen, die Stadt und ihre Einwohner zu verabscheuen. Wir wünschten uns weg von diesen Straßen im Zentrum, die nach vier Uhr nachmittags menschenleer und wie ausgestorben waren, weg von Wind und Regen, der vom Fjord hereinkam und gegen die grauen Fünfzigerjahreklötze peitschte, weg von der Würstchenbude, an der sich am Samstagabend grölende Jugendliche mit Selbstgebranntem und einer Dose Traubenlimonade in der Innentasche versammelten und wo sich durchdringender Frittiergeruch mit dem scharfen Gestank von verbranntem Gummi mischte, wenn die Ford Taunusse die Havnegata heruntergeschossen kamen. Wir kultivierten die Vorstellung, all die Leute hier seien Bauerntölpel, die nicht weiter als bis zum eigenen Bauchnabel sehen konnten, während wir offen und neugierig waren, den Blick auf die große weite Welt gerichtet hatten, und wir wurden nicht müde, uns gegenseitig zu erzählen, wie klein Namsos doch sei, wie isoliert und abgeschirmt vom Rest der Welt. »Bald kommt hoffentlich auch hier Ben Hur ins Kino«, sagten wir zum Beispiel, wenn wir über Filme sprachen, die wir interessant fanden und die in den größeren Städten liefen, aber auf die wir notgedrungen noch zwei oder drei Monate warten mussten, wenn sie überhaupt hier gezeigt wurden. »Er dachte bestimmt, ich spreche von Zigaretten«, witzelte ich, als der Verkäufer von einem der zwei Plattenläden in der Stadt behauptete, sie hätten Prince zurzeit nicht vorrätig. Wir taten so, als wären wir über solche Vorfälle genervt und frustriert, ja, als machten sie uns sogar wütend, aber im Nachhinein muss ich gestehen, dass wir unsere Freude daran hatten und von ihnen abhängig waren, um uns so aufgeschlossen, sozialkritisch und kulturell interessiert fühlen zu können, wie wir es gerne sein wollten. »Überlass das Haus einen Abend oder zwei im Jahr einer Revue, dann sind sie alle dafür«, sagte ich, als der Widerstand gegen den Bau eines Kulturhauses am größten war. Und du, der du gerade mit dem Rauchen angefangen hattest und dir sichtlich Mühe gabst, entspannt und weltgewandt auszusehen, wenn du einen Zigarillo in der Hand hieltest, hast gelacht und fassungslos den Kopf geschüttelt über diese hinterwäldlerischen Bauerntölpel, die in ihren Einfamilienhäusern eingesperrt waren, sich die Cosby-Show und andere beschränkte Fernsehsendungen anschauten und im Gegensatz zu uns nicht so aussahen, als würden sie begreifen, dass Kunst, Literatur und Musik dem Leben einen Sinn gaben und das Einzige waren, worüber zu reden es sich lohnte.

Sobald wir über Kunst, Literatur und Musik sprachen, vor allem wenn andere in der Nähe waren, pflegten wir eine leicht gestelzte und umständliche Redeweise. Wir hörten nicht selten mitten im Satz auf und genehmigten uns lange Denkpausen bei geschlossenen Augen, atmeten durch die Nase aus und gaben vor, gründlich zu überlegen, denn das ließ uns klüger und intellektueller aussehen und klingen und vermittelte außerdem den Eindruck, dass wir uns das, was wir sagten, in dem Moment ausdachten, was zwar hin und wieder stimmte, aber mindestens ebenso oft sagten wir Sachen, die wir gelesen und uns eingeprägt hatten, aus Zeitungen und Zeitschriften, die wir uns hin und wieder in der Bibliothek vornahmen. Übrigens war es eine dieser Zeitschriften, in der wir zum ersten Mal etwas über die Beat Generation lasen, und mit ihrer Entdeckung begann eine neue Zeit, denn erst der von ihren literarischen Helden praktizierte lockere Umgang mit der Sexualität versetzte uns in die Lage, der Anziehungskraft nachzugeben, die zwischen uns bestand.

Wir waren schon mehrmals kurz davor gewesen, miteinander Sex zu haben. Weit weniger besoffen, als ich es vorgab zu sein, und mit einem nervösen Lachen, das mehr oder weniger den Anschein vermitteln sollte, das Ganze sei nur ein Scherz, hatte ich dich gebeten, die Hose herunterzulassen, damit ich dir einen blasen konnte, und mit einem Lachen, das mindestens ebenso unsicher war wie meins, hast du mir gehorcht. Doch gerade als ich auf die Knie ging, sah ich hoch und begegnete deinem Blick, und obwohl ich wusste, dass du es selbst wolltest, verließ mich der Mut, und das Ganze endete damit, dass wir beide in fal-

sches, nahezu hysterisches Gelächter ausbrachen. In diesem Moment und auch in der Zeit danach waren wir beide sehr bemüht, uns gegenseitig zu zeigen, dass wir es nicht ernst gemeint hatten, weshalb es fast unvorstellbar scheint, dass wir kaum ein halbes Jahr später quasi jede Gelegenheit nutzten, um Sex miteinander zu haben.

Das erste Mal passierte es in meinem Zimmer. Wir waren den ganzen Tag draußen in der Sonne gewesen, waren heiß und verschwitzt, lagen auf dem Bett und entspannten uns, redeten über das Loch in der Ozonschicht und dass sich keiner von uns daran erinnern konnte, dass unsere Eltern uns als Kinder mit Sonnencreme eingerieben hatten, obwohl wir meinten, im Sommer von morgens bis abends draußen gewesen zu sein. Anfangs schienst du nicht zu merken, dass ich deinen verschwitzten, glänzenden Körper studierte, aber nachdem sich unsere Blicke mehrmals begegnet waren, war es nicht leicht, weiterhin den Ahnungslosen zu spielen, und schließlich, nachdem all das Ungesagte eine intensive, knisternde Spannung erzeugt hatte und keiner von uns mehr in der Lage war, sich auf das Gespräch zu konzentrieren, gelang es dir, eine Art Verbindung zwischen dem, was wir sagten, und dem, was wir dachten, herzustellen: »Ich habe ein Muttermal in der Leistengegend, das ziemlich dunkel ist«, sagtest du und gabst mir somit das Zeichen, auf das ich gewartet hatte. Ohne dich dabei anzusehen, bat ich dich, die Shorts herunterzulassen, damit ich es mir anschauen konnte, und mit einem Gesicht, das zeigen sollte, dass es nur um das Muttermal ging und um nichts anderes, hast du mir gehorcht. Sogar als meine Finger unter deinen dichten schwarzen Schamhaaren suchten, so dass sich dein Schwanz langsam und etwas schief aufrichtete und meine zitternde Hand berührte, versuchten wir, das Spiel aufrechtzuerhalten. Doch als ich das Muttermal nach einer Weile fand und mit dicker, belegter Stimme sagte, du bräuchtest dir deswegen keine Sorgen zu machen, mussten wir uns entscheiden. Entweder mussten wir das tun, wozu wir Lust hatten, oder wir mussten tun, was wir bisher in vergleichbaren Situationen getan hatten, das heißt, das Theater weiterspielen und uns gegenseitig weismachen, dass es nur um ein unschuldiges Muttermal ging. In dem Moment fielen mir plötzlich die Autoren der Beat Generation ein. Während wir in dem gemeinen Namsos-Bürger einen kleinmütigen Menschen sahen, der von einem tiefen Schamgefühl beherrscht wurde, wollten wir selbst ebenso mutig und befreit und experimentell sein wie Allen Ginsberg, William Burroughs und Jack Kerouac, und hätte ich in dieser Situation nicht ihre Ideale im Kopf gehabt, hätte ich mich nicht getraut, dich in den Mund zu nehmen, so wie ich es jetzt tat. Ohne Ginsberg, Burroughs und Kerouac hätte ich hinterher vermutlich Scham empfunden, aber so tat ich es nicht, und dir ging es genauso. Im Gegenteil. Miteinander Sex zu haben war der Beweis dafür, dass unser Selbstbild stimmte, und darum waren wir anschließend fast stolz. Wir lagen nebeneinander, nackt und verschwitzt und erfüllt, bliesen Rauchringe in die Luft, hörten Prudence und taten so, als wäre das, was wir gerade erlebt hatten, genauso normal für uns wie der Verzehr einer Scheibe Brot oder abendliches Fernsehen.

Im Frühjahr 1988 lernten wir Silje Schiive kennen, und während der letzten zwei Schuljahre auf dem Gymnasium waren wir drei eng befreundet. Ihr Vater war tot, und sie wohnte mit ihrer leicht exzentrischen Künstlermutter und einem verdrießlichen roten Kater zusammen, der Laurence hieß nach Laurence Olivier.

Silje hatte etwas auf charmante Weise Arrogantes an sich. Ihr verschleierter teilnahmsloser Blick und ihre abwesende Art, der Umstand, dass sie Dinge vergaß und unaufmerksam und etwas unvorsichtig war, vermittelten den Eindruck, sie sei nicht sonderlich interessiert an dem, was um sie herum vor sich ging, und diese scheinbare Gleichgültigkeit faszinierte viele junge und auch weniger junge Männer, die zeigen wollten, dass ausgerechnet sie ihr etwas Besonderes bieten konnten. Silje war sich dessen durchaus bewusst, oft legte sie es sogar darauf an, aber hin und wieder übertrieb sie es auch. Sie tat dann so, als würde sie andere nicht sehen und nicht hören, oder sie gähnte demonstrativ, wenn diese mit ihr sprachen. Aber anders, als man meinen könnte, kam sie nicht weniger charmant herüber, wenn sie, was selten genug vorkam, ertappt wurde und ihr vorgehalten wurde, sie würde sich nur zieren, um sich interessant zu machen. Da sie die Entlarvung mit einer Unbekümmertheit hinnahm und lachend oder mit Selbstironie darüber hinwegging, nahm sie die Leute sofort wieder für sich ein und wirkte dadurch noch attraktiver.

Aber ihre Arroganz war nicht nur charmant. Sie konnte auch garstig, frech und rücksichtslos ehrlich sein, und viele fürchteten sich in ihrer Nähe, denn man konnte nie wissen, wann sie mit einer unangenehmen Frage ankam oder mit einem verletzenden Kommentar. Oft fragte sie nach Dingen, die viele interessierten, ohne dass sie danach zu fragen wagten, und oft sagte sie Dinge, die vielen aus der Seele sprachen, die andere sich aber nicht zu sagen trauten oder aus Taktgefühl für sich behielten. Und fast immer formulierte sie es so, dass man sie schwerlich angreifen konnte, sie konnte sich ahnungslos und folglich unschuldig geben, sie konnte witzig sein und den anderen damit zum Spielverderber machen, wenn er oder sie ihr zu widersprechen wagte, und sie konnte andere verwirren, indem sie ihnen vorgaukelte, das, was sie gesagt hatte, sei in bester Absicht und voller Wohlwollen erfolgt: »Du bist ganz schön mutig, ich hätte mich nie getraut, mir die Haare so kurz schneiden zu lassen, wenn ich so einen flachen Hinterkopf hätte«, sagte sie einmal zu einem Mädchen, mit dem sie noch eine Rechnung offen hatte und das frisch vom Friseur ins Klassenzimmer kam. Besonders gnadenlos war sie allerdings, wenn sie meinte, frauendiskriminierendes Verhalten zu riechen. Sie gehörte zu der Sorte Feministinnen, die im Namen aller leidenden Frauen auf der Welt einen Jungen aufs Grausamste verletzen konnten. Dass es Männer gab, die Frauen schlugen und vergewaltigten, rechtfertigte gewissermaßen, dass sie die Penisgröße eines armen Jungen kommentierte, und dass südeuropäische Männer als Schürzenjäger galten, reichte offensichtlich aus, um einem netten italienischen Musikerkollegen von mir vorzugaukeln, sie wäre an ihm interessiert, nur um ihn anschließend auf besonders demütigende Weise abzuservieren. »So kriegt er vielleicht einen kleinen Eindruck davon, wie sich die Frauen in seinem Heimatland fühlen«, gab sie hinterher zu verstehen.

Ich weiß nicht mehr genau, wie wir sie kennengelernt haben, aber ich weiß noch, dass wir beide sehr überrascht waren, ein Mädchen zu treffen, das sich wahrhaftig für dieselben Dinge interessierte wie wir. Trotz ihrer kaltschnäuzigen und fast bedrohlichen Seiten fühlten wir uns in ihrer Gegenwart von der ersten Sekunde an wohl, und es gab Zeiten, da aßen und schliefen wir fast öfter bei ihr als bei uns zu Hause, was Oddrun, Siljes Mutter, toll fand. Wer sich jung halten will, müsse mit jungen Leuten zusammen sein, sagte sie immer, und als die ersten Gerüchte aufkamen, wonach sie einen unnormal großen sexuellen Appetit habe und sich gern an junge Männer halte, lachte sie ihr raues, heiseres Lachen, und es kam ihr nicht einmal im Traum in den Sinn, vorsichtiger zu sein und mehr Abstand zu halten. Im Gegenteil, Oddrun provozierte gern, sorgte für Skandale, und als du ihr einmal mit der Dichtung am Wasseranschluss für den Gartenschlauch helfen solltest und sie merkte, dass der pensionierte Offizier im Nachbarhaus am Fenster stand und euch mit dem Fernglas beobachtete, zog sie dich plötzlich zu sich heran und gab dir einen Kuss mitten auf den Mund. Als ihr wieder im Haus wart, konnte sie sich vor Lachen fast nicht mehr einkriegen. »Der hängt jetzt bis morgen früh am Telefon, da bin ich ganz sicher«, sagte sie.

Oddrun schien sich nicht im Mindesten darum zu scheren, was die Leute über sie dachten. Sie konnte an einem Dienstagmorgen auf der Veranda sitzen und sich besaufen, während direkt unter ihr die Leute vorbeigingen. Sie ging zum Narvesen Kiosk und kaufte ein Erotikmagazin, egal wie viele Menschen im Laden waren, und anstatt die Hefte im Schlafzimmer zu verstecken, hatte sie sie in ihrem einzigen Bücherregal im Wohnzimmer stehen. Aber nach Mamas Aussagen war sie nicht immer so gewesen. Siljes Vater hatte als Freimaurer und Geschäftsmann einen guten Ruf gehabt, den es zu wahren galt. Er hatte von Oddrun verlangt, dass sie präsentabel war und sich den gesellschaftlichen Gepflogenheiten anpasste, und erst als er eine Lungenkrankheit bekam und Anfang der 1980er Jahre starb, wollte Oddrun »auf Teufel komm raus zur Bohème gehören und all das tun, was ihr Gatte ihr früher untersagt hatte«, wie Mama sich ausdrückte.

Silje tat so, als hätte sie die Nase voll davon, dass Oddrun ständig auffiel, kleinere Skandälchen auslöste und die Gerüchteküche anfeuerte, aber ihr Verhalten zeigte, dass sie im Grunde stolz darauf war und diese Seite ihrer Mutter bewunderte. »Also wirklich, Mama«, sagte sie oft und verdrehte die Augen. »Mein Gott, ich werde ja ganz rot.« Aber im Gegensatz zu dir und mir, die sich ständig wegen unserer Mütter schämten, errötete sie nie, ganz im Gegenteil, sie lachte nur laut und herzlich über sie, und schon am nächsten Tag konnte sie Freunde und Bekannte mit den neuesten Neuigkeiten ihrer verrückten Bohème-Mutter unterhalten. Oddrun ihrerseits begriff, dass Silje nur so tat, als wäre sie fassungslos und schockiert, sie antwortete auf das Theater mit noch mehr Theater: »Was denn?«, fragte sie beispielsweise, legte die Stirn in Falten und gab vor, nicht zu verstehen, was an dem, was sie gesagt oder getan hatte, so aufsehenerregend war.

Und wir bewunderten und schätzten sie ebenso sehr, wie Silje es tat. Sie war belesen, gebildet und intelligent, und wir konnten nicht nachvollziehen, wieso eine Frau wie sie sich die Zeit nahm, sich so oft und so lange mit uns zu unterhalten, wie sie es tat. Sie bat uns herein und trank eine Tasse Tee mit uns, auch wenn Silje nicht zu Hause war, lud sie uns zu Partys ein und behandelte uns wie die erwachsenen Gäste.

Sie gab im Übrigen keine Party wie Mama und die anderen Erwachsenen, die ich kannte, sie lud eher zu einem Salon ein. In riesigen Weingläsern, in denen ein Plastikstäbchen mit einer Cocktailkirsche am Ende steckte, servierte sie einen Willkommenstrunk, und die Gäste, häufig bekannte Gesichter aus dem lokalen Kultur- und manchmal auch Wirtschaftsleben, schlenderten umher und plauderten miteinander, bis es Zeit war, zu Tisch zu gehen, wo keineswegs Fleischsuppe oder ein Eintopf zum Pils serviert wurden, wie ich es von anderen Festen Erwachsener kannte, sondern irgendein Gericht mit französisch klingendem Namen, eigenhändig von ihr gesammelten Pilzen darin und stets mit einem guten Wein, der meistens aus der-

selben Gegend stammte wie das Gericht und laut Siljes Mutter ausgezeichnet zum Essen passte.

Oddrun konnte im Übrigen keine Flasche Wein aufmachen, ohne zu seufzen und indigniert über die Spirituosenhandlung in Namsos den Kopf zu schütteln. Sie hatten dort kaum einen einzigen trinkbaren Wein, Oddrun musste fast alles aus dem Zentrallager bestellen, und auch die Verkäufer dort hatten absolut keine Ahnung, erzählte sie gern. Am Ende war sie diejenige, die die anderen über Weine aufklärte.

Anders als Arvid und Berit besorgte Mama durchaus mal eine Flasche Wein, wenn sie, was selten vorkam, Gäste zum Essen hatte, aber unabhängig von dem, was es zu essen gab, stand entweder ein Erlauer Stierblut oder ein einfacher Landwein auf dem Tisch, denn die waren billig und in Mamas Augen gut genug. Wenn ich anzumerken wagte, dass nicht jeder Wein zu jedem Essen passe, begegnete sie mir mit irgendeiner sarkastischen Bemerkung, im Stil von, leider sei sie nicht so kultiviert, wie ich es gerne hätte, oder sie tat gekränkt und seufzte etwas in der Art von, dass sie ihr Bestes gebe und es ihr leid tue, wenn es nicht gut genug sei. Sich für Neues zu öffnen und ihr Wissen zu erweitern war für sie offensichtlich gleichbedeutend mit einer Niederlage. Was sie nicht kannte oder wusste, war für sie eine Bedrohung und erinnerte sie daran, dass sie nicht gut genug war; es war keineswegs eine mögliche Quelle für ein erfüllteres Leben. Das zeigte sich auch in den Gesprächen am Esstisch. Falls jemand aus irgendeinem Grund ein Thema aufbrachte, das nicht schon tausendmal durchgekaut worden war oder bei dem die Gefahr bestand, dass nicht alle einer Meinung waren, kam es zu einer Unruhe, die sehr an die Stimmung erinnerte, die Arvid verursachte, wenn er in eine Runde platzte. Dann versuchten Mama oder andere sofort, das Gespräch auf ein unverfängliches Thema und somit wieder in sicheres Fahrwasser zu lenken.

Am Esstisch bei Silje und ihrer Mutter ging es dagegen völlig anders zu. Kein Thema war zu klein oder zu groß, und ob der Standpunkt von einem wütenden oder einem über die Maßen glücklichen Gast vorgebracht wurde, schien keine Rolle zu spielen. Während Arvid und Berit und das ganze christliche Gefolge Wert auf Selbstbeherrschung legten und sich niemals gehen ließen, geschah hier das genaue Gegenteil: Das Einzige, was nicht gern gesehen war, war mangelnde Leidenschaft und fehlendes Interesse für den Gegenstand der Diskussion. »Der Herr mag dich heiß oder kalt, wer lauwarm ist, den spuckt er aus«, wie die Atheistin Oddrun zu sagen pflegte.

Und für uns war es ein einziges Vergnügen, dabei zu sein. Wir bemühten uns, möglichst weltgewandt und selbstsicher aufzutreten, aber es war bestimmt zu erkennen, dass wir stolz und fast unterwürfig dankbar waren. Wir bewunderten alle für das, was sie wussten und konnten und erlebt hatten. Oddrun selbst hatte ein Atelier auf dem Dachboden und malte Bilder von Kondoren als durchgängiges Motiv. Ein unbeschwerter, gesprächiger Typ mit grauem Pferdeschwanz und Lenin-Anstecker am Jackenkragen war 1968 bei der Studentenrevolte in Paris dabei gewesen, und ein Kerl im Anzug mit außergewöhnlich dicker Brille hatte eine Hippie-Vergangenheit und war in einem regenbogenfarbenen VW-Bus kreuz und quer durch die USA gereist. Wir selbst waren nur ein paarmal mit dem Auto in Schweden gewesen, und so komisch es klingt, nachdem Auslandsreisen heute so billig und üblich geworden sind, waren weder Mama, Berit noch Arvid je weiter von zu Hause weg gewesen.

Wir sogen alles in uns auf, was diese Menschen zu erzählen hatten, prägten uns ihre Geschichten, Kommentare und Ansich-

ten ein, und in der Schule oder auf Partys mit Gleichaltrigen wiederholten wir, was sie gesagt hatten, und taten so, als hätten wir uns fast alles selbst ausgedacht.

Auch nach dem Essen war so gut wie alles anders, als wir es kannten. Daheim bei dir und mir räumten stets die Frauen den Tisch ab, und während sie den Abwasch machten, standen sie gern beieinander und unterhielten sich über intimere Dinge. Mamas Lieblingsthemen waren Krankheiten sowie Leidvolles generell und Kinder, die einem besonders leidtun konnten, und es sah für mich immer so aus, als wären diese Themen auch bei den anderen Frauen sehr beliebt. Die Männer blieben derweil im Wohnzimmer sitzen und warteten darauf, dass die Frauen den Kaffee servierten, damit sie sich einen mit Schuss genehmigen konnten. Sie rauchten Selbstgedrehte, fluchten und äußerten sich in deutlichen Worten zum Staatshaushalt oder zu einem Wasserrohrbruch, den jemand im Keller hatte, und manchmal riefen sie den Frauen etwas zu, das fast grenzwertig frech klingen sollte: »Wo bleibt denn jetzt der Kaffee! Wir trocknen hier ja aus!« Und dann steckte Mama oder eine der anderen Frauen den Kopf aus der Küche und gab scheinbar wütend zurück: »Sei bloß ruhig, du Flegel, sonst kriegst du gar nichts!« Und dann lachten alle.

Bei Silje und ihrer Mutter hingegen war es üblich, dass die Männer beim Tischabräumen und beim Abwasch mithalfen, und die Gespräche anschließend waren eine Fortsetzung der Gespräche bei Tisch. Ich selbst konnte zwischen Frauen und Männern dabei keinerlei Unterschied erkennen. Oddrun verteidigte entschieden ihre Meinung über progressive Besteuerung, deutsche Zwischenkriegsliteratur und sowjetische Außenpolitik, und anders als Mama, die zwar gern mal einen Witz machte, aber nie einen, der die Grenzen dessen, was als schicklich für eine Frau galt, überschritt, war Oddrun mindestens ebenso frech und freimütig wie die männlichen Gäste. Wenn sie getrunken hatte, machte sie gerne Witze über die Anzahl ihrer bisherigen Sexualpartner und darüber, wie leicht die Männer zu kriegen waren. »Du brauchst nur die Beine breitzumachen, schon erfüllen sie dir jeden Wunsch«, sagte sie zum Beispiel eines Abends spät, und weder du noch ich noch sonst jemand fand sie deshalb taktlos oder unsittlich.

Waren Oddruns Gäste betrunken, benahmen sie sich manchmal so, wie es auf den Erwachsenenfesten, die wir beide kannten, absolut unvorstellbar gewesen wäre. Eine spindeldürre Frau mit langen weißen Haaren, vorstehenden Augen und einer Vergangenheit als Schauspielerin am Trøndelag Theater zog sich zum Beispiel splitternackt aus und trat auf die Veranda. Dort setzte sie sich hin und rauchte und starrte diejenigen, die auf dem Bürgersteig vorbeigingen, herausfordernd an. Es war vollkommen undenkbar, dass eine Freundin von Mama oder Berit etwas Ähnliches täte, und wenn es trotzdem passierte, wäre es eine persönliche Katastrophe und eine ewige Schande, sobald einer davon erfuhr. Doch nachdem wir am nächsten Morgen aufgestanden waren und am Frühstückstisch Platz genommen hatten, kam dieselbe weißhaarige Frau aus dem Schlafzimmer und hatte anders, als man meinen sollte, den Vorfall keineswegs vergessen, ja sie gab auch nicht vor, ihn vergessen zu haben, sie sah überhaupt nicht so aus, als würde sie sich schämen, sie lachte Tränen, während sie von den Gesichtern mancher Männer berichtete, die vorbeigegangen waren, und die anderen am Tisch lachten genauso laut und herzlich.

Doch wie vorurteilsfrei Oddrun, ihre Freunde und Silje auch waren, trauten wir uns niemals preiszugeben, was wir beide miteinander teilten. Keiner von ihnen hätte etwas dagegen gehabt, natürlich nicht, davon waren wir überzeugt. Paradoxerweise war aber genau das der Grund, weshalb wir es geheim hielten. Wenn Silje davon erfuhr, würde sie es nämlich weitererzählen, das war für sie das Natürlichste der Welt. Sie konnte schlichtweg nicht verstehen, was daran schambehaftet sein sollte, wenn zwei Männer miteinander schliefen, und selbst wenn wir sie inständig bitten würden, nichts zu sagen, und auch wenn sie es hoch und heilig versprechen würde, würde sie es trotzdem tun, und anschließend würde sie nicht verstehen, worüber wir uns so aufregten. »Mein Gott, jetzt regt euch ab«, würde sie sagen. »So schlimm kann es doch gar nicht sein.« Ihr Selbstvertrauen war so groß, dass man sie nicht verletzen konnte, und sie ging ganz selbstverständlich davon aus, dass alle Menschen um sie herum so gestrickt waren.

Mit der Zeit wurde Mama jedoch misstrauisch. Sie sprach es nicht offen aus, aber es war klar zu erkennen, dass sie dich immer weniger mochte. Sie seufzte leise oder sah genervt und fast verärgert aus, wenn ich sagte, ich würde zu dir gehen, und rein zufällig fand ich heraus, dass sie mehrmals behauptet hatte, ich sei nicht zu Hause, wenn du angerufen und nach mir gefragt hattest, obwohl sie wusste, dass ich in meinem Zimmer saß und übte oder Musik hörte. Anfangs dachte ich, es läge an ihrer Krankheit und daran, dass sie mich im Haus brauchte. Sie hatte schon seit Langem chronische Glieder- und Muskelschmerzen, doch über den Winter waren die Schmerzen unerträglich geworden, und da sie außerdem kaum noch etwas mit den Händen greifen und festhalten konnte, fielen ihr alle Arbeiten im Haus schwer. Sie sprach es niemals direkt an, aber sie gab mir zu verstehen, dass es nicht zu viel verlangt sei, wenn ich öfter daheim blieb und bei der Hausarbeit mehr mit anpackte als früher, und ich dachte, die Ablehnung, die sie dir gegenüber plötzlich zeigte, sei eine ihrer Methoden, mir diese Botschaft zu vermitteln. Doch als ich feststellte, dass sie keineswegs so negativ reagierte, wenn ich andere besuchte, wurde mir klar, dass es mit dir zu tun haben musste, und erst als ich das begriffen hatte, fiel mir auf, dass sie dich anders behandelte als früher. Sie war nicht direkt unfreundlich, aber sie war kurz angebunden und weniger gesprächig, und wenn Silje und du gleichzeitig zu Besuch wart, kam es vor, dass sie Silje aufgesetzt freundlich, interessiert und neugierig begegnete, während sie dich übertrieben deutlich auf nahezu kindische Art übersah.

Immer öfter hatte ich im Übrigen das Gefühl, dass sie testen wollte, ob wir schwul waren oder nicht. Wenn dein Name fiel, sprach sie beispielsweise auffallend häufig über HIV und Aids. Zwar war das Virus damals noch relativ neu, und es standen jede Menge Artikel darüber in den Zeitungen, aber das konnte trotzdem nicht erklären, wieso sie so oft und ohne jeden Zusammenhang davon erzählte, wie langwierig und schmerzhaft der Tod Aidskranker war und wie lange es noch dauern würde, bis die Medizin ein wirksames Medikament dagegen finden würde, und wie richtig sie es fände, wenn alle, die sich mit HIV infiziert hatten, irgendwie gekennzeichnet würden, damit alle anderen entsprechende Vorkehrungen treffen konnten. »Na ja, es infizieren sich ja vor allem Homosexuelle, insofern ist unsereiner auf der sicheren Seite«, sagte sie beispielsweise, und dabei passte sie genau auf, wie ich reagierte. Lange Zeit ignorierte ich es einfach, wenn sie damit anfing. Ich tat so, als würde ich nicht verstehen, warum sie das sagte, ich gähnte und hoffte und glaubte auch, dass sie mit der Zeit damit aufhören würde, aber dem war nicht so, und als du einmal zu Besuch warst und sie auf merkwürdigen Umwegen das Gespräch auf einen Friseur brachte, von dessen Homosexualität sie überzeugt war, obwohl er Frau und Kinder hatte, wurde es mir zu viel. »Wir sind nicht schwul, Mama«, sagte ich.

Zuerst wurde sie puterrot, dann sauer, weil ich Dinge ausgesprochen und damit die ungeschriebenen Gesetze gebrochen hatte, wie ihrer Meinung nach über derlei Dinge zu reden war, aber eine Minute später war sie plötzlich so fröhlich und munter, wie ich sie seit Langem nicht erlebt hatte. Sie sah wieder die Möglichkeit vor Augen, doch noch Enkelkinder zu bekommen, die sie verwöhnen könnte, eine Schwiegertochter, der sie etwas beibringen könnte, und einen Sohn, über den sie mit ihren Freundinnen sprechen könnte, ohne lügen zu müssen oder zu erröten. Zweites und Letzteres hätte ihr im Grunde auch mein Bruder Eskil bieten können, doch zu Mamas großem Leidwesen hatte er als Teenager Mumps gehabt und war seitdem steril, weshalb Enkelkinder und die Fortführung der Familie gewissermaßen meine Aufgabe waren, das hatte sie mir mehrmals zu verstehen gegeben.

Ich wusste damals genauso wenig, ob ich homosexuell, heterosexuell oder bisexuell war, wie heute, aber es tat trotzdem weh, sie so reden zu hören. Du fandest sie lediglich lächerlich, und manchmal musstest du dich zusammenreißen, um nicht laut loszulachen, wenn sie dasaß und uns auf die Probe stellte, aber auch wenn ich dir zustimmte und wenn vieles von dem, was sie von sich gab, so bescheuert war, dass man nicht glauben sollte, es würde einen verletzen, war ich hinterher stets deprimiert. Damals konnte ich es nicht verstehen, doch heute ist mir klar, dass die Tatsache, dass sie Bedingungen an mich stellte, um mich lieben zu können, zur Folge hatte, dass ich immer mit einem diffusen Gefühl von Scham herumgelaufen bin.

Ich glaube, dass Berit und Arvid anders als Mama nie be-

griffen, dass wir damals mehr als Kameraden waren. Arvid benahm sich ja so, als lebte er manchmal in jenem Himmel, an den er glaubte, und da es in diesem Himmel ganz sicher keine Homosexualität gab, nehme ich an, dass ihm nicht einmal der Gedanke kam, wir könnten auf diese Weise zusammen sein. Berit war weitaus bodenständiger und kriegte mehr mit, und unter normalen Umständen wäre sie sicher in der Lage gewesen, dasselbe zu sehen, was Mama sah, aber die verschlossene, abweisende, nahezu gefühlskalte Art, die du bei dir zu Hause an den Tag legtest, machte es fast unmöglich, dich zu durchschauen. Nicht nur Arvid fiel dies schwer, auch deiner Mutter. Als wir einmal bei dir waren, um einen Fotoapparat zu holen, den wir für eins unserer ewigen Kunstprojekte brauchten, und du dringend etwas essen musstest, damit dein Blutzuckerspiegel nicht zu sehr abfiel, weiß ich noch, wie du Arvid umständlich fragtest, ob du dir ein paar Scheiben Brot nehmen »dürftest«. Silje und ich hielten das für einen Scherz, aber als wir sahen, dass Arvid keineswegs lächelte, sondern ergeben seufzte und die Küche wortlos verließ, begriffen wir, dass es mehr oder weniger normal war.

Man könnte annehmen, Berit machte sich Sorgen um dich, und vielleicht tat sie das auch, aber gleichzeitig schien es, als würde sie diese Seite an dir bewundern. Ich glaube, sie deutete deinen ganzen Trotz und all die kleinen Revolten als Zeichen innerer Stärke und großen Mutes, und mir fiel immer wieder auf, wie sie ein Lächeln unterdrückte, wenn du dich auf eine Weise aufführtest, die andere Mütter vermutlich mit Angst erfüllt hätte.

Namsos, 5. Juli 2006. Kanaken.

Hebe einen alten, verdorrten Zweig vom Boden auf, lege ihn übers Knie und stelle mir vor, es sei Eskils Arm, dann breche ich ihn in der Mitte durch und werfe die beiden Teile ins Wasser. Grinse, versuche triumphierend zu grinsen, gelingt mir aber nicht ganz, das Grinsen fällt nur verbittert aus, gemein. Beuge mich vor und stütze die Ellbogen auf die Knie, bleibe sitzen und schaue über das Meer, ein blaues Meer, das in der stechenden Sonne glitzert. Warte ein paar Sekunden, dann stütze ich mich mit den Händen auf den Knien ab und erhebe mich von dem Felsen. Muss wieder zurück. Lässt sich nicht vermeiden. Fahre am besten gleich nach dem Essen weiter. Weiß nicht, wohin, will einfach nur weg, irgendwohin. Ich laufe los, laufe durch den Wald zu dem staubigen Feldweg, dem gelben Feldweg. Anfangs schnell, dann langsamer, je näher ich dem Haus komme. Als wollte mein Körper nicht dorthin zurück, meine Füße werden immer schwerer, und ich muss sie zwingen, den Garten zu betreten, sie mühsam über den Rasen lenken. Dann höre ich ihre Stimmen, höre Mama lachen und Eskils dröhnende Stimme, laut und dominierend, fröhlich und lebendig. Hört sich an, als hätten sie ihren Spaß. Mama lacht schon wieder, dann Eskil, er lacht sein polterndes Lachen. Und ich höre auch Hilde lachen. Sie sitzen zu dritt zusammen und haben Spaß, und schon komme ich und mache alles kaputt, komme herein und mache die Stimmung kaputt. Einen Augenblick ist es still, dann spüre ich einen Stich, weil es stimmt, ich sage das nicht, um mich zu bemitleiden, es stimmt tatsächlich. Ich bleibe stehen und schlucke. Rühre mich nicht. Und in mir blutet es, der Drang kehrtzumachen wächst, und ich verspüre zunehmend den Wunsch abzuhauen, wegzugehen, aber das kann ich nicht, vielleicht denken sie, ich sei ertrunken oder so, vielleicht starten sie eine Suchaktion, man weiß ja nie, ich haue lieber gleich nach dem Essen ab, fahre zur Hütte oder vielleicht zu Wenche. Habe genauso wenig Lust auf Wenche, aber dort ist es immer noch besser als hier. Mal sehen. Ich schließe die Augen und öffne sie wieder, lenke meine Füße mühsam um die Hausecke zur Veranda. Sie sitzen da und rauchen, Mama mit einer Selbstgedrehten in der Hand, Eskil und Hilde mit einer Zigarette. Sobald sie mich sehen, wird es still, das Gelächter hört auf, es dauert nicht einmal eine Sekunde, dann versuchen sie, sich wieder zu fangen, sie schmunzeln und lassen ein paar belanglose Kommentare los, damit es nicht zu peinlich ist, wollen ihre Befangenheit überspielen.

»Ich weiß nicht, wo du das alles hernimmst?«, sagt Mama zu Eskil, kann es nicht oft genug sagen, wie es scheint. Sie schüttelt den Kopf, während sie sich vorbeugt und die Zigarette ausdrückt, sich an einem Lachen versucht. Sie tut so, als würde sie nicht merken, dass ich wieder da bin, es gelingt ihr aber nicht ganz, sie fühlt sich unwohl, das sehe ich ihr an.

Einen Augenblick ist es still, dann drehen sich alle wie zufällig zu mir um.

»Da bist du ja wieder«, sagt Eskil.

»Ja«, sage ich. »Ausgerechnet jetzt, wo ihr so viel Spaß hattet«, füge ich hinzu. Kaum dass ich die Worte ausgesprochen habe, überkommt mich Reue, dabei sage ich nur, was alle denken. Trotzdem, ich hätte es besser für mich behalten, es ist mir einfach so rausgerutscht. Es wird still. Ich schaue zu Boden, während ich weitergehe, spüre, wie der Schmerz in mir zunimmt, ich blute. Versuche zu lächeln, gleichgültig auszusehen, gelingt mir aber nicht, ich setze dieses gequälte Lächeln auf, dieses gemeine Lächeln. Schaue auf, während ich den freien Verandastuhl zu mir heranziehe, sehe, wie Mama ein zaghaftes Lächeln zeigt, sie will wieder tapfer und leidend aussehen. Einen Augenblick ist es still, dann steht sie auf.

»Tja ...«, sagt sie, stöhnt leise und fasst sich mit der Hand an den Rücken, während sie sich ganz aufrichtet. »Ich schaue mal nach, ob das Essen fertig ist.« Dann drückt sie sich an mir vorbei, sieht mich nicht einmal an.

Erneut Stille.

»Ja«, sagt Eskil, bläst den Zigarettenrauch durch die Nase, wartet kurz. »Wie war das Badewasser?«

»Nicht übel«, sage ich, versuche seinem Blick standzuhalten, versuche selbstsicher auszusehen, gelingt mir aber nicht ganz.

»Wo warst du denn?«

»Am Strand halt.«

Er nickt, wartet einen Moment.

»Warst du dort, wo du mir mal die Hose runtergezogen hast?«, sagt er.

Schaue ihn an, verblüfft. Warum sagt er das, er war doch derjenige, der mir die Hose runtergezogen hat, nicht umgekehrt.

»Hab ich dir das schon erzählt?«, fragt er an Hilde gewandt. »Der Badestrand voller Menschen, und der Arsch zieht mir die Hose runter. Ein paar Mädchen aus meiner Klasse waren da und alles, Scheiße, war mir das peinlich«, sagt er und sieht mich wieder an. Es dauert einen Moment. Dann kapiere ich plötzlich, was er vorhat, er will mir gewissermaßen Charakterzüge von sich andichten, gibt mir die Hauptrolle in einer seiner vielen Geschichten und hofft, dass ich mich dadurch besser fühle. Das ist seine Art, mir zu schmeicheln, seine Art, die Stimmung zu retten.

»Erinnerst du dich?«

»Nein, daran kann ich mich nicht erinnern«, sage ich, schaue ihn an, halte seinem Blick eine Sekunde lang stand, versuche, ihm zu zeigen, dass ich weiß, was er im Schilde führt, aber er kapiert es nicht, macht einfach weiter.

»Wirklich?«, fragt er, tut ganz verblüfft. Er nimmt einen letzten Zug, drückt die Zigarette im Aschenbecher aus. »Nein, kann gut sein, dass du es vergessen hast, aber ich hab es nicht vergessen, das kann ich dir sagen. Das ist ein Erlebnis, das hat sich festgesetzt«, sagt er, lacht, als er sich zu Hilde umdreht, nickt zu mir herüber. »War ein ziemlicher Rabauke, er hier, verstehst du?«

»Tatsächlich, Jon?«, fragt Hilde, beugt sich vor und drückt ebenfalls die Zigarette aus. Setzt sich auf dem Stuhl zurück, sieht mich an, sieht etwas überrascht aus, fast beeindruckt.

Ich antworte nicht sofort.

»Stimmt das?«, fragt sie.

Und dann merke ich, dass es funktioniert, es ist total bescheuert, aber es schmeichelt mir. Ich schaue zu Boden, blicke wieder auf, kann ein Lächeln nicht unterdrücken, gebe quasi zu, dass ich ein ziemlicher Rabauke war, nicht nur introvertiert und schüchtern, ich konnte auch wild sein, nicht zu bändigen, auch wenn es nicht stimmt, es fühlt sich gut an, von anderen so gesehen zu werden.

»Das hätt ich nicht von dir gedacht«, sagt Hilde.

Sie bedenkt mich mit einem freundlichen, wohlwollenden Blick, einem etwas zu freundlichen und wohlwollenden Blick im Grunde. Und auch ihr Lächeln ist etwas zu freundlich. Und dann begreife ich plötzlich, dass sie weiß, dass das Ganze Blödsinn ist, dass sie so tut, als würde sie Eskil glauben, weil ich ihr leidtue, weil sie Mitleid mit mir hat. Es dauert keine Sekunde, schon verschwindet das angenehme Gefühl, das das Geschmeicheltsein mit sich gebracht hat, es fließt aus mir heraus, und ich merke, wie die Scham zurückkehrt. Wie klein kann man eigentlich werden, wie sehr kleiner Bruder kann man sein? Eskil verleiht mir seine eigenen Charakterzüge, und ich sitze da und nehme das Geschenk an, als wäre ich nicht ganz dicht im Kopf, sitze da und vermittele den Eindruck, ganz so sein zu wollen wie er. Als würde ich ihn bewundern, diesen großkotzigen, eingebildeten FRP-ler, diesen rechten Hund, er ist mit das Letzte, was ich werden will, verdammt. Mein Gott, was ist nur in mich gefahren? Hilde sieht mich unverwandt an, sie weiß, dass ich das ganze Theater durchschaut habe und hier sitze und mich schäme, ich kann ihr am Gesicht ablesen, dass sie das weiß.

»Ja, ja«, sagt Hilde, versucht das Gespräch auf ein anderes Thema zu lenken, mich aus dieser Situation zu retten, bevor es zu peinlich wird. Sie macht den Mund auf und will gerade etwas sagen, da kommt Mama zurück, ich höre es knarren, als sie den Fuß auf die Veranda setzt, und Eskil genau wie Hilde drehen sich um, schauen sie an.

»Es ist noch nicht ganz fertig«, sagt Mama. »Aber es dauert nicht mehr lange.«

»Mmm«, sagt Eskil, lehnt sich im Stuhl nach hinten, verschränkt die Finger ineinander und lässt sie auf ekelhafte Weise knacken, will wohl zeigen, wie sehr er sich auf das Essen freut.

»Es riecht sehr gut«, sagt Hilde.

»Herrlich«, sagt Eskil.

»Das heißt nicht, dass es auch genauso gut schmeckt«, wendet Mama ein.

»Ich bin sicher, dass es gut schmeckt!«, sagt Eskil.

»Ich bin es nicht gewöhnt, den Fisch im Ofen zu machen«, meint Mama. Sie kann es nicht lassen, macht sich selbst herunter, damit Eskil und Hilde protestieren und ihr widersprechen, das ist so verdammt typisch, sitzt da und lechzt nach Lob.

»Das hast du doch schon mal gemacht, als wir hier waren, und damals hat es wunderbar geschmeckt«, sagt Eskil.

»Stimmt das?«

»Na klar. Wir haben noch lange hinterher über das Essen gesprochen.« Er sieht Mama an und nickt, und Mama lächelt dankbar zurück. Es ist nicht zu glauben, verdammt, alle wissen, dass er nicht die Wahrheit sagt, alle wissen, dass er übertreibt, aber es spielt einfach keine Rolle. Lächerlich ist das.

»Du musst mir übrigens Bescheid geben, wenn du keinen Fisch mehr hast«, fährt Eskil fort, »dann schicke ich jemanden mit einer neuen Ladung vorbei.«

»Au fein!«, sagt Mama erfreut. »Kannst du das denn einfach tun?«

»Ja, was tue ich nicht alles für meine gute alte Mutter«, sagt Eskil.

Das ist so was von dreist, verdammt, er lässt sich nie bei Mama blicken, besucht sie so gut wie überhaupt nicht und traut sich trotzdem, so etwas zu sagen. Er sieht Mama an und lacht. Und Mama lacht ebenfalls, nicht einmal, als es ihr ganz schlecht ging, hat er sich blicken lassen, und trotzdem lacht sie, wenn er davon redet, ihr unter die Arme zu greifen, als hätte sie alles vergessen, als würde es keine Rolle spielen.

»Ich rede mal mit einem der Jungs, er soll dir am Wochenende eine Kiste Filets und eine Kiste ganzen Dorsch vorbeibringen«, sagt Eskil. »Dann bist du für eine Weile versorgt.«

»Mein Junge, was würde ich bloß ohne dich machen«, sagt Mama.

»Verhungern«, pariert Eskil, und schon lacht er wieder sein großkotziges Lachen, sein lautes Lachen und sieht sich dabei um. Und Mama lacht aus vollem Halse mit.

»Es ist nicht zu fassen«, sagt sie, schüttelt den Kopf.

Zwei Sekunden.

Dann dreht sich Eskil plötzlich zu mir um.

»Wir suchen übrigens noch einen Fahrer«, sagt er, nimmt die Sonnenbrille von der Stirn und wartet kurz, nickt mir zu. »Könntest du dir das nicht vorstellen?«

Ich antworte nicht sofort.

Könntest du dir das nicht vorstellen? Er tut so, als würde ich eine Stelle suchen, ich habe immer wieder gesagt, dass ich in die Musikbranche will, aber er tut so, als hätte er es nicht gehört, als könnte er sich nicht vorstellen, dass man das ernsthaft will, das ist so arrogant, so verdammt herablassend. Und ich merke, wie die Wut in mir hochsteigt. Mama sitzt da und sieht mich gespannt an. Und dann begreife ich plötzlich, dass sie darüber gesprochen haben, während ich am Strand war, sehe vor mir, wie Mama dort gesessen und einen auf leidende Mutter gemacht hat, die mit ihren Kräften am Ende ist und resigniert hat, weil ich es zu nichts bringe, und daraufhin ist Eskil in die Vaterrolle geschlüpft, der große Bruder, der für die Familie sorgt, er, der von uns allen am wenigsten Verantwortung gezeigt hat, Drogen genommen und die ganze Jugend hindurch Mist gebaut hat, und jetzt macht er plötzlich eine Kehrtwende und will Verantwortung übernehmen, wird sogar Politiker und redet laut über strengere Strafen, über »Law and Order«, er, der Mama all die Jahre beklaut hat, um seinen Drogenkonsum zu finanzieren, jetzt sitzt er plötzlich da und will als derjenige gelten, der Verantwortung übernimmt und dem man vertrauen kann, es ist nicht zu fassen, verdammt, dass er sich nicht schämt.

»Das Gehalt ist eigentlich auch nicht so schlecht«, sagt Eskil.

»Wie viel verdient man da?«, fragt Mama.

»Rund zweihundertneunzigtausend, glaube ich.«

»So viel?«, sagt Mama.

»Ja, wenn es nicht noch mehr ist«, sagt Eskil.

Ich sitze nur da und schaue sie an. Sie wissen, dass ich keine Lust habe, als Fahrer zu arbeiten, aber sie scheren sich einen Dreck darum. Sitzen da und reden so, damit ich fast nicht Nein sagen kann, versuchen mich zu einem Ja zu drängen. Glauben die wirklich, ich blicke das nicht? Ich warte einen Augenblick, dann verziehe ich den Mund zu einem Grinsen, schüttele leise den Kopf. Daraufhin presst Mama die Lippen zu einem traurigen Lächeln zusammen, sieht Eskil an und seufzt, macht wieder einen auf resignierte Mutter, die sich keinen Rat mehr weiß.

»Na ja«, meint Eskil, lächelt mich an. »Du hast vermutlich Pläne mit deiner Band.« Er sagt es ohne Ironie, tut plötzlich ganz ehrlich, will dastehen wie einer, der mich respektiert, weiß, dass ihn das in Mamas Augen noch größer macht.

»Diese … Band!«, schnaubt Mama, sie klingt so, als ginge es um eine Geschlechtskrankheit.

»Du kannst es dir ja noch mal überlegen«, sagt Eskil und

tut ganz harmlos, dabei sitzt er da und freut sich diebisch, ich weiß, dass er sich freut, er sitzt da und lässt mich aussehen wie ein undankbarer Faulenzer, während er selbst den selbstlosen, fürsorglichen großen Bruder gibt, und darüber freut er sich diebisch. Ich sehe ihn an, spüre, wie die Verachtung in mir wächst.

»Da gibt es nichts zu überlegen«, sage ich. »Ich habe kein Interesse.«

Von Mama ist sofort ein leises Schnauben zu hören.

»Das ist dir vielleicht nicht gut genug?«, fragt sie verärgert.

Plötzlich muss ich laut lachen, dass sie so etwas Bescheuertes von sich gibt, dass sie in vollem Ernst so ein uraltes Klischee vom Stapel lässt. Es ist nicht zu glauben, verdammt, es kommt mir vor, als wären wir mitten in einem dieser Ken-Loach- oder Mike-Leigh-Filme, die reinste Parodie.

»Na klar, ein Fischauto zu fahren ist mir nicht gut genug«, sage ich, »ich halte mich ja für was Besseres.« Ich grinse sie an und sehe, wie sehr sie meine Ironie trifft, wie wütend sie darüber ist.

»Ja, ja«, sagt Eskil ruhig, sagt es so, als wollte er, dass wir das Ganze vergessen. Er spielt weiterhin den Großzügigen, sorgt dafür, dass wir uns davon nicht runterziehen lassen, sitzt da und freut sich diebisch darüber, dass Mama und ich uns streiten und er so tun kann, als wollte er, dass wir uns vertragen, er weiß, dass ihn das in Mamas Augen noch größer macht.

»Jon hat ja sonst niemanden, an den er denken muss, er ist nicht so abhängig von einem geregelten Einkommen wie viele andere.« Er nimmt mich auch jetzt noch vermeintlich in Schutz, er ist so verdammt gerissen, bagatellisiert meine Absage auf sein Jobangebot, damit Mama ihm widerspricht und wiederholt, wie bescheuert sie mein Verhalten findet.

»Er muss ja trotzdem irgendwo wohnen«, sagt Mama resigniert, tut genau das, was Eskil von ihr will, kritisiert mich weiter. »Und was essen. Und es gibt auch Rechnungen, die bezahlt sein wollen. Strom und Telefon und ich weiß nicht, was noch.« Sie sieht Eskil an, als wäre sie mit ihrem Latein am Ende, spricht über mich, als wäre ich gar nicht da, übersieht mich, entmündigt mich, genau das tut sie, ist so verdammt herablassend, so verdammt arrogant. »Trotzdem braucht er ein Einkommen, auch wenn er keine Familie versorgen muss«, sagt sie. »Du und Hilde, ihr habt ja auch nur euch zwei, trotzdem arbeitet ihr.«

»Damit ist es jetzt vorbei«, sagt Eskil, sieht zu Boden und fingert an der Sonnenbrille herum, lächelt plötzlich fast verschwörerisch.

Stille.

Hilde wirft ihm einen Blick zu, der besagt, dass er ein Thema angeschnitten hat, über das sie nicht reden will. Aber Eskil sieht sie nicht an, sieht zu Mama hoch und lächelt.

»Womit ist es jetzt vorbei?«, fragt Mama.

»Dass wir nur an uns beide denken müssen«, sagt Eskil, dann dreht er sich zu Hilde um, lächelt sie ebenfalls an. »Aber Hilde«, sagt er, sagt es fast bittend. »Deswegen sind wir doch hier«, fügt er hinzu.

»Was willst du damit sagen?«, fragt Mama.

»Wir werden ein Kind adoptieren«, sagt Eskil. »Wir wollten nichts sagen, bevor nicht alles geregelt war, aber jetzt ist es so weit. In anderthalb Monaten holen wir unseren kleinen Jungen ab.«

Stille.

Dann nimmt Mama beide Hände hoch, legt sie auf die Wangen und macht den Mund auf, sagt nichts, sitzt einfach da mit offenem Mund. Und schon fängt Eskil an zu lachen, er sieht, wie sehr sich Mama freut, und er kann nicht anders, als zu lachen, eben noch war sie sauer und niedergeschlagen, und jetzt hat er es geschafft, sie in einen Glücksrausch zu versetzen.

»Mein Gott, Eskil!«, ruft Mama aus, steht auf und streckt die Arme über den Tisch, will Eskil umarmen. Und Eskil lacht, während er aufsteht und sie umarmt. Sie wiegen sich hin und her. Und dann beginnt Mama zu weinen, hat die Augen geschlossen und weint, und ich sehe, wie ihr die Tränen über die Wangen laufen, Freudentränen, ich sollte mich eigentlich auch freuen, aber ich freue mich nicht, kann mich nicht für sie freuen, jedenfalls nicht jetzt, nicht nach allem, was gesagt wurde. Ich versuche, mir ein kleines Lächeln abzuringen, doch es klappt nicht, das Lächeln wirkt gemein und gequält. Und dort sitzt Hilde und sieht mich an, mit Mitleid in den Augen, als würde sie mich durchschauen, und ich spüre, wie ich von einem Schamgefühl übermannt werde, sehe sofort weg, halte mich an meinem Lächeln fest.

»Uff«, sagt Mama, schnieft und trocknet sich die Tränen ab, wendet sich an Hilde. »Oh, Hilde«, sagt sie, streckt die Arme aus und umarmt auch Hilde, legt das Kinn auf ihre Schulter und drückt sie an sich. Und Eskil sitzt da und lächelt, betrachtet die beiden, gerührt, und dann dreht er sich plötzlich zu mir um, lächelt, während er zugleich die Hände auf die Armlehnen stützt. Er will aufstehen und mir die Hand geben oder so was in der Art, geht wohl davon aus, dass ich ihm per Handschlag gratulieren will. Aber das tue ich nicht, sollte es tun, will es auch tun, kann mich jedoch nicht dazu durchringen. Ich bleibe sitzen. Und dann sieht Eskil, dass ich nicht aufstehen werde. Er erhebt sich leicht von seinem Stuhl, verschiebt das Kissen unter sich ein wenig, versucht, alles zu überspielen, indem er so tut, als hätte er etwas unbequem gesessen, ich spüre, wie mir das schlechte Gewissen einen Stich versetzt, mich quält.

»Gratuliere!«, sage ich, schaffe es, dieses Wort aus mir herauszupressen, aber es klingt halbherzig, meine Stimme ist gleichgültig, nahezu kalt. So ist es einfach. Und das schlechte Gewissen in mir wächst, ich sollte mich nicht so benehmen, das ist ungezogen, doch ich kann es nicht ändern.

»Danke«, sagt Eskil, tut, als wenn nichts wäre. Er wendet sich wieder Mama und Hilde zu, die beiden stehen immer noch da und umarmen sich. Habe Mama Hilde gegenüber noch nie so herzlich gesehen. Sie hat Hilde nie gemocht, sie nie akzeptiert, aber jetzt ist Hilde gewissermaßen anerkannt, sie drückt sie ganz fest an sich, und Hilde sieht mich über ihre Schulter hinweg an, sie lächelt, doch ihre Augen blicken ernst, sie sieht mir an, dass ich mich nicht freuen kann.

»Gratuliere«, sage ich, versuche zu lächeln und mir nichts anmerken zu lassen, aber sie durchschaut mich, weiß, wie es mir geht, das sehe ich ihr an.

»Danke«, sagt sie, sagt es auf eine eher traurige Art, die zeigen soll, dass sie in alledem Mitleid mit mir hat.

Und jetzt lässt Mama Hilde los.

»Mein Gott, ich … mir fehlen die Worte!« Sie macht eine kleine Pause, steht da mit offenem Mund und lächelt, und dann klatscht sie in die Hände. »Jetzt erzählt, ich will alles wissen. Aus welchem Land, wisst ihr das Geschlecht, habt ihr schon einen Namen, ich will alles wissen, alles!«, sagt sie mit fast übertrieben fröhlicher Stimme, glaube fast, dass ich sie so noch nie gesehen habe. Hilde sieht sie an, lächelt, will sich aber nicht so richtig freuen, sieht mich kurz an, bevor sie die Hand in die Tasche steckt, als wollte sie Rücksicht auf mich nehmen, als würde sie meinetwegen ihre eigene Freude dämpfen.

»Hier ist es«, sagt sie, holt ein paar Blätter aus der Tasche, gelbe und rosa Blätter, die oben in einer Ecke zusammengeheftet sind. Sie zieht ein Foto heraus, das mit einer Büroklammer befestigt ist.

»Oh, du hast sogar ein Foto?«, ruft Mama begeistert. Sie rückt auf dem Stuhl nach vorn und streckt die Hand aus. »Zeig her, zeig her«, sagt sie, nimmt das Foto und starrt es mit großen Augen an, sagt nichts, sitzt einfach nur da und starrt auf das Foto. Und dann beginnt sie plötzlich zu weinen, die Tränen lösen sich aus ihren Augenwinkeln. »Mein Gott, ist der süß«, sagt sie, »wo kommt er her?«

»Kolumbien«, sagt Eskil.

»Wo ist das?«

Ich sehe sie an, grinse, aber sie merkt es nicht.

»Südamerika«, sagt Eskil.

»Oh, mein Gott, sieh nur, was für schöne Augen er hat«, sagt Mama, dann wendet sie sich an mich, reicht mir das Foto. »Sieh nur, Jon!«, sagt sie. »Sieh nur, wie süß er ist!«

Ziemlich gleichgültig nehme ich das Foto entgegen, hasse mich selbst dafür, will nicht so sein, bin trotzdem so, will Interesse zeigen, schaffe es aber nicht, werfe einen Blick auf das Bild, sehe einen kleinen dunkelhäutigen Jungen mit schwarzen Locken, werfe einen kurzen leicht desinteressierten Blick auf das Bild, dann gebe ich das Foto zurück.

»Mm«, sage ich nur. Etwas zieht sich in mir zusammen, als ich das sage, ich will nicht so sein, aber es passiert einfach. Und die anderen durchschauen mich. Ich spüre, wie mir vor Scham heiß wird, und halte an meinem Lächeln fest, versuche so zu tun, als wenn nichts wäre, es gelingt mir aber nicht ganz. Mama starrt mich an, wütend, sie sagt nichts, doch ihr Blick zeigt Verachtung, einen kurzen Moment nur, schon sieht sie wieder auf das Foto und lächelt erneut, lächelt und schüttelt leise den Kopf, schaut wieder auf zu Eskil und Hilde, beginnt, sie auszufragen, fragt, wie alt der Kleine sei, ob sie etwas über die Eltern wüssten, das Umfeld, aus dem er komme, ob sie sich schon für einen Vornamen entschieden hätten, ihre Stimme ist ganz eifrig, und Eskil antwortet mit Begeisterung.

»Oh, mein Gott, wie ich mich freue«, sagt Mama, sie nimmt die Kaffeekanne und schenkt uns allen nach.

»Hast du vergessen, deine Tabletten zu nehmen?«, platzt es aus mir heraus.

Sie dreht sich zu mir um, ich sehe, wie die Freude aus ihrem Gesicht weicht, wie ihre mürrische Miene wieder zum Vorschein kommt.

»Was?«, sagt sie, versteht nicht, was ich sagen will, hat wohl vergessen, was sie mir vorhin erzählt hat, dass sie von den neuen Tabletten ganz zittrig werde, nicht einmal Kaffee könne sie einschenken, hat sie gesagt.

»Deine Hand ist so ruhig! Hast du vergessen, deine Tabletten zu nehmen?«, frage ich noch einmal. Will es nicht sagen, sage es aber trotzdem, die Worte drängen aus meinem Mund. Ich versuche zu lächeln und so zu tun, als sei es ein Scherz, schaffe es aber nicht, es kommt nur ein fieses Lächeln dabei heraus. Einen Augenblick ist es still, dann dreht Mama sich weg, hat keine Lust, etwas dazu zu sagen, ist jetzt ganz traurig, betrachtet wieder das Foto des Kleinen. Es ist still. Eskil nimmt die Zigarettenschachtel in die Hand, klappt den Deckel hoch und führt sie zum Mund, holt mit den Lippen eine Zigarette heraus.

»Mein Gott, ist der süß«, sagt Mama erneut, nimmt den Blick nicht von dem Foto, ich sehe sie an und grinse, sie, die dunkelhäutige Menschen immer Kanaken oder Nigger genannt hat, Eskil und sie haben das getan, sind FRP-ler durch und durch, kleine Rassisten alle beide, und jetzt sitzen sie plötzlich da und vergöttern einen kleinen dunkelhäutigen Jungen, verdammt, so falsch kann man gar nicht sein.

»Auch wenn er ein Kanake ist?«, sage ich, es rutscht mir einfach so heraus, die Worte lösen sich aus meinem Mund, ich versuche, es lustig klingen zu lassen, aber es klingt nicht lustig, nur hässlich und gemein. Eskil dreht sich zu mir um, Mama und Hilde drehen sich zu mir um. Es ist ganz still, und ich spüre, wie mir heiß wird vor Scham, wie ich innerlich blute.

»Was sagst du da?«, sagt Mama, sieht mich an.

»Ihr habt dunkelhäutige Menschen doch immer Kanaken genannt, Eskil und du«, sage ich, versuche es ganz unschuldig rüberzubringen und dabei weiter zu grinsen. »Weißt du was, Jon«, sagt Eskil wütend, er nimmt die Zigarette aus dem Mund, zündet sie nicht an, wartet einen Moment. »Weißt du was … jetzt ist aber mal gut.«

Ich sage nichts, sitze da und grinse, sehe Eskil an, versuche, seinem Blick standzuhalten, schaffe es aber nicht, schlage die Augen nieder.

»Immer musst du zu weit gehen«, sagt er. »Als wolltest du, dass man dich ablehnt. Ich verstehe nicht, warum du das tust, warum du dich immer selbst demütigen musst. Es ist so, als … Wenn du merkst, dass anderen etwas unangenehm ist, was du sagst, versuchst du nicht, es wiedergutzumachen, so wie andere Menschen, du versuchst im Gegenteil, alles noch schlimmer zu machen. Du bist so … destruktiv, das ist echt nicht wahr«, sagt er.

Gebe mich bewusst gleichgültig, versuche zu grinsen, gelingt mir aber nicht ganz, das Grinsen gerät nur gemein und nervös.

»Die Gesellschaft ist schuld daran, dass ich so geworden bin, Eskil«, sage ich, versuche, ironisch zu sein.

»Bitte, Jon«, sagt er ruhig. »Ich meine es ernst.«

»Wir leben in jener marktliberalen Gesellschaft, von der deine Partei und du große Anhänger seid«, fahre ich fort, lasse nicht locker, verstecke mich hinter meiner Ironie. »Der Gedanke der Solidarität oder der Gemeinschaft ist tot, heute heißt es, jeder ist seines Glückes Schmied, und das bedeutet in der Praxis, dass wir alle glauben, voll und ganz für unser Wohlergehen verantwortlich zu sein«, sage ich.

Höre Mama genervt seufzen.

»Jon!«, sagt Eskil.

»Die Besten glauben, es sei allein ihr Verdienst, dass sie Erfolg haben, und die Verlierer denken, es sei allein ihre Schuld, dass sie gescheitert sind«, sage ich, schneide ihm einfach das Wort ab, gebe nicht auf, weiß, dass ich mich nur noch mehr blamiere, mache trotzdem weiter. »Und da ich ein Verlierer bin, habe ich das Gefühl, Strafe zu verdienen«, fahre ich fort, kann nicht aufhören, muss es irgendwie zu Ende bringen.

»Jon!«, sagt Eskil laut. »Ich meine es ernst. Das ist nicht lustig!«

Aber ich lasse nicht locker, mache weiter.

»Ich will gedemütigt und verspottet werden, weil mir die Gesellschaft beigebracht hat, dass ich als Verlierer nichts Besseres verdient habe«, sage ich. »Darum bin ich so. Während du als Gewinner der Meinung bist, man sollte dich feiern und verehren.«

»Kannst du endlich mal aufhören mit deinem albernen Gefasel?«, schreit Eskil plötzlich, brüllt mich an, und ich zucke zusammen, sehe ihn mit angsterfülltem Blick an, dann ringe ich mir wieder ein Grinsen ab, schaue zu Boden und versuche, über die ganze Situation zu lachen, schmunzele, wirke dabei unsicher, weiß, dass es so ist, wirke nervös.

Zwei Sekunden.

»Verdammt, du brauchst es nun wirklich nicht an uns auszulassen, dass du schwul bist«, sagt Eskil laut.

Stille.

Was sagt er da, verdammt noch mal, wo hat er das her? Ich schaue wieder zu ihm auf, starre ihn an und merke, wie sich mein Grinsen verflüchtigt, und es fühlt sich an, als wären seine Worte in mich eingedrungen und würden dort wachsen, widerhallen.

»Tu nicht so, als hättest du es vergessen, Jon«, sagt Eskil, runzelt die Stirn und zieht die Oberlippe hoch, so dass seine Schneidezähne zu sehen sind, sieht mich an und schüttelt leise den Kopf.

»Was vergessen?«, sage ich, verstehe nicht, wovon er spricht.

»Was du Hilde an Mamas Sechzigstem erzählt hast.«

Ich drehe mich zu Hilde um, sie sitzt da und schaut mich an, mit ernstem Gesicht, und etwas muss ich ihr erzählt haben, das wird mir jetzt klar.

»Dass du der Meinung warst, es gebe so viele gutaussehende Männer auf der Feier«, meint Eskil.

In mir krampft sich etwas zusammen, kann mich nicht daran erinnern, dass ich das gesagt habe, aber es muss wohl so gewesen sein, ich sehe Hilde an, dass ich es gesagt haben muss. Es ist ganz still, Mama ist verwirrt, ihre Augen flackern, sie wirkt verstört. Sie nimmt wieder das Foto von dem Kleinen in die Hand, betrachtet es und versucht, ein Lächeln hervorzubringen, versucht, das Gesagte auszublenden, nicht zu hören, was sie hört. Hilde sieht mich voller Mitleid an, hat diesen Blick, der besagt, dass sie versteht, wie es mir geht. Sie und Eskil sitzen da und glauben zu verstehen, was ich fühle und denke, glauben, sie hätten mich durchschaut. Hilde hat etwas gehört, was ich im Suff gesagt habe, und anschließend haben sie zu Hause darüber nachgedacht und es dahingehend interpretiert, dass ich schwul bin, und jetzt glauben sie, alles, was ich sage und tue, hinge damit zusammen, sie sind so einfach gestrickt, das darf echt nicht wahr sein, sie haben Mama ein Enkelkind geschenkt, und jetzt glauben sie, ich sei beleidigt, weil ich schwul bin und ihr nicht das gleiche Geschenk machen kann, das ist bestimmt der Grund, warum Hilde mich die ganze Zeit so verdammt mitleidig angestarrt hat, das ist bestimmt der Grund, warum sie nichts von der Adoption erzählen wollte. Das wird mir jetzt klar. Mama hat ihnen gesagt, dass ich hier bin, als sie von unterwegs angerufen haben, und dann wollte Hilde nichts von der Adoption erzählen. Bestimmt haben sie sich deshalb gestritten, Eskil und sie, als sie ankamen. Ich sehe sie einen kurzen Moment an und ringe mir ein Grinsen ab, ein wütendes Grinsen, mache einen verzweifelten Versuch, ihnen zu zeigen, wie lächerlich sie sind, dann stehe ich auf und gehe, weiß nicht wohin, verschwinde einfach.

Vemundvik, 14.–16. Juli 2006

Wenn Frauen die Vierzig deutlich überschritten haben und die Kinder groß genug sind, um auf sich selbst aufzupassen, nutzen bekanntermaßen viele die neugewonnene Zeit und Freiheit, um »einen auf kulturinteressiert zu machen«, wie Mama es voller Hohn ausdrückte. Lachend und in einem eher entgeisterten Tonfall, der bald schon mindestens ebenso bissig und höhnisch war wie das Gerede von Mama, erzähltest du, dass Berit plötzlich angefangen habe, sich für Kunst und Kultur zu interessieren. Sie, die vorher kaum je ein Buch aufgeschlagen hat, begann plötzlich Bücher zu kaufen und auszuleihen, und zwar das, was du so verächtlich Romane über leidende, vom Schicksal geprüfte, aber starke Frauen aus der Provinz nanntest, oder gereimte Gedichte mit einer schlichten, eindeutigen Botschaft, die fast immer darauf hinauslief, wie wichtig es sei, den Tag anzugehen. Außerdem habe sie begonnen, nach dem Einkauf am Samstagvormittag die Galerie im Kulturhaus aufzusuchen, und gebe sich leider nicht immer damit zufrieden, die Dinge nur anzusehen. Einmal habe sie eine riesige Schmiererei angeschleppt von einer, wie du sagtest, lokalen Witzfigur, die glaubte, man wäre ein Künstler, wenn man sich nur eine Baskenmütze aufsetzte, und ein andermal hatte sie ein abstraktes Gemälde erstanden, bei dem der sogenannte Künstler eine Feder und ein paar beim Spitzen angefallene Bleistiftschnipsel auf die Leinwand geklebt hatte, was Berit deiner Meinung nach zu der An-

nahme verleitet habe, dieses Missgebilde sei besonders modern und schön. Inspiriert von einer Freundin, die deiner Meinung nach ihre Ängste und Depressionen in Schach hielt, indem sie einmal im Jahr ihr Haus renovierte, abonnierte sie außerdem eine Einrichtungszeitschrift, die ihr Anregungen zum Renovieren geben sollte. Du fandest es schon schlimm genug, dass sie sich bei Fremdwörtern vertat und »Roroko« sagte anstelle von »Rokoko«, wenn ihr Besuch hattet, nicht nur einmal, sondern ständig, so dass du am Ende rot vor Scham aus dem Zimmer gehen musstest, aber viel schlimmer war, dass ihr Traumhaus aussah wie ein Zuckerschloss mit Säulen, Türmchen, Ornamenten, Balkonen und glasierten Dachziegeln, die in der Sonne glänzten, und sie es vermutlich sogar schaffen könnte, Arvid davon zu überzeugen, die Fassade in ebendiesem Stil zu erneuern.

Ich weiß noch, dass mich der aggressive, ja, nahezu hasserfüllte Ton überraschte, in dem du davon erzählt hast, und ich musste dich oft beschwichtigen und daran erinnern, dass es trotz allem sein Gutes hatte, wenn Berit versuchte, ihren Horizont zu erweitern. Selbst in meinen wildesten Fantasien konnte ich mir nicht vorstellen, dass Mama etwas Vergleichbares tat, sie, die sich von allem fernhielt, was nicht unmittelbar der Unterhaltung diente. Die ächzte und stöhnte, sobald sie die Nachrichten sah, weil sie sie stinklangweilig fand, und die noch bevor eine Fernsehdebatte richtig in Fahrt gekommen war, schon den Kopf schüttelte und »bla bla bla« sagte oder einem zum hundertsten Mal mit dem Satz kam: »Warum die nicht so reden können, dass normale Leute sie auch verstehen!« Während Berit tatsächlich angefangen hatte, in die Galerie zu gehen, und mindestens eine Aufführung des Reichstheaters im Kulturhaus besucht hatte, saß Mama Abend für Abend vor der Glotze und sah sich »Falcon Crest«, »Casino« und ähnlichen Schrott an, und während Berit in die Bibliothek ging und sich Bücher auslieh, ging Mama zum Kiosk und kaufte sich Klatschzeitschriften auf unterstem Niveau, und das war abgesehen vom »Namdaler Arbeiterblatt« das Einzige, was sie las. »Warum ich ›Schon gehört‹ kaufe, verstehe ich selber nicht, steht ja nur Mist drin«, sagte sie zwar regelmäßig, als wollte sie zeigen, dass sie nicht ganz und gar bescheuert war, aber wenn ich sie eine Woche später an ihre Worte erinnerte, kniff sie die Augen zusammen und blickte mich verschmitzt an, wie um zu sagen, sie wisse ganz genau, dass sie etwas Verbotenes tue, aber das sei ihr schnurzpiepegal. »Ich muss sie einfach haben, verstehst du!«, flüsterte sie schnell, und dann lachte sie ihr heiseres Raucherlachen.

Das alles habe ich dir mehr als einmal erzählt, und weil es dir das Gefühl gab, Berit sei letztendlich vielleicht doch nicht so schlimm, hast du es dir sehr gern angehört.

Aber als deine Mutter anfing, mit einem Hut auf dem Kopf herumzulaufen, konnte ich sagen, was ich wollte. In einer Kleinstadt wie Namsos war ein Hut ein auffallendes und weithin sichtbares Symbol, und Berit hätte genauso gut ein Poster mit sich herumtragen können, auf dem stand »Ich bin etwas Besseres als ihr«. Du hast diesen Hut gehasst, er war rot und rund mit einer breiten flachen Krempe, die ihn ein wenig wie einen halben Saturn mit Ring aussehen ließ. Du hast ihn nie auch nur mit einem Wort erwähnt, aber wenn wir am Samstagvormittag im Hamstad einen Kaffee tranken und sie mit dem Hut auf dem Kopf hereinkam, liefst du rot an vor Scham, und wenn sie uns erblickte und auf uns zukam, um mit uns zu plaudern, warst du stocksauer, kurz angebunden und fast schon übertrieben abweisend, und Silje und ich hatten Mitleid mit ihr und versuchten, dein Verhalten bestmöglich zu kompensieren.

Denn sosehr wir uns und anderen auch einzureden versuch-

ten, dass es uns egal war, was unsere Mütter sagten und taten, es stimmte nicht. Wir versuchten zwar, fest daran zu glauben, dass wir unser eigenes Leben lebten und sie ihres, aber nichts machte uns so verlegen, wütend, sauer oder besorgt, wie wenn unsere Mütter ungerecht behandelt oder kritisiert wurden, mit Ausnahme der wenigen Male, wenn wir selbst die Schuldigen waren. Bevor Mama beispielsweise die Diagnose Fibromyalgie erhielt, nahm kein Mensch sie ernst, wenn sie sagte, sie habe Schmerzen und könne nicht arbeiten, und ich weiß noch, wie wütend ich auf Nachbarn und Mamas Freundinnen war, ja, ich empfand fast so etwas wie Hass, wenn sie sagten: »Dabei siehst du so gut aus«, womit sie andeuteten, dass Mama grundlos jammerte und klagte.

Unsere Mütter spielten bei fast allem, was wir sagten, dachten oder taten, eine Rolle. Natürlich machten wir nicht immer, was sie wollten, aber was sie wollten, war uns nie egal, und wir sehnten uns ebenso sehr nach einem Lob aus ihrem Munde, wie wir uns darum sorgten, abgewiesen zu werden. Es war uns durchaus peinlich, wenn sie anderen gegenüber damit prahlten, wie gut wir in der Schule waren und wie weit wir es im Leben einmal bringen könnten, doch zugleich taten wir nicht ernsthaft etwas, um sie daran zu hindern, wir lächelten höchstens leicht genervt, während sie mit uns angaben. »An seinen Fähigkeiten scheitert es jedenfalls nicht«, sagte Berit immer über dich, bevor sie nachschob: »Aber praktisch veranlagt ist er wahrlich nicht.« Als glaubte sie, ein derart scherzhafter Nachsatz würde die Äußerung glaubwürdiger machen und den Zuhörer vergessen lassen, dass eine Mutter über ihren eigenen Sohn sprach.

Die ewige Angst, sie könnten herausfinden, dass wir mehr waren als nur gute Kumpel, war ein weiterer Beleg dafür, dass sie immer mit dabei waren. Mama beruhigte sich ein wenig, nachdem ich offen ausgesprochen hatte, dass wir nicht schwul seien, doch sie war trotzdem auf der Hut, und wir waren jetzt noch vorsichtiger als vorher. Vorbei waren die Zeiten, in denen wir die Tür zu meinem Zimmer verschlossen, die Musik aufdrehten und uns darauf verließen, dass sie nicht mitbekam, was vor sich ging, und vorbei waren die Zeiten, in denen du die Nacht über bliebst, weil es schon spät war und du dich nicht mehr »aufraffen konntest«, nach Hause zu gehen, was wir sonst zur Entschuldigung sagten. Die wenigen Male, die wir zusammen wegfuhren und uns eine Hütte mieteten, schrieben wir uns nun unter falschem Namen ein, damit niemand wusste, wer wir wirklich waren, falls sie entdecken sollten, was wir trieben. In der Regel lagen wir nachts im selben Schlafsack, aber wir sorgten immer dafür, dass der andere Schlafsack ausgepackt, auf das andere Bett gelegt und etwas zurechtgedrückt wurde, damit es so aussah, als würde jeder von uns in seinem Bett schlafen, falls jemand unerwartet hereinkam, und wenn wir, was selten vorkam, ein Kondom benutzten, warfen wir es hinterher nicht einfach in den Abfalleimer, sondern hoben den Müll hoch, der obendrauf lag, legten das Kondom mitten hinein und deckten es mit dem Rest zu.

Einmal wurden wir allerdings doch erwischt. Wir hatten auf dem Campingplatz von Namsos unter falschem Namen eine Hütte gemietet und dort zwei wunderschöne Tage verbracht, Weißwein getrunken, Songs geschrieben und uns einen Spaß daraus gemacht, allen um uns herum vorzugaukeln, wir wären zwei Reichenkinder aus dem Osloer Westen. Wir hatten uns den Pullover um die Schulter gelegt, schlenderten mit den Händen in den Hosentaschen umher, sprachen astreinen Oslo-Dialekt und nannten einander Rikard und Wilhelm jr. Ich selbst beherrschte das Theater nicht ganz so gut. Entweder traute ich mich nicht, mich voll und ganz der Rolle hinzugeben, oder ich übertrieb es am Ende. Du warst hingegen der leibhaftige Wilhelm jr., gabst vor, Schwierigkeiten mit dem Trønder-Dialekt der Frau im Kiosk zu haben, und hast penibel darauf geachtet, Floskeln wie »in den Kreisen meines Vaters« von dir zu geben, wenn wir anderen Gästen begegneten, aber weiter hast du die Arroganz der feinen Städter nicht getrieben. Außerdem warst du freundlich, galant und ausgesucht höflich, du hast den Frauen, die in den Kiosk wollten, die Tür aufgehalten, den anderen Gästen zugelächelt und zugenickt, und wenn wir vor den Waschbecken in den sanitären Anlagen Schlange standen, hast du deinen Platz gern älteren Menschen oder Eltern mit Kindern überlassen.

Doch am zweiten Abend wurden wir erwischt. Wir saßen da und betranken uns im Licht der tiefstehenden Sonne, die rot hinter den Kiefern glühte, und während wir eifrig nach der richtigen Melodie für einen Text suchten, den Silje uns geschickt hatte, vergaßen wir uns plötzlich und sprachen zwischen allem Gesumme unseren Dialekt. Ich weiß nicht, wie lange wir aus unseren Rollen geschlüpft waren, aber plötzlich stand der Campingplatzbesitzer direkt vor uns. Er war ein großer, hagerer und gebeugter Mann mit zurückgekämmten Haaren und dunklen Schweißflecken unter beiden Armen, und er beäugte uns eine Weile argwöhnisch mit kleinen unfreundlichen Augen, bevor er uns anherrschte, was wir wohl zu verbergen hätten, wenn wir uns für andere ausgeben mussten. Du hast sofort wieder auf Oslo-Norwegisch umgeschaltet und gemeint, wir hätten uns einfach einen Spaß daraus gemacht, den hiesigen Dialekt zu parodieren, aber er sagte, wir könnten uns unsere Parodie sonst wohin stecken, er wüsste ganz genau, wer wir wären und was wir trieben.

In dem Moment ging ich davon aus, dass er tatsächlich wusste, was Sache war, und angetrunken, wütend und wegen unserer Entlarvung zudem noch in Panik überraschte ich dich und mich damit, dass ich vom Campingstuhl aufsprang und ihm entgegenschleuderte, es gehe ihn verdammt noch mal einen Dreck an, was wir zwei unter der Bettdecke machten. Ich spürte sogleich eine Mischung aus Freude, Erleichterung und Stolz, als ich jedoch sein verwirrtes Gesicht sah und begriff, dass er nicht die leiseste Ahnung gehabt hatte, was wir zwei unter der Bettdecke trieben, stand ich mit offenem Mund da, schluckte und suchte nach einer Entschuldigung. Ich entschuldigte mich dann aber doch nicht, was nichts machte, denn er sah aus, als wäre es ihm fast genauso peinlich wie mir, und er stellte keine weiteren Fragen mehr, sondern trollte sich leise.

Wir beruhigten uns damit, dass er höchstwahrscheinlich angenommen hatte, wir hätten falsche Namen angegeben, weil wir entweder Verbrecher waren oder planten, uns aus dem Staub zu machen, ohne die Rechnung zu bezahlen, und als er nach einiger Zeit immer noch nicht zurückgekommen war, um uns nach unseren richtigen Namen zu fragen, fühlten wir uns obenauf und waren bester Laune. Ein ums andere Mal erzählten wir uns, wie wir ihm das Maul gestopft hatten. Wir lachten über das Gesicht, das er gemacht hatte, und darüber, wie er abgezogen war, und fühlten uns nur noch mehr wie die beiden freien, stolzen und unverwundbaren jungen Kerle, die wir so gerne gewesen wären. In dem Moment hielten wir uns für ebenso mutig wie Ginsberg, Burroughs und Kerouac und hatten uns keineswegs gegen einen betreten wirkenden und leicht verwirrten Campingplatzbesitzer zur Wehr gesetzt, sondern gegen den typischen Namsos-Bewohner, so wie wir uns ihn am liebsten vorstellten, den Kleinbürger voller Vorurteile, intolerant und engstirnig, der uns davon abhalten wollte, unser Leben nach unseren Vorstellungen zu leben. Ich erinnere mich noch an das starke Zusammengehörigkeitsgefühl, das mich erfüllt hatte, als wir dort saßen und uns immer wieder erzählten, wie wir das Vorgefallene erlebt hatten, ja, nicht nur ein Zusammengehörigkeitsgefühl, ich wage zu behaupten, dass es Liebe war, was ich empfunden habe, und ich weiß noch, dass ich mich den Rest der Nacht danach gesehnt und davon geträumt habe, diese Liebe unter Beweis stellen zu können.

Davon träumte ich übrigens ziemlich oft. Dabei stellte ich mir ganz banal vor, dass du krank wärst oder verletzt oder auf irgendeine Weise in Gefahr und ich wäre derjenige, der sich um dich kümmerte, während alle anderen dich im Stich ließen. Und ich stellte mir vor, dass dich das dazu veranlasste, mir deine uneingeschränkte Liebe zu gestehen, was man sich im Grunde allerdings nur schwerlich vorstellen konnte, denn auch wenn ich sehr wohl spürte, dass du gern mit mir zusammen warst, dass du dann ganz entspannt und weniger darauf bedacht warst, das übliche knallharte, schroffe Image zu wahren, bekamst du immer Probleme, wenn ich mich so benahm, wie Liebende sich benehmen. Wenn wir Sex hatten, warst du vollkommen ungeniert, doch wenn ich mich hinterher an dich schmiegte und in deiner Armbeuge liegen wollte, wenn ich die Arme um dich schlang, sobald ich hinter dir auf dem Moped saß, oder wenn ich dich vorsichtig streichelte, kaum dass wir nebeneinander standen, wurdest du unruhig, verlegen und fingst sofort an, nach einem diskreten Vorwand zu suchen, um mir zu entkommen. »Pst«, sagtest du beispielsweise und legtest einen Zeigefinger auf den Mund. »Ich glaube, ich habe jemanden gehört.« Und so entzogst du dich und gingst zum Fenster, um nachzuschauen, ob draußen jemand stand. Ich wusste, dass du mich nicht kränken wolltest, und ich wollte dich nicht in eine Situation bringen, in der du gezwungen wurdest, mich zu kränken, und dieser Umstand in Kombination mit der Tatsache, dass ich natürlich Angst hatte, gekränkt und abgewiesen zu werden, ließ mich so tun, als ginge ich dir auf den Leim. »Jetzt habe ich es auch gehört«, sagte ich dann und stellte mich zu dir ans Fenster, um ebenfalls zu lauschen und auf der Hut zu sein.

Ich begriff, was deine Weigerung bedeutete, zumindest glaubte ich es. Den Austausch von Zärtlichkeiten zuzulassen würde es künftig schwieriger machen, das Zusammensein mit einem Menschen gleichen Geschlechts lediglich als unschuldiges Erforschen der Sexualität und des Körpers zu werten, es würde unser Verhältnis in eine neue und ernstere Phase lenken, und dazu warst du nicht bereit. Es stand so viel auf dem Spiel, und du brauchtest Zeit für dich, weshalb ich beschloss, dir diese Art von Aufmerksamkeit bis auf Weiteres nicht mehr zuteilwerden zu lassen.

Doch dann geschah das, was früher oder später geschehen musste und dazu führte, dass wir kurze Zeit später gezwungen wurden, die Entscheidungen zu treffen, die wir bis dahin vor uns hergeschoben hatten: Wir wurden entlarvt, und das Gerücht, dass wir schwul seien, machte die Runde.

Mama betrank sich eigentlich nie, jedenfalls nicht, wenn ich in der Nähe war, aber eines schönen Tages, als sie ihrer Fibromyalgie und der zugehörigen Sozialangst trotzte und sich wie früher mit ihren Freundinnen traf, kam sie schon um halb neun abends mit dem Taxi zurück, sichtlich betrunken und mit einem bitteren, gequälten Gesichtsausdruck. »Wären wenigstens deine *Eier nutzlos geworden und nicht die von deinem Bruder, wo du sie eh nicht brauchst«, sagte sie, als ich mich setzte, um ihr die Schuhe auszuziehen, und nach einem kurzen hysterischen*

Lachanfall schlug sie die Hände vors Gesicht und brach in Tränen aus. Später erfuhr ich, dass der Campingplatzbesitzer mit Hilfe des Nummernschilds an deinem Moped deinen Namen herausgefunden hatte und das Gerücht, wir seien schwul, aus dieser Ecke stammte, aber in der Situation selbst ahnte ich nicht, woher Mamas Freundinnen gehört haben konnten, was sie gehört hatten, und ich war wie gelähmt, während ich dem unzusammenhängenden, tränenerstickten Bericht lauschte, wonach die Gastgeberin der Feier, darauf versessen, Mama zu demütigen, sie freundlich und mit Unschuldsmiene gefragt hatte, ob es stimme, dass ich schwul sei und mit dem Stiefsohn des Pfarrers zusammen wäre. Nach allem, was Mama erzählte, hatten die Freundinnen bei dem Treffen den ganzen Abend ein Loblied auf ihre Männer, Kinder und Enkel gesungen, und im ewigen Konkurrenzkampf, wer am glücklichsten und am besten geraten war, hatte Mama mich und meine guten Noten ins Feld geführt, »nur um eins in die Fresse zu kriegen«, wie sie sich ausdrückte.

Tags darauf versuchte sie so zu tun, als hätte sie alles vergessen, aber sie war leicht zu durchschauen. Sie wich mir aus, und wenn wir doch zusammentrafen, vermied sie meinen Blick und versuchte, beschäftigt zu wirken mit Dingen, die unwichtig waren oder jedenfalls alles andere als eilig. Außerdem erwähnte sie immer wieder, dass sie zum ersten Mal seit ihrer Jugend einen Filmriss hatte. »Ich kann mich an nichts erinnern. Wann bin ich eigentlich heimgekommen? Habe ich ein Taxi genommen? War ich sehr betrunken? Oje, wie peinlich! Wie gut, dass die Nachbarn nichts mitbekommen haben!« Solche Sachen sagte sie, und ich rang mir ein Lächeln ab und versuchte, mir nichts anmerken zu lassen.

Ich weiß noch, dass wir im Ostteil von Namsos herumliefen, als ich dir davon erzählte. Du warst kreideweiß und wütend und wolltest wissen, warum ich mir eine solche Behandlung gefallen ließ, und auch wenn ich Mama damit entschuldigte, dass sie betrunken war, und ausführlich erklärte, was sie nicht alles für mich geopfert hatte und was für eine gute und fürsorgliche Mutter sie sein konnte, war ich gerührt, dich so zu erleben. Ob es daran lag, dass ich selbst nicht wütend auf sie sein konnte und dich brauchte, damit du es an meiner Stelle warst, oder ob es einfach nur guttat zu sehen und zu wissen, dass dir etwas an mir lag und du dich darüber aufregen konntest, dass mir jemand wehtat, weiß ich nicht mehr, aber ich weiß noch, dass ich sagte, ich hätte dich lieb. Das hatte ich noch nie gesagt, und ich erinnere mich noch gut an das Gefühl, dort zu stehen und diese Worte von mir gegeben zu haben. Ich habe keine Kinder und werde sicher auch nie welche haben, doch wenn ich mich als Poet versuchen wollte, würde ich sagen, diese Worte aus meinem Mund waren in etwa dasselbe, wie wenn eine Mutter ihr Kind in die Welt entlässt und hofft, dass die Leute es freundlich aufnehmen und gut behandeln.

Und genau das hast du getan. »Ich hab dich auch lieb«, sagtest du, und weil dir große Worte und Gefühle zuwider waren und ich in dem Moment so glücklich und gerührt war, dass ich Angst hatte, alles kaputt zu machen, wenn ich etwas sagte, was du als schwülstig oder pathetisch auffassen könntest, schwieg ich eine ganze Weile. Wir liefen Seite an Seite am Drahtzaun des Sägewerks Van Severen entlang, und ich weiß noch, wie das Wasser aus einem der Wassersprenger, die das Holz befeuchteten, bis zum Bürgersteig spritzte, wo es einen dünnen, dunklen Streifen auf dem trockenen Asphalt hinterließ. Ich weiß nicht, ob es das leicht nostalgische Verhältnis zu meiner Kindheit in der Sägewerksstadt Namsos ist oder der Nachhall des damali-

gen Glücksgefühls, das mich erfüllt, wenn mir heute der Duft von nassem Holz und Sägespänen in die Nase steigt, aber ich wurde in jedem Fall von einer leisen Freude erfüllt, von dem Gefühl dazuzugehören vielleicht.

Parallel zu der Freude, die ich in diesem Moment und in den Tagen danach empfand, war ich natürlich unsicher und ängstlich. Wir waren in einem Alter, in dem man sich selbst sehr wichtignimmt und Bagatellen gern zu einem Drama von blutigem Ernst aufbauscht, aber das hier war wirklich ernst. Zwar interessierte unser Schwulsein die Leute vermutlich weniger, als wir dachten, aber die Art, wie wir mit diesem Gerücht umgingen, würde wichtige und endgültige Konsequenzen für unsere Beziehung haben, in dem Punkt bin ich mir heute noch genauso sicher wie damals. In gewisser Weise war es fast berauschend, mit dem Gefühl herumzulaufen, dass es wirklich um etwas ging, und ich bildete mir in jenen Tagen ein, mein Leben sei intensiver und interessanter als das der meisten anderen. Dann wiederum konnte eine lähmende Angst von mir Besitz ergreifen. Wenn ich übte oder fernsah, konnte, ohne dass ich begriff, warum, eine Übelkeit in mir hochsteigen, und Nacken und Stirn waren plötzlich feucht und kalt. In diesen Momenten hatte ich das große Bedürfnis, alle Fragen, die mir durch den Kopf schwirrten, endgültig zu klären, und auch wenn ich einen absoluten Horror davor hatte, es dir gegenüber anzusprechen, hätte ich es vermutlich trotzdem getan, wenn nicht völlig überraschend Berit gestorben wäre und dies alles bis auf Weiteres unwichtig wurde.

Ich bin mir nicht mehr sicher, was die Obduktion ergab, aber ich meine mich zu erinnern, dass es sich irgendwie um einen Herzfehler handelte. Berit fiel jedenfalls ohne jede Vorwarnung in einem Schuhgeschäft um und war bereits tot, als der Kran-

kenwagen eintraf. Ich hatte bis dahin noch keinen Menschen gekannt, der gerade einen engen Angehörigen verloren hatte, und ich weiß noch, dass ich neugierig war, was mich erwarten würde, als Silje und ich bei dir und Arvid auf der Treppe standen und darauf warteten, dass du uns aufmachst. Ich stellte mir vor, dass deine Trauer so groß war, dass sie in einer Weise zum Ausdruck käme, die ich nie vergessen würde, und ich weiß noch, wie verblüfft ich war, als du ganz entspannt aussahst. Es verunsicherte mich, dass du wie selbstverständlich anfingst, über einen Text zu reden, den Silje gerade geschrieben hatte, oder über einen Film, den du dir gern anschauen wolltest. Ich wusste nicht recht, wie ich reagieren sollte, als du plötzlich eine lustige Geschichte zum Besten gabst, die du gehört hattest, um anschließend laut loszulachen. Anfangs dachte ich, es seien Schutzmechanismen, und die scheinbare Ruhe, die du ausgestrahlt hast, sei ein Ausdruck dafür, dass du den Tod deiner Mutter nicht an dich heranlassen wolltest, aber dagegen sprach, dass du dem Thema nicht aus dem Weg gingst. Doch auch dann redete da kein am Boden zerstörter, gebrochener junger Mann, wie ich es mir vorher vorgestellt hatte und wie ich es vielleicht gern gesehen hätte, da es mich nämlich in die Position gebracht hätte, dich zu trösten und für dich da zu sein und auf diese Weise die Liebe zu zeigen, die ich so gerne zeigen wollte. Das einzige Mal, dass ich sah, wie du so etwas wie Schmerz oder Trauer zeigtest, war, als Silje, du und ich die Havnegata entlanggingen und bei dem Maler vorbeikamen, den Berit so gern gemocht hatte, den du aber einmal eine lokale Witzfigur genannt hattest, die glaubte, man wäre schon Künstler, wenn man sich nur eine Baskenmütze aufsetzte. Du sagtest nicht gleich etwas, aber du warst plötzlich ganz still, und als wir kurze Zeit später bei Silje in der Stube saßen und Tee tranken und »Trout

Mask Replica« mit Captain Beefheart hörten, hattest du einen kurzen, bewegenden Gefühlsausbruch, gabst mit leicht zitternder Stimme zu, ein schlechtes Gewissen zu haben, weil du dich Berit gegenüber so benommen hast. Du warfst dir vor, kaltherzig und hart gewesen zu sein, und du konntest dir nicht verzeihen, sie lächerlich gemacht zu haben, wenn sie von einem Buch erzählte, das sie gelesen hatte, oder wenn sie dir ein Bild zeigte, das sie erstanden hatte. Du warst außerdem der Meinung, ihr plötzliches Interesse für Kunst und Kultur sei im Grunde der Versuch gewesen, dir näherzukommen, was alles nur noch schlimmer machte. Die Romane, die Gedichtbände, die Kunstgalerie, die Aufführungen des Reichstheaters: Es war keineswegs so, dass sie eines Morgens aufgewacht sei und sich wie ein neuer Mensch gefühlt und daraufhin beschlossen habe, das alles erleben zu wollen, meintest du, sie habe lediglich versucht, an dich heranzukommen, indem sie Interesse für Dinge zeigte, die dir etwas bedeuteten. »Und obwohl mir das von Anfang an klar war, habe ich sie abgewiesen«, sagtest du.

Namsos, 5. Juli 2006. Bei Wenche.

Wird schon klargehen, das hier, bin jetzt ruhig, muss nur vergessen, was passiert ist, nicht mehr dran denken. Aber es wird verdammt noch mal dauern, bis ich wieder ein Wort mit Mama rede, ganz zu schweigen von Eskil und Hilde, den Anblick der beiden ertrage ich so bald nicht mehr. Ich gehe die Treppe hinauf und stelle mich vor die Tür. Läute, schiebe die Daumen in die Gürtelschlaufen und bleibe stehen, möglichst lässig. Ich schaue die Treppe hinunter und wieder hinauf. Dann sehe ich meinen Namen unter der Klingel. Sie hat meinen Namen noch nicht entfernt, hat wohl immer noch eine leise Hoffnung, ist vielleicht nicht richtig von mir, hier aufzukreuzen, wenn sie hofft, dass ich zurückkomme, will ihr ja keine falschen Hoffnungen machen, wäre vielleicht besser zur Hütte gefahren, hätte Wein und was zu essen eingekauft und den Bus dorthin genommen, um eine Weile für mich allein zu sein, Bücher zu lesen, zu angeln und mich zu erholen, aber jetzt ist es zu spät. Höre, wie die Flurtür aufgeht, muss fragen, ob ich hier wohnen kann, bis ich meine Sachen geregelt habe, früher oder später regelt sich alles, immer. Ich mache einen Schritt zurück, stütze mich mit dem Ellbogen auf das Eisengeländer hinter mir, versuche, entspannt zu wirken, locker, sehe aus, als wollte ich nur mal vorbeischauen, als sei ich gerade in der Nähe gewesen. Und dann geht die Haustür auf, langsam, und dort steht Wenche und sieht mich an. Ich versuche zu lächeln, aber sie lächelt nicht, ihr Gesicht ist wie versteinert, fast ausdruckslos, sie sagt nichts, sieht mich nur an.

»Hallo Wenche«, sage ich.

»Hallo.«

Einen Augenblick ist es still.

»Hm, du siehst ja aus, als wärst du sehr erfreut über meinen Besuch.« Ich versuche es mit einem Scherz. Aber sie lacht nicht, schließt die Augen und seufzt, macht sie wieder auf und sieht mich gewollt abgetörnt an.

»Was willst du, Jon?«, fragt sie.

»Was ich will?«

»Ja.«

Ich deute mit dem Kinn auf das Schild unter der Türklingel.

»Sieht so aus, als würde ich hier wohnen«, sage ich, versuche es noch einmal mit einem Scherz, doch sie lacht nicht mit, blinzelt nur genervt und zieht einen Mundwinkel leicht hoch.

»Bitte, Jon!«, sagt sie.

Sehe sie an, merke, wie die Situation peinlich wird, unangenehm, und höre auf zu lachen.

»Entschuldigung«, sage ich.

»Warum bist du hier?«, fragt sie.

Schaue in ihre grünen Augen, Augen wie Stachelbeeren.

»Ganz einfach deshalb, weil ich sonst nirgendwohin kann«, sage ich, sage einfach, wie es ist.

Sie rollt mit den Augen.

»Oh, vielen Dank«, sagt sie. »Du beherrschst wahrhaftig die Kunst, einer Frau zu schmeicheln.«

»So war's nicht gemeint«, sage ich, lache sogar ein wenig.

Sie sieht mir direkt in die Augen, hält meinen Blick eine Sekunde lang fest, dann huscht ein Lächeln über ihr Gesicht, sie taut etwas auf, schüttelt ein wenig den Kopf und geht zur Seite, nickt kurz in Richtung Wohnung.

»Komm rein«, sagt sie. »Du kannst auf dem Sofa schlafen.«

»Danke!«, sage ich, lächele, spüre die Erleichterung, musste nicht mal fragen, ob ich über Nacht bleiben darf, hat sich alles von selbst geregelt. Strampele die Schuhe von den Füßen und stelle sie ins Schuhregal, hänge die Jacke über den leicht schiefen, braunen Kleiderständer. Dasselbe Schuhregal, derselbe Kleiderständer wie zu der Zeit, als ich hier gewohnt habe, seltsam, fühlt sich fast so an, als wäre ich nur kurz weg gewesen, zugleich ist es ganz anders. Es ist wie heimkommen und zu Besuch kommen zugleich.

»Hast du nichts dabei?«, fragt sie.

»Nein«, sage ich, sage einfach, wie es ist, weiß ja, dass sie diese Seite an mir besonders mag, die impulsive, spontane. Sie hat zwar behauptet, es würde sie in den Wahnsinn treiben, aber mir war immer klar, dass es ihr gefiel, es gefiel ihr, diejenige zu sein, die aufräumt und sich um mich kümmert, die die Kontrolle hat.

»Nicht den Bass, keine Klamotten, nicht mal einen Toilettenbeutel?«, fragt sie.

»Nein, ich bin einfach gegangen«, sage ich.

Sie schließt die Augen und schüttelt fassungslos den Kopf, sieht mich an und lächelt. Es ist ganz so, wie ich angenommen habe, es gefällt ihr, das merke ich.

»Aha«, sagt sie und stemmt die Hände in die Hüften, lächelt mich an. »Was ist denn passiert?«

Ich zucke mit den Schultern, erwidere ihr Lächeln.

»Ich bin mit Mama und Eskil aneinandergeraten«, sage ich.

»Mit Grete und Eskil? Ich dachte, du wärst auf Tournee.«

»Nein! Ich habe in der Band aufgehört«, sage ich, sage einfach, wie es ist, es spielt keine Rolle, sie wird es sowieso erfahren, wenn sie mit Lars oder Anders spricht.

»Hä?«, macht sie, schiebt den Kopf ein paar Zentimeter vor, sieht mich mit großen Augen an. »Mein Gott! Du … tja … du änderst dich nie. Hast einfach aufgehört? Heute ist es das Beste, was dir im Leben passiert ist, und morgen plötzlich … warum denn, warum hast du aufgehört?«

Schaue sie an und lächele resigniert, bedeute ihr, dass ich jetzt nicht darüber reden will. Aber sie lässt nicht locker. Sie ist wie immer, aufdringlich.

»Und?«, fragt sie.

»Bitte, Wenche«, sage ich. »Darüber reden wir später.«

»Warum denn?«

»He, du. Fang nicht gleich mit dem Verhör an«, sage ich, sage es leicht genervt, lächele gleichzeitig. »Ich bin doch gerade erst zur Tür hereingekommen.«

»Verhör? Ich frage ja nur.«

Schaue sie an, seufze leise.

»Es war einfach der Punkt gekommen, an dem wir uns trennen mussten«, sage ich. »Wir waren wohl unterschiedlicher als gedacht, musikalisch wie menschlich.«

»Aha? Und das habt ihr ganz plötzlich herausgefunden? Ihr konntet nicht warten, bis die Tournee vorbei ist?«

»Doch, das hätten wir schon gekonnt. Aber es ist nun mal anders gelaufen.«

»Aha«, sagt sie. »Und warum?«

Schaue sie an, flehend, habe keine Lust, noch mehr darüber zu reden, nicht jetzt. Aber sie lässt nicht locker, ist wie immer, aufdringlich, sieht mir in die Augen und verlangt nach Antworten. Ich warte einen Moment, seufze.

»Tja, war wohl der berühmte Tropfen, der das Fass zum

Überlaufen bringt«, sage ich, sage es etwas widerstrebend. »Sie haben mir plötzlich vorgeworfen, ich sei so negativ, und ich war sauer, weil bislang keiner ein Wort gesagt hatte, ganz im Gegenteil, sie hatten über meinen schwarzen Humor gelacht und mitgespielt, und dann haben wir angefangen, uns zu streiten, und na ja ... jetzt bin ich hier!«

Wenche starrt mich an, schüttelt fassungslos den Kopf.

»Ja, ja!«, sage ich, hebe die Hand und zeige gewissermaßen an, dass ich mich geschlagen gebe, stimme ihr zu, ich bin ein hoffnungsloser Fall.

»Also wirklich, Jon!«, sagt sie, lacht, genießt es, mich so zu sehen, genießt es, dass ich jemand bin, um den sie sich kümmern kann. »Geh rein und setz dich«, sagt sie.

Ich lächele, schiebe die Hände in die Hosentaschen und gehe ins Wohnzimmer, der süßliche Geruch von Räucherstäbchen steigt mir in die Nase, und Joni Mitchells Stimme schmiegt sich mir entgegen, irgendwas aus »Blue«, weiß nicht mehr den Titel. Ich bleibe mitten im Zimmer stehen, sehe mich um. Das Deckenlicht ist aus, in den Fenstern und auf dem Wohnzimmertisch brennen Kerzen, große Leuchter mit weißen Kerzen, die flackernde Schatten auf die weißen Wände werfen.

»Wie schön du dich eingerichtet hast«, sage ich, betrachte ein großes Bild von Rosina Wachtmeister mit goldenem Rahmen.

»Aber klar doch«, sagt sie und lacht.

»Ich meine es ernst«, sage ich, versuche glaubwürdig zu wirken, lächele ihr zu.

Sie erwidert mein Lächeln.

»Danke«, sagt sie, wartet einen Moment. »Möchtest du eine Tasse Tee?«

»Nein, danke«, sage ich.

»Ein Glas Wein vielleicht?«

»Wenn du auch eins trinkst! Du brauchst für mich keine Flasche aufzumachen.«

»Das würde mir auch im Traum nicht einfallen«, sagt sie.

»Frech bist du auch noch«, sage ich.

Wir schauen uns an, lachen wieder, dann verschwindet sie in die Küche. Ich gehe zum Sofa, schubse ein Kissen weg und lasse mich darauf plumpsen, lege die Arme auf die Rückenlehne.

»Wie läuft's im Studium?«, frage ich.

»Na ja«, sagt sie, wartet einen Moment, ich höre, wie sie die Plastikummantelung der Weinflasche entfernt. »Ganz gut«, fährt sie fort. »Etwas anstrengend ist es ja schon, wenn man hier wohnt und nicht in Trondheim, das ist klar. Aber es geht.«

»Mm.«

»Außerdem haben sie angefangen, die Vorlesungen ins Netz zu stellen, das macht es leichter.«

»O ja«, sage ich, höre das harte Ploppgeräusch, als der Korken aus der Flasche gezogen wird. Kurz darauf kommt sie ins Wohnzimmer.

»So«, sagt sie, stellt die Flasche auf den Tisch und geht zum Glasschrank in der Ecke, es klirrt sehr schön, als sie die Türen öffnet, ein leises Klirren. Sie nimmt zwei Weingläser heraus, die ich noch nie gesehen habe, rotorange, schlanke Gläser, Damengläser, die dreihundert Kronen das Stück kosten und von mittelalten Frauen mit nur einem Ohrring hergestellt werden.

»Und was ist daheim vorgefallen?«, fragt sie, während sie sich umdreht und zum Tisch zurückkommt. Sie sieht mich nicht an, setzt sich auf den Sessel auf der anderen Seite, nimmt die Flasche und schenkt ein.

»Ach, nichts Besonderes«, sage ich. »Du weißt ja, wie es ist, wir kommen einfach nicht so gut miteinander aus«, füge ich hinzu, habe keine Lust, darüber zu reden, bagatellisiere das Ganze, als bräuchte man kein Wort darüber zu verlieren, das Übliche halt.

»Hast du mal darüber nachgedacht, warum ihr nicht so gut miteinander auskommt?«, fragt sie, stellt die Flasche ab und sieht mich mit ihren grünen Augen, ihren Stachelbeeraugen an.

Ich antworte nicht sofort, ringe mir ein etwas gequältes Lächeln ab, bitte sie gewissermaßen, damit aufzuhören.

»Na?«, drängt sie mich.

»Echt, Wenche!«, sage ich, seufze.

»Ja, hast du mal darüber nachgedacht?«, fragt sie.

»Können wir nicht über was anderes reden?«

»Aber das ist doch wichtig«, sagt sie, sieht mich an und lächelt. »Es geht hier um deine Mutter und um deinen Bruder.«

Schaue sie an, den Eifer in ihren grünen Augen, das Engagement, das ich nie nachvollziehen konnte, verstehe nicht, woher es kommt, diese Intensität. Sie lächelt und versucht, ganz ruhig zu wirken, ist aber verdammt aufdringlich.

»Ich weiß, aber ich habe keine Lust, jetzt darüber zu reden«, sage ich, nehme mein Glas und versuche zu lächeln. »Prost.«

Sie greift nach ihrem Glas und nimmt einen raschen Schluck, sagt nicht einmal Prost, als hätte sie dafür keine Zeit.

»Was glaubst du, warum dein Verhältnis zu deiner Mutter und deinem Bruder so schlecht ist?«, fragt sie mich, sieht mir direkt in die Augen, lächelt nach wie vor, ist ganz eifrig, ich bin erst wenige Minuten hier, aber sie ist schon voll dabei.

Schaue sie an, warte kurz, merke, wie ich ärgerlich werde.

»Bitte, Wenche«, sage ich, bin verärgert, versuche aber, bittend zu klingen, bitte sie aufzuhören. »Kein Verhör«, füge ich hinzu.

»Das ist doch kein Verhör«, sagt sie.

»Es fühlt sich so an«, entgegne ich. »Hat sich immer so angefühlt.«

»So?«

»Ja«, sage ich, ringe mir ein Lächeln ab. »So ausgefragt zu werden, hat sich für mich immer wie ein Verhör angefühlt.«

Stille.

»Falls ich dich ausgefragt haben sollte, dann deshalb, weil ich dich lieb hatte«, sagt sie. »Weil mir etwas an dir lag.«

»Ja, schon«, murmele ich, »aber ...« Ich warte kurz, wiege meinen Kopf sanft hin und her, weiß nicht recht, was ich sagen soll, habe einfach keine Lust, jetzt darüber zu reden, und sie hat auch kein Recht, mich auszufragen, mich zu analysieren, das muss ich mir nicht gefallen lassen, ist zwar jetzt ihre Wohnung, trotzdem geht das nicht.

»Aber was ...?«, sagt sie, lässt nicht locker, ist voller Eifer, wartet.

»Ich weiß es nicht«, sage ich, klinge leicht verstimmt, resigniert.

»Es geht hier doch nicht um ein Verhör«, kontert sie. »Es geht um Nähe, um den Willen, sich auf einen anderen Menschen einzustellen, um den Willen, andere Menschen an sich heranzulassen. Darum geht es doch«, sagt sie.

»Ja, schon«, sage ich verärgert. »Du hast bestimmt recht!«

»Bestimmt recht?«, sagt sie.

Starre ihr direkt in die Augen, sage nichts, zeige ihr, dass ich es ernst meine, ich ertrage das nicht, das muss sie doch jetzt langsam begreifen. Aber das tut sie nicht, es interessiert sie nicht, so war sie schon immer, lässt nicht locker.

»Das ist genau das Problem mit dir, Jon«, sagt sie. »Weißt du das?«

»Das hier?«, frage ich.

»Ja, das hier!«, sagt sie. »Die Art, wie du dich gerade benimmst. Dass du dich entziehst, sobald jemand versucht, an dich heranzukommen.«

»Aha«, sage ich, sage es mit meiner verärgerten Stimme, der gleichgültigen Stimme.

»Ja, hör dir mal selbst zu. Hörst du, wie du gerade sprichst? ›Du hast bestimmt recht‹, ›Aha‹, ›Ja, schon‹. Du willst ja überhaupt nicht mit mir reden!«

»Wir reden doch«, wende ich ein.

»Ja, aber nicht richtig«, sagt sie.

Greife nach meinem Weinglas und trinke einen kleinen Schluck, stelle es wieder ab, sage nichts, werde nur noch wütender, spüre, wie mein Herz schneller schlägt, wie mein Puls anfängt zu pochen, warum bin ich bloß hierhergekommen, warum bin ich zu ihr gegangen, verdammt, dass ich aber auch nichts dazulerne, wäre besser zur Hütte gefahren.

»Hast du schon mal darüber nachgedacht, warum du so bist?«, fährt sie fort, lässt nicht locker.

»Bitte, es reicht jetzt«, sage ich.

»Ja, aber hast du schon mal darüber nachgedacht?«, fragt sie.

»Jetzt hör auf«, sage ich, sage es etwas lauter. »Wenn *das* kein Verhör ist, dann weiß ich auch nicht.«

»Jetzt weich nicht aus«, sagt sie, lächelt, versucht weniger aggressiv zu wirken, indem sie lächelt. »Kannst du nicht einfach mal versuchen, richtig zu reden? Hast du darüber nachgedacht, warum du so bist?«, wiederholt sie.

Ich sehe sie an, schüttele den Kopf.

»Wenche!«, sage ich. »Zum letzten Mal. Ich habe einfach keine Lust, über mich und meine Person zu reden.«

»Nein!«, sagt sie. »Das hast du nie, und du redest ja auch nie über dich. Und genau deshalb frage ich mich ja, ob du mal darüber nachgedacht hast. Hast du das? Hast du mal darüber nachgedacht, warum du nie über dich reden willst, warum du niemanden an dich heranlässt, nicht einmal deine Freundin?«

Ich sehe zu Boden, warte einen Augenblick, das kann echt nicht wahr sein, verdammt, es ist nicht zu glauben, dass sie einfach weitermacht, Leute quält, ich spüre, wie die Wut in mir hochsteigt. Ich schnaube laut durch die Nase und sehe wieder zu ihr auf.

»Das kommt mir irgendwie bekannt vor«, sage ich. »Dass wir so dasitzen und nicht weiterkommen.«

»Ja«, sagt sie eifrig. »Das sage ich ja. Ich will ja nur wissen, warum es immer so abläuft, was du dazu meinst. Warum verhakt es sich immer, warum willst du nicht reden, warum hast du solche Angst, dich zu entblößen und zu zeigen, wer du bist und was du denkst und glaubst, warum lässt du niemanden an dich heran?«

»Tja … wir sind halt verschieden«, entgegne ich, hebe genervt die Hand, wütend. »Kannst du dich nicht einfach damit abfinden? Vielleicht ist es eine Frage des Geschlechts, keine Ahnung. Ich habe jedenfalls keinen Bock, jetzt darüber zu reden. Ich bin k. o.«

»Weißt du, was ich glaube?«, sagt sie.

»Wenche!«, bitte ich sie. »Jetzt hör auf!«

»Weißt du, was ich glaube?«, sagt sie noch einmal, lässt nicht locker, als würde sie gar nicht hören, was ich sage, als würde sie von etwas getrieben, wie sie auf mich losgeht. »Diese Angst vor Nähe und davor, andere an dich heranzulassen«, sagt sie, »ich glaube, sie und das, was Lars und Anders eine negative Einstellung nennen, sind zwei Seiten einer Medaille. Das gilt auch für die Art, wie du mich manchmal behandelt hast, als wir noch zusammen waren. Weißt du … meine Freundinnen fanden dich am Anfang voll cool, und hinterher haben mir mehrere von ihnen erzählt, dass sie neidisch auf mich waren, als wir zwei zusammen waren … aber als sie sahen, wie du mich behandelst, waren sie es nicht länger. Es kam mir vor, als würde ich gar nicht existieren. Du hast mich manchmal wie Luft behandelt.«

»Aha«, sage ich.

»Ja, oder stimmt es etwa nicht? Schon die Art, wie du Schluss gemacht hast. Plötzlich in einem Nebensatz kommt raus, dass du beschlossen hast, deinen Job hinzuschmeißen und auf Tournee zu gehen, und du wüsstest nicht, wie es mit uns weitergeht, wenn du wieder da bist«, sagt sie, starrt mich an und hebt fassungslos die Hände, sitzt da mit offenem Mund.

»Ich dachte, damit wären wir durch«, sage ich.

»Ja, im Grunde schon«, meint sie. »Ich will ja nur sagen, dass das, was hinter dieser Verhaltensweise steckt, dasselbe ist, was hinter der Angst vor Nähe steckt und dem, was Lars und Anders deine negative Einstellung nennen.«

Ich sehe sie an, versuche zu lächeln.

»Hast du deine Psychologiebücher gewälzt?«, sage ich.

Sie sieht mir geradewegs in die Augen, macht den Mund leicht auf, schüttelt den Kopf.

»Jetzt versuchst du schon wieder, Distanz zu erzeugen«, sagt sie.

»Was?«

»Weil du alles, was ich dir sagen will, verharmlost und bagatellisierst, indem du es von vornherein als nachgeplappertes Zeug aus meinen Psychologiebüchern abstempelst«, sagt sie. »Ist das vielleicht keine Art, Distanz aufrechtzuerhalten, ist das keine Art zu verhindern, dass ich an dich herankomme und an einem sensiblen wunden Punkt in dir rühre? Egal, was ich sage, du lässt es nicht an dich heran, es ist ja nur nachgeplappertes Zeug aus meinen Psychologiebüchern, stimmt's?«

Ich antworte nicht sofort, sitze nur da und starre sie an. Und die Wut wächst, als würde sich etwas in mir lösen, etwas Schweres, als wäre es auf dem Weg nach draußen.

»Wenche«, sage ich, schlucke, versuche ruhiger zu atmen, versuche mich zu beruhigen. »Zum allerletzten Mal, jetzt hörst du damit auf.« Starre ihr geradewegs in die Augen.

Aber sie hört nicht auf.

»Da hast du's«, fährt sie fort, nickt eifrig. »Sobald ich mich annähere, setzt du alles dran, mich auf Distanz zu halten. Soll ich dir mal sagen, was dein Problem ist?« Sie kommt immer mehr in Fahrt, sie ist jetzt nicht mehr zu bremsen, wie im Rausch. »Soll ich es dir sagen?«

»Nein«, sage ich, sage es laut und voller Zorn. Ich starre sie wutentbrannt an. »Ich verstehe ja, dass du viel darüber nachgedacht hast in den zwei Monaten, die vergangen sind, und dass du dich sehr darauf gefreut hast, mir zu erzählen, was mein Problem ist, wie du sagst, aber nein, das ist nicht nötig«, sage ich. »Unterstreiche die Antwort doppelt und packe sie zu den anderen Psychologieaufgaben, die du gelöst hast, aber verschone mich. Ich ertrage das nicht.«

Doch sie lässt nicht locker, macht weiter.

»Das Problem ist, dass du dir beim besten Willen nicht vorstellen kannst, dass dich jemand mag oder liebt«, sagt sie. »Du gibst dich cool und locker und nimmst die Dinge gelassen, aber im Grunde bist du … du bist der unsicherste Mensch, dem ich je begegnet bin. Du willst quasi der Typ sein, dem es egal ist, was die Leute sagen, aber du bist verletzlicher als alle anderen, die ich kenne. Du bist ständig auf der Hut, als würdest du nur auf ein Zeichen warten, dass die Leute dich nicht mögen. Sie können dir gegenüber noch so wohlgesinnt sein und dich noch so herzlich aufnehmen, du denkst trotzdem, dass sie dich im Grunde nicht mögen, dass sie dir nur was vorspielen! Du kannst dir nicht einmal vorstellen, dass dich jemand tatsächlich mag, dass dich jemand tatsächlich liebt und sich für dich interessiert, und genau deshalb benimmst du dich so. Du weigerst dich, andere Menschen an dich heranzulassen, du bist nämlich davon überzeugt, dass sich früher oder später herausstellen wird, dass sie dich nicht mögen, und dass Menschen, die dich nicht mögen, ganz nah an dich herangekommen sind, dass sie zu viel über dich wissen, das ist eine Bedrohung, mit der du nicht leben kannst«, sagt sie, und dann macht sie eine kleine Pause, starrt mich mit ihren eifrigen grünen Augen an, ihren Stachelbeeraugen. »Und dass du von vielen als negativ wahrgenommen wirst und mies drauf, wie zum Beispiel von Lars und Anders, geht genau in die gleiche Richtung«, sagt sie. »Am besten man hat von Anfang an einen negativen Blick auf Dinge und Menschen, dann spart man sich die Enttäuschung, stimmt's? Und es ist klar, wenn das dein Standpunkt ist, dann fällt es dir auch schwer, Rücksicht zu nehmen, darum ist es nicht verwunderlich, dass du deine Partnerin behandelst, als wäre sie Luft, dass du völlig unfähig bist, Verpflichtungen einzugehen.«

Starre sie an, in mir kocht es, für wen hält sie sich eigentlich, sitzt da und analysiert mich, obwohl ich sie gebeten habe, es zu lassen, fällt über mich her, genau das tut sie, ich würde am liebsten aufstehen und losbrüllen, ihr ins Gesicht schreien, aber ich halte mich zurück, das ist genau das, was sie will, sie will einen Wutausbruch provozieren, damit sie sagen kann, dass sie den Nagel auf den Kopf getroffen hat.

»Bist du fertig?«, frage ich, ringe mir ein Lächeln ab.

»Ja, vorläufig.«

»Gut!«, sage ich, dann sage ich nichts mehr, nehme mein Weinglas in die Hand und trinke einen Schluck, stelle es wieder ab, lächele gleichgültig. Starre sie an, ihre grünen, vorstehenden Augen und das widerwärtige Nagergesicht, die dünnen, trockenen, rissigen Lippen. Unbegreiflich, dass ich diese Lippen geküsst habe, dass ich mich dazu zwingen konnte, die Zunge zwischen diese Lippen zu schieben, mir dreht sich der Magen um, wenn ich daran denke, jeder Kuss hat sich angefühlt wie ein Übergriff, ich merke, wie mir übel wird, wenn ich daran denke.

»Ja?«, sagt sie.

»Was, ja?«, gebe ich zurück, in mir kocht es, aber ich lächele nur, als würde ich nichts begreifen, und ich sehe ihr an, dass sie sich provoziert fühlt, damit hatte sie wohl nicht gerechnet, ich starre in ihr Nagergesicht, sehe, wie sich ihr Mund langsam öffnet. Sie sieht mich an und schüttelt leicht den Kopf.

»Ehrlich gesagt, Jon«, meint sie.

»Was denn?«, sage ich, sage es mit Freude in der Stimme.

»Ich habe dir gerade erklärt, wie ich etwas sehe, das uns beide angeht, wie wichtig es mir ist, darüber zu reden«, platzt sie heraus. »Und nun bin ich der Meinung, dass du sagen könntest, was du dazu meinst.«

Starre sie an, das spitze Nagergesicht, der zierliche Körper, die schlaffen Brüste, die sich unter dem Pullover abzeichnen. Und dass ich es jemals über mich gebracht habe, die Hände um diese Brüste zu legen, diese ekligen Wucherungen, zuzudrücken und zu spüren, wie sie zwischen Zeigefinger und Daumen herausquellen, dass ich das konnte. Mir wird übel, wenn ich daran denke. Und dass ich mich dazu gezwungen habe, mit ihr zu schlafen, dass ich überhaupt dazu in der Lage war, es hat sich jedes Mal wie ein Übergriff angefühlt, und auch ihre verdammte Fragerei hat sich wie ein Übergriff angefühlt.

»Findest du nicht auch?«, sagt sie. »Findest du nicht auch, dass ich das Recht habe, deine Meinung zu hören?«

Ich warte kurz, dann lege ich die Ellbogen auf die Knie und beuge mich vor.

»Weißt du was«, fange ich mit leicht bebender Stimme an, versuche das kalte Lächeln beizubehalten, gelingt mir aber nicht ganz. »Ich will zu der ganzen Sache gar nichts sagen. Kein Wort. Ich bin nicht bereit, mich als Versuchskaninchen herzugeben, damit du das, was du in deinem Psychologiestudium lernst, ausprobieren und anwenden kannst. Ich wohne nicht mehr hier, und dass du mich vollaberst und nicht lockerlässt, dagegen kann ich nichts tun. Aber die Antwort verweigern, das kann ich, und das werde ich auch«, sage ich.

Stille.

»Dir geht es nicht gut, Jon«, sagt sie. »Und du brauchst Hilfe.«

»Nein, Wenche!«, sage ich, grinse sie wutentbrannt an. »Ich brauche ein Sofa, auf dem ich schlafen kann. Dass ich deine Hilfe brauche, ist reines Wunschdenken von deiner Seite.«

»Ach, Jon!«, sagt sie, schüttelt leise den Kopf. »Es ist traurig, dich so zu sehen.«

Zwei Sekunden.

»Ich komme nicht zurück, Wenche«, sage ich, starre sie an, weiß ja, dass sie mich zurückhaben will, und ich weiß, dass es sie trifft, dass es sie verletzt. »Ich habe bloß für heute Nacht keinen anderen Schlafplatz, darum bin ich hier, nur darum.«

»Was bildest du dir eigentlich ein?«, entfährt es ihr, sie versucht, verblüfft und gutmütig auszusehen, aber ihre Mundwinkel zucken leicht. Sie schluckt, ich sehe ihr an, dass ich sie getroffen habe, und ich spüre, wie die Schadenfreude durch mich hindurchsickert.

Zwei Sekunden.

»Soll ich dir sagen, wie ich dich erlebe?«, sage ich, sage es mit zitternder Stimme, mit einer Stimme, die vor Freude und Wut bebt. »Nachdem du dich über mich ausgelassen hast, kann ich mich ja vielleicht auch über dich auslassen«, sage ich. Warte einen Moment. »Du gehörst zu den Menschen, die andere auffressen. Du willst die volle Kontrolle, und im Bestreben, sie dir zu verschaffen, überfällst du Menschen und überschreitest alle Grenzen des Anstands. Du tarnst es als Nächstenliebe und Fürsorge und Liebe für andere Menschen, aber in Wahrheit ist es lediglich der Versuch, andere Menschen zu kontrollieren. Du verhörst andere und fragst sie aus, du sezierst und analysierst, nur um dir Zugang zu Informationen zu verschaffen, die notwendig sind, um Kontrolle auszuüben. So habe ich dich erlebt, als wir zusammen waren, und so erlebe ich dich jetzt«, sage ich, starre sie wutentbrannt an. »Und genau das hat dazu geführt, dass ich mich entschlossen habe, vor allem davonzulaufen, und genau deshalb bin ich gottfroh, dass wir nicht länger zusammen sind. Das sollte ich vielleicht nicht sagen, ich sage es aber trotzdem: Auch wenn du keine Psychopathin sein solltest, hast du durchaus psychopathische Züge.« In mir kocht und brodelt es. »Und wenn du sagst, dass ich mir nicht vorstellen kann, dass Menschen mich lieb haben, dann kann ich nur sagen, dass für dich genau das Gegenteil gilt. Du kannst dir beim besten Willen nicht vorstellen, dass ich von dir wegwollte, dass jemand überhaupt auf die Idee kommen könnte, dich zu verlassen, das ist in deiner Welt schlicht nicht vorgesehen, diese Alternative existiert überhaupt nicht, und wenn es trotzdem passiert, wenn dich jemand trotzdem verlässt, dann muss mit der Person etwas nicht stimmen, dann braucht sie Hilfe, wie du gerade gesagt hast. Herrgott noch mal, Wenche!«, sage ich, sage es laut, setze mich gerade hin und hebe resigniert die Hand, starre sie wutentbrannt an. »Was glaubst du, warum deine Freunde nur ein Jahr bleiben, allerhöchstens zwei? Was glaubst du, warum alle am Abend plötzlich so beschäftigt sind?«, sage ich. »He? Weißt du was? Es liegt zumindest nicht daran, dass alle anderen außer dir verrückt und krank und hilfsbedürftig sind, wie du meinst!«

Absolute Stille.

»Du armer Kerl«, sagt sie, sagt es leise, sieht mich an und schüttelt den Kopf. Sie versucht so auszusehen, als täte ich ihr leid, aber sie schafft es nicht, gleich fängt sie an zu heulen, das sehe ich ihr an, gleich bricht sie zusammen, und ich merke, dass ich mich diebisch freue, kann es nicht leugnen, bin so voller Abscheu, fast ist es Hass.

»Vergiss es, Wenche«, sage ich, sage es geradeheraus, grinse sie wutentbrannt an. »Ich kenne dich zu gut.«

»Was soll ich vergessen?«

»Ich sehe dir an, dass du weißt, wie recht ich habe«, sage

ich. »Du versuchst, so zu tun, als täte ich dir leid, aber das tust du nur, um mich zu verunsichern«, sage ich, warte kurz. »Abend für Abend sitzt du hier allein über deinen Psychologiebüchern«, sage ich, nicke ihr entschieden zu, »was meinst du, warum das so ist? Warum, glaubst du, sind alle deine Freunde weg? Gry, Ann-Britt, Kristine, sie sind allesamt verschwunden! Warum, glaubst du, ist das so?« Ich attackiere sie da, wo es am meisten wehtut, was nicht in Ordnung ist, ich kann aber nicht anders, ich verabscheue sie. Sie schüttelt den Kopf, gibt nicht auf, will mich immer noch davon überzeugen, dass ich ihr leidtue.

»Du bist wirklich kränker, als ich dachte, Jon«, sagt sie. »Mein Gott, siehst du das nicht selbst? Siehst du nicht, wie verzweifelt du bist? Du sitzt hier und verdrehst alles, wirfst mir vor, ich sei eine Psychopathin, weil ich versuche, dich mit deinen Problemen zu konfrontieren. Hör doch mal, was du sagst! Du hast solche Angst davor, andere an dich heranzulassen, dass dir alle Mittel recht sind, um es zu verhindern!«

Ich schüttele den Kopf, grinse.

»Andere an mich heranzulassen? Es geht hier nicht um irgendwen«, sage ich, koche innerlich. »Es geht um dich, Wenche. Und wenn ich eins weiß, nachdem ich so lange mit dir zusammen war, dann, dass man dich auf keinen Fall zu nah an sich heranlassen sollte. Man sollte Psychopathen nicht zu nah an sich heranlassen. Es hat lange gedauert, bis ich das gelernt habe, aber jetzt weiß ich es, und ich sage es noch einmal: Ich werde mit dir nicht über mich und meine Person reden. Ich kenne deine Tricks, mich führst du nicht hinters Licht, gib lieber gleich auf. Du kriegst mich nicht zurück, ich weiß, dass du das versuchst, aber daraus wird nichts. Wie gesagt, ich komme nicht zurück. Ich bin heute Abend hierhergekommen, weil ich ein Sofa brauche, einen anderen Grund gibt es nicht.«

»Du machst mir Angst, Jon«, sagt sie.

Ich starre sie an, grinse wutentbrannt.

»Ich meine es ernst, Jon«, sagt sie. »Du machst mir Angst, mir ist lieber, wenn du gehst. Geh bitte sofort.«

»Du kannst gern so tun, als hättest du Angst, Wenche«, gebe ich zurück. »Und auch so lange du willst, aber mich verunsicherst du nicht. Die Zeiten sind vorbei.«

»Bitte, Jon«, sagt sie. »Geh, sonst rufe ich die Polizei!«

»Ich gehe ja schon«, sage ich. »Sei ganz beruhigt. Es käme mir nicht in den Sinn, hier zu bleiben.«

Ich nehme mein Weinglas und trinke den Rest aus, stehe auf und sehe sie einen Moment lang an, ihr widerwärtiges Nagergesicht und ihre schmalen Lippen, erinnere mich mit Grauen daran, wie es war, diese Lippen zu küssen, die trockenen Lippen, mir dreht sich der Magen um, wenn ich daran denke.

»Du Ärmste«, sage ich, grinse und schüttele den Kopf. »Du bist der traurigste und einsamste Mensch, den ich kenne!«

Sie sieht mich an und schluckt, beißt sich auf die Unterlippe, ist kurz vorm Losheulen, kurz vorm Zusammenbruch.

»Geh jetzt, Jon«, sagt sie.

»Mein Gott«, sage ich, grinse und schüttele wieder den Kopf. »Und du sprichst von Verzweiflung. Ich bin vielleicht seit einer halben Stunde hier, und du hast fast schon das ganze Gefühlsregister durch, weil du mich unbedingt knacken willst. Alles von ehrlich und aufrichtig bis hin zu resigniert, wütend, verängstigt, und jetzt ziehst du auch noch das letzte Register und heulst«, sage ich. »Ist das der Höhepunkt der Vorstellung? Ist jetzt der Moment gekommen, in dem ich zusammenbrechen und formbar und gefügig werden soll? Ist jetzt der Moment gekommen, in dem ich anfangen soll, Mitleid für dich zu empfinden und die ganze Sache mit deinen Augen zu sehen? Aber glaub mir eins: Genau das wird nicht passieren!«

»Geh«, schreit sie plötzlich. Sie hebt den Arm und zeigt zur Tür, sieht mich mit großen, schreckgeweiteten Augen an, mit ihren Stachelbeeraugen. Ihre Augen sind voller Wut, und ich sehe sie an und grinse.

»Mach's gut, Wenche«, sage ich, sage es mit kalter Stimme, gleichgültig. Und dann gehe ich, ziehe mir die Schuhe an, nehme die Jacke vom Kleiderständer und gehe nach draußen, gehe den Bürgersteig entlang, gehe ruhig, lächele. Will zur Hütte nach Vemundvik, vorher noch etwas einkaufen und einen Schluck trinken und dann weiter zur Bushaltestelle, will zur Hütte fahren und ein paar Tage allein sein, es kommt schon wieder alles in Ordnung.

Vemundvik, 19. Juli 2006

Nicht einmal einen Monat nach Berits Tod hattest du es satt, mit Arvid in einem Haus zu leben, und bist bei Silje und Oddrun eingezogen, wo du bis zum Studienbeginn im September wohnen konntest.

Zwischen Arvid und dir hat es fast sofort geknallt. Berit war gerade mal einen Tag tot, da fing er schon an, alles Praktische rund um das Begräbnis zu regeln, aber zur Verwunderung aller hast du plötzlich darauf bestanden, dass es kein kirchliches Begräbnis geben soll. Zunächst hatte Arvid Mitleid mit dir, weil er dachte, du stündest irgendwie unter Schock, kurze Zeit später aber machte es ihn so wütend, dass er mit mir als völlig verängstigtem Zuschauer die Beherrschung verlor, für die er so bekannt war, und brüllte, du hättest kein Schamgefühl, du wärst vom ersten Tag an, an dem er Berit kennengelernt habe, eifersüchtig gewesen, und das hier sei nur ein weiteres Beispiel dafür, wie weit du gehen würdest, um ihn dafür zu bestrafen, dass er dir die Mutter genommen habe. Wir standen bei euch in der Küche, und ich weiß noch, wie eine Speicheldusche aus seinem Mund kam, als er ganz dicht an dich herantrat und schrie, du wärst ein großer Egoist, der es ihm und Berit nicht gegönnt habe, glücklich miteinander zu sein. Du hast versucht, kühl und ruhig zu bleiben wie immer, aber du hast vor Wut gebebt, als du sagtest, Arvid hätte Berit nicht gekannt, sie hätte sich sehr darum bemüht, die Frau zu sein, die Arvid ihrer Ansicht nach ha-

ben wollte, doch es wäre ihr nicht gelungen, und kurz vor ihrem Tod wäre sie vor dir zusammengebrochen und hätte gesagt, sie würde sich wie eine Fremde im eigenen Leben fühlen. Sie war nicht gläubig, sie konnte das christliche Umfeld, in dem sie sich bewegte, nicht ausstehen, sie hatte offen und ehrlich gesagt, dass sie mit dem Gedanken spiele, Arvid zu verlassen und auszuziehen. Mit feuchten Augen und zitternder Stimme hast du erzählt, dass du dich selbst hassen würdest, weil du dich in dem Moment nicht für sie eingesetzt hättest, du hättest nur gesagt, das müsse sie selber wissen, und dann hättest du ihr zu verstehen gegeben, dass du nichts weiter darüber hören wolltest. Ihr ein Begräbnis zu ermöglichen, das zu der Frau passte, die sie wirklich war, sei das Mindeste, was du tun könntest.

Arvid glaubte dir kein Wort, er war davon überzeugt, dass du ihn lediglich bestrafen wolltest, und da er genauso unnachgiebig auf seinem Standpunkt beharrte wie du auf deinem, gab es keinen anderen Ausweg, als zwei Trauerfeiern zu organisieren, am ersten Tag eine kirchliche in der Krankenhauskapelle, am zweiten dann eine nicht kirchliche im Gemeindehaus.

Obwohl es nur noch ein, zwei Monate waren, bis du zum Studium nach Trondheim gehen wolltest, war es unvorstellbar für dich, hiernach weiter bei ihm wohnen zu bleiben, und Arvid war genauso erleichtert wie du, als du das Angebot bekamst, bei Silje und Oddrun einzuziehen.

Ich begriff damals nicht, warum, aber ich fühlte mich immer unwohler, wenn ich bei Silje und Oddrun zu Hause war. Ich reagierte oft gereizt, ja, wütend, wenn ich mit ihnen zusammen war. Mich regte vor allem ihre Arroganz auf, die ich davor so bewundert und um die ich sie beneidet hatte. Dir sagte ich, sie hätten sich verändert, sie wären nicht mehr selbstsicher, son-

dern selbstgerecht, herablassend und voller Verachtung, doch heute ist mir klar, dass ich derjenige war, der sich verändert hatte.

Während des letzten Halbjahrs auf dem Gymnasium war nämlich etwas passiert, was mich in die Lage versetzte, Dinge zu begreifen, die ich bisher zwar registriert, aber nicht durchschaut hatte. Plötzlich begriff ich, dass Silje mein Zuhause ebenso exotisch fand wie ich ihres, und anhand von Äußerungen, die Oddrun von sich gab, wurde mir bewusst, dass Silje ihr erzählt hatte, wie Mama, Eskil und ich lebten, dass der Fernseher lief, egal, ob wir die Sendung schauten oder nicht, sie sprachen über die Ketchup-Flasche, die immer auf dem Tisch stand, egal, was es zu essen gab, über die Art, wie Mama, Eskil und ich miteinander redeten, und über die mit Möbeln zugestellte Stube mit all dem Nippes und den Familienfotos und den geschmacklosen Vorhängen mit goldenen Schleifen. Einmal, als ich ein paar altkluge und sicherlich auswendig gelernte Argumente vorbrachte, was Kieślowski zu einem guten Regisseur machte, lächelte Oddrun anerkennend und sagte, es sei eine Leistung, dass ich mich so entwickelt hätte, wo ich doch in einem Zuhause ohne Bücher aufgewachsen sei, was im Grunde auch stimmte, wir hatten lediglich drei Ausgaben eines Almanachs und ein paar mehr Bände der »Nordischen Kriminalchronik« im Bücherregal stehen, aber das konnte Oddrun nur wissen, wenn Silje es ihr erzählt hatte, und außerdem fand ich, es stehe ihr nicht zu, so etwas zu mir zu sagen. Ich empfand es Mama gegenüber als verletzend, und das tat weh, vor allem jetzt, wo Mama so krank und niedergeschlagen war.

Und vermutlich war das genau der Grund, warum ich auf die Arroganz, die ich früher nachzuahmen und mir anzueignen versucht hatte, immer aggressiver reagierte. Wenn Oddrun fassungslos den Kopf schüttelte, weil die Leute hier in Namsos all die guten Speisepilze, die sie gleich vor der Haustür hatten, nicht sammelten, sondern verderben ließen, wenn Silje das Bild »Der weinende Junge« kaufte und im Wohnzimmer aufhängte, damit ihre Mutter einen Grund zum Lachen hatte, sobald sie nach Hause kam, wenn sie über die Berufsschule sprach, als wäre es eine Anstalt für Minderbemittelte, und über diejenigen, die bei Domus an der Kasse saßen, als wären sie geistig zurückgeblieben, so erlebte ich all dies plötzlich als Angriffe auf Mama.

Zugleich hegte ich damals selbst einen Groll gegen Mama. Sie fragte nie geradeheraus, ob ich zu Hause bleiben und ihr helfen könnte, aber je mehr ich ihr im Haushalt half, umso abhängiger wurde sie von mir, und mit der Zeit sah ich ihr an, wie sie erwartete, dass ich mich um sie kümmerte, und das wiederum erfüllte mich mit einer Wut, die ich nie richtig zum Ausdruck bringen konnte, von der ich nicht recht wusste, wohin damit. Manchmal ertappte ich mich dabei, wie ich sie hasste, wenn sie auf dem Sofa lag und fernsah, während ich Feuerholz aufschichtete oder die Tassen abspülte, und es gab Momente, in denen ich dachte, ihre Freundinnen hätten recht, wenn sie behaupteten, sie würde ihr Leiden auskosten, sie würde ihre Krankheit anbeten und nur zu gerne in die Opferrolle schlüpfen, um über mich und andere, die ihr nahestanden, zu bestimmen. Aber es dauerte nie lange, bis meine Bitterkeit und Wut von Gewissensbissen abgelöst wurden. Dass ich nie protestierte, wenn Silje und Oddrun das, wofür Mama stand, und das Milieu, aus dem sie kam, ins Lächerliche zogen, kam erschwerend hinzu, und so lief ich nahezu ständig mit dem Gefühl durch die Gegend, meine Mutter zu verraten.

Silje und Oddrun zu widersprechen, wäre ohnehin nicht ganz einfach gewesen, wo ich doch selbst so eifrig darum be-

müht war, das Kleinstadtleben ins Lächerliche zu ziehen und mich davon zu distanzieren. Vielleicht ahnte ich damals bereits, dass es einen Unterschied gab zwischen der Verachtung, die du und ich an den Tag legten, und der von Silje und ihrer Mutter, aber ich habe erst sehr viel später begriffen, dass unsere Blasiertheit eine Art Selbstschutz war. Während der Spott der beiden Frauen daher rührte, dass sie sich den Leuten tatsächlich in allen Bereichen, auf die es ihnen ankam, überlegen fühlten, war unsere Verachtung eine Antwort auf die Missbilligung, die uns vermeintlich entgegenschlug. Wir waren lediglich zwei unsichere Teenager, die sich einzureden versuchten, sie wären wichtig, auch wenn das nicht wahr war, und darum machten wir diejenigen schlecht, von denen wir glaubten, sie würden uns schlechtmachen.

Als die Kluft zwischen Silje und mir allmählich größer wurde, sah ich deutlich, wie klein ich mich Oddrun und ihr gegenüber gemacht hatte und wie klein du dich immer noch machtest. Ich weiß noch, wie wir einmal bei Silje waren, während sie gleichzeitig zwei Handwerker im Haus hatte. Sie sollten die Holzwände abschmirgeln und das Haus neu streichen, und Siljes Mutter ließ sie nicht in Ruhe, sie mäkelte ständig an ihnen herum und war so herablassend, dass es sogar Silje peinlich war. Dir allerdings nicht. Wenn dir die Handwerker den Rücken zukehrten, sah ich, wie du zu ihrer Mutter geschaut und missbilligend die Augenbrauen hochgezogen hast, als wärt ihr beide Waffenbrüder zwischen solchen Trotteln.

Noch schlimmer war es, als wir einem ehemaligen Klassenkameraden von mir auf der Straße begegneten, den wir mit zu Silje einluden, wo wir Trivial Pursuit spielen wollten. Silje sagte nichts, als er auf die Frage, wer im Zweiten Weltkrieg unter dem Namen »Wüstenfuchs« bekannt war, keine Antwort geben konnte, und auch nicht, als er nicht wusste, welchen berühmten Dichter man mit dem Globe Theatre verband, aber es ging ständig so weiter, und Siljes Seufzer wurden mit jedem Mal, dass er passen musste, lauter. Die einzige Frage, die er beantworten konnte, war die nach einem Schauspieler in »Police Academy II«, und es musste ihn sehr verwirrt haben, dass dies nun eine Frage war, bei der man in unserem Umfeld getrost zugeben durfte, die Antwort nicht zu wissen. Als Silje anfing zu lachen, dachte er vermutlich, sie sähe gerade eine Szene aus dem Film vor sich, und lachte ebenfalls los. Erst als er meinen mitleidigen Gesichtsausdruck sah, kapierte er, dass Silje über etwas ganz anderes lachte als er, und auch wenn er anstandshalber noch etwas blieb, hatte er in diesem Augenblick begriffen, dass er nicht willkommen war. »Könnt ihr mir den Gefallen tun, diesen Schwachkopf nicht mehr mitzubringen?«, sagte Silje, nachdem er gegangen war, und zu meiner großen Enttäuschung fingst du an, dich zu entschuldigen. Du, den ich einmal für den mutigsten Menschen der Welt gehalten hatte, der immer den Mund aufmachte, wenn jemand ungerecht behandelt wurde, nicht nur, dass du ihn nicht verteidigt hast, du hast dich sogar dafür entschuldigt, dass wir ihn mitgebracht hatten. Wir wollten ihn auch gar nicht mitbringen, sagtest du, wir hätten versucht, ihm zu verstehen zu geben, dass er dort nichts zu suchen habe, aber er habe sich einfach aufgedrängt, was zwar stimmte, die Sache aber nicht besser machte.

In dir erkannte ich mich selbst; vor noch nicht allzu langer Zeit hätte ich genau so geredet, was möglicherweise dazu führte, dass ich dein Benehmen noch mehr missbilligte, als ich es ohnehin getan hätte, keine Ahnung. Ich kann mich jedenfalls gut daran erinnern, wie wütend ich war, wie ich das Gefühl hatte, in Verbitterung abzudriften und aus dieser Stim-

mung nicht mehr herauszukommen. Ich wollte ja gern, ich wollte das, was ich mit dir gemeinsam hatte, nicht verlieren, und ich bemühte mich nach Kräften, versuchte, der zu sein, der ich immer gewesen war, aber es ging nicht, und ich wurde immer stiller, wenn wir bei dir und Silje waren, verlor meine Begeisterungsfähigkeit und konnte mich nicht mehr über Dinge freuen, über die ich mich früher gefreut hatte, ich wurde träge und schwerfällig, und während ihr euch unverändert begeistern konntet und mich ständig für neue Projekte motivieren wolltet, war ich schlecht drauf und hatte keine Lust. Ich konnte im Sessel sitzen und demonstrativ gähnen, und wenn ihr mich nach meiner Meinung zu einem Text oder einem Kunstprojekt gefragt habt, das von euch stammte oder geplant wurde, sagte ich nur »hm« und tat, als hätte ich nicht zugehört.

Das alles trug natürlich dazu bei, dass die Distanz zwischen uns noch größer wurde. Du sagtest nie, dass du unser Verhältnis beenden wolltest, aber deine Signale waren deutlich genug. Du fingst an, Situationen zu vermeiden, in denen wir allein waren, und begannst plötzlich, Dinge, die wir gemocht hatten und die uns gewissermaßen miteinander verbunden hatten, geringzuschätzen und abzulehnen. Schriftsteller und Bands, die wir zu Genies erklärt und über die wir stundenlang geredet hatten, fandst du nicht mehr so toll, und du fingst plötzlich an, davon zu reden, dass du womöglich in Oslo studieren wolltest und nicht in Trondheim, so wie ich. Es sei noch nicht zu spät, um eine Entscheidung umzustoßen, sagtest du, und wenn du die Vor- und Nachteile der beiden Alternativen aufzähltest, warst du sehr darauf bedacht, mich nicht als Vorteil für Trondheim zu nennen, nicht einmal dann, als ich es regelrecht darauf anlegte, eine entsprechende Äußerung aus dir herauszukitzeln. Manchmal war deine Weigerung so auffällig, dass klar war, du wolltest mir zu verstehen geben, ich sei nicht länger Teil deiner Zukunftspläne.

Natürlich habe ich das Ganze längst hinter mir gelassen. Aber wenn ich jetzt in unserer alten Hütte sitze, an dich schreibe und an die Zeit zurückdenke, spüre ich etwas von derselben Übelkeit, die ich damals empfunden habe, als mir klar wurde, dass du nichts mehr mit mir zu tun haben wolltest, die kalte Angst, die einen überwältigt, wenn man begreift, dass man im Grunde unerwünscht ist. Ich weiß noch, wie schmerzhaft es damals war, dich zu verlassen, als ich nicht länger daran zweifeln konnte, dass es genau das war, was du wolltest. Mein ganzer Körper schrie nach dir, aber die Vernunft zwang meine Beine wegzugehen.

Lange habe ich versucht, mir einzureden, du hättest es mit der Angst zu tun bekommen, als unser Verhältnis ernst wurde, als dir klar wurde, wie viel du mir eigentlich bedeutet hast. Meine etwas unbeholfenen Zärtlichkeiten und meine überglückliche Reaktion, als du sagtest, du hättest mich auch lieb, hatten zur Folge, dass wir unser Verhältnis fortan nicht mehr nur als unschuldiges Erforschen unserer Sexualität ausgeben konnten, und dir behagte das nicht, du wolltest dir deine Homosexualität nicht eingestehen. Dass das Studium kurz bevorstand und wir davon gesprochen hatten, uns in Trondheim eine Wohnung zu teilen, dass wir sozusagen als homosexuelles Paar in das Erwachsenenleben starten wollten und damit die Gerüchte über uns bestätigten, machte natürlich alles noch ernster und beängstigender, und schließlich wurde es dir zu viel.

Ich weiß noch, wie ich dich einmal mit besoffenem Kopf angerufen habe, um dir vorzuwerfen, du seist feige, ich habe dir unterstellt, du seist lediglich deshalb bei Silje eingezogen, um dem Gerücht, wir seien schwul, den Nährboden zu entzie-

hen, und ich sagte, du wärst nie der Mensch gewesen, für den du dich ausgegeben hättest, du wolltest nach außen hin zwar immer selbstsicher, unabhängig und frei erscheinen, doch hinter dem stillen, schroffen Äußeren hätte sich ein kleiner nervöser Junge verborgen, der eine Heidenangst davor hatte, was die Leute sagen und denken könnten, was sicherlich auch stimmte, aber das galt nicht mehr für dich als für mich und die allermeisten anderen im selben Alter.

Heute bin ich mir nicht mehr so sicher, dass du dich entzogen hast, weil du Angst hattest, keine Ahnung, ich glaube vielmehr, dass du dich entzogen hast, weil du nicht schwul warst. Im Grunde weiß ich nicht einmal, ob ich selbst homo oder hetero bin. Nachdem sich unsere Wege getrennt hatten, bin ich mit keinem anderen Mann mehr zusammen gewesen, und in den Tagen, die ich für diesen Brief benötigt habe, kam mir mehrmals der Gedanke, dass es an meinen heutigen Problemen liegt, wenn ich unser Verhältnis enger dargestellt habe, als es in Wahrheit der Fall war. Wobei ich auch das nicht weiß, beim Schreiben kommt mir in den Sinn, dass meine heutigen Probleme ebenfalls dafür verantwortlich sein könnten, dass ich nachträglich sozusagen eine Negativkorrektur vornehme und behaupte, wir hätten vermutlich doch nicht so eine tolle Zeit zusammen gehabt. Dabei hatten wir ja eine tolle Zeit. All unsere Unternehmungen und Gespräche, die ich in diesem Brief angesprochen habe, sind für mich Erinnerungen an eine glückliche Zeit, eine Zeit, die ich trotz der erwähnten Probleme vermisse.

Nachdem sich unsere Wege getrennt hatten, dauerte es Jahre, bis ich dich wiedersah. Während du nach Trondheim zogst und ein Literaturstudium aufnahmst, sagte ich meinen Studienplatz ab und blieb in Namsos, nicht weil es zwischen uns vorbei war und ich mich vielleicht deprimiert fühlte oder so, sondern weil es Mama zunehmend schlechter ging und weil sie außer mir niemanden hatte, der ihr half. Ich hatte vor, mir einen befristeten Job zu suchen, an der Abendschule den Vorkurs in Philosophie abzulegen und nach Trondheim zu ziehen, sobald wir eine Lösung für die Situation gefunden hatten, in die die Krankheit sie gebracht hatte. Doch aus dem geplanten Jahr in Namsos wurden zwei, aus zweien wurden drei und so weiter.

Es kommt mir fast unwirklich vor, wenn ich daran denke, wie ich mich in all den Jahren zu Hause verändert habe. Nicht nur, dass die Verachtung verschwand, die ich dem Kleinstadtleben gegenüber an den Tag gelegt hatte, mit der Zeit begann ich sogar fast alles, was ich am Leben in Namsos ins Lächerliche gezogen hatte, wertzuschätzen und zu bewundern. Als würde ich unbewusst alles daransetzen, mich mit meinem Schicksal zu versöhnen, und als du mich vor acht oder neun Jahren am Tag vor Heiligabend im Spirituosenladen trafst, stand da ein Typ vor dir, den du niemals einen Loser genannt hättest, in dem du aber einen totalen Loser sahst, einen, der es nicht geschafft hatte, einen, der einst dasselbe Fernweh und mehr oder weniger dieselben Zukunftsträume gehabt hatte wie du, der aber nie weggekommen war.

Ich hatte gerade das Fläschchen Finlandia Vodka in die Jackentasche gesteckt, als ich dich vorne in der Schlange sah, die am weitesten von der Tür entfernt war. Sie hatten den Wein nicht, den du haben wolltest, und die Verkäuferin machte einen Alternativvorschlag, mit dem du nicht zufrieden schienst, den du aber trotzdem leicht resigniert und lächelnd akzeptiert hast. »Ist schon okay«, sagtest du in meiner Erinnerung, und nachdem du die Flaschen bekommen und bezahlt hattest, hast du dich umgedreht und einem kleinen, pummeligen jungen Mann mit femininen Gesichtszügen, hohen Geheimratsecken und einer etwas zerschlissenen Jeansjacke direkt in die Augen geschaut. Du selbst stecktest in Klamotten, von denen ich nicht einmal den Namen wusste, die aber einen Stil zeigten, den ich von Werbeanzeigen kannte, die ich in der Gratiszeitung »Nacht und Tag« gesehen hatte. Du trugst die Haare kurz, warst schlank und sahst auffallend durchtrainiert aus, worüber ich etwas erstaunt war, wie ich noch weiß, ich fand wohl nicht, dass das zu einem Literaturstudenten passte. Wir grinsten beide breit, gaben einander die Hand und ließen das Wiedersehen herzlicher erscheinen, als es eigentlich war: »Nein, du bist's? Ja! Ist ja ewig her! Ja, viel zu lange! Schön, dich zu sehen! Gleichfalls!« Solche Sachen sagten wir, und wir redeten laut und aufgeregt, während wir uns kumpelhaft auf den Oberarm schlugen. Ich erzählte, dass ich bei Øyvind Johansen in der Musikabteilung arbeitete und noch zu Hause wohnte, dass ich aber mit Wenche Berg aus der Parallelklasse vom Gymnasium zusammen war und wir planten, im Herbst zum Studium nach Trondheim zu gehen. Du erzähltest, du seist Single, würdest in Trondheim im Stadtteil Lademoen wohnen und stündest kurz vorm Examen als Literaturwissenschaftler. »Jetzt gibt es kein Erbarmen mehr, jetzt muss auch ich ins Arbeitsleben!«, hast du noch lachend hinzugefügt.

Es ärgerte mich, dass du so etwas sagtest, das weiß ich noch, ich hatte den Eindruck, du würdest mich für mein Leben bemitleiden, und damit ich mich besser fühlte, sprachst du so, als wären wir bald in der gleichen Situation. Aber ich ging nicht darauf ein, ich erzählte, welche Fächer ich studieren wollte, wenn wir nach Trondheim zogen, und welche berufliche Karriere ich im Blick hatte, doch auch das kam nicht überzeugend rüber. Du hast zwar gelächelt und genickt, während ich von meinen Plänen erzählte, ich konnte dir jedoch ansehen, dass du sie nicht ernst nahmst, was mich noch mehr ärgerte. Wir blieben noch einen Moment stehen, und nachdem die banalsten und unschuldigsten Fragen gestellt worden waren, gaben wir einander zu verstehen, dass wir es eilig hatten. Ich hatte nichts vor, aber ich sah auf die Uhr und machte »hm«, und als du fragtest, wie spät es sei, und ich sagte, es sei kurz vor zwölf, hast du leicht erschrocken ausgeschaut und gemeint: »Huch, so spät schon?« Wir sagten noch, dass wir uns während der Weihnachtstage sehen müssten, um »zusammen einen draufzumachen«, wie ich meinte, und auch wenn wir beide wussten, dass nichts dergleichen geschehen würde, hast du so getan, als würde dich der Gedanke begeistern, das müssten wir unbedingt, sagtest du. »Lass uns telefonieren«, sagtest du noch, dann trennten wir uns.

ARVID

Krankenhaus Namsos, 4. Juli 2006. Im Zweitbettzimmer.

Ich ziehe eine Augenbraue hoch und versuche, konzentriert zu wirken, starre ins Buch, gebe vor zu lesen, aber auch dieses Mal versteht Eilert das Zeichen nicht, ich höre, wie er sich räuspert, um den Hals freizukriegen, wie er sich darauf vorbereitet, wieder etwas zu sagen, er gehört zu den Leuten, die einfach nicht verstehen können, dass jemand lieber liest, als sich zu unterhalten, und er glaubt vermutlich, dass er mir einen Gefallen tut, wenn er mich stört, er glaubt, dass ich lese, weil ich mich langweile und sonst nichts zu tun habe, und er will mich gewissermaßen retten, indem er so sozial ist, er sitzt da und erzählt alles Mögliche aus seinem Leben, von seinem Hof in Nærøy und von seiner Frau und seinen beiden Töchtern, von der Ältesten, die mit einem Arzt aus Halden verheiratet ist und bald den Hof übernehmen wird, und von der Jüngsten, die in Liverpool studiert und Tierärztin werden will, quasselt drauflos, erzählt von Orten, an denen ich nie gewesen bin, und von Leuten, die ich nicht kenne, es ist sicher gut gemeint, er will mich einfach nur aufmuntern, aber ich habe es so satt, er redet fast ununterbrochen und erzählt immer wieder dasselbe, und ich werde davon ganz müde.

»Wann darfst du denn nach Hause?«, fragt er.

Ich unterdrücke einen leisen Seufzer, warte eine Sekunde, dann schaue ich über das Buch zu ihm hinüber, er sitzt fast aufrecht auf seinem Bett. Das rote kugelrunde Gesicht funkelt mir entgegen, und er lächelt freundlich, ist immerzu freundlich, ich habe kaum je einen Mann getroffen, der freundlicher ist als Eilert.

»Wahrscheinlich morgen oder übermorgen«, sage ich, dann warte ich kurz, ich habe keine Lust, selbst Fragen zu stellen, aber ich kann nicht anders, fühle mich fast gezwungen zu fragen. »Und du?«

»Meine jüngste Tochter holt mich heute Abend ab«, erzählt er.

Ich nicke und lächele, dann schaue ich wieder in mein Buch, versuche mich zu entziehen, aber es nützt nichts.

»Ich freue mich auf sie«, sagt er, er lässt nicht locker. »Ich habe sie seit über einem Jahr nicht mehr gesehen.«

»Aha«, murmele ich, blicke auf und lächele ihm verhalten zu, dann schaue ich wieder in mein Buch.

»Sie wohnt ja in England, weißt du, studiert dort, sie will Tierärztin werden«, fährt er fort, ich weiß nicht, wie oft er das schon erzählt hat, ziemlich oft jedenfalls.

»Mhm«, sage ich, nehme den Blick nicht von dem Buch.

»In Liverpool.«

Ich sehe kurz zu ihm auf, nicke und lächele dasselbe verhaltene Lächeln, dann schaue ich wieder auf meine Seiten.

»Aber mir graut etwas vor der Autofahrt«, redet er weiter.

»Ist ja auch eine längere Strecke«, murmele ich.

»Nur gut, dass wir am Abend fahren«, sagt er.

»Ja, abends ist es viel kürzer.«

Ein paar Sekunden lang ist es still, dann spüre ich einen Anflug von schlechtem Gewissen, er meint es ja nur gut mit mir, so kann ich ihn nicht behandeln, ich sehe auf und lächele ihm zu, versuche, ihm zu zeigen, dass es ein Scherz war, aber das versteht er nicht, es ist nicht seine Art von Humor, und er sieht mich nur verwirrt an.

»Ich dachte an die Hitze«, sagt er. »Es ist nicht angenehm im Auto, wenn es so heiß ist wie in den letzten Tagen.«

»Ja, das stimmt«, sage ich nur, habe keine Lust, mich zu erklären, es bringt nichts.

»Aber darüber brauchst *du* dir ja keine Sorgen zu machen, so nah wie du wohnst«, sagt er, dann wartet er einen Moment. »Wo in Namsos wohnst du eigentlich?«, fragt er, er sieht mich an und lächelt freundlich, und ich mache den Mund auf und will ihm gerade antworten, halte mich dann aber zurück, er gehört zu den Leuten, die auf die Idee kommen könnten, einen Mann zu besuchen, den sie kaum kennen, er würde womöglich nach mir suchen und bei mir vorbeischauen, wenn er das nächste Mal zur Kontrolle müsste oder zur Chemotherapie, und das ertrage ich nicht, das will ich nicht, kommt nicht in Frage.

»In Fossbrenna«, sage ich, ich habe keine Lust, ihm zu erzählen, wo genau ich wohne, nenne einfach die erste Wohngegend, die mir in den Sinn kommt.

»Aha«, meint er.

»Genau«, sage ich rasch, erwidere seinen Blick und lächele so freundlich, wie ich nur kann, dann schaue ich wieder ins Buch, nutze die Gelegenheit, das kurze Gespräch zu beenden, bevor er etwas sagen kann, ich ziehe eine Braue hoch und versuche so auszusehen, als würde ich mich aufs Lesen konzentrieren, aber es nützt auch dieses Mal nichts, er kann einfach nicht den Mund halten, und ich höre, wie er sich räuspert und sich darauf vorbereitet, noch etwas zu sagen.

»Was liest du da?«, fragt er und nickt zu dem Buch.

»Was ich zu lesen versuche?«

»Ja«, sagt er, bekommt die modifizierende Ergänzung nicht mit, er sitzt nur da und lächelt dasselbe freundliche Lächeln, ich hebe das Buch hoch, damit er den Einband sehen kann.

»Eine Biografie über Stalin«, sage ich.

»Auweia«, sagt er.

»Ja, auweia«, murmele ich.

»Ja, mit dem war wohl nicht gut Kirschen essen«, sagt er.

»Nein«, sage ich.

Einen Augenblick ist es still, und ich merke, dass ich gleich lospruste, aber ich reiße mich im letzten Moment zusammen und lasse es wie einen Husten klingen, ich halte die Hand vor den Mund, huste noch einmal, um das erste Husten irgendwie glaubwürdiger erscheinen zu lassen. Plötzlich spüre ich ein Ziehen im Bauch, ein kurzes, nicht allzu heftiges Ziehen, und es gibt sich auch gleich wieder, doch die Angst vor den Schmerzen, die kommen könnten, erfasst mich sofort, und Nacken und Stirn werden von kaltem Schweiß bedeckt. Sofort lege ich das Buch auf den Nachttisch, atme schnell, konzentriere mich auf die Bettdecke, sitze steif da und warte, spüre in mich hinein, ob noch mehr kommt.

»Was ist?«, fragt Eilert. »Hast du Schmerzen?«

Ich antworte nicht, rühre mich nicht und warte, dann kommt es. Als würden meine Gedärme von zwei kräftigen Händen gepackt, die zudrücken, wie um einen Spüllappen auszuwringen, ich kauere mich automatisch zusammen und rolle leicht auf die Seite, hole tief Luft und kneife die Augen zu, verharre eine Sekunde in dieser Stellung und versuche, mich wieder zu entspannen, dann öffne ich die Augen und hebe die Hand, suche mit raschen, fieberhaften Bewegungen nach der Schnur, spüre, wie die kleine Plastikkugel an ihrem Ende leicht gegen meine Hand schlägt, ich brauche einen

Moment, bis ich sie zu fassen kriege, dann ziehe ich daran, einmal und noch einmal, kurz und fest, sinke wieder auf das Bett, ziehe die Beine an und bleibe ganz steif liegen, es fühlt sich an, als hätte ich einen großen, glühend heißen Stein im Bauch, und ich kneife die Augen zu, so fest ich kann, jetzt müssten sie doch bald kommen, ich brauche unbedingt was. Ich mache den Mund auf und hole tief Luft, stoße die Luft wieder aus, dann endlich geht die Tür auf, und die blonde Krankenschwester kommt herein.

»Können Sie mir was geben?«, frage ich schnell, es ist mehr ein Stöhnen, ich versuche zu lächeln, schaffe es aber nicht.

»Kommt sofort«, sagt sie, macht auf dem Absatz kehrt und geht wieder aus dem Zimmer, und ich höre, wie die Sohlen ihrer Sandalen am Boden kleben, höre, wie sie sich lösen, wenn sie den Fuß hebt, dann fällt die Tür mit einem schweren Seufzer zu, und alle Geräusche von draußen werden ausgesperrt.

»Oje, oje«, murmelt Eilert von der anderen Seite des Zimmers.

Ich halte mir den Bauch und bohre das Gesicht ins Kissen, spanne jeden Muskel an. Ein paar Sekunden verstreichen, dann geht die Tür wieder auf, und herein kommen die blonde und die rundliche Krankenschwester.

»Ich habe solche Schmerzen«, sage ich, presse die Worte zwischen den Zähnen heraus, ich versuche, mich auf den Rücken zu drehen, aber die rundliche Krankenschwester legt mir die Hand auf die Schulter und hält mich zurück.

»Wir geben Ihnen ein Spasmolytikum, Sie können einfach auf der Seite liegen bleiben«, sagt sie, nimmt sich den Hocker und setzt sich neben mich, streichelt mir die Wange. »Es dauert nicht mehr lange, dann sind die Schmerzen weg.«

»Er hat vorhin zu schnell gegessen«, höre ich Eilert zu der blonden Schwester sagen. »Ich habe es gesehen, aber ich dachte mir, ich mische mich lieber nicht ein. Oder es ist das Wasser, das er eben getrunken hat«, fügt er hinzu, lässt nicht locker, kann seinen Mund nicht halten, nicht einmal jetzt in dieser Situation. Die blonde Schwester sagt kein Wort, ich höre, wie der Vorhang zugezogen wird, höre, wie ein Plastikhandschuh über eine Hand gestreift wird, dann wird meine Unterhose fast bis zu den Knien heruntergezogen, und ich spüre, wie das Zäpfchen in mich eindringt.

»So«, sagt die rundliche Krankenschwester. »Gleich ist es vorbei«, sagt sie. Sie sieht mich mit milden, freundlichen Augen an und streichelt mir immer wieder die Wange, es dauert ein paar Sekunden, dann spüre ich, wie das Zäpfchen wirkt, die Schmerzen lassen immer mehr nach, und je mehr sie nachlassen, desto deutlicher spüre ich die warme Hand der rundlichen Schwester, die Angst weicht langsam von mir, und ich merke, wie mich ein Gefühl der Ruhe überkommt, ich werde von Dankbarkeit überwältigt und möchte so gern etwas Nettes sagen.

»Sie sind so freundlich«, sage ich nur.

Namsos, 6.–10. Juli 2006

Lieber David,
ich sitze im Schatten des größten Kirschbaums hinter unserem Haus. Wenn ich den Blick vom Bildschirm löse, kann ich den ganzen Garten überblicken, und ich sehe die Allee, die wir am ersten Tag entlanggefahren sind, jenem Tag, an dem ihr zwei bei mir eingezogen seid, jenem Tag, an dem ihr nach Hause kamt. Ich sehe euch vor mir in dem gelben Simca, den ich von unserem Küster geliehen hatte, weil mit dem Getriebeblock meines Volvo etwas nicht in Ordnung war. Ich sehe vor mir, wie hinter uns auf dem Feldweg der gelbbraune Staub in die Luft gewirbelt wurde, als wir unten bei den Briefkästen abbogen, und wie die Staubwolke in der flimmernden Hitze schwebte, bevor sie sich wieder auf den Boden senkte. Du hattest dich vorgebeugt und auf jeden Vordersitz eine Hand gelegt, und du hast laut gelacht, weil ich gerade die Hände vom Lenkrad genommen hatte. Du warst elf, fast schon zwölf, und hättest mir am liebsten zu verstehen gegeben, dass du dieses Verhalten kindisch findest, aber es dauerte nie sehr lange, dann hattest du alles vergessen und warst eifrig, aufgeregt und quicklebendig. Mama saß auf dem Beifahrersitz, und wenn sie sah, was ich machte, schrie sie und tat so, als hätte sie Angst, woraufhin du natürlich noch lauter und noch herzlicher lachtest, du bist auf dem Sitz auf und ab gehüpft und hast gerufen, noch mal. Nein, bitte nicht, bitte nicht, wir fahren in den Graben, hat Mama gefleht.

Doch, riefst du eifrig. Noch mal, noch mal. Und ich machte es noch mal, natürlich machte ich es noch mal. Ich nahm die Hände vom Lenkrad und tat so, als würde ich fahren, ohne zu lenken, und du hast auf dem Rücksitz vor Freude gelacht und gejauchzt. Arvid, bitte!, rief Mama und tat so, als hätte sie riesige Angst. Was ist?, fragtest du ganz ruhig, und dann drehte ich mich zu ihr um, zog die Augenbrauen hoch, als würde ich nicht verstehen, was sie will. Mensch, schau wenigstens auf die Straße, schrie sie und gab sich entsetzt, während sie nach vorn zeigte. Ich legte die Hände auf das Lenkrad und sah wieder auf die Straße. Ich kann auf der Straße nichts Besonderes erkennen, sagte ich, und du musstest auf dem Rücksitz laut lachen. Du Quatschkopf, sagte Mama und boxte mir gegen die Schulter. Aua, lachte ich, dann schaute ich in den Spiegel und begegnete deinem Blick, ich grinste verschwörerisch und zwinkerte dir zu. Ihr habt sie nicht mehr alle, ihr beide!, sagte Mama und schüttelte fassungslos den Kopf.

Dieser Tag war der Anfang dessen, was die besten Jahre in meinem Leben werden sollten, David. Bevor ich Berit traf, hatte ich stets einen nüchternen Blick auf die Liebe zwischen Mann und Frau gehabt. Ich war der Meinung gewesen, wir Menschen könnten einen x-beliebigen Menschen lieben und mit ihm als Paar zusammenleben, vielleicht nicht unbedingt jeden, aber doch eine ganze Menge mehr als nur einen Menschen, und wenn mir jemand etwas von der großen Liebe erzählte, sah ich darin den Versuch, die Partnerwahl zu verteidigen, die man bereits getroffen hatte. Aber nachdem ich Berit begegnet war, wusste ich, dass ich mich geirrt hatte. Wie das Neugeborene seine Mutter erkennt, so erkannte ich Berit. Ich hatte sie noch nie gesehen, aber mein Körper sagte mir sofort, dass wir zusammengehörten, und wenn ich später zu jemandem, den ich nach ihr kennenlernte »Ich liebe dich« sagte, kam ich mir wie ein Lügner vor, wie ein Verräter. So weit ging es.

Ich habe sie sehr bewundert, ich brauchte sie und war von ihr abhängig. Wenn ich etwas geschrieben hatte, worauf ich besonders stolz war, für die Predigt oder das »Wort zum Tag« zum Beispiel, sehnte ich mich wie ein Kind nach Lob und Anerkennung von ihr. Natürlich wollte ich es nicht zugeben, es wäre mir im Traum nicht eingefallen, ihr unaufgefordert etwas vorzulesen, und ich weiß noch, dass ich ihre Aufmerksamkeit auf mich zog, indem ich so tat, als würde ich über irgendetwas stutzen. Hm, sagte ich zum Beispiel und zog eine Braue hoch. Und wenn Mama nicht sofort reagierte, warf ich ihr einen ungeduldigen Blick zu, um zu sehen, ob sie sich nicht bald umdrehen wollte. Hm, sagte ich noch einmal. Ich weiß nicht recht. Und endlich reagierte sie. Was ist denn?, fragte sie. Sie bückte sich und zog ein Handtuch aus dem grünen Wäschekorb. Tjaaaa, sagte ich und zierte mich ein wenig. Ich habe hier einen Satz, von dem ich nicht sicher bin, ob er gelungen ist oder nicht. Lass mal hören, sagte sie. Sie hielt das Handtuch mit beiden Händen fest, hob es hoch und schloss die Augen, während sie kurz daran zog, dass das Handtuch nur so knallte. Tja, sagte ich, ich kann ihn dir ja mal vorlesen … Mama hängte das Handtuch auf und drehte sich zu mir um. »Die Leute kaufen ein Ding nach dem anderen und nehmen es mit nach Hause, aber sie haben den Schlüssel zu ihrem Haus verloren«, las ich, und dann ließ ich das Blatt sinken und schaute Mama an. Und sie stand da und lächelte mit geöffnetem Mund. Hast du *das selbst geschrieben, Arvid? Ob ich das geschrieben habe?, sagte ich. Innerlich lachte ich vor Glück, doch ich tat so, als würde ich nicht verstehen, warum sie mich das fragte. Natürlich habe ich das selbst geschrieben, fügte ich hinzu. Das ist so … das ist wunderschön, sagte sie. Du meinst also, ich sollte es stehen lassen? Klar lässt du das stehen, sagte sie, wehe du streichst es. Tja, dann lass ich es wohl am besten stehen, sagte ich und lachte, während ich mich zu dir umdrehte. Meinst du nicht auch, David? Mit ihr legt man sich besser nicht an, wir wissen ja, wie das endet? Ja, sagtest du lachend.*

Solche Dinge lassen einen wachsen, David, ein Lächeln und ein paar freundliche Worte von dem Menschen, den man liebt, reichen oft aus, dass man Dinge schafft, die man sich nicht zugetraut hat. Oh ja, ich weiß noch, wie wir den Keller renoviert haben, wie erschöpft ich war. Als Pfarrer hatte ich damals recht viel zu tun, und ich kam schon müde nach Hause, aber am Abend hieß es, rein in die grüne Arbeitshose und los geht's. Ich sehe es heute noch vor mir, sehe die weiße kegelförmige Halogenlampe auf den frisch verlegten Spanplatten am Boden, der etwas nachgibt, wenn man drauftritt, ich sehe vor mir, wie sie die feinen Sägespäne anstrahlt, die aus der Dämmplatte rieseln, die ich gerade zurechtschneide, ich sehe meinen Schatten auf der Isolierschicht, die ich soeben in die Zwischenwand eingefügt habe. Mensch, Arvid, sagte Mama manchmal, wenn ich schon eine ganze Weile gearbeitet hatte, jetzt musst du mal eine Pause machen. Pause?, sagte ich und tat so, als würde ich nicht verstehen, was sie meint. Ja, bist du denn gar nicht müde? Nein, nein, ich bin noch fit! Sie sah mich an und schüttelte den Kopf. Dass das möglich ist. Was denn?, fragte ich. Dass du so viel arbeiten kannst. Hm, sagte ich nur und wiegte den Kopf hin und her. Nicht zu fassen, sagte sie.

Solche Dinge, kleine Bemerkungen von Berit konnten mir so viel Kraft geben, dass ich weitermachte, nicht nur eine, sondern möglicherweise drei oder vier Stunden länger als sonst. Sie verlieh mir Stärke, David, Größe.

In den ersten Jahren bat ich dich übrigens um Hilfe, wenn ich etwas im Haus oder auf dem Grundstück machte. Und nie kam ein Nein über deine Lippen, nie. Aber eine große Hilfe warst du trotzdem nicht. Es ist schon komisch, du warst ein helles Köpfchen und ein guter Schüler, doch praktisch veranlagt warst du nicht. Es lag dir einfach nicht, und nicht selten musste ich aus dem Zimmer gehen, um einmal laut zu lachen, wenn ich sah, wie du dich vergeblich mit einem Werkzeug mühtest, bis dir der Schweiß herunterlief und du wütend wurdest. Als würden sich Hammer und Säge in deinen Händen nicht wohlfühlen, sie wollten nicht so, wie du wolltest, und wenn du deine Arbeit schließlich für beendet hieltst, machte ich nicht selten alles noch mal, sobald du zu Bett gegangen warst. Ich dachte mir die abstrusesten Erklärungen aus, warum alles anders aussah, wenn du am nächsten Tag vorbeigeschaut hast, um es dir anzusehen.

Weißt du was, mir ist dummerweise der Farbeimer von der Trittleiter gefallen, behauptete ich zum Beispiel, wenn du irgendetwas gestrichen hattest. Die Farbe hat die ganze Wand vollgespritzt, und so musste ich alles noch mal neu streichen, fügte ich hinzu. Aber manchmal hast du meine Notlügen auch durchschaut, oje, dann hatte ich großes Mitleid mit dir. Du warst ein stolzer Junge und wolltest dir nichts anmerken lassen, doch ich bekam sehr wohl mit, dass du gekränkt warst, und ich versuchte natürlich, es wiedergutzumachen, indem ich dich wie einen ebenbürtigen Arbeitskollegen behandelte. Was meinst du?, fragte ich dich dann. Sollen wir das Fensterbrett ein- oder zweimal streichen? Ich denke, einmal reicht. Tja, sagte ich dann, zögerte ein wenig und gab dir Zeit, deine Meinung zu ändern. Hm, vielleicht streichen wir es besser zweimal, kam es sogleich von dir. Ja, da stimme ich dir zu, sagte ich. Ich glaube auch, dass wir es zweimal streichen müssen!

Und mehr war nicht nötig, damit sich deine Stimmung wieder besserte. Ach, David, dich beim Arbeiten um mich zu haben, auf der Leiter zu stehen und zu hören, wie sich dein Summen mit dem Singsang der Insekten im Blumenbeet und dem leisen Brummen eines Rasenmähers vermischte, dich dort stehen zu sehen mit einer fleckigen kurzen Jeans und einer Schirmmütze mit der Aufschrift »Farbhandel«, wie du den Pinsel viel zu tief in den Eimer mit Beize getaucht und hier und da gekleckert hast, so dass es auf die Blumen unter uns, die sich im Wind wiegten, regelrecht regnete, machte mich glücklich, vor allem aber machte es Mama glücklich.

Wie sehr Mama und ich uns auch geliebt haben, sie hätte sich niemals auf mich eingelassen, hätte ich mich dir gegenüber nicht als würdiger Vater erwiesen, hätte ich dich nicht ebenfalls geliebt. Aus Gründen, die wir nie erfahren werden, wollte sie nicht sagen, wer dein biologischer Vater ist, dir nicht, mir nicht, niemandem, aber sie wusste sehr wohl, dass du einen erwachsenen Mann in deinem Leben brauchtest, dass du einen Vater brauchtest, einen Mann, der das Bildnis war, nach dem du dich erschaffen konntest. Und ich bin so dankbar, dass ich dieser Mann sein durfte, David, darüber bin ich froh, und ich wage zu behaupten, dass auch Mama froh darüber war. Ihre Augen strahlten bisweilen wie die Sonne, wenn sie uns bei gemeinsamen Aktivitäten sah, wenn wir das Haus mit Beize strichen, Feuerholz stapelten oder deine Hausaufgaben durchgingen. Sie konnte in einiger Entfernung stehen und uns dabei zusehen, und sie strahlte. Und niemals werde ich vergessen, wie es sie einmal überkam und sie vor Freude weinte. Wir waren nach Jøa zur Geburtstagsfeier eines alten Freunds aus der Mission gefahren und mussten uns beeilen, um nicht die Fähre nach Hause zu verpassen. Es war Sommer und heiß, die Luft flimmerte über dem schmalen Schotterweg, der sich durch die Landschaft schlängelte, und ab und zu wurde ein Stein von den Rädern aufgewirbelt und traf den Kotflügel oder das Fahrgestell des Wagens.

Sieh mal, dort gibt es Himbeeren!, sagtest du plötzlich, strecktest deinen dünnen, sonnengebräunten Arm zwischen Berits und meinem Sitz hindurch, um auf einen Himbeerbusch rechts am Straßenrand zu zeigen. Können wir nicht kurz anhalten und Himbeeren pflücken? Nein, David, dafür haben wir jetzt keine Zeit, sagte Mama. Nur kurz!, hast du gebettelt. Bitteeee! Nein, David, wir müssen doch die Fähre kriegen! Aber ich fuhr trotzdem rechts ran und hielt, natürlich hielt ich. Berit drehte sich zu mir um und sah mich verwundert an, und ich legte den Kopf ein wenig schief und bemühte mich um ein einnehmendes Lächeln. Dafür können wir uns doch die Zeit nehmen, oder nicht? In ihrem Gesicht breitete sich ein kleines Lächeln aus, sie presste jedoch schnell den Mund zusammen und setzte einen gespielt beleidigten Gesichtsausdruck auf. Scheinbar ist es immer so, dass wir nur dann keine Zeit haben, wenn ich *auf etwas Lust habe!, sagte sie und warf den Kopf in den Nacken. Ich legte den Oberarm auf den Sitz und drehte mich halb zu dir um, zwinkerte dir zu. Hör dir das an, sagte ich. Sie schmollt nur, weil wir die Feier verlassen haben, bevor das Eis auf den Tisch kam. Pff!, schnaubte Mama. Stimmt doch, oder?, meinte ich und lächelte dir verschwörerisch zu. Genau, sagtest du und lachtest. Mama drehte sich zu dir um, sie sah dich einen Moment streng an, dann drehte sie sich wieder zurück und schüttelte den Kopf. Sag ich's doch, ihr verbündet euch gegen mich. Ihr würdet mich wohl am liebsten loswerden, nehme ich an. Ich blickte dich an, legte die Stirn in Falten und wartete einen Moment. Nein, sagte ich und schüttelte den Kopf. Wir wären wohl ganz schön aufge-*

schmissen, wenn wir die Mama nicht hätten, sagte ich. Meinst du nicht auch, David? Doch, sagtest du mit einem Lächeln. Daraufhin gab Berit ihre beleidigte Haltung auf, drehte sich zu dir um und streichelte dir die Wange. Und ich wäre wohl ganz schön aufgeschmissen, wenn ich euch zwei nicht hätte!, sagte sie, drehte sich zu mir, beugte sich vor und küsste mich auf die Wange. Igitt!, kam es von hinten, und du machtest die Tür auf und flohst aus dem Auto. Mama und ich lachten, wir blieben sitzen und sahen dir zu, wie du dich durch den dichten, etwas verstaubten Himbeerstrauch gekämpft hast, der direkt an der Straße wuchs.

Ich bin so glücklich, sagte sie plötzlich, und als ich mich umdrehte, sah ich, wie ihr Tränen über die Wangen liefen, jetzt weinte sie vor Freude, David. Sie riss sich gleich wieder zusammen, schüttelte den Kopf und lachte über sich, während sie sich die Tränen abwischte. Oje, wie albern von mir, sagte sie, aber ich fand sie überhaupt nicht albern. Sie hatte im Leben so viele schwere Zeiten erlebt, dass sie kaum glauben konnte, dass es ihr jetzt so gut ging, darum weinte sie, und das machte sie authentisch und hübsch und keineswegs albern.

Mama zeigte so wenig Selbstmitleid wie kaum ein anderer Mensch, den ich kannte, und sie sprach nicht gern über ihre Traumata, doch hin und wieder kam es vor, nicht selten wenn wir abends nebeneinander im Bett lagen und sie meinem Blick nicht begegnen musste. Mit brüchiger Stimme erzählte sie, wie es war, mit sechs Jahren die Mutter zu verlieren und allein mit deinem Großvater Erik aufzuwachsen. Er gab ganz sicher sein Bestes, aber er war Alkoholiker, und als Berits Mutter von einem Bus überfahren wurde und starb und Erik die einzige Person verlor, die imstande war, ihn im Zaum zu halten, war er immer häufiger betrunken und immer weniger in der Lage, ihr ein Vater zu sein. Er war eigentlich ganz umgänglich, wenn er betrunken war, behauptete Mama. Wenn er getrunken hatte, aber auch wenn er irgendwo noch eine Flasche in petto hatte oder eine Feier bevorstand, dann war er lieb und freundlich und großzügig. Wenn er allerdings nüchtern war und keine Aussichten hatte, sich bald betrinken zu können, musste Mama auf der Hut sein, denn dann war er angespannt und unberechenbar und konnte beim geringsten Anlass in die Luft gehen. Er schlug sie nie, aber er schimpfte und brüllte und nannte sie unfähig und sagte, er könne sich nicht vorstellen, wie sie im Leben zurechtkommen wolle, manchmal starrte er sie eine Minute lang an, wenn sie etwas Verbotenes getan hatte, und als sie einmal unglücklicherweise den Teller mit gekochtem Kabeljau zu Boden fallen ließ, sprang er auf und begann auf dem Kabeljau herumzutrampeln. Es war lächerlich, und wäre Mama nicht sechs Jahre alt gewesen und zu Tode erschrocken, hätte man die Situation urkomisch nennen können, ja, dort auf Otterøya hätte es reichlich Stoff für ein weihnachtliches Kabarett gegeben. Nach diesen Ausfällen war er zutiefst verzweifelt, voller Reue und bat um Entschuldigung, und er wusste nicht, wie er es wiedergutmachen konnte, das war natürlich ein versöhnlicher und sympathischer Zug. Das Dumme war nur, wenn er so gerührt und voller Gewissensbisse war, versprach er ihr Dinge, die er nicht halten konnte. Sobald er seinen Lohn bekäme, wollte er Mama ein Pferd kaufen, ein Fahrrad würde sie in jedem Fall bekommen, und es war auch nicht ausgeschlossen, dass er bald mit ihr nach Oslo fahren würde, damit sie das Schloss zu sehen bekäme und dem König guten Tag sagen könnte. Er hörte überhaupt nicht mehr auf, und ihre ganze Kindheit über musste Mama zunehmend größere Enttäuschungen verkraften. Sie hatte eine schreckliche Kindheit, David.

Nachdem sie die Volksschule hinter sich gebracht hatte, zog Mama nach Namsos und begann eine Ausbildung als Krankenpflegehelferin, doch nach einem halben Jahr wurde sie mit dir schwanger, und so zog sie wieder nach Otterøya zu Erik. Damals gab es keine staatlichen Hilfen für Alleinerziehende, und auch wenn Erik sich zusammenriss und die Trinkerei einschränkte, jetzt, wo ein Säugling im Haus war, bekam er seine Stelle beim Straßenbau nicht zurück. Er hatte ein paar Gelegenheitsjobs in der Stadt und half einem Nachbarn in der Krabbensaison, wenn viel zu tun war, aber sein Einkommen war gering und alles andere als regelmäßig, und obwohl auch Mama zwischendurch kleinere Jobs fand, hatte sie in den ersten Jahren Mühe, über die Runden zu kommen.

Hart war vor allem das ganze Gerede, der Spott und die Verachtung, die sie über sich ergehen lassen musste. Alleinerziehende waren damals Freiwild, und sie konnte nur lachend den Kopf schütteln, wenn sie erzählte, wie sie bei drei vornehmen Familien in der Stadt eine Putzstelle bekam. Sie fand eine Freundin, die ein paar Stunden am Tag auf dich aufpasste, dann konnte sie im Milchauto mitfahren, wenn der Fahrer seine Runde hinter sich gebracht hatte und zur Molkerei in Namsos zurückkehrte. Eine Weile ging alles gut, denn Mama war anständig, genau und fleißig und vor allem war sie zuverlässig. Die vornehmen Familien ließen Ohrringe oder kleinere Geldbeträge herumliegen, um sie zu testen, aber sie war ehrlich und ließ nichts davon mitgehen, und alle drei Familien äußerten sich zufrieden über sie. Einer der Männer war Geschäftsführer des Sägewerks in der Stadt, und er gab ihr sogar ungefragt eine Gehaltserhöhung, und das war keine Selbstverständlichkeit, denn er war bekannt dafür, dass er bei seinen Leuten geizig war. Doch als er und die anderen erfuhren, dass Mama ein Kind hatte, ohne verheiratet zu sein, half es ihr wenig, dass sie fleißig und ehrlich war, sie bekam auf der Stelle die Kündigung, denn solche Leute wollten die Damen nicht im Haus haben. Wer weiß, welchen Versuchungen der Ehemann ausgesetzt sein könnte, bekam sie zu hören. Das ist fünfunddreißig Jahre her, David, fünfunddreißig Jahre erst. Die Zeiten ändern sich, und sie ändern sich schnell.

Bis zu ihrem Auszug gab es immer wieder Phasen, in denen Erik viel trank und seine Gesellschaft nur schwer zu ertragen war. Aber wenn man Mama glaubte, war er trotzdem ein Lämmchen im Vergleich zu damals, als du noch nicht geboren warst, und es sah zum Glück nicht so aus, als hättest du Schaden genommen, solange ihr bei ihm gewohnt habt. Du hattest viele schöne Erinnerungen an deine frühe Kindheit, und du hast gelacht und warst stolz, wenn du Leuten von deinem »verrückten« Opa erzählt hast. Dir war nicht klar, dass Erik betrunken war, als er mit dem Auto durch das geschlossene Garagentor fuhr und auch als er nur mit Unterhose bekleidet vor Mama und ihren Geburtstagsgästen Akkordeon spielte, und es fiel dir auch nicht auf, dass Mama plötzlich dringend etwas in der Küche zu tun hatte, wenn Besuch da war und du anfingst zu erzählen. Du hast alles mit den Augen eines Kindes gesehen, und für dich war Erik ein lustiger Geselle.

Mein Verhältnis zu Erik war ganz okay, mehr aber auch nicht. Sosehr ich mich auch bemühte, ich konnte einen Mann, der Mama so viel Kummer zugefügt hatte, nicht mögen, und wenn er zu Besuch kam, legte er ein Verhalten an den Tag, das einen sehr reizen konnte. Er war als Holzfäller, Flößer und im Straßenbau tätig gewesen, war ein körperlich hart arbeitender Mann, wie er im Buche steht, er war groß und stark, und seine Art zu reden zeigte, dass er eine Mischung aus Stolz und Min-

derwertigkeitsgefühlen in sich trug. Er war selbstsicher, wenn es um praktische Dinge ging. Wenn ich Fragen zum Haus oder zum Grundstück hatte oder Hilfe brauchte, war er immer zur Stelle, und da kein Zweifel daran bestand, dass er mir auf diesen Gebieten überlegen war, gab er sich eher demütig als herablassend, wenn er mit Ratschlägen und Tipps aufwartete. Sobald es aber um Dinge ging, mit denen er sich nicht gut auskannte, war das Gegenteil der Fall. Dann schien es, als wollte er seine Unsicherheit und sein Unvermögen überspielen, indem er prahlte und sich aufspielte. Wenn ihm die Argumente ausgingen und er eine Diskussion zu verlieren drohte, grinste er entweder, schüttelte fassungslos den Kopf und tat so, als wäre das, was ich sagte, so bescheuert, dass es sinnlos wäre, weiterzureden, oder er schrieb mir eine ganze Reihe lächerlicher, naiver Standpunkte zu, gegen die er dann aufgebracht und leidenschaftlich argumentierte, natürlich in der Hoffnung, sich und allen anderen zu beweisen, dass er im Recht war. Die Anwesenden durchschauten ihn zwar, ich glaube, sogar dir ging es so, obwohl du noch klein warst, doch er konnte sich ziemlich gut selbst etwas vormachen, weshalb er sich nicht davon beeindrucken ließ, und wenn ich am Ende die Lust verlor und nicht weiter diskutieren wollte, tat er so, als hätte er mich in die Schranken gewiesen. Tja, ich bin vielleicht nicht so lange auf die Schule gegangen wie du, aber dumm bin ich deshalb noch lange nicht!, sagte er dann gern.

Und genau das wollte er meistens zum Ausdruck bringen, wenn er Geschichten erzählte. Er war ein fantastischer Geschichtenerzähler, das muss man ihm lassen. Hätte ich auch nur über einen kleinen Teil seiner Fähigkeiten verfügt, hätte ich die Kirche jeden Sonntag vollgekriegt, so gut war er. Aber beim Geschichtenerzählen wie beim Diskutieren war er zugleich sehr darauf bedacht, allen zu zeigen, dass man ihn bloß nicht unterschätzen sollte – auch wenn er nur ein einfacher Arbeiter aus Otterøya war, wie er sich gern nannte. Er selbst spielte in fast allen Geschichten, die er erzählte, mit, auch dann, wenn er unmöglich dabei gewesen sein konnte. Zwar hatte er nicht immer die Hauptrolle inne, aber er kam stets gut dabei weg und auffallend häufig auf Kosten derjenigen, die er »Aktenhengste« nannte. Aktenhengste waren all jene, die nicht körperlich arbeiteten, und sie waren weltfremd, schwach und feige und hatten zwei linke Hände, und in all seinen Geschichten musste Erik hinter ihnen herräumen, ihnen helfen oder sie schlicht verscheuchen, damit er, der über die erforderliche körperliche Kraft, den nötigen Mut und die Bauernschläue zur Lösung praktischer Probleme verfügte, eingreifen und das Problem aus der Welt schaffen konnte. Ich höre noch sein derbes Lachen nach einer seiner Geschichten, höre die polternde Stimme, als er zum Ende kommt: Da hielt der Vorarbeiter die Klappe!

Unterschwellig war natürlich klar, dass ich als Aktenhengst galt, und das war auch einer der Gründe, weshalb es mich nervte. Aber in größerer Runde sah ich, dass ich nicht der Einzige war. Dieses starke Bedürfnis, sich ständig in den Vordergrund zu drängen, war etwas anstrengend, dasitzen zu müssen in stummer Bewunderung für alles, was er erlebt hatte. Und am schlimmsten war es natürlich für Mama. Es konnte sie sehr treffen, wenn sie hörte, wie der Mann, der ihre Kindheit ruiniert hatte, dort saß und mit seinen Taten prahlte. Und besonders schlimm war es natürlich, wenn er versuchte, sich von allem reinzuwaschen, was er ihr angetan hatte, und das tat er oft, ja, fast immer, wenn er bei uns zu Hause war. Ich sehe uns noch alle am runden Tisch im Wohnzimmer sitzen, sehe, wie Erik den Sessel mit seinem mächtigen Körper ausfüllt, wie er seinen schwarzen Schnurrbart zwirbelt. Weißt du noch, wie wir einmal so taten, als wären wir auf einer einsamen Insel gestrandet, Berit, sagte er mit einem Lächeln. Auf einer einsamen Insel?, fragte Mama. Du erinnerst dich bestimmt? Nein, sagte Mama. Damals, als wir auf der Schafsinsel gezeltet haben, sagte er. Er sah sie erstaunt an. Als wir gespielt haben, wir hätten Schiffbruch erlitten und wären an diesem Strand an Land gespült worden, weißt du nicht mehr? Nein, daran erinnere ich mich nicht, sagte Mama. Als wir von selbst geangelten Fischen leben wollten und von selbst gepflückten Beeren? Nein, daran kann ich mich nicht erinnern.

Natürlich erinnerte sie sich. Sie erinnerte sich an diese Episode und auch an alle anderen, auf die Erik sie ansprach, aber sie wollte nicht dazu beitragen, ihre Kindheit in rosigen Farben zu schildern, wie sie sich ausdrückte. Ihr war klar, dass Erik genau das von ihr wollte. Erik wusste, was für ein Vater er gewesen war, und er bereute es zutiefst, und wenn er Mama dazu brachte, über das Schöne zu sprechen, das sie trotz allem erlebt hatten, so war dies seine Art, mit sich ins Reine zu kommen. Es tat manchmal weh, ihnen zuzusehen, es war für beide schwer, und mehrmals sagte ich zu Mama, dass sie ihm so gut es ging vergeben sollte, es würde die Sache für beide leichter machen. Aber es fiel ihr schwer, und ich wollte sie nicht zu sehr unter Druck setzen. Verlangt man von einem Opfer, dass es verzeiht, kann dies als neuerlicher Übergriff empfunden werden, als würde das, was es erlebt hat, bagatellisiert und auf die leichte Schulter genommen, und das war das Letzte, was ich wollte.

Doch ich weiß noch, wie sehr Mama nach diesen Besuchen litt, und ich weiß noch, wie beunruhigt du einmal warst, als sie heulend ins Bad stürzte, sobald Erik aus der Tür war. Du konntest nicht verstehen, was mit ihr los war, und da ich das gute Verhältnis zwischen dir und Erik nicht kaputt machen wollte, konnte ich es dir auch nicht so ohne Weiteres erklären. Ich wusste mir keinen Rat und brachte wohl nicht viel mehr heraus, als dass du um Mama keine Angst zu haben bräuchtest und dass du auf keinen Fall glauben dürftest, es hätte etwas mit dir zu tun.

Aber irgendwann kriegtest du es dann doch spitz. Du magst vierzehn oder fünfzehn gewesen sein, ich weiß es nicht mehr ganz genau, du warst jedenfalls wütend auf Mama und mich, weil du nicht zu einem Rockkonzert nach Trondheim durftest, und du hast damit gedroht, zu Opa zu ziehen, weil er dir so gut wie alles erlaubte. Und was glaubst du, warum das so ist?, fragte Mama aufgebracht, sie schlug mit der flachen Hand auf den Tisch und starrte dich an. Weil es ihn nicht interessiert, schrie sie, weil dein Opa ein Säufer ist, der sich nicht die Bohne für dich oder mich oder wen auch immer interessiert, das hat er nie getan.

Das war nicht sehr glücklich. Ich mache Mama keinen Vorwurf, das nicht, es war hart für sie zu hören, dass du lieber mit einem Mann zusammenleben wolltest, der ihre Kindheit ruiniert hatte, als mit ihr, und sie konnte sich nicht beherrschen, es ging mit ihr durch. Aber langfristig führte es dazu, dass du dich von deinem Großvater distanziert hast. Du fingst an, die Erinnerungen an deine frühe Kindheit zu überdenken und neu zu interpretieren, und langsam, aber sicher veränderte sich dein Blick auf Erik, ja, vielleicht sogar auf deine ganze Kindheit. Plötzlich wolltest du nicht mehr nach Otterøya fahren, und wenn Erik zu Besuch kam, warst du sehr darauf bedacht, ständig mit deinen Kumpels unterwegs zu sein. Erik tat so, als würde es ihm nichts ausmachen, er scherzte und fragte, ob du wieder hinter den Mädels her wärst, aber es war nicht zu über-

sehen, dass es ihn schmerzte, dich zu verlieren, dass es ihn belastete. Mama und ich versuchten, sein Theater mitzuspielen, er wusste allerdings, dass wir ihn durchschauten, und ich erinnere mich noch, wie sehr er sich schämte, als dein und mein Blick sich einmal trafen und klar zu erkennen war, dass wir beide dasselbe dachten.

Ich versuchte, dich darauf anzusprechen. Es ging dir wie Mama, du konntest nicht verzeihen, was nicht nur Erik belastete, sondern auch dich. Dein Opa hat dich lieb, und ich weiß, dass auch du ihn lieb hast, und das ist das Wichtigste, sagte ich. Aber du hast nur gestöhnt und ja, ja gesagt, so getan, als wäre das alles nur das ätzende Geschwätz eines Pfarrers, auf das du keine Lust hattest.

Übrigens suchte mich hin und wieder auch der Gedanke heim, Mama hätte mich nur geheiratet, um dich und sich vor Erik zu retten. Aber das waren Fantasien, die mir durch den Kopf schwirrten: Hätte sie es darauf angelegt, wegzukommen, hätte sie schon lange vorher mit einem anderen fliehen können, und die Blicke, die sie mir zuwarf, die Worte, die sie zu mir sagte, die Freude, die sie ausstrahlte, alles an ihr bewies mir, dass es nicht stimmte, es war der Grübler in mir, der diese Gedanken anschleppte. Ich liebte Berit und wusste, dass sie mich ebenfalls liebte, auch wenn das Zusammenleben mit mir nicht immer einfach war. Das war es bestimmt nicht, jedenfalls nicht in den ersten Jahren. Ich hatte noch mit über vierzig Jahren allein gelebt und war dabei in Gewohnheiten verfallen, die Mama und dir auf den Keks gingen und die ich schwerlich ablegen konnte. Schlimmer war jedoch, dass ich es nicht gewöhnt war, dass man mir widersprach und mich überstimmte und dass sich zu meiner eigenen Überraschung herausstellen sollte, dass ich ziemlich stur war und Fehler nicht gut zugeben konnte.

Ich weiß noch, wie wir zum Angeln am Giltensee waren, südlich von Namsos, eine Reihe schmaler Feldwege ziehen sich dort kreuz und quer durch den Wald, und man konnte sich leicht verirren. Ich war zuvor schon drei- oder viermal da gewesen, aber ich kannte mich nicht besonders gut aus, und auf dem Heimweg meinten Mama und du, ich sei an einer Stelle nach rechts abgebogen, wo wir eigentlich nach links hätten abbiegen müssen, und dass wir umkehren und zurückfahren sollten. Ihr wart jedoch nie zuvor in dieser Gegend gewesen, darum wollte ich nichts davon hören. Nicht einmal, als wir zu einem Schild kamen, das bestätigte, dass wir den Weg hätten nehmen sollen, den Mama und du gemeint hatten, wollte ich zugeben, dass ich mich geirrt hatte. Jemand muss das Schild verdreht haben, um die Leute in die Irre zu führen, der Trick ist bekannt, wenn man die besten Angelstellen für sich allein haben will, behauptete ich, und nicht einmal, als das nächste und übernächste Schild ebenfalls anzeigten, dass wir in die falsche Richtung fuhren, leistete ich Abbitte. Zwar gab ich zu, dass ich nach links hätte fahren können anstatt nach rechts, wie ihr meintet, aber ich behauptete, es sei sehr wohl möglich, auch diesen Weg zu nehmen, die Landschaft sei sogar noch schöner, und außerdem hätten wir noch den ganzen Abend vor uns.

Noch schlimmer war es, als mir der Bischof einmal fünf Kilo Rehfleisch schenkte, das, wie sich herausstellte, verdorben war. Ich weigerte mich zuzugeben, dass ein Geschenk, das ich noch dazu vom Bischof persönlich erhalten hatte, mich so verraten könnte, und ich zwang mich, das Fleisch zu essen, lächelte dich und Mama dabei an und sagte, das hier sei wahrlich etwas anderes als trockener Rinderbraten. Etwas eigen, sagte Mama vorsichtig. Ziemlich säuerlich im Grunde. Das liegt daran, dass Rehe im Herbst so viele Vogelbeeren essen, sagte ich. Aha. Weißt du das, David?, fragte ich und lächelte, versuchte, Mama, dir und mir einzureden, dass das Fleisch lediglich einen intensiven Wildgeschmack hatte und alles so war, wie es sein sollte. Aber ich konnte euch nicht täuschen und sah sehr wohl, wie ihr das Fleisch liegen gelassen und nur die Frikadellen, Kartoffeln und die Soße gegessen habt, und so kindisch es auch war, war ich deswegen beleidigt. Schlimm genug, dass ihr mir nicht glauben wolltet, fast noch schlimmer war es aber, dass ihr die leckeren Frikadellen verputzt habt, während ich mich gezwungen sah, das verdorbene Rehfleisch hinunterzuwürgen, und als Mama auch noch zu grinsen begann, wurde ich regelrecht wütend. Was ist?, fragte ich. Ich versuchte, weiterhin zu lächeln und so zu tun, als verstünde ich nicht, was so lustig war, doch Mama kannte mich nur zu gut, und ihr Grinsen wurde immer breiter, und ich wurde immer wütender, und sie fand das Ganze offensichtlich immer lustiger, und am Ende legte sie die Gabel auf den Teller und hielt sich die Hand vor den Mund, während sie hemmungslos lachte.

Berit verstand es überhaupt ganz gut, mich zu nehmen, sie scherzte und lachte über mich, wenn ich schwierig und merkwürdig war, aber ihr Lachen hatte nie etwas Höhnisches oder Niederträchtiges an sich, und ehe ich's mich versah, erwachte die Selbstironie in mir, und ich konnte zusammen mit ihr lachen. Und nachdem ich festgestellt hatte, dass ich es schöner fand, selbstironisch zu sein als verärgert und beleidigt, änderte ich mich und wurde umgänglicher. Ich begann, meine Fehler und Schwächen zu akzeptieren, und somit fiel es mir auch leichter, die Fehler und Schwächen anderer zu akzeptieren. Ach, David, Mama hat aus mir einen Mann gemacht, nach dem ich mich, ohne es zu wissen, gesehnt hatte, mit Liebe hat sie das erreicht.

Doch auch wenn ich weniger streng und düster war als frü-

her, war ich immer noch ein ernster Mensch. Nicht in dem Sinne, dass ich Scherze und Späße und Streiche nicht mochte, denn die mochte ich. Niemand hat andere so gern gefoppt wie ich, und ich werde nie vergessen, wie ich einmal mit einer Spritze den Cognac aus einer Cognacpraline gesaugt und anschließend brasilianische Chilisoße hineingespritzt habe. Das Loch stopfte ich mit etwas Schokomasse, dann wickelte ich die Praline wieder in das Papier und legte sie zurück in die Süßigkeitenschale, und noch nie hatte ich gesehen, dass ein Gesicht so schnell die Farbe wechseln kann wie das des Diakons, der bei uns zu Besuch war und gierig nach einer Praline griff.

Aber damals wie heute war ich ein Grübler, mochte die Stille um mich herum, philosophierte gern, und ich musste nicht die ganze Zeit reden, auch wenn wir zu mehreren im Zimmer waren. Das fand Mama sehr komisch an mir, sie war so gesellig und unterhielt sich gern, und in den ersten Jahren dachte sie oft, es wäre etwas vorgefallen, wenn ich, ohne ein Wort zu sagen, durchs Haus lief. Ich versuchte ihr zu erklären, dass ich nachdachte, doch wenn sie fragte, worüber, konnte ich ihr keine zufriedenstellende Antwort geben. Hätte ich ihr gesagt, dass ich über die geplante Drainage nachdachte oder über die Bergwanderung, die wir zwei nächste Woche unternehmen wollten, hätte sie Ach so gesagt und sich damit zufriedengegeben, aber dass ein Mann beim Abwasch oder beim Blick aus dem Küchenfenster über die großen Fragen des Lebens sann, konnte sie schlicht nicht begreifen. Es zählte nicht, dass ich Pfarrer war und diese Fragen einen wichtigen Teil meiner Ausbildung und auch meiner Arbeit ausmachten, sie konnte es einfach nicht verstehen, und weil ich nicht wollte, dass sie dachte, es sei etwas vorgefallen, griff ich oft zu einer Notlüge und erzählte, ich würde mir über das Begräbnis am Mittwoch oder die Predigt am Sonntag den Kopf zerbrechen, denn das war in Ordnung, das konnte sie nachvollziehen.

Und hierin waren wir zwei uns sehr ähnlich, David, wir waren beide Grübler, du und ich. Schon als kleines Kind konntest du dich in dich selbst versenken, still dasitzen und in die Luft starren und dabei an alles Mögliche denken. Du hast viel gelesen, und genau wie ich warst du wissbegierig und wolltest nicht lockerlassen, bevor du das Gesuchte nicht gefunden hattest. Stieß Mama beim Lösen von Kreuzworträtseln in der Zeitung beispielsweise auf ein unbekanntes Wort und weder du noch ich kannten seine Bedeutung oder waren wir uns bei irgendeiner Sache nicht einig, machten wir uns sofort auf die Suche nach der Antwort und schauten in all den Lexika und Nachschlagewerken nach, die uns zur Verfügung standen. Ist das denn so wichtig?, fragte Mama oft, wenn wir eine Weile gesucht hatten, meine Güte, jetzt setzt euch doch hin. Aber wir fanden keine Ruhe, bevor wir nicht die Antwort hatten, und stießen wir nicht in dem Moment darauf, merkten wir uns die Frage, und derjenige von uns, der schließlich auf die Lösung kam, konnte kaum erwarten, sie dem anderen zu verkünden, vor allem, wenn wir uns nicht einig gewesen waren und sich herausstellte, dass man selbst recht gehabt hatte. Insbesondere, als du älter wurdest, foppten wir uns ständig und taten so, als würden wir es genießen, den anderen in seine Schranken zu weisen, es war ein Spielchen, auf das wir uns beide gerne einließen. Ach so, du dachtest, Pluto hätte nur einen Mond, sagte ich. Tja, jeder kann sich irren, sogar du, fuhr ich fort. Was kümmert mich das Gerede der anderen, sagtest du, nachdem du gerade Hamsun entdeckt hattest. Was ist los?, fragte Mama, die die Frage längst vergessen hatte, die Stirn in Falten legte und uns ansah. Aber wir gaben keine Antwort. Du hast die Arme vor der Brust verschränkt und zur Decke geschaut, um quasi noch einmal zu unterstreichen, dass ich Luft für dich war, und ich lachte laut über deine schauspielerische Darbietung und fand dich charmant und witzig. Jetzt rückt doch endlich raus damit, sagte Mama etwas lauter, denn nun wurde sie ärgerlich, worüber lachst du so?, fragte sie. Sie sah mich leicht verärgert an, woraufhin ich noch mehr lachte, und schließlich konnte sie nicht anders und musste ebenfalls lachen. Ich spüre, wie mich eine Welle der Freude erfasst, wenn ich an Szenen wie diese zurückdenke, heißer als die Flammen ist die Glut, David, und das Gleiche gilt für das Glück, es findet sich im Alltag.

Krankenhaus Namsos, 4. Juli 2006. Vater und Tochter.

Ich schlage die Augen auf und starre geradewegs auf den zugezogenen Vorhang, rühre mich nicht, bleibe ganz still liegen und spüre in mich hinein, wie es mir geht, und es fühlt sich nicht so schlimm an, ich habe Schmerzen, aber bei Weitem nicht so starke Schmerzen wie am Morgen, eigentlich fühle ich mich ganz gut, mir ist auch nicht übel, nicht einmal mein Mund ist trocken. Ich bleibe noch eine Weile so liegen, dann drehe ich mich vorsichtig auf die Seite und hebe den Kopf leicht an, stütze ihn auf die Hand, verharre so einige Zeit und starre in die Luft, gähne kurz. Es ist drückend heiß im Zimmer, und die dicke Luft macht einen ganz schläfrig, ich muss zusehen, dass ich aus dem Bett komme, das Fenster öffne, etwas frische Luft hereinlasse, das Gehirn klarkriege, und ich muss auch den Vorhang beiseiteziehen und etwas Licht hereinlassen. Es sieht so aus, als hätte es aufgeklart, während ich geschlafen habe, und als schiene die Sonne, ich kann hier nicht im Halbdunkel liegen, wenn draußen so schönes Abendlicht herrscht. Ich schlage die Decke zurück. Es riecht nach Bettwärme, ich stütze mich mit dem Ellbogen auf der Matratze ab und richte mich halb auf, vorsichtig, damit die Operationswunde nicht so sehr schmerzt. Ich schließe die Augen, hole tief Luft und stoße sie wieder aus, dann setze ich mich mühsam auf, öffne wieder die Augen, bleibe sitzen und schaue auf meine knochigen Beine, ich kann immer noch nicht fassen, dass diese Beine mir gehören, ich sollte mich längst daran gewöhnt haben, aber es will mir nicht in den Kopf, dass die dünnen, schneeweißen Unterschenkel, diese langen schmalen Oberschenkel und die vorstehenden Kniescheiben, die viel größer aussehen, als sie tatsächlich sind, Teile von mir sind, dass ich das bin.

Ich muss schlucken, nehme den Blick nicht von meinen Beinen, das, was einmal ich war, ist fast verschwunden, eigentlich sind nur noch Haut und Knochen übrig, kein Wunder, dass die Leute wegsehen, wenn ich mich durch den Korridor schleppe, kein Wunder, dass sie so tun, als wäre ich gar nicht da, ich ertrage den Anblick ja kaum selbst, kann mich nicht einmal mehr im Spiegel anschauen, stehe da und starre auf das Waschbecken, wenn ich mir die Hände wasche und wenn ich mich abtrockne, geht mein Blick über das Waschbecken direkt zum Handtuch, das neben dem Schrank hängt, ich tue alles, um zu verhindern, dass ich mich im Spiegel sehe, ich ertrage den Anblick dieses grauen, eingefallenen Gesichts nicht, es erfüllt mich mit Ekel, kein Fett und kein Fleisch ist mehr dran, mein Gebiss zeichnet sich ab, meine Wangen sind eingefallen, und die Kiefermuskulatur zieht sich darüber wie dünne Wurzeln, das ertrage ich nicht. Und auch die Art, wie ich schaue, ertrage ich nicht, meinem Blick im Spiegel zu begegnen ist fast das Schlimmste, ich weiß nicht, warum, vielleicht weil die Augen das Einzige sind, das ich wiedererkenne von dem Mann, der ich einmal war, es hat Zeit und Kraft gekostet, mich mit dem Gedanken zu versöhnen, dass ich bald sterben werde, und sobald ich meine Augen sehe, werde ich an mein altes Ich erinnert, und es kommt mir vor, als würde ich weit an den Anfang des Versöhnungsprozesses zurückgeworfen, der Anblick meiner Augen entfacht eine gewisse

Hoffnung in mir, und ich will nicht, dass das passiert, ich will mich nicht von meinem alten Ich zu falschen Hoffnungen verleiten lassen, und vielleicht steckt genau das hinter der Angst, meinem Blick zu begegnen, ich weiß es nicht.

Ich rühre mich nicht, und ich merke, wie die Schwermut angekrochen kommt, spüre, wie der Körper quasi gelähmt wird und ich keine Lust habe, aufzustehen, ich würde am liebsten wieder unter die warme Decke kriechen und weiterschlafen, in einen Traum flüchten, woanders sein als in diesem Körper, als in diesem Kopf. Aber das geht nicht, ich kann jetzt nicht schlafen, und außerdem kommt sowieso bald Dr. Claussen vorbei und jagt mich aus dem Bett, mit Dr. Jonassen, Dr. Hartberg und den meisten Krankenschwestern kann man verhandeln, aber Dr. Claussen will um jeden Preis, dass ich auf dem Gang herumlaufe, egal, wie fit ich bin.

Ich schließe die Augen und stöhne kurz, öffne sie wieder, drücke beide Hände in die Matratze und schiebe mich langsam zur Bettkante vor, am besten ziehe ich die Vorhänge auf und öffne das Fenster ein wenig, lasse etwas frische Luft und Sonne herein, das hilft bestimmt. Ich will gerade die Füße aufstellen, da höre ich, wie jemand die Türklinke herunterdrückt, oh nein, das ertrage ich nicht, ich kann jetzt mit niemandem sprechen, das wird mir zu viel, danach ist mir jetzt überhaupt nicht. Ich schiebe mich wieder zurück, lege mich aufs Bett, packe die Decke und ziehe sie bis unters Kinn, rühre mich nicht, lausche nur. Ich höre, wie die Tür aufgeht und alle Geräusche vom Flur hereindringen, Stimmen und Schritte, Gelächter, Husten und das Scheppern eines Rollwagens mit Tassen und Tellern, ein kleiner Anflug von Leben, bevor die Tür geschlossen wird und es wieder still ist. Es vergehen ein paar Sekunden, dann höre ich Eilerts Pantoffeln, die über den glatten Bodenbelag schlurfen, mir entfährt ein leises Oje, denn mit Eilert will ich mich jetzt auf keinen Fall unterhalten, ich ertrage sein Geschwätz nicht, die ganzen Geschichten über seine Familie, das ertrage ich nicht, nicht jetzt. Ich drücke die Wange auf das Kissen und schließe die Augen, stelle mich schlafend.

Ich höre, wie er an mir vorbeitrottet und zu seinem eigenen Bett geht, höre, wie er die Nachttischschublade öffnet und etwas herausnimmt, was knistert, klingt wie eine Bonbontüte, kurz darauf höre ich das leise Klackern, wenn ein Bonbon gegen Zähne schlägt, er schmatzt ein wenig und sagt mmhh, dann fängt er an zu summen, summt dieselbe Melodie wie immer, diese lustige Tanzmelodie aus alten Tagen, Rheinländer oder Pols oder was immer es ist. Das geht eine ganze Weile so, er hört nicht auf, lutscht abwechselnd an seinem Bonbon und summt vor sich hin, und ich merke, wie ich mich ärgere, wie ich langsam wütend werde. Es ist fast schlimmer, sich mit Eilert ein Zimmer zu teilen als mit Leuten, die in regelmäßigen Abständen einen Zusammenbruch erleiden, fast würde ich hemmungsloses Heulen oder Wut vorziehen, sie wären mir lieber als Eilerts Art, mit der Todesangst umzugehen, seine übertrieben gute Laune, sein ganzes Summen und Pfeifen und das gutmütige Geplapper über seine Frau, seine Töchter und den Hof in Nærøy, das ganze Geschwätz, um die Situation zu vergessen, in der er sich befindet, das ist fast schlimmer als alles andere, dieses unaufhörliche und panische Leugnen der Realität, diese Art zu flüchten.

Nach einer Weile merke ich, dass ich meine Haltung ändern muss, ich liege auf meinem Arm, er schläft gleich ein, mir bleibt nichts anderes übrig, als die Stellung zu ändern oder meinen Arm irgendwie dort herauszuziehen. Ich spüre ein Kribbeln vom Oberarm bis zu den Fingern. Ich warte einen Moment, dann richte ich mich ein wenig auf und bewege meinen Arm, vorsichtig, damit Eilert nichts merkt, ich kann jetzt nicht mit ihm reden, kann mich nicht überwinden, so zu sein, wie er mich immer haben will.

»Arvid«, höre ich ihn plötzlich sagen.

Ich antworte nicht, erstarre in der Bewegung und halte die Augen geschlossen, tue so, als würde ich schlafen, als hätte ich mich nur im Schlaf leicht bewegt.

»Schläfst du?«, fragt er freundlich.

Ich antworte nicht.

»Arvid«, sagt er.

Ich spüre, wie der Ärger in mir anschwillt, denn wenn er sich nicht sicher ist, ob ich wach bin, sollte er den Mund halten, um mich nicht zu wecken, und wenn er genau weiß, dass ich wach bin, sollte er kapiert haben, dass ich auf seine Gesellschaft lieber verzichte, und er sollte so tun, als wähnte er mich schlafend.

»Arvid!«, sagt er noch einmal. »Schläfst du?«

Nach einem kurzen Moment gebe ich auf, es ist sinnlos, er lässt einfach nicht locker.

»Jetzt nicht mehr«, murmele ich.

»Was?«, sagt er.

Ich will den Satz gerade wiederholen, lasse es aber bleiben, er meint es nicht böse, er ist einfach so, und ich bringe es nicht über mich, unverschämt zu ihm zu sein, das hat er trotz allem nicht verdient. Ich schmatze ein wenig mit dem Mund und schlucke ein paarmal, dann blinzele ich träge mit den Augen und sehe ihn verschlafen an. Wie ich sehe, hat er sich seine eigenen Kleider angezogen und sich auf die Heimreise vorbereitet, er hat den gestreiften Krankenhauspyjama gegen eine bügelfreie Hose und ein kariertes Flanellhemd getauscht, und er steht da mit den Händen auf dem Rücken und lächelt mich freundlich an, sein Gesicht leuchtet rot und ist rund wie eine Bowlingkugel, und sein Bauch hängt schwer über einem dünnen, braunen Gürtel.

»Es hat aufgeklart, während du geschlafen hast«, sagt er. Er sieht mich kurz an, dann geht er zu meinem Fenster. »Sieh nur, wie schön es draußen ist.« Er zieht den Vorhang zur Seite. Eine tiefgelbe Lichtsäule fällt schräg ins Zimmer und auf mein Bett, und ich merke, wie mein Gesicht sogleich warm wird. Es ist eine angenehme Wärme, keine sengende Sommerhitze, sondern eine sanfte Wärme, wie nur die Abendsonne sie ausstrahlt.

»Ist das nicht schön?«, fragt Eilert.

Ich schneide eine Grimasse, nehme die Hand vors Gesicht und schaue ihn mit zusammengekniffenen Augen an, als wäre die Sonne greller, als sie es tatsächlich ist.

»Schon«, sage ich, »aber bitte zieh den Vorhang wieder zu!«

Ich spüre sofort einen kleinen Stich, einen Anflug von schlechtem Gewissen, ich will nicht so sein, will nicht so sauertöpfisch sein, aber ich kann nicht anders, bin niedergeschlagen und schwermütig, dann folgt dieses Verhalten automatisch.

»Oh, Entschuldigung«, sagt Eilert, er dreht sich um und zieht den Vorhang auf meiner Seite wieder zu. »Daran habe ich nicht gedacht«, sagt er. Er legt die Hände auf den Rücken, steht da und lächelt mich an. »Ja, ja, jetzt dauert es nicht mehr lange, bis ich hier rauskomme«, sagt er, dann nimmt er die linke Hand hoch und schaut auf die Armbanduhr, »eigentlich sollte ich längst schon weg sein«, fügt er noch hinzu.

»Das sehe ich genauso«, rutscht es mir heraus. Ich bereue es sofort und erröte ein wenig, starre verschämt auf die Matratze, warte einen Moment, dann blicke ich wieder zu ihm auf, lächele entschuldigend, aber zum Glück sieht es nicht so aus, als hätte er mitbekommen, was ich gesagt habe. Es ist, als hätte er einen eingebauten Schutzschild gegen Sarkasmen, er hat immer noch dasselbe freundliche Lächeln im Gesicht.

»Aber es war schön, dich kennengelernt zu haben«, sagt er.

Ich quäle mich in eine sitzende Position und ringe mir ein etwas freundlicheres Lächeln ab.

»Danke, gleichfalls«, sage ich, und im selben Moment geht die Tür auf, und dort steht eine junge, zierliche Frau mit sonnengebräuntem Gesicht, sie sieht Eilert an, und mir ist sofort klar, dass es seine jüngste Tochter ist, die Tiermedizin studiert, von der er so viel erzählt hat.

»Ja, hallo! Da bist du ja«, sagt Eilert, er sieht sie freudestrahlend an, und sie versucht, sein Lächeln zu erwidern, schafft es aber nicht, ihre Mundwinkel gehen auf beiden Seiten nach unten, ihr kommen gleich die Tränen. Sie hätte ihn seit über einem Jahr nicht gesehen, hat Eilert erzählt, seit er erkrankt ist, es ist also nicht sehr verwunderlich, dass sie jetzt weint, sie bleibt stehen und sieht ihren Vater einen Moment lang an, und dann kommt sie langsam ins Zimmer, sogar ihr Gang strahlt Trauer aus, ihre Arme hängen herab, sie wirkt fast wie ferngesteuert. Sie geht auf ihn zu, nimmt ihn in den Arm, legt das Kinn auf seine Schulter und schlingt die Hände um seinen breiten Rücken, so bleiben sie stehen, wiegen sich eine Weile vor und zurück, dann fängt sie an zu weinen, die schmalen Schultern beben, und sie bohrt ihr Gesicht in Eilerts Schulter.

»Ist ja gut!«, sagt Eilert. »Ist ja gut!«

Sie wiegen sich weiterhin hin und her. Eilert tätschelt ihr den Rücken und tröstet sie, und sie hört nicht auf zu heulen.

»Papa«, schluchzt sie, »mein lieber Papa.«

»Ist ja gut«, sagt Eilert noch einmal.

Einen Moment ist es still.

»Bist du mir böse?«, fragt sie plötzlich. Sie schnieft, als sie das Kinn von seiner Schulter löst und einen Schritt zurückgeht, ihr Gesicht wirkt gequält, wird von der Trauer zerrissen, und sie sieht ihn flehend an.

»Böse, warum sollte ich dir böse sein?«, fragt Eilert. Er runzelt die Stirn und tut so, als wüsste er nicht, worauf sie anspielt, aber seine Stimme klingt etwas zu verwundert, um glaubwürdig zu sein, er ist ihr bestimmt nicht böse, doch er weiß genau, woran sie denkt und worauf sie anspielt, das sehe und höre ich ihm an.

»Weil ich nicht früher nach Hause gekommen bin«, sagt sie und schluckt.

»Aber Liebes«, sagt Eilert. Er zieht die Augenbrauen hoch, macht den Mund auf und versucht, noch verdutzter auszusehen.

»Ich hätte sofort nach Hause fliegen sollen, als ich gehört habe, dass du Krebs hast«, sagt sie mit tränenerstickter Stimme.

Er behält den verdutzten Gesichtsausdruck bei und sieht sie ein paar Sekunden lang an, schüttelt leise den Kopf.

»Jetzt red keinen Blödsinn, Helene«, sagt er und lacht, tut so, als wäre der Gedanke vollkommen abwegig, er hat dasselbe gedacht wie sie, das sehe ich ihm an, er hat sich gefragt, ob sie nicht heimkommen will zu ihm, doch er versucht es so aussehen zu lassen, als hätte er so etwas Dummes noch nie gehört. Sie antwortet nicht sofort, sie versucht, seinem Blick standzuhalten, schafft es aber nicht, ihr Gesicht verkrampft sich, sie schließt die Augen und schlingt die Arme noch einmal um ihn, bohrt die Finger in seinen breiten Rücken und klammert sich an ihn, drückt ihr Gesicht an seine Schulter und heult hemmungslos, »doch«, schluchzt sie, »ich hätte sofort nach Hause kommen sollen, ich hätte mich sofort auf den Weg machen sollen, als Mama angerufen hat, um mir zu sagen, dass du krank bist, jetzt bleibt uns fast keine Zeit mehr füreinander«, sagt sie, und dann nimmt Eilert das Kinn ein wenig hoch, er holt tief Luft, bleibt einen Moment stehen und starrt mit runden, verzweifelten Augen in die Luft, es sieht aus, als würde er gleich anfangen zu weinen, seine Mundwinkel zucken, doch er schluckt nur einmal mühsam und reißt sich dann wieder zusammen.

»Aber Liebes, du musstest doch an dein Studium denken«, sagt er.

»Was bedeutet schon ein Studium in dieser Situation«, schluchzt sie.

»He!«, ruft Eilert, und seine Stimme ist plötzlich erfüllt von väterlicher Strenge. »Sag nicht so was. Ich wäre böse gewesen, wenn du meinetwegen dein Studium vernachlässigt hättest, dann hätte ich ein schlechtes Gewissen gehabt.« Er lässt nicht locker, verteidigt ihre Entscheidung, nimmt ihr das schlechte Gewissen ab, damit sie weitermachen kann, wenn er nicht mehr da ist, und sie heult und heult, zum einen, weil sie am Boden zerstört ist, aber auch vor Erleichterung über das, was sie hört. Ich sitze da und betrachte die beiden, und ich bin ganz gerührt mitzuerleben, wie Eilert eine solche Kraft aufbringt. Zeuge solch einer Liebe zu sein, lässt mich nicht unberührt.

»Außerdem ist gar nicht gesagt, dass ihr mich so schnell loswerdet«, fügt Eilert hinzu, »ich bin genauso zäh und stur wie du«, sagt er, und dann lacht er, versucht, mitten in dem Ganzen einen Witz zu machen.

»Ach, Papa«, sagt seine Tochter, und dann sagt keiner von beiden mehr ein Wort, sie stehen nur da und klammern sich aneinander, der große, dicke Eilert und seine schmale Tochter, sie halten sich im Arm, und ich sitze da und sehe ihnen sekundenlang zu, und dann muss ich schlucken und schlage die Augen nieder, will ja nicht unhöflich sein, nicht aufdringlich, ich rappele mich vorsichtig im Bett auf, will sie allein lassen, bis sie sich wieder gefangen haben, will sie in Ruhe lassen. Ich schlage die Decke zur Seite, hebe die Beine langsam über die Bettkante, schiebe mich etwas vor, setze die Füße auf den Boden und stehe auf, vorsichtig, damit die Operationswunde nicht schmerzt. Ich beuge mich vor und ziehe den Vorhang am Bett zu, schnappe mir die hellblau gestreifte Pyjamahose, die über dem Sprossenstuhl hängt, setze mich hin und ziehe sie an, ich stehe nicht sofort auf, bleibe sitzen und atme tief ein, ich bin so rasch außer Atem, es braucht nicht viel. Nach einer Weile nehme ich eine Hand hoch und lege sie mir auf den Kopf, es muss Monate her sein, seit mir die letzten Haare ausgegangen sind, aber ich finde es immer noch komisch, es fühlt sich an, als berührte die Hand ein gebeugtes Knie. Ich werfe einen raschen Blick auf Eilert und seine Tochter, sie halten sich immer noch im Arm, er wiegt sie vorsichtig hin und her, sagt nichts. Kurze Zeit später stütze ich mich auf dem Nachttisch ab und stehe mit einem Seufzer auf, ich schlüpfe langsam in die Pantoffeln, ziehe den Vorhang zur Seite und gehe zur Tür.

Namsos, 10.–18. Juli 2006

1986 bekam unsere Kirche einen neuen Organisten. Er hieß Samuel und stammte aus Oslo, und da er weder Freunde noch Verwandte in Namsos hatte, luden wir ihn anfangs oft zu uns nach Hause ein. Aber ich konnte ihn von Anfang an nicht ausstehen. Zum einen war er ehemaliger Volleyballspieler und kehrte die ganze Zeit heraus, wie sportlich und durchtrainiert er war. Anders als alle anderen machte er nie die Gartentür auf, wenn er zu Besuch kam, sondern schwang sich mühelos und elegant über den Zaun, und wenn er seine Schuhe zuband, ließ er die Muskeln an seinen Unterarmen spielen, als ginge es darum, ein Boot zu vertäuen und nicht Schnürsenkel zu verknoten. Schlimmer war allerdings, dass er als Hauptstädter auf uns herabschaute. Für ihn gehörte Namsos anscheinend nicht zur realen Welt, sondern war eine Art nordnorwegisches Märchenland, das von schnaubenden Originalen bewohnt wurde, die sich von Grütze ernährten und einsilbige Antworten gaben, wenn man mit ihnen sprach, und er ließ keine Chance aus, über Vorfälle und Leute zu berichten, die dieses Zerrbild des ländlichen Norwegen bestätigten, um anschließend laut darüber zu lachen. Er war herablassend und selbstgefällig, und da er nicht intelligent genug war, um zu sehen, dass er dazu keinerlei Veranlassung hatte, war er auch überaus selbstsicher, was ihn in den Augen vieler Frauen wiederum charmant und attraktiv erscheinen ließ, unter anderem in Mamas. Es fällt mir durch-

aus schwer, darüber zu schreiben, David, aber kurz nachdem wir ihn kennengelernt hatten, fiel mir auf, dass sie sich herausputzte, wenn sein Besuch bevorstand. Kam er unangemeldet, verschwand sie rasch im Badezimmer, und wenn sie wieder herauskam, roch sie leicht nach Parfüm oder hatte mehr Lidschatten aufgetragen als zuvor. Außerdem redete sie anders und benahm sich auch anders, wenn er da war. Sie schwächte ihren Dialekt etwas ab und sagte zum Beispiel »Toilette« statt »Klo«, sie lachte über Dinge, über die sie normalerweise nicht lachen würde, und sie war aufmerksamer und präsenter als sonst, hatte einen ganz eigenen Glanz in den Augen.

Ich konnte daraufhin so eifersüchtig werden, dass mir ganz anders wurde, aber ich sagte nichts, weder zu Mama noch zu sonst einem Menschen, vielleicht schämte ich mich zu sehr, vielleicht war ich zu feige, ich weiß es nicht, ich zog mich jedenfalls in mich zurück, anstatt sie damit zu konfrontieren, der einzige Schritt, den ich ergriff, um das Ganze zu beenden, bestand darin, dass ich Samuel nicht mehr zu uns nach Hause einlud, und außerdem log ich und behauptete, wir seien auf dem Sprung, wenn er klingelte und etwas ausmachen wollte. Ohne dass es sonderlich half.

In etwa zur selben Zeit fingst du an, dich mit Jon und Silje zusammenzutun. Jon war groß, hager und blass, seine Haut nahezu schneeweiß. Er hatte fast immer ein Halsband mit einem Totenkopf um den Hals, und durch das Küchenfenster konnte ich sehen, wie er in der Regel auf der Treppe stehen blieb und es unter das Hemd schob, bevor er klingelte, vermutlich, damit ich es als Pfarrer nicht sah. Anfangs fand ich es komisch, fast rührend, er wollte sich so gern einen schroffen Anstrich geben, aber er war so schüchtern, dass er sich nicht einmal traute, etwas so Unschuldiges wie einen Totenkopf zur Schau zu stellen. Außerdem hatte er Angst zu fluchen, wenn ich es hören konnte, und tat vor mir so, als wäre er Nichtraucher und würde keinen Tropfen Alkohol anrühren. Aber schon nach kurzer Zeit fand ich das Ganze nicht mehr komisch. Manchmal tat er mir leid, David, seine Unsicherheit war anders als bei anderen Teenagern, sie war eine Qual, eine Krankheit, er konnte seinem Gesprächspartner nicht in die Augen sehen, und egal wie freundlich ich war, wie sehr ich ihn anlächelte, schaute er überallhin, nur nicht in meine Augen. Er war sich dessen natürlich schmerzlich bewusst, und manchmal zwang er sich dazu, den Blickkontakt zu halten, aber es dauerte nie länger als ein oder zwei Sekunden, dann schlug er die Augen nieder. Und immer wieder versagte ihm auch die Stimme. Wenn ich ihn nach seinem Befinden fragte und auch wenn alles wie immer war und es keine besonderen Vorfälle gab, klang seine Antwort bisweilen so, als würde er vor Trauer und Schmerz zusammenbrechen. Anfangs dachte ich, es hätte mit mir zu tun, doch es stellte sich heraus, dass er sich auch anderen gegenüber so benahm. Er war unglaublich empfindlich, ständig am Anschlag. Am schlimmsten war es, wenn viele Menschen zugegen waren, und das war bei uns zu Hause ja oft der Fall. Er versuchte, sich möglichst unsichtbar zu machen, wenn er zusammen mit dir ins Wohnzimmer trat, und wenn ihr ein seltenes Mal Zeit hattet, euch dazuzusetzen, hatte er panische Angst davor, angesprochen zu werden. Er verkroch sich gewissermaßen im Sessel und starrte schweigend auf seinen Schoß, und wenn ihn jemand ansprach, wurde er puterrot im Gesicht und antwortete griesgrämig, fast aggressiv. Was ihm aber niemand übelnahm. Der Kummer stand ihm ins Gesicht geschrieben, wie Mama gerne sagte, und ich glaube, er tat allen leid.

Ich mochte Jon, er war ein guter Junge, er war liebenswürdig und im Grunde seines Herzens harmlos. Aber er war unglaublich leicht zu beeinflussen. Er bewunderte Silje und dich, und ich konnte sehen, wie er sich veränderte, wenn ihr über etwas lachtet, was er gesagt oder getan hatte, wie ihn das freute und wie er sich bemühte, noch mehr Gelächter oder noch mehr Zuspruch zu ernten. Er war so leicht zu beeinflussen, so leicht zu manipulieren. Das meinst du jetzt nicht ernst, oder, konnte Silje sagen, wenn sie wollte, dass er etwas tat, was er normalerweise nicht tun würde, und Jon gab dann regelmäßig nach und versuchte, sich keine Blöße zu geben. Das traust du dich nie, sagte Silje zum Beispiel, und dann überwand Jon seine Angst und tat das, was er sich angeblich nicht traute. Es machte die Sache nicht besser, dass er in sie verliebt war und sie die Situation weidlich ausnutzte. Nicht nur, dass sie ihn dazu brachte, sich zwischendurch wie ein Narr oder ein Trottel aufzuführen, so dass sie etwas zu lachen hatte, mehrere Male sah ich auch, dass sie ihn für sich einspannte. Kannst du nicht zur Videothek radeln und diesen oder jenen Film ausleihen? Kannst du nicht zum Kiosk fahren und Süßigkeiten für uns kaufen? So ging das in einem fort. Anfangs versuchte Jon zu zeigen, dass sie mit ihm nicht machen konnte, was sie wollte. Das kannst du schön selber machen!, sagte er laut und lachte entrüstet, wie um zu unterstreichen, dass er so etwas Dreistes im Leben noch nicht gehört hatte. Aber nur wenige Augenblicke später änderte er sein Verhalten komplett, okay, sagte er gutmütig, ich radle schnell zur Videothek. Weil du so nervst, fügte er hinzu, und dann sah er Silje an und lachte.

In solchen Situationen kam etwas in mir hoch, das ich für ein Echo meiner unglücklichen Jugendlieben hielt, und obwohl es rührend und komisch zugleich war, verkroch ich mich manchmal im Sessel und konnte kaum hinhören. Mama hingegen fühlte sich in ihrer Einschätzung von Silje bestätigt, wenn sie solche Szenen miterlebte. Wo ich einen Teenager sah, der seine Angst und Unsicherheit zu überspielen suchte, indem er sich vorlaut und etwas zu selbstsicher gab, sah Mama das, was sie ein zynisches, manipulatives und schamloses Luder nannte. Ich weiß noch, wie ich, gelinde gesagt, schockiert war, dass sie über eine Freundin von dir solche Worte in den Mund nahm, und auch wenn Mama selbst von ihren Äußerungen überrascht wurde und wir hinterher darüber kicherten, saß der Schock noch lange in mir fest. Ich fand Silje sehr lebendig, sie lachte viel, war voller Leben und Ideen, lächelte fast immer und war stets gutgelaunt, ohne dabei naiv oder oberflächlich zu sein. Ganz im Gegenteil. Sie unterhielt sich mit mir, wenn sie zu Besuch war, und dann war sie interessiert und aufmerksam. Sie war nicht religiös, aber sie war so neugierig, wie es einem als Pfarrer so erging und was ich über die großen Fragen des Lebens dachte, dass ich durchaus eine religiöse Sehnsucht in ihr wahrnahm, was sicher einer der Gründe war, weshalb ich sagen kann, dass es mir Vergnügen bereitete, mich mit ihr zu unterhalten. Sie war intelligent und wortgewandt, und obwohl sich mir manchmal wegen ihrer Unverblümtheit und fehlenden Scham die Haare aufstellten, war sie als Gesprächspartnerin so interessant und bereichernd, dass ich manche Dinge aufschob, um eine Unterhaltung nicht abbrechen zu müssen.

Mama hingegen mied sie, so gut es ging. Sie bekam einen bösen Zug um den Mund, wenn Silje zu Besuch kam, und sie konnte einen fast kindlichen Trotz an den Tag legen oder sich widerborstig zeigen, vor allem wenn Silje Aufmerksamkeit bekam oder im Mittelpunkt stand. Wenn wir anderen über eine witzige Bemerkung von Silje lachten, verzog Mama demons-

trativ keine Miene, wenn Silje etwas vorschlug, war Mama stets dagegen, und wenn wir über etwas diskutierten und uns nicht einigen konnten, konnte man sich zu hundert Prozent sicher sein, dass Mama demjenigen zustimmte, der anderer Meinung war als Silje. Das war so offensichtlich, dass es fast schon komisch war.

Anfangs glaubte ich, sie sei eifersüchtig, und auch wenn das Thema heikel und schwierig war, hatte ich das Gefühl, ich müsste sie warnen, bevor sie sich richtig blamierte. Ich weiß noch, wie wir einmal im Wohnzimmer saßen. Silje, Jon und du wart im Garten, um Crocket zu spielen, und Silje trug einen weißen Minirock, der im Wind hin und wieder etwas hochgewirbelt wurde. Das in Kombination damit, dass Silje manchmal aussah wie eine etwas müde Diva, der die Welt zu langweilig und fade war, ließ Mama plötzlich zischen: Sieh sie dir an, jetzt versucht sie wieder wie Marilyn Monroe auszusehen, wie sie sich vorbeugt mit verschleiertem Blick, das Luder! Sie spielt Crocket, Berit, sagte ich, dabei ist es üblich, dass man sich vorbeugt. Mama drehte sich zu mir um, sah mich einen Moment neugierig an und schüttelte dann genervt den Kopf. Man muss wohl Mann und Pfarrer sein, um nicht zu kapieren, dass die Art, wie sie dort steht, gewollt und absolut berechnend ist, sagte sie verärgert, dann drehte sie sich wieder zu euch um. Berit, sagte ich, und versuchte, weiterhin zu lächeln, sie sind einfach nur Freunde. Sie begriff nicht gleich, was ich damit sagen wollte, aber als es ihr klar wurde, schickte sie mir einen derart zornigen und kalten Blick, dass ich nie wieder eine Andeutung bezüglich ihrer Eifersucht machte.

Stattdessen versuchte ich sie davon zu überzeugen, dass dir Siljes und Jons Gesellschaft guttat, denn so war es auch. Ihr hattet ein gemeinsames Interesse für Kunst und Kultur und habt euch gegenseitig inspiriert und vorangebracht. Ihr habt Gedichte und kürzere Texte geschrieben, und ab und zu hatte ich das Vergnügen zuzuhören, wie ihr sie euch gegenseitig im Garten vorgetragen habt, ihr habt Musik komponiert und gespielt, die mir offen gestanden weniger Vergnügen bereitet hat, und nicht zuletzt habt ihr viele lange Gespräche geführt, in denen es um alles Mögliche ging: Politik, Religion, Kunst, Literatur, um alles. Übrigens verging kein Samstag, ohne dass du mit einem kleinen Stapel Bücher nach Hause kamst, die du dir in der Bibliothek ausgeliehen hattest, und ich hörte dich oft berichten, was du seit dem letzten Mal gelesen hattest. Häufig waren es Autoren und Bücher, von denen ich noch nie gehört hatte, und so, wie es klang, war es fast immer pessimistische, düstere und schmerzhafte Literatur. Anfangs nahm ich das nicht so ernst, wenn du an dem Steintisch saßt, an dem ich jetzt sitze, und dich über Nihilismus ausgelassen hast, darüber, wie sinnlos das Leben sei, ich hielt es für einen jugendlichen Flirt mit mehr oder weniger extremen Theorien. Die pessimistische Weltsicht, auf die du dich beriefst, passte weder zu dem Engagement, der Leidenschaft noch zu der Lebensfreude, die du im Alltag zeigtest, und auch nicht zu dem stabilen Menschen, als den ich dich kannte, und ich sah darin den Versuch dreier Jugendlicher, ihre Identität zu finden, indem sie zu Anhängern von Philosophen wurden, von denen keiner ihrer Altersgenossen je gehört hatte. Es gab übrigens mehrere Anhaltspunkte für diese Einschätzung, im Grunde ging es darum, einen belesenen und intellektuellen Eindruck zu erzeugen. Wenn du Besuch erwartet hast, fiel mir auf, dass zum Beispiel bestimmte Bücher und Zeitschriften so angeordnet waren, dass derjenige, der ins Zimmer kam, sie sofort sehen würde, gerne auf Seiten aufgeschlagen, auf denen etwas unterstrichen oder an den Rand ge-

schrieben war, und gern wild durcheinander und überall verteilt, damit das Zimmer wie ein chaotisches Professorenbüro wirkte. Und wenn ihr drei euch unterhalten habt, hörte ich oft, dass du versuchtest, dich mit großen Namen der Philosophie- und Literaturgeschichte zu schmücken und damit zu prahlen. Du beriefst dich ständig auf Nietzsche und Schopenhauer, und auch wenn es ganz lässig geschah, so als würdest du von guten Freunden sprechen, war ich ziemlich sicher, dass du keinen von ihnen gelesen hattest. Du hattest sie vielleicht in der Bibliothek ausgeliehen und hier und da ein wenig reingelesen, aber nicht sehr gründlich und mit großem Gewinn, dafür warst du trotz allem zu jung und unreif.

Darum konnte ich, obwohl es mir missfiel, dass ihr euch so sehr mit dem Tod, dem Verderben, dem Nihilismus und dem Pessimismus beschäftigt, nicht umhin, ein wenig zu schmunzeln, ich hatte großen Respekt vor euch dreien, ihr wart viel aufgeweckter, als ich es in eurem Alter war, aber es hatte trotzdem etwas Charmantes, Rührendes und leicht Komisches, dass ihr so viel düsterer sein wolltet, als ihr eigentlich wart. Das habe ich euch natürlich nie gesagt, ich wollte mich nicht über euch lustig machen. Mama gegenüber habe ich es allerdings mehrmals erwähnt, weil sie sich Sorgen machte. Das geht vorbei, Berit, sagte ich, das ist nicht so ernst, er ist siebzehn, er ist auf der Suche, aber er findet wieder heim.

Außerdem gab es damals andere Dinge, die mir Sorgen bereiteten. Ich hatte den Verdacht, Samuel und Mama würden sich heimlich treffen, und manchmal fühlte ich mich von Eifersucht wie zerfressen. Ich hatte keine Beweise, doch wenn wir Samuel über den Weg liefen und es eine Weile her war, seit wir ihn zuletzt gesehen hatten, sagte Mama zum Beispiel Dinge wie: Isabel

Allende fand ich übrigens sehr gut. Ich habe ja gesagt, dass sie dir gefallen wird, sagte Samuel. Hast du »Eva Luna« oder »Das Geisterhaus« gelesen? Nachdem wir uns anschließend wieder getrennt hatten und ich Mama wie zufällig fragte, wann Samuel und sie über Isabel Allende gesprochen hätten, zuckte sie mit den Schultern und tat ganz gleichgültig, während sie sagte, dass er beim Abendessen beim Diakon mehrere Autoren genannt hatte. Ach, daran kann ich mich gar nicht erinnern, meinte ich nur und lächelte gequält. Du warst bestimmt auf dem Klo oder so. Ich kann mich auch nicht daran erinnern, dass ich auf dem Klo gewesen wäre, entgegnete ich. Was ist los, lachte sie, ist das ein Verhör? Nein, natürlich nicht, sagte ich und versuchte, ebenfalls zu lachen.

Allein schon, dass Mama plötzlich anfing, Romane zu lesen, hielt ich für verdächtig, nachdem sie sich früher nie für Literatur interessiert hatte, und als sie auch noch begann, »klassische Musik zu goutieren«, wie sie selbst sagte, gab es für mich keinen Zweifel mehr, dass sie versuchte, sich in eine Richtung zu entwickeln, die Samuel wohl gut finden würde. Wie viele andere Organisten auch schwärmte Samuel vor allem für Bach, und eines Tages kam Mama plötzlich heim und hatte die drei ersten Brandenburgischen Konzerte im Gepäck. Wenn sie, was selten genug vorkam, Musik auflegte, dann in der Regel alte Kassetten mit einem Mix aus Country & Western Music oder Classic Rock, und ich hatte es erst ein einziges Mal erlebt, dass sie sich selbst Musik kaufte, und zwar als Åge Aleksandersen »Lys og Varme« herausbrachte. Und jetzt kam sie plötzlich mit Bach nach Hause. Auf CD sogar, einem Medium, das damals ganz neu war und an das Mama sich als »technologische Analphabetin«, wie sie sich selbst nannte, kaum herantraute.

Ich versuchte, mich damit zu trösten, dass sie größere An-

strengungen unternommen hätte, ihre Annäherungsversuche an Samuel zu verbergen, wenn an meinen Verdächtigungen etwas dran gewesen wäre, es war alles so offensichtlich, dass ich es eigentlich nicht für sehr wahrscheinlich hielt. Aber es dauerte nie lange, bis die Eifersucht und die Verdächtigungen wieder hochkamen: Jetzt ist es schon so weit gekommen, dass sie nicht einmal mehr vorsichtig sind, dachte ich dann, jetzt ist es schon so weit gekommen, dass sie sich nicht mehr beherrschen können. Ja, das waren schlimme Zeiten, David, ich war so verzweifelt, es war eine einzige Qual.

Obwohl du selbst so kulturinteressiert warst, hast du über Mamas plötzliches Interesse für Literatur und Musik nur gegrinst. Als Teenager wolltest du dich natürlich von allem distanzieren, was Mama und ich mochten, und so hast du über Isabel Allende nur die Augen verdreht und gemeint, das sei südamerikanische Wortklauberei. Bach sei natürlich gut, meintest du, ein Genie, trotzdem konntest du es nicht lassen, hinzuzufügen, dass ausgerechnet diese Einspielung der Brandenburgischen Konzerte nicht als besonders gelungen galt. Du selbst hast fast nie klassische Musik gehört, soweit ich weiß, aber es klang so, als wärst du der reinste Bachexperte, und Mama hat genau wie ich begriffen, dass du das in irgendeinem Buch nachgelesen hattest, nachdem Mama die Platte gekauft hatte. Aber wir sagten nichts, uns war vollkommen klar, dass du gegen uns aufbegehren musstest, dafür waren wir da. Lange Zeit hatte ich dich in dem Glauben gelassen, wir wären verschiedener und unsere Positionen unvereinbarer, als sie es in Wirklichkeit waren, nur um das, was ich als natürliche jugendliche Revolte ansah, nicht kaputt zu machen. Wenn du Musik gespielt hast, die ich im Grunde ganz schön fand, konnte ich missbilligend den Kopf schütteln und »was für ein Krach« murmeln, und wenn wir über den Konflikt zwischen Israel und den Palästinensern sprachen, gab ich mich gern israelfreundlicher, als ich es eigentlich war.

Aber irgendwann wurde deine jugendliche Revolte so heftig, dass dieses Theater von meiner Seite überflüssig wurde, wir gingen wirklich auf Distanz zueinander, du auf der einen Seite und Mama und ich auf der anderen. Zwar hatte uns immer schon die düstere Weltsicht missfallen, die ihr drei, Jon, Silje und du, an den Tag gelegt habt, und wir hatten auch über die dazugehörige ungesunde und dekadente Lebensweise resigniert geseufzt, doch das Fass zum Überlaufen brachte schließlich eine Sammlung von Knochen und Zähnen, die du dir zulegtest. Als Mama an Weihnachten Schweinesülze kochte, hast du den Schweineschädel aus dem Mülleimer gefischt und ihn mit in dein Zimmer genommen. Als du zusammen mit Jon im Wald einen Elchkadaver gefunden hast, hast du den Rucksack mit Knochen gefüllt und sie mit nach Hause genommen, und einmal, als du mit einem Nachbarn zum Fischen raus aufs Meer gefahren bist, hast du das Maul eines Steinbeißers und das federnähnliche Rückgrat eines schwarzen Rochen mitgebracht, den ihr filetiert hattet. Langsam, aber sicher verwandelte sich das, was einmal ein Jungenzimmer mit Postern von Rockbands an den Wänden war, in eine Art Opferstätte, und mitten drin ihr drei, Jon, Silje und du, im Schein der Kerzen, die du in großen Kerzenständern angeordnet hattest, und dabei hörtet ihr düstere, psalmodierende Klänge und unterhieltet euch bis in die Nacht. Mama hielt deine Knochensammlung zunächst für eine Art Aufstand gegen mich als Pfarrer, und sie war wütend und schimpfte mit dir, weil du nicht zu schätzen wusstest, was ich alles für dich getan hatte. Ich war überrascht von der Kraft ihres

Ausbruchs, das weiß ich noch, und obwohl ich zugeben muss, dass es mir gefiel, wie sie mich verteidigte und sich für mich einsetzte in einer Zeit, in der ich fürchtete, sie an Samuel zu verlieren, musste ich sie beiseitenehmen, um sie wieder zu beruhigen. Das war nicht leicht, und es wurde mit der Zeit immer schlimmer, denn sie machte sich eher noch mehr Sorgen, und irgendwann begann sie, dir gegenüber überkontrollierend aufzutreten, unangebrachte Grenzen zu setzen, wann du am Abend zu Hause zu sein hattest, was du lesen solltest, welche Sendungen im Fernsehen erlaubt waren und solche Sachen. Alle glaubten natürlich, ich stünde dahinter, der strenge, mahnende Pfarrer, der versuchte, seinen Stiefsohn auf dem rechten Weg zu halten, aber das war nicht der Fall. Ich stellte mich natürlich hinter Berit und unterstützte sie in Diskussionen oder bei Streitereien mit dir, das gehörte zu unseren Prinzipien, doch wenn ich allein mit ihr war, kritisierte ich sie zunehmend, weil sie es übertrieb und zu streng mit dir war. Ich sagte, sie könne dich ruhig loslassen, brauche keine Angst zu haben, wir hätten dir die richtige Einstellung und die richtigen Werte mit auf den Weg gegeben, es würde schon schiefgehen, es war einfach nur ein ganz gewöhnlicher Teenageraufstand. Aber sie hörte nicht auf mich. Sie war davon überzeugt, dass Jon und Silje schlechte Gesellschaft für dich waren. Sie könne sehen, dass es dir nicht gut geht, sagte sie, du seist düster und schwermütig, und sie war außerdem der Meinung, dass du zynisch und gleichgültig seist. Du hieltest dich nicht länger an Regeln und Grenzen, und es schien dir überhaupt nichts auszumachen. Du bist um elf zu Hause, morgen hast du ganz normal Schule, sagte sie manchmal. Okay, sagtest du, und dann kamst du nachts um halb drei. Es ist grad so, als gäbe es mich nicht, sagte sie zu mir, er gerät auf die schiefe Bahn, und ich fühle mich so hilflos.

Und dann passierte etwas, was auch mich beunruhigte. Wir hatten uns immer sehr bemüht, dein Privatleben zu respektieren, und hatten niemals in Schubläden oder Schränke geschaut, in denen du aller Wahrscheinlichkeit nach die Dinge aufbewahrt hast, von denen du nicht wolltest, dass wir sie sahen, aber als Mama durch ein Missgeschick mit dem Schrubber an deinen alten Schrank stieß, der daraufhin umkippte, rutschten mehrere Schubladen heraus, und der Inhalt ergoss sich über den Boden. In einer der Schubladen lag eine kleine Plastiktüte mit einem Zettel, auf dem sinngemäß etwa Folgendes stand: »Ungefähr zweieinhalb Kilo meiner Person bestehen aus abgestorbener Haut. Hier ist ein kleines Stück von dem, der ich am 14. 6. 1987 war«, und daneben lagen mehrere weiße Hautfetzen, vermutlich von deinen Fußsohlen. In einer anderen Schublade wiederum lag eine Tüte mit einem Zettel, auf dem stand: »Nicht ein einziges Molekül ist übrig von dem, der ich vor neun Jahren war, und nicht ein einziges Molekül von dem, der ich jetzt bin, wird in neun Jahren noch Teil von mir sein. Hier ist ein kleines Stück von dem, der ich am 29. 9. 1987 war«, und daneben lagen Fuß- und Fingernägel, die du abgeschnitten hattest. Und so ging es weiter, du hattest Haarbüschel, Augenbrauen, Barthaare, Schamhaare und Klumpen aus rötlichbraunem Ohrenschmalz aufgehoben und alles in kleine durchsichtige Plastiktüten gepackt, zusammen mit gelben Zetteln, auf die du einen Satz oder zwei geschrieben hattest.

Es fühlte sich an, als wären wir mitten in einem Thriller gelandet. Als wären wir in einer dieser Szenen, in denen klar wird, dass irgendjemand in diesem Film ein ganz anderer ist, als man bisher angenommen hat. Wir standen vielleicht nicht unter Schock, aber wir waren blass und ernst, wie wir dort standen und die verschiedenen Zettel lasen. Wir sagten nicht sofort etwas, und wir vermieden es, uns anzuschauen, ich weiß nicht genau, warum, vielleicht weil wir insgeheim nicht wahrhaben wollten, was gerade mit dir geschah, und weil wir wussten, dass die Sorge in den Augen des anderen es unmöglich machen würde, sich einzureden, dass alles so war, wie es sein sollte.

Von nun an war Mama davon überzeugt, dass du psychische Probleme hattest, und sie konnte sich nicht zurückhalten, als wir dich darauf ansprachen. Mal flehte sie dich an, dir Hilfe zu suchen, mal drohte sie dir. Anders als abgemacht, würden wir dir das Geld für den Führerschein nicht geben, sagte sie, und du dürftest auf keinen Fall nach Roskilde fahren. Aber was ist denn so schlimm daran, dass ich Haarbüschel in eine Plastiktüte packe? Es ist doch das Gleiche, wie wenn du ein Foto von dir in ein Album klebst, gabst du zurück. Ja, aber Fußnägel, David?, schrie Mama. Was ist schlimmer an Fußnägeln als an Haaren?, fragtest du, beide bestehen doch aus abgestorbenen Zellen meines Körpers, beides sind Erinnerungen an den Menschen, der ich zu einem bestimmten Zeitpunkt war.

Ob ich es wollte oder nicht, ich musste zugeben, dass du dich gut zu verteidigen wusstest, und du warst dabei so entspannt und vernünftig, dass ich mich während des Gesprächs beruhigte. Später ertappte ich mich manchmal dabei, wie ich dachte, dass ich zu diesem Zeitpunkt langsam in deine Welt hineingezogen wurde, dass sich die Grenzen dessen, was ich für normal hielt, mehr und mehr verschoben und ich zunehmend mehr von deinen Ansichten akzeptierte. Aber natürlich pflichtete ich Mama bei, als sie zu den Müttern von Jon und Silje gehen und über die Situation reden wollte, um gemeinsam mit ihnen zu überlegen, was man dagegen tun könnte, bevor die Sache vollends aus dem Ruder lief.

Grete, Jons Mutter, nahm sich Mamas Schilderungen nicht

sonderlich zu Herzen. Sie tat zwar so, als wäre sie beunruhigt, was sagst du da?, fragte sie, als wäre sie schockiert, huch, das macht mir richtig Angst, sagte sie, aber nur, weil sie glaubte, es würde von ihr erwartet, das wurde mir klar, als ich sah, wie sie zu Jons Bruder hinüberschielte, der im Hintergrund saß und unverhohlen grinste. Während Mama sich gerade echauffierte, wechselten die beiden einen Blick, und Grete musste sich zusammenreißen, um nicht loszulachen. Sie hielten Mama ganz offensichtlich für hysterisch, und anstatt sich Sorgen zu machen, amüsierten sie sich über das, was passiert war. Wenig später erzählte übrigens die Kirchendienerin, Grete habe ihren Freundinnen in einem Café in der Stadt ausführlichst geschildert, dass du allmählich »Gespenster sehen würdest«, wie sie es ausdrückte. Wohl im Bemühen, sich besorgt und verantwortungsvoll zu zeigen, hatte sie behauptet, sie würde alles in ihrer Macht Stehende tun, um dich künftig von Jon fernzuhalten, aber sie redete fast ununterbrochen über Mama: Das Leben sei wohl für Berit kein Zuckerschlecken, auch wenn sie einen Pfarrer geheiratet habe, sagte sie, womöglich glauben sie es ja selbst, aber sie sind nichts Besseres.

Auch Oddrun Schiive, Siljes Mutter, war durch das, was wir erzählten, nicht beunruhigt, ganz im Gegenteil. Das ist ja toll, sagte sie, als wir ihr erzählten, was wir in deinem Schrank gefunden hatten. Ich finde, Sie sollten stolz darauf sein, dass Ihr Sohn nicht zur Schafsherde gehören will, ich bin jedenfalls stolz auf Silje, weil sie selber denken kann und es auch tut, sagte sie, und das hätten wir uns im Grunde genommen auch denken können, denn sie war bekannt dafür, dass sie versuchte, als Künstlernatur zu gelten und zu allem Möglichen einen unkonventionellen Standpunkt einzunehmen. Wenn man sie fragte, antwortete sie beispielsweise immer, sie sei tätig im Bereich

Kunst und Kultur, dabei arbeitete sie im Café des Kulturhauses, und wenn man mal davon absieht, dass sie Kunstposter und Eintrittskarten für die verschiedenen Veranstaltungen im Haus verkaufte, gab es im Grunde keinen Unterschied zwischen ihrem Job und der Arbeit in den Supermarktcafés. Es ging sogar das Gerücht, dass ihr Interesse für Kunst und Kultur nichts als Fassade sei, Teil eines Theaterstücks, dessen Ziel es war, ihren Alkoholismus gefälliger zu kleiden und weniger beschämend erscheinen zu lassen. Als wäre es legitimer, mit wässrigen Augen, feuchter Zunge und roten Wangen herumzulaufen, wenn man Bohemien und im Bereich Kunst und Kultur tätig war, als wenn man in einem ganz normalen Café arbeitete, wie die Kirchendienerin sagte.

All die Partys dort im Haus waren übrigens einer der Gründe, warum es Mama und mir nicht gefiel, dass du so viel bei ihnen warst. Es war eine Sache, wenn du mit Gleichaltrigen feiertest, was uns auch nicht sonderlich behagte, aber das akzeptierten wir, jedenfalls solange es nicht überhandnahm. Schlimmer war, dass du jedes Wochenende mit Siljes Mutter und ihrem etwas zweifelhaften Freundeskreis herumhingst, mit ihnen trankst. Mama kannte die meisten, die dort im Haus ein und aus gingen, und sie sprach von einer bemitleidenswerten Clique mittelalter Männer, die einmal davon geträumt hatten, Musiker, Maler oder Schriftsteller zu werden, die aber als alkoholabhängige Jugendarbeiter oder Nachhilfelehrer für Norwegisch und Musik geendet hatten und die sich sicher jünger und weniger gescheitert fühlten, wenn sie Teenager wie Jon, Silje und dich belehren konnten.

Aber die Partys mit Oddrun und all diesen Kerlen mit dicken Bäuchen und grauen Pferdeschwänzen waren nur das eine. Letztendlich waren es die Veränderungen in deinem Verhalten, die Mama zur Verzweiflung trieben und auch mich zunehmend mit Sorge erfüllten. Du wurdest irgendwie immer schwermütiger, du warst nicht mehr so fröhlich, wie wir es von dir kannten, nicht mehr aufgeregt und eifrig, du konntest immer noch Leidenschaft und Begeisterung zeigen, aber immer gepaart mit Strenge und Zorn. Doch noch beunruhigender als das war wiederum, dass ihr drei anfingt, euch zu isolieren. Früher hattet ihr zumindest Kontakt zu anderen Gleichaltrigen gehabt, aber jetzt gab es anscheinend nur noch euch drei, es kam fast niemand anderes mehr zu dir nach Hause, und wenn doch, dann sagtest du, du seist beschäftigt, oder wolltest von uns, dass wir sagten, du seist nicht zu Hause, du wolltest nicht über Fußball und Mädels reden und darüber, wie voll dieser oder jener auf der letzten Party gewesen sei, sagtest du, deine ehemaligen Kumpels langweilten dich.

Wir versuchten, mit dir darüber zu reden, aber es führte zu nichts, was sicher ebenso sehr unsere Schuld war wie deine. Mama war so verzweifelt, dass sie sich nicht beherrschen konnte. Auch wenn sie nicht hysterisch war, endeten alle Gespräche mit Tränen und Flehen und Drohungen, was natürlich das Gegenteil bewirkte. Deine Reaktion war ein Stöhnen, und du fragtest, ob sie bald fertig sei, was sie nur noch mehr zur Verzweiflung trieb und aufwühlte und in der Regel dazu führte, dass du vom Tisch aufstandst und weggingst. Wir zwei hatten uns eigentlich immer gut unterhalten, wir waren uns ziemlich ähnlich, beides Grübler, und ich glaube außerdem, dass es dir gefiel, dass ich dir als Erwachsener begegnete und nicht versuchte, einen auf jung zu machen, wenn wir uns unterhielten. Ich hatte ja auch gesehen, wohin das führte. Samuel begriff nämlich nicht, dass es ungeschriebene Regeln gab, wer Wörter wie »cool«, »voll krass« und »saugeil« in den Mund nehmen durfte. Er dachte, die Konfirmanden und der Ten-Sing-Chor würden ihn eher akzeptieren, wenn er diese Wörter verwendete, und konnte nicht nachvollziehen, warum die Jugendlichen ihm mit Verachtung begegneten und hinter seinem Rücken über ihn lachten.

Doch selbst ich kam nicht an dich heran. Vielleicht war ich zu sehr Therapeut und Psychologe, wenn ich dort saß und verstehen wollte, was in deinem Kopf vor sich ging, vielleicht war die Gesprächssituation zu künstlich und albern, vielleicht war es für dich auch weniger ein Gespräch als vielmehr ein Verhör, und du fühltest dich deshalb womöglich wie ein kleiner Junge und nicht wie der selbstständige junge Mann, der du so gern gewesen wärst. Vielleicht war es demütigend und verletzend, ich weiß es nicht, jedenfalls saßt du da und hast gegähnt und demonstrativ desinteressiert auf die Uhr geschaut, und Mama und ich waren hinterher genauso besorgt wie vorher.

Krankenhaus Namsos, 4. Juli 2006. Sich damit versöhnen.

Ich mache die Tür auf und trete in den Flur, drehe mich um und sehe, wie Eilert und seine Tochter sich voneinander lösen, Eilert richtet den Kragen seines karierten Flanellhemds und sagt, es sei in jedem Fall schön, wieder heimzukommen, und seine Tochter sagt, dass sich alle freuen, ihn wieder daheim zu haben. Mama ist nicht ganz sie selbst, wenn du nicht da bist, sie ist so rastlos, läuft planlos durchs Haus, höre ich sie sagen, dann schließe ich hinter mir die Tür. Ich bleibe stehen und sehe mich um, es ist still und ziemlich ruhig, einer der Hausmeister steht auf der Leiter und tauscht an der Decke eine blinkende Neonröhre aus, und die rundliche Krankenschwester von vorhin schiebt ein leeres Bett durch den Korridor. Sie bleibt stehen und wartet, bis er fertig ist, bevor sie das Bett weiterschiebt. Sie sehen sich an und wechseln ein paar Worte, und ich nutze die Gelegenheit, um mich an ihnen vorbeizudrücken, habe keine Lust auf Kontakt zu wem auch immer, will nur allein sein, ich gehe zum Fahrstuhl, langsam und mit steifen Schritten, will mit dem Fahrstuhl nach unten fahren und einen kleinen Spaziergang machen, mich auf eine Bank setzen und den Rest des Sonnenuntergangs genießen.

Doch dann öffnet sich plötzlich die Tür zu einem der Zimmer, und Dr. Claussen kommt heraus. Er dreht sich um und spricht mit einem der Patienten im Zimmer, und ich bleibe abrupt stehen, sehe mich um nach einer Möglichkeit zu verschwinden, habe keine Lust, mit Dr. Claussen zusammenzutreffen, ich ertrage sein nerviges Gerede nicht, er kehrt mir den Rücken zu, während er spricht, und er hat mich noch nicht gesehen, weshalb ich rasch um die Ecke biege und im Seitenkorridor verschwinde, ich gehe so schnell, wie mich meine schwachen Beine tragen, gehe bis zum Ende und bleibe stehen, will warten, bis Dr. Claussen vorbei ist, und falls er mich sieht, sage ich einfach, dass ich mich verirrt habe, oder vielleicht auch, dass ich mir das Gemälde an der Wand anschaue, vor mir hängt ein großes Bild von einem Mann und einer Frau, sie gehen Hand in Hand einen Strand entlang, sie lächeln und sehen fröhlich aus, sehen glücklich aus, alle Bilder auf dieser Station versuchen, irgendwie Glück auszustrahlen, sie versuchen, eine Form von Idylle zu vermitteln, sie sollen die Station bestimmt heimeliger machen, aber sie haben im Grunde den gegenteiligen Effekt, jedenfalls auf mich, denn wenn ich mir diese Bilder hier oben ansehe, sehe ich, was sie genau genommen sind, der Versuch, mich vergessen zu lassen, dass ich krank bin, mich flüchten zu lassen vor dem, wovor ich nicht flüchten kann. Eigentlich erinnern sie ein wenig an den Leckerbissen, den der Fahrer eines Tiertransporters den Tieren hinhält, um sie zu beruhigen. Ich muss daran denken, wie ich in meiner Kindheit zu Opa auf den Hof kam, erinnere mich an den Fahrer, der über dem Geländer der kleinen Rampe hing, die auf die Ladepritsche führte, ich weiß noch, wie er die ängstlichsten Tiere mit Zuckerwürfeln lockte und die dummen Kühe sich an der Nase herumführen ließen. Kühe befürchten in solchen Situationen das Allerschlimmste, keine Ahnung, warum, aber es ist so, alle Tiere, die zum Schlachthof sollen, ahnen, dass etwas Schreckliches passieren wird, trotzdem bedarf es nur eines kleinen Zuckerwürfels, damit sie sich beruhigen und auf den Lastwagen steigen, ein Zuckerwürfel, und schon benehmen sie sich, als ginge es zur Sommerweide. Und dass diejenigen, die hinter dieser Bilderauswahl stehen, mich fast genauso behandeln, ärgert mich, stimmt mich noch ängstlicher, als ich es ohnehin schon bin, denn diese überdeutlichen Versuche, ein Gefühl von Wohligkeit entstehen zu lassen, diese überdeutlichen Versuche, mich zu beruhigen, sind schließlich ein deutliches Zeichen dafür, dass wir, die wir hier oben gelandet sind, guten Grund haben, ängstlich und beunruhigt zu sein. Ich starre auf das Gemälde, sehe das fröhliche Paar, das barfuß am Strand entlangschlendert, das Wasser schwappt ihnen über die Füße, ich starre sie an und merke plötzlich, wie ich am liebsten den Zeigefinger in die Leinwand stechen, ein kleines Loch in das Gemälde bohren und es kaputt machen würde.

»Arvid«, sagt plötzlich jemand, und ich zucke zusammen, drehe mich rasch um, und vor mir steht Dr. Claussen, die Brille vorne auf der Nasenspitze. Er neigt den Kopf leicht vor und sieht mich über die Brillengläser hinweg an.

»Hallo«, sage ich und gehe auf ihn zu.

»Sind Sie ein wenig auf und ab gelaufen, wie wir es vereinbart haben?«, fragt er.

»Ein bisschen«, sage ich.

»Tatsächlich?«

»Aber klar doch«, sage ich.

Er reagiert nicht sofort, fixiert mich, mustert mich gewissermaßen. Nach einer kurzen Pause fange ich an zu lachen, es ist ein Lachen, das klarstellt, dass meine Antwort nicht ganz stimmt, und er kapiert es sofort, das sehe ich ihm an. Doch er lacht nicht mit, er sieht zu Boden und setzt zugleich die Brille ab, und erst jetzt sehe ich, dass er eine Schnur an der Brille hat, er lässt die Brille los, so dass sie auf den Brustkasten sinkt, dann sieht er mich an.

»Sie als Pfarrer, der Sie viel mit Menschen in schwierigen Situationen zu tun hatten, wissen das genauso gut wie ich«, sagt er, »Sie sind krank, Arvid, aber Sie dürfen nicht vergessen, dass Sie nicht *nur* krank sind! Ich weiß, es hört sich an wie ein Ratschlag aus einer Illustrierten, trotzdem ist es wichtig, dass man die Zeit nutzt, die man noch hat«, sagt er. »Und es wird unnötig viel länger dauern, bis Sie wieder nach Hause können, wenn Sie nicht öfter das Bett verlassen.«

»Ich weiß«, sage ich und ringe mir ein Lächeln ab, »ich will mich bemühen«, füge ich hinzu.

Er schaut mir ein paar Sekunden lang in die Augen.

»Gut«, sagt er, dann setzt er die Brille wieder auf, dreht sich um und geht den Korridor hinunter. Ich bleibe stehen und schaue ihm hinterher, rühre mich nicht, es dauert nicht mehr lange, dann ist seine Schicht zu Ende, und er kehrt heim zu den Seinen, genau wie ich einst heimgekehrt bin zu den Meinen, nachdem ich etwas Ähnliches wie er zu jemandem gesagt hatte. »Ich war schon dort, wo du bist, aber du warst noch nicht dort, wo ich bin«, murmele ich vor mich hin, »wenn du wüsstest, wie es sich wirklich anfühlt«, flüstere ich, dann laufe ich los. Als hätte ich nicht mein Bestes gegeben, um aus diesem Verhalten auszuscheren, als hätte ich nicht versucht, mich aus diesem weinerlichen Zustand zu winden und andere Seiten in mir hervorzuholen als ausgerecht den kranken Arvid. Anfangs war jeder Tag ein einziger langer Kampf für ebendieses Ziel, hinter fast allem, was ich dachte und sagte und tat, lag so etwas wie die Gewissheit, dass ich nicht *nur* krank sein durfte, mir war bewusst, dass es mir nur immer schlechter gehen und ich vielleicht nie mehr gesund werden würde, wenn ich mich nicht zusammenriss und etwas von dem alten Arvid in mir hervorholte. Aber was immer ich dachte, sagte und tat, es half nichts, je kränker ich war, desto mehr prägte die Krankheit mein Selbstbild, und heute, wo ich mir nicht einmal mehr in die Augen schauen kann, ist genau das Gegenteil eingetreten, jetzt will ich so wenig wie möglich mit meinem alten Ich zu tun haben, der alte Arvid hat auf mich die gleiche Wirkung wie die Bilder hier im Gang, sobald ein Teil des alten Arvid in mir zum Vorschein kommt, rede ich mir ein, dass ich lediglich versuche, vor etwas zu fliehen, dem ich nicht entrinnen kann, sobald ich fröhlich, begeistert oder ausgelassen bin, gibt es etwas in mir, das sagt, dies zeige lediglich, dass es mir nicht gelungen ist, mich mit meinem Schicksal zu versöhnen, und wenn es etwas gebe, was ich tun müsse, dann, mich mit meinem Schicksal zu versöhnen.

Ich biege um die Ecke und gehe Richtung Fahrstuhl, langsam und mit dem mir eigenen steifen, leicht unsicheren Gang. Plötzlich höre ich einen Schlag und einen Schrei, und kurz darauf stürzt Eilerts Tochter aus unserem Zimmer. Doktor, schreit sie, Doktor, sie übersieht mich komplett, ihre Augen sind aufgerissen, und sie rennt an mir vorbei den Korridor hinunter, und dort kommt die rundliche Krankenschwester aus dem Pausenraum, mit vollem Mund und einer halben Scheibe Brot mit Kaviar in der Hand, und sie sieht Eilerts Tochter erschrocken an. Papa ist umgekippt, er ist ganz blau, schreit Eilerts Tochter, sie sieht die rundliche Krankenschwester an und zeigt auf unser Zimmer, und die Krankenschwester legt die Scheibe Brot auf einen der Rollwagen aus Stahl und rennt über den Korridor, sie reißt eine Tür auf, schnell zu Guttormsen in Zimmer 301, sagt sie, dann tritt sie zur Seite, und vorneweg rennt Dr. Hartberg, und gleich dahinter folgt

Dr. Claussen, wie Gladiatoren, nachdem das Gitter hochgezogen wurde. Sie stürmen aus der Tür und eilen den Korridor entlang mit ernsten Gesichtern und offen stehenden weißen Kitteln, die vom Luftwiderstand nach hinten gewirbelt werden und wie die Capes zweier Superhelden flattern. Bitte, machen Sie schnell!, winselt Eilerts Tochter, und ich trete zur Seite, drücke mich an die Wand, damit die Ärzte ungehindert vorbeikönnen, bleibe stehen und sehe dem Treiben zu. Eilerts Tochter hält die Tür auf, damit die Ärzte hindurchkönnen, und in dem Moment erhasche ich einen Blick auf Eilert, er liegt auf dem Boden, ganz blau im Gesicht, die gewundenen Adern an seinen Schläfen sind bleistiftdick, und seine Augen sitzen wie kleine Glaskugeln am Kopf, Eilert wird sterben, das sehe ich, die Ärzte können hier nichts mehr tun, es ist unbegreiflich, für Eilert ist jetzt alles vorbei.

Sie bleiben am besten hier, sagt die rundliche Krankenschwester, sie legt Eilerts Tochter die Hand auf die Schulter, als diese gerade ins Zimmer gehen will. Kommen Sie, sagt sie, dann zieht sie Eilerts Tochter zu sich heran, hält sie im Arm und streicht ihr über den Kopf. Ich bleibe stehen und starre die beiden sekundenlang an, sehe, wie verzweifelt Eilerts Tochter ist, sie schlingt die Arme um die Krankenschwester und vergräbt das Gesicht in ihrer Schulter, schluchzt und weint, ihre Finger streichen geräuschvoll über den weißen Kittel, bevor sie sich in den Rücken der Schwester bohren. Bitte lassen Sie ihn nicht sterben, schluchzt sie, bitte lassen Sie ihn nicht sterben.

Ich bleibe stehen und schaue die beiden an, schlucke, ich sollte einen Schritt vor den anderen setzen, das hier geht mich nichts an, es ist zu intim, trotzdem bleibe ich stehen, bleibe aufrecht stehen und starre diese junge Frau an, die um jemanden weint, den sie lieb hat, die um ihren eigenen Vater weint. Nach einer Weile reiße ich mich von meinen Gedanken los, komme wieder zu mir und gehe weiter, gehe zum Fahrstuhl, langsam und mit dem mir eigenen unsicheren, schwankenden Gang, aber dass Eilert so stirbt, kann unmöglich mit seiner Krankheit zusammenhängen, das kann ich nicht glauben.

Mein Gott, murmele ich, dann nehme ich die Hand hoch und streiche mir über die glatte Glatze, ich schüttele leise den Kopf, mein Mund steht halb offen, mit aufgerissenen Augen laufe ich über den Korridor. Einen Augenblick später geht mir auf, dass ich keineswegs so traurig und schockiert bin, wie diese Grimassen und Gebärden es erwarten ließen, der Gedanke, dass Eilert dort im Zimmer liegt und stirbt, ist schlimm, aber allzu traurig bin ich deswegen nicht, sogar weniger traurig, als ich gedacht hätte, und im selben Augenblick spüre ich einen Anflug von schlechtem Gewissen, weil ich mich nach außen hin trauriger gebe, als ich es tatsächlich bin, weil ich nicht trauriger bin, als es der Fall ist.

Wir befinden uns schließlich in einem Krankenhaus, murmele ich, und hier oben ist der Schock dann doch nicht ganz so groß, wenn Menschen sterben, man ist ja darauf vorbereitet, murmele ich, und ich merke, dass es ein bisschen hilft gegen das schlechte Gewissen. Ich glaube nicht, dass mein Tod Eilert mehr mitnehmen würde, als sein Tod mich mitnimmt, wir haben uns ja fast nicht gekannt, und er würde mich vermutlich genauso schnell vergessen, wie ich ihn vergessen werde. Ich gehe zum Fahrstuhl, drücke auf den Pfeil nach oben und warte, betrachte die roten Zahlen, die zeigen, in welchem Stockwerk sich der Fahrstuhl befindet. Eilert wird mich genauso schnell vergessen wie all die anderen, die mich kennen. Dann geht die Fahrstuhltür auf, und zum Glück ist die Kabine leer, denn jetzt merke ich, wie meine Augen feucht werden, spüre, wie mir die Tränen kommen. Das geht nicht, ich kann nicht hier stehen und heulen, es könnten Leute einsteigen, ich muss mich jetzt wirklich zusammenreißen. Aber es gelingt mir nicht, die Tränen laufen, und ich merke, wie sich ein kalter Streifen über meine Wange zieht. Armer Eilert, sage ich, armer Eilert, sage ich noch einmal, und dann versuche ich, mir Eilert vorzustellen, wie er noch vor wenigen Minuten war, versuche, mir das fröhliche Gesicht vorzustellen, die gutgelaunte, aufgeräumte Stimme zu hören. Armer Eilert, sage ich zum dritten Mal, aber ich kann mir nichts vormachen, ich merke, dass ich es sage, weil ich lieber über Eilerts Tod weinen will als über meine eigene Situation. Und das, obwohl ich so unverschämt und unfreundlich zu ihm war, flüstere ich, lasse nicht locker, versuche, damit durchzukommen, dass ich mir selbst Vorwürfe mache, doch es nützt nichts, es macht alles nur noch schlimmer, denn mein eigenes Problem wird mir dadurch nur noch deutlicher bewusst, ich bin ja nicht blöd, ich verstehe sehr wohl, warum ich ihm gegenüber so unfreundlich und unverschämt war, nicht nur, weil ich müde war und nicht ertragen konnte, dass er so viel redete und ständig dasselbe erzählte, sondern auch, weil ich ihm seine Frau und seine Töchter neidete, von denen er so viel erzählt hat, das ist mir schon klar. Wenn er von seiner Familie sprach, wurde ich daran erinnert, dass ich selbst jemanden bräuchte, für den ich da sein könnte, und darum war ich so unverschämt und griesgrämig und gehässig. Denn was ich am meisten brauche, ist jemand, für den ich da sein kann, jemand, dem ich mein altes Ich zeigen kann. So wie Eilert für seine jüngste Tochter eben der alte Eilert war, brauche ich vermutlich jemanden, für den ich der alte Arvid sein kann. So wie Eilert sich ihr gegenüber stark zeigen konnte, brauche ich vermutlich jemanden, dem gegenüber ich stark sein kann. Dass ich das nicht hatte, hat ja gerade dazu geführt, dass es mit der Krankheit so weit kommen konnte. Dass der alte Arvid so schnell verschwand, liegt vor allem daran, dass ich niemanden hatte, bei dem ich so wie früher sein konnte, ich hatte niemanden, für den ich mich lebensfroh und kampfbereit zeigen konnte, und ebendies und nicht die Krankheit als solche hat mich zu dem gemacht, der ich heute bin. Ich habe die ganze Zeit versucht, mir einzureden, ich fände mich mit der Realität ab, der neue Arvid sei lediglich aus dem Versuch hervorgegangen, sich mit meinem Schicksal zu versöhnen, aber so ist es nicht, ganz im Gegenteil. Es ist nur ein weiterer Fluchtversuch, ich will mir auf keinen Fall eingestehen, dass der alte Arvid niemanden hat, für den er da sein kann. Oje, murmele ich, wie kann man nur so sentimental sein, sage ich, und dann schüttele ich energisch den Kopf und wische die Tränen ab. Jetzt ist es gut, Arvid, flüstere ich, schüttele wieder fassungslos den Kopf, versuche, über mich zu lachen, schaffe es aber nicht, die Mundwinkel gehen zwar schräg nach oben, doch ich muss mir im Mund auf die Wangen beißen, um nicht noch mehr zu weinen.

Namsos, 19.–21. Juli 2006

Eines Tages hörte ich mit, wie sich die Kirchendienerin und der Küster über einen Mann aufregten, der mit einer Frau ein Kind erwartete, die gerade einmal halb so alt war wie er. Sie saßen auf einer der Bänke hinter der Kirche und tranken Kaffee, und sie konnten nicht sehen, dass ich in der offenen Tür stand, um etwas frische Luft zu schnappen. Und darüber bin ich froh, denn als herauskam, dass von Samuel die Rede war, wurde ich beschämenderweise von einem Glücksgefühl erfasst und konnte ein Lächeln nicht unterdrücken.

Ich ahnte schon, dass die Nachricht Mama sehr mitnehmen würde, aber nicht einmal, als wir an diesem Nachmittag beim Essen saßen und ich auf einen geeigneten Moment wartete, ihr das Gehörte zu erzählen, konnte ich meine Freude verbergen. Samuel tut mir sehr leid, sagte ich, und es klang äußerst aufrichtig. Warum?, fragte Mama, doch schon in dem Moment begriff ich, dass sie es bereits wusste. Ich sah es ihr an, sie unternahm zwar den unbeholfenen Versuch, neugierig zu wirken, aber sie war sichtlich genervt, mit dem Thema konfrontiert zu werden, und während ich erzählte, saß sie da und starrte auf ihr Essen, sagte lediglich mhm und oje. Ich hätte natürlich besser innegehalten und sie gefragt, seit wann sie es wusste, aber dazu konnte ich mich nicht durchringen, und sie konnte nicht zugeben, dass sie es schon wusste, schon gar nicht, nachdem sie eben noch versucht hatte, den gegenteiligen Eindruck zu erwe-

cken. Darum versuchten wir, das Theater so gut es ging zu Ende zu spielen, und ich war kurz davor, das Gespräch auf ein anderes Thema zu bringen, als du plötzlich sagtest, du hättest gehört, Samuel sei ein geiler Bock. Sofort wurde es mucksmäuschenstill. Ich versuchte, deinem Gesicht zu entnehmen, ob du etwas von meiner Eifersucht wusstest und deine Worte eine Spitze gegen Mama und mich waren, aber das war anscheinend nicht der Fall, denn du sahst uns verblüfft an, ohne unsere Reaktion zu verstehen. Mama bemühte sich nach Kräften, den Schein zu wahren, sie aß weiter, wirkte aber steif und düster, und als du kichern musstest und wissen wolltest, was an deinen Worten verkehrt gewesen sei, drehte sie sich zu dir um und sagte unverhältnismäßig zornig, dass sie sich derlei Sprachgebrauch am Esstisch verbitte. Du wurdest wütend und fragtest, ob sie der Meinung sei, darüber entscheiden zu können, wie du zu reden hättest, und damit war das Gespräch wieder einmal bei unserem Lieblingsthema angelangt, wie sehr du dich verändert hättest, wie besorgt wir wären und dass wir Grenzen setzen müssten, dass du zwar Rechte hättest, aber auch Pflichten usw. Alles klar, sagtest du schließlich, um dann aufzustehen und wegzugehen, und während Mama kopfschüttelnd sitzen blieb und mit den Tränen kämpfte, ging ich hinter dir her und fragte, ob du nicht zurückkommen könntest, damit wir miteinander redeten. Miteinander reden?, sagtest du nur grinsend, während du mit raschen, aufgebrachten Bewegungen die Schuhe zubandst.

Aber es sollte noch schlimmer kommen. Als ich eines Tages von der Arbeit kam, fand ich Mama heulend in deinem Zimmer. Ihre Augen waren rot geschwollen, und sie sagte nichts, als ich fragte, was denn los sei, sie schüttelte bloß den Kopf und zeigte auf das Bett, und dort lag dein Tagebuch. Lies, sagte sie. Ich wusste natürlich, dass ich damit eine Grenze überschritt, doch der Ernst der Situation ließ mir keine andere Wahl, und was ich las und was ich sah, ließ mich am ganzen Körper schaudern. Die unzähligen Gedichte über Tod, Verwesung und Zersetzung, die nahezu krankhafte Faszination für alles Dunkle und Destruktive, die unzähligen, akribischen Illustrationen von Foltermethoden und Hinrichtungsarten und die Romantisierung von Selbstmorden, die du mit Hilfe zweifelhafter und vermutlich missverstandener Interpretationen von Camus, Zapffe und Schopenhauer zu begründen suchtest, waren eine Sache. Das alles war zwar schlimm und beunruhigend, aber ich konnte es nach wie vor nicht so ernst nehmen, wie es angebracht gewesen wäre, ich bekam all das Böse nicht in Einklang mit dem Menschen, der du meiner Wahrnehmung nach tief in dir drin warst, und ich sah darin weiterhin einen jugendlichen Flirt mit extremen Theorien und Standpunkten.

Was mich hingegen buchstäblich umhaute, so dass ich mich neben Mama aufs Bett setzen musste, war die Schilderung eines Vorfalls während einer Wanderung in den Bergen. Demnach warst du mit Jon zusammen wandern, und ihr habt ein namentlich genanntes Mädchen getroffen, das sich verlaufen hatte, ihr aber habt euch geweigert, ihr den Heimweg zu zeigen, bevor sie nicht mit euch beiden Sex hatte. Ich kann mich nicht erinnern, dass ich jemals zuvor oder danach etwas gelesen habe, was mich so sehr aus der Fassung gebracht hat wie diese Passage in deinem Tagebuch, sie war so brutal und gemein, dass ich mich fast übergeben musste, und ich hatte den Schock kaum überwunden, als wir dich zur Rede stellten und du uns einen weiteren Schock versetzt hast. Das Ganze sei nicht wahr, sagtest du. Du warst wütend und angriffslustig und hast uns erklärt, dass du lediglich sehen wolltest, wie weit wir gehen würden, und ein Teil deiner Tagebücher sei zu ebendiesem Zweck geschrie-

ben worden. Der Vorfall mit dem Mädchen, das sich verlaufen hatte, sei frei erfunden, sagtest du, wir könnten sie gerne anrufen und deine Aussage überprüfen, du hättest einfach nur beschlossen, etwas so Schwerwiegendes zu schildern, dass Mama und ich dich anschließend damit konfrontieren müssten, wenn wir es gelesen hätten, und so würden wir uns selbst verraten. Jetzt weiß ich, dass ich euch genauso wenig vertrauen kann, wie ihr mir vertraut, sagtest du. Wir wussten nicht, was wir dazu sagen sollten, Mama und ich, und es fühlte sich an, als würden wir dich für immer verlieren, als du dich anschließend umgedreht hast, um wieder zu gehen. Wir waren so verzweifelt, und in meinem Frust ging ich Mama an und sagte, jetzt müsste sie dir endlich erzählen, wer dein biologischer Vater sei.

Ich hatte seit Langem das diffuse und vielleicht unberechtigte Gefühl, diese ungeklärte Frage hätte etwas mit deiner Veränderung zu tun. Der Mann, nach dessen Bilde du dich erschaffen solltest, war abwesend, ja, nicht nur das, du wusstest nicht einmal, wer er war, und ich redete mir ein, dass dich das in eine Identitätskrise gestürzt hatte, die schwerer war als die normale Identitätskrise, die alle Teenager durchmachten.

Du selbst hattest immer behauptet, du hättest kein allzu großes Bedürfnis danach, es zu erfahren. Du hattest stets verächtlich geschnaubt, wenn du Geschichten hörtest von Leuten, die ihre biologischen Eltern nicht kannten. Oder wenn in Romanen oder Filmen die Suche nach der wahren Mutter oder dem wahren Vater zum absolut wichtigsten Anliegen überhaupt erhoben wurde. Sonst könne derjenige niemals glücklich werden, er habe immer das Gefühl, etwas Wesentliches würde ihm fehlen, und sein Leben sei, ob er es wusste oder nicht, eine rastlose Suche nach den eigenen Wurzeln. Diese Suche konnte sich hinter der Jagd nach ständig wechselnden Sexualpartnern ver-

bergen, hinter dem Bedürfnis nach dem ultimativen Rausch, nach religiösen Erlebnissen oder politischen und ideologischen Vaterfiguren, aber am Ende ging es stets um dasselbe: um die Suche nach den eigenen Eltern. Das alles sei völlig übertrieben, sagtest du dann, es habe wenig oder nichts mit der Wirklichkeit zu tun. Natürlich hättest du dich hin und wieder gefragt, wer dein biologischer Vater sei, aber es war nichts, woran du täglich dachtest, war es niemals gewesen, du kämst bestens zurecht, ohne deinen richtigen Vater zu kennen.

Ich muss zugeben, dass ich das aus deinem Mund sehr gerne hörte, vor allem wenn Jon und Silje zugegen waren. Ich hatte dich genauso lieb wie einen eigenen Sohn, und tief in meiner Seele wünschte ich mir, dass du deinen eigentlichen Vater nicht vermisst und alle um uns herum das zu hören bekommen. Hin und wieder hatte ich den Verdacht, das sei genau der Grund, warum du diese Worte sagtest, gerade so als könntest du meine Gedanken lesen, als sei es deine Art, mir dieses Gefühl der Verbundenheit zu vermitteln. Für mich war diese Liebeserklärung so erfüllend, dass es mir schwerfiel, meine Freude zu verbergen.

Doch obwohl es sehr heikel für mich war und noch heikler für Mama, war die Situation so ernst, dass ich nicht anders konnte, als das Thema anzusprechen. Ich hatte es schon einmal getan, kurz nachdem wir uns kennengelernt hatten, aber ihre damalige Reaktion hatte mir klar gezeigt, dass dein biologischer Vater ein Tabuthema war, und auch wenn ihre Zurückweisung freundlich erfolgt war, war sie so entschieden und deutlich, dass ich beschloss, so bald nicht mehr an diesem Thema zu rühren. Ich hatte geglaubt und gehofft, dass es ihr mit der Zeit leichterfallen würde, es mir zu erzählen, ich dachte vielleicht, sie trage ein Geheimnis in sich und meinte, du müsstest ein bestimmtes Alter erreicht haben, um es verkraften zu können, oder sie wolle damit warten, bis wir so lange zusammen waren, dass sie sicher sein konnte, ich würde sie nicht verlassen, was auch immer sie zu erzählen hatte. Ich hatte ohnehin beschlossen, sie vor unserer Hochzeit noch einmal zu fragen, und das hätte ich auch getan, wäre sie mir nicht zuvorgekommen und hätte es zur Bedingung für eine Heirat gemacht, dass ich diese Frage nie mehr stellen würde. Verliebt und darauf bedacht, ihr zu zeigen, dass ich gewillt war, alles für sie zu opfern, versprach ich, nie wieder danach zu fragen, und ich hielt dieses Versprechen bis zu dem Tag, an dem du ausgerastet bist, weil wir in deinem Tagebuch gelesen hatten.

Kaum hattest du die Haustür hinter dir zugeknallt, drehte ich mich zu ihr um und sagte, es sei an der Zeit, dass du erfährst, wer dein biologischer Vater ist. Ich hatte nicht vorgehabt, das zu sagen, es rutschte mir einfach heraus, und ich weiß noch, dass ich dabei zusammenzuckte. Mama hingegen tat so, als hätte sie es nicht gehört, sie stand reglos da, immer noch mit demselben traurigen Ausdruck im Gesicht. Zuerst dachte ich, sie würde nur so tun, als hätte sie mich nicht gehört, damit ich die Chance hatte, die Sache aus der Welt zu räumen, indem ich tat, als hätte ich etwas völlig anderes gesagt, aber das stimmte nicht, das merkte ich, als ich allen Mut zusammennahm und die Worte noch einmal wiederholte. Ich weiß nicht, was wir tun sollen, sagte sie nur, und nichts an ihrer Stimme oder ihrer Miene deutete darauf hin, dass sie Theater spielte. Sie äußerte sich überhaupt nicht zu dem, was ich gesagt hatte, als würde alles, was mit deinem biologischen Vater zu tun hatte, einfach an ihr abprallen, und ich weiß noch, wie sehr mich das beeindruckte. Ein Freund von mir hat erlebt, wie seine Frau eine Psychose entwickelte, und er beschrieb mir, wie es für ihn war, als der Mensch, den er auf dieser Welt am meisten liebte, sich so sehr veränderte, dass er überhaupt nicht mehr wiederzuerkennen war. Kaum hatte ich den Satz zu Ende gesprochen, begriff ich, was er gemeint hatte. Ich habe mit Mama später nie über diesen Vorfall gesprochen, habe sie nie wieder so gesehen, und ich versuchte zu vergessen, dass es diese Seite an ihr gab. Deinen biologischen Vater erwähnte ich natürlich mit keinem Wort mehr, ich versuchte mir einzureden, dass es Fälle gab, in denen es besser war, die Wahrheit nicht zu wissen, und es sprach alles dafür, dass dies ein solcher Fall war.

Später ertappte ich mich dabei, wie ich dachte, Mama und ich hätten dich benutzt, um unsere Ehe zusammenzuhalten, als sie im Begriff war auseinanderzubrechen. Verglichen mit Eltern, die drogenabhängige, kriminelle oder auch anorektische Jugendliche im Haus hatten, gab es bei uns trotz allem wenig Anlass zur Klage und zur Sorge, und mir kam der Gedanke, dass wir beide auf unsere Weise deine Probleme übertrieben und die Situation weitaus ernster nahmen als nötig. Indem ich mich um dich kümmerte, wollte ich mich als würdigen Vater und Familienmenschen präsentieren, und je schwieriger ich deine Lebensphasen aussehen ließ, umso besser stand ich da, und ob es nun bewusst oder unbewusst geschah, war die Absicht stets, Mama klarzumachen, dass sie mich brauchte und Samuel nicht der Richtige für sie war.

Mama wiederum dramatisierte deine Probleme, weil sie wieder zu mir zurückfinden wollte, nachdem Samuel sie im Stich gelassen hatte, redete ich mir ein. Sie war natürlich auch aufrichtig um dich besorgt, aber als Samuel ihr erzählte, dass eine andere Frau von ihm ein Kind erwarte, machte sie aus deinen Problemen immer mehr ein Projekt, das sie und ich zusammen lösen sollten, ein Projekt, das sie und mich verbinden und uns helfen sollte, die Ehe zu retten, aus der sie fast ausgestiegen wäre. Denn je mehr ich darüber nachdachte, umso sicherer war ich, dass sie ernsthaft erwogen hatte, mich zu verlassen. Ich saß da und grübelte und entdeckte immer mehr Anzeichen, die dafürsprachen. Die unverhältnismäßig große Wut, die sie Silje gegenüber empfunden hatte, war zum Beispiel dem Umstand geschuldet, dass so ein »unverschämtes, schamloses Luder« all die Eigenschaften besaß, die Mama gebraucht hätte, um mich zu verlassen und sich mit Samuel zusammenzutun, weshalb Mama jedes Mal, wenn sie das Mädchen sah, daran erinnert wurde, was ihr fehlte und was sie vermisste, sie war schlicht eifersüchtig auf Silje, schlussfolgerte ich. Und etwas Ähnliches passierte, als du deine Knochensammlung angelegt hast und Mama mit dir schimpfte, weil das für mich als Pfarrer eine Provokation und von dir eine Geste der Undankbarkeit wäre nach allem, was ich im Laufe der Jahre für dich getan hatte. Mama war mir auf ewig dankbar dafür, dass ich sie und dich vor Erik gerettet hatte, und weil dieselbe Dankbarkeit sie daran hinderte, mich zu verlassen und sich mit Samuel zusammenzutun, war es für sie schwer erträglich zu sehen, wie leicht du dich über solche Verpflichtungen hinwegsetzen konntest, sie beneidete dich um diese Fähigkeit.

In glücklicheren Zeiten hatte ich hingegen einen völlig anderen Blick auf das, was vorgefallen war. Die Herausforderungen, denen wir uns als Familie stellen mussten, als du den Teenageraufstand probtest, mögen klein gewesen sein verglichen mit denen anderer Leute, doch sie kamen uns größer vor, weil wir lange Zeit fast unverschämt glücklich und sorglos gewesen waren. Außerdem schien es, als würde die Vergangenheit Mama irgendwann einholen. Ihre Kindheit war von regelmäßigen Katastrophen geprägt gewesen, und sie schien plötzlich da-

ran zu zweifeln, dass unser glückliches Dasein von Dauer sein könnte. Sie bereitete sich sozusagen auf bevorstehende Katastrophen vor, und weil sie das, was du damals durchlebt hast, als den Beginn einer solchen Katastrophe deutete, war sie so verzweifelt wie verängstigt. Samuel hat damit nichts zu tun, konnte ich mir einreden, die Affäre mit ihm war wie eine kurz aufflackernde Flamme gewesen, eine Verliebtheit, die mit der Zeit vorüberging, wie Verliebtheiten es immer taten.

Andere Male wiederum ertappte ich mich dabei, dass ich dachte, ihr drei, Silje, Jon und du, hättet ernsthaft Probleme und unsere Sorgen wären mehr als berechtigt. Vor allem Jons Selbstmordversuch gab Anlass zu solchen Gedanken. Er wurde von seiner Mutter gefunden, sie hatte irgendeine Muskelkrankheit, und als sie nachts aufwachte und eine Schmerztablette nehmen wollte, fiel ihr auf, dass mehrere Pillendöschen verschwunden waren. Sie glaubte zunächst, Jons Bruder hätte sie mitgenommen, als er am Abend zuvor da gewesen war, denn genau wie sein Vater nahm er Drogen, und hätte sie nicht Musik aus Jons Zimmer gehört, wäre sie vermutlich gar nicht erst zu ihm gegangen. Er war noch wach, als sie ins Zimmer kam, aber die Tabletten wirkten schon, und zum Glück war er zu schläfrig und verwirrt, um sie davon abzuhalten, den Krankenwagen zu rufen.

Ich glaube, niemand von uns ahnte, wie empfindlich, verletzlich und feinfühlig Jon eigentlich war und wie leicht er sich manipulieren und verführen ließ von Dingen, die ihr zwei, Silje und du, getan oder von euch gegeben habt. Natürlich war es nicht eure Schuld, dass er versuchte, sich das Leben zu nehmen, er war eine gepeinigte Seele, und wer oder was daran schuld war, weiß ich nicht. Für dich war die Huldigung alles Destruktiven lediglich eine unschuldige Erforschung deiner selbst und der großen Fragen des Lebens, aber für Jon war es schlicht zu viel, vielleicht wollte er euch auch imponieren, vielleicht fühlte er sich klein, vielleicht wollte er zeigen, dass er derjenige von euch war, der sich traute, ernst zu machen mit dem, wovon Silje und du nur geredet habt.

Meiner Erinnerung nach habt ihr zwei, Silje und du, danach mehr und mehr den Kontakt zu Jon verloren. Er wurde wegen seines Selbstmordversuchs von Schamgefühlen geplagt, und obwohl er selbst beschlossen hatte, die Tabletten zu schlucken, begriff er natürlich, dass das Umfeld, zu dem er nun einmal gehörte, seinen Teil dazu beigetragen hatte, so gesehen war es nur zu verständlich, dass er versuchte, einen gewissen Abstand zu euch zu halten. Ironischerweise führte diese Berührung mit dem Tod dazu, dass auch du deine zweifelhafte Philosophie und alles, was sie mit sich führte, aufgabst. Nicht über Nacht natürlich, dann hättest du das Gefühl gehabt, irgendwie dein Gesicht zu verlieren. Langsam, aber sicher fingst du an, dich wegzuorientieren von dem, der du vor Jons Selbstmordversuch gewesen warst. Deine Jugendrevolte war vorüber, und du warst wieder auf dem Weg nach Hause.

Krankenhaus Namsos, 4. Juli 2006. Wieder daheim.

Der Fahrstuhl wird langsamer, ich muss mich jetzt zusammennehmen, will nicht hier stehen und heulen, wenn Leute einsteigen, darum ziehe ich schnell den Ärmel über die Hand und trockne die Tränen damit ab. Einen Augenblick später höre ich das Rauschen der Bremsen, gefolgt von einem hohen durchdringenden Quietschen, dann bleibt der Fahrstuhl mit einem Ruck stehen, die Türen gleiten langsam zur Seite. Ich verlasse den Fahrstuhl, gehe langsam am Empfang vorbei zum Ausgang. Jemand hat seine Zeitung auf den Abfalleimer vor dem Kiosk gelegt, und ich schnappe sie mir im Vorbeigehen, es ist immer gut, eine Zeitung dabeizuhaben, hinter der man sich verstecken kann, wenn man mit niemandem reden will, einer der Männer aus dem Nachbarzimmer steht auf der anderen Seite der Eingangshalle und sieht zu mir herüber, er lächelt und nickt, aber ich erwidere sein Nicken nicht, lasse meinen Blick abwesend durch die Halle schweifen, als würde ich ihn nicht sehen, ich will nicht riskieren, dass er auf mich zukommt, das ertrage ich nicht, kann jetzt mit niemandem sprechen, ich gehe hinaus in den warmen Sommerabend. Die Bank unter dem Flieder ist leer, zu ihr gehe ich und setze mich hin, ich schließe die Augen und atme durch die Nase, rieche den süßlichen Geruch von frischgemähtem Gras, so bleibe ich eine Weile sitzen, dann öffne ich die Augen und lege die Zeitung auf den Schoß, schlage sie auf.

Und plötzlich sehe ich geradewegs in Davids Gesicht. David, entfährt es mir, und ich nehme die Zeitung in beide Hände und halte sie vors Gesicht. Es ist Jahre her, seit ich ihn zuletzt gesehen habe, damals, als er von zu Hause auszog, aber es besteht kein Zweifel daran, dass er das auf dem Foto ist, David. Was um alles in der Welt ist bloß mit ihm los, was steht da, er hat sein Gedächtnis verloren? Ich merke, dass mein Mund wie von selbst aufgeht, und ich ziehe die Augenbrauen hoch, um besser zu sehen, und überfliege im Eiltempo, was da steht, lese, dass er sein Gedächtnis verloren hat und nicht weiß, wer er ist, die Vergangenheit ist weg, und alle, die ihn kennen oder früher kannten, sind aufgefordert, Kontakt zu ihm aufzunehmen, was ihm helfen soll, herauszufinden, wer er ist. Ich lehne mich leicht zurück, starre in die Luft und schüttele den Kopf, bleibe mit offenem Mund ein paar Sekunden lang sitzen. Mein Gott!, flüstere ich, das ist ja schrecklich.

Aber hier bin ich gefragt, das ist klar, es gibt nicht viele, die David in jüngeren Jahren so gut kannten wie ich. Ich werde dir helfen, David, flüstere ich feierlich, und im selben Augenblick spüre ich einen Eifer in mir, spüre, dass ich am liebsten sofort loslegen würde, und die Tatsache, dass ich immer noch in der Lage bin, einen solchen Eifer zu empfinden, erfüllt mich mit Freude, ich spüre eine seltsame Freude in mir hochsteigen, eine Art Erleichterung. Dann ist von dem alten Arvid also doch noch etwas übrig, flüstere ich, und im selben Moment wird mir bewusst, dass ich genau das bekommen habe, was ich eben noch vermisst hatte. Vor nur wenigen Minuten noch stand ich weinend im Fahrstuhl, weil ich niemanden hatte, für den ich der alte Arvid sein konnte, weil ich niemanden hatte, um den ich mich kümmern konnte und dem gegenüber ich zeigen konnte, was Gutes in mir steckt, und genau das hatte mich zu einem Menschen gemacht, der krank war, nichts als krank. Und plötzlich ist alles anders, plötzlich gibt es einen Menschen, für den ich der alte Arvid sein kann, David hat sein Gedächtnis verloren, er weiß nicht, wer er ist, und jetzt braucht er mich, damit ich es ihm erzähle.

Ich lege die Zeitung wieder auf den Schoß, bleibe sitzen und starre vor mich hin. Nein, sage ich, spüre einen Anflug von schlechtem Gewissen, weil ich hier sitze und mich freue, dass jemandem aus meinem engsten Kreis so etwas Schreckliches zugestoßen ist. Armer David, sage ich, schüttle den Kopf, armer David, sage ich noch einmal, und ich merke, dass es hilft, merke, dass das schlechte Gewissen langsam verschwindet. Kurze Zeit später stehe ich auf und gehe zur Eingangstür, denn jetzt muss ich schnell in die Computerecke, muss sofort eine E-Mail schreiben und fragen, wie ich am besten vorgehen soll, es ist vermutlich am besten, wenn ich alles aufschreibe, was ich weiß, alles in eine schriftliche Form bringe und als Brief oder E-Mail verschicke, das ist bestimmt das Beste, aber ich will hören, was die Psychologen sagen, und mich nach ihrem Rat richten, womöglich gibt es allerhand zu berücksichtigen, woran ich selbst nicht denke, Praktisches wie auch Psychologisches in diesem Fall, und all das muss ich herausfinden, und nun geht die Eingangstür auf, und ich betrete die Halle, gehe, so schnell mich meine schwachen Beine tragen, und schon sehe ich die Computerecke am Ende des Korridors. Ich merke, dass ich ganz aufgeregt bin, ich kann mich kaum erinnern, wann ich zuletzt so aufgeregt war, und ich merke, wie gut es tut, etwas zu haben, was so wichtig ist, wie gut es tut, da zu sein und einem anderen Menschen etwas zu bedeuten, einem anderen Menschen etwas von sich selbst geben zu dürfen, das klingt zwar banal, aber man weiß erst, wie sehr es stimmt, wenn man der Einsamkeit ausgesetzt war, murmele ich vor mich hin, man weiß erst, wie abhängig man von anderen ist, wenn man erfahren hat, was Einsamkeit ist, flüstere ich, und dann lache ich leise, lache über diese Banalität. Nein, sage ich, jetzt muss ich aber damit aufhören, denn ich merke, wie das schlechte Gewissen zurückkommt, derjenige, der einmal mein Stiefsohn war, mein Junge, an dem ich gehangen und den ich lieb gehabt habe, als wäre er mein eigener Sohn, der kleine David, ihm ist etwas ganz Schreckliches zugestoßen, und ich laufe hier herum und freue mich, flüstere ich, und dann schüttele ich leise den Kopf, schüttele den Kopf, um das schlechte Gewissen loszuwerden, dabei erfüllt mich ja nicht das Unglück, das David ereilt hat, mit Freude, es muss doch möglich sein, zwischen der Tragödie als solcher und der Freude zu trennen, die ich empfinde, weil ich behilflich sein kann, murmele ich. Die Tragödie hat sich ja bereits ereignet, und nichts ist besser, als die Aufgabe mit Eifer und Leidenschaft anzugehen, ich freue mich ja nicht darüber, dass David etwas Schlimmes erlitten hat, flüstere ich, und ich merke, dass es stimmt, was ich sage, es stimmt, und das wiederum erlaubt es mir, froh zu sein, merke ich. Diese neue Leidenschaft, dieser Funke, der entzündet wurde, als ich las, was passiert ist, natürlich werde ich versuchen, ihn am Leben zu erhalten, ich muss es für David tun, und für mich selbst, diese Aufgabe ist wie ein Geschenk für mich. Noch vor wenigen Minuten stand ich weinend im Fahrstuhl, weil ich der Meinung war, es gebe niemanden, für den ich da sein könnte, und dann, urplötzlich, bekomme ich das hier. So hatte ich die Dinge noch nie betrachtet, hatte nie richtig darüber nachgedacht, wie wichtig andere für mich sind. Natürlich hatte ich oberflächlich darüber reflektiert, nur wenige reden ja so viel über

Nächstenliebe wie wir Pfarrer, Predigt für Predigt, Rede für Rede habe ich über Nächstenliebe geschrieben und gesprochen, trotzdem, ich glaube, dass ich nie verstanden habe, worum es ging, erst heute, als ich weinend im Fahrstuhl stand, als mir klar wurde, dass die Tatsache, dass es niemanden gab, der mir nahestand, ebenso sehr zu meiner Veränderung beigetragen hat wie die Krankheit selbst. Und dann, kaum hatte ich dies herausgefunden und gesagt, dass ich es am allermeisten vermisste, für einen anderen Menschen da sein zu können, da bekam ich das hier. Wenn das kein Geschenk ist, dann weiß ich auch nicht, murmele ich, während ich mich an einen der Computer setze, und als ich höre, was ich sage, geht eine Lawine durch meinen Körper, eine Lawine der Freude schwappt über mich hinweg, denn plötzlich sehe ich es, plötzlich sehe ich alles ganz klar und deutlich, plötzlich sehe ich, dass Gott mir dieses Geschenk gegeben hat, dass Er dieses Wunder vollbracht hat, ich sehe es und spüre, wie mich das Allermächtigste durchdringt, spüre, wie mein ganzer Körper von Gottes Kraft erfüllt wird, und ich sitze stumm da und kann nichts sagen, kann mich nicht rühren, denn das hier, das ist das Allergrößte, ich bin wieder bei Gott, daheim bei Ihm, innerhalb von einer Sekunde werde ich aus dem Leben gerissen, das ich die letzten Jahre geführt habe, hinein in ein neues Leben zusammen mit Gott. Ich weiß nicht, wie oft ich Gott um ein Wunder gebeten habe, nachdem ich erkrankt war, es ist viele Jahre her, seit ich meine Pfarrstelle gekündigt und Gott verlassen habe, aber in Momenten der Verzweiflung habe ich trotzdem gebetet, weinend und mit gefalteten Händen habe ich gebetet und ihn angefleht, er möge mich wieder gesund machen, doch ich habe kein einziges Zeichen erhalten, kein einziges, bis jetzt, bis heute, bis ich um ein Wunder gebeten habe, das nichts mit der Heilung meiner Krankheit zu tun hatte, wie ich plötzlich erkenne. Als ich das tat, hat Gott sich offenbart, und das hat etwas zu bedeuten. Das kann kein Zufall sein, flüstere ich aufgewühlt, und sobald ich es ausgesprochen habe, verstehe ich, was Gott mir zeigen wollte, denn wofür habe ich gebetet, worüber habe ich dort im Fahrstuhl geweint, ich habe gesagt, ich würde einen Menschen vermissen, für den ich da sein könnte, einen Nächsten. Es geht darum, was Nächstenliebe heißt, flüstere ich, was Nächstenliebe ist und heißt und wie viel sie wert ist, genau darum geht es.

Ich schaue auf, automatisch lege ich den Kopf nach hinten und blicke zur Decke. Danke, Gott, sage ich leise, spreche Ihm still meinen Dank aus, und dann schlucke ich und warte. Ich spüre, wie die Mundwinkel nach außen gezogen werden und ein Lächeln bilden, dann halte ich den Kopf wieder gerade und schaue nach vorn, ich lächele und spüre, wie mein Körper von Freude und Dankbarkeit erfüllt wird, und jetzt werde ich eine Mail schreiben und fragen, wie ich David am besten helfen kann, wer weiß, wie viel Zeit mir noch bleibt, ein Monat vielleicht oder ein halbes Jahr, hat Dr. Claussen gesagt, aber die Zeit, die mir noch bleibt, will ich nutzen, um David zu helfen. David und mir selbst, flüstere ich. Denn indem ich David helfe, helfe ich auch mir selbst, dass wir jemanden haben, für den wir da sind, macht uns zum Menschen, das klingt zwar banal, ist aber wahr, wenn es niemanden mehr gibt, für den wir da sein können, endet unsere Existenz, der alte Arvid verschwand, als er seine engsten Angehörigen verlor, und nur mit Gottes Hilfe konnte er wieder aufstehen, indem ich Gott und Seine Schöpfung ehrte, bin ich wiederauferstanden. Seinen Nächsten lieben wie sich selbst ist dasselbe wie Gott und Gottes Werk ehren, und nur dadurch gibt es Rettung für einen selbst.

Namsos, 23.–24. Juli 2006

Am Morgen des 11. August 1989, sie hatte im Schuhgeschäft von Ole Bruun Olsen gerade neue Schuhe anprobiert, platzte Mamas Hauptschlagader, und sie fiel um und war tot.

Als sie noch am Leben war, hatte ich mir manchmal vorzustellen versucht, wie ich reagieren würde, wenn sie vor mir starb, und dann hatte ich eine Heiterkeit empfunden, die ich mir nicht eingestehen wollte und die mir stets ein schlechtes Gewissen beschert hatte. Natürlich wusste ich, dass ich schwer daran zu tragen hätte, wenn ich sie verlieren würde, aber der Gedanke, dass ich dann tun und lassen könnte, was ich wollte, und einige der leidigen Pflichten los wäre, die eine Ehe mit sich brachte, wirkte bisweilen spannend und verlockend. Als sie dann jedoch tatsächlich starb, war nichts davon zu spüren. Ich spürte nicht den Hauch eines Kitzels oder eines Freiheitsrauschs, weder direkt nach ihrem Tod noch als ich mich allmählich wieder berappelte. Sie zu verlieren war einfach nur grausam. Um nicht so schwer an dem Verlust zu tragen, versuchte ich, wütend auf sie zu sein, versuchte mir einzureden, dass sie mich im Grunde nicht geliebt hatte und mit Samuel durchgebrannt wäre, wenn er sie nicht im Stich gelassen hätte. Aber es gelang mir nicht, sie war eine ganze Weile vor ihrem Tod über Samuel hinweggekommen, und wenn es überhaupt etwas zu verzeihen gab, hatte ich das vor langer Zeit getan. So wie sie auch mir alle großen und kleinen Fehler verziehen hatte. Ich versuchte, wütend auf sie zu sein, indem ich an Dinge dachte, die mich an ihr gestört hatten, daran erinnere ich mich noch, es war eine Strategie, die Eheexperten empfahlen, wenn Menschen eine Scheidung durchzustehen hatten, hatte ich gehört. Ich dachte daran, dass sie oft versucht hatte, mir ein schlechtes Gewissen zu machen, indem sie voreilig Dinge erledigte, die eigentlich zu meinen Aufgaben gehörten, denen ich ihrer Meinung nach aber nicht schnell genug nachkam. Ich dachte daran, dass sie über die idiotischsten Dinge kicherte, wenn sie mit ihren Freundinnen zusammen war, und dass sie noch mehr kicherte, wenn sie merkte, wie sehr es mich ärgerte. Ich dachte daran, dass sie schnarchte, dass sie heimlich rauchte und dass sie manche Fremdwörter falsch aussprach oder in Zusammenhängen benutzte, wo sie nicht passten, und daran, dass ich mich immer schämte, wenn andere Leute es mitbekamen. Da mir aber keine schwerwiegenderen Dinge einfielen, bewirkte die Strategie fast eher das Gegenteil. Dass ich fast nur mit Bagatellen aufwarten konnte, unterstrich umso mehr, was für ein gutes Leben Mama und ich zusammen hatten, und die Trauer verstärkte diese Einsicht nur. Es fällt mir schwer, dir das Folgende zu schreiben, denn im Nachhinein fand ich es hoffnungslos sentimental, aber ich hob tatsächlich das Kopfkissen auf, auf dem sie nachts geträumt hatte. Noch ein oder zwei Jahre nach ihrem Tod schlief ich Nacht für Nacht auf ihrem Kopfkissen, und ich hoffte, es würde mir helfen, ihr im Traum zu begegnen.

Ich finde den Gedanken nach wie vor schön, aller Sentimentalität zum Trotz, doch es war auch ein Zeichen für etwas anderes. Damals sah ich es nicht, aber heute sehe ich darin eins von vielen Beispielen dafür, dass ich im Grunde nicht in der Lage war, ohne sie weiterzuleben. An diesem Augusttag 1989 verließ nicht nur Mama diese Welt, sondern auch jener Mann, der ich gewesen war, seit sie und du und ich uns kannten. Es mag banal klingen, aber es ist wahr: Wenn es niemanden mehr gibt, der unser Leben dokumentieren kann, wenn es niemanden mehr gibt, der lustige Geschichten darüber erzählen kann, wie stur und morgenmuffelig wir sein konnten, wenn wir niemanden mehr haben, mit dem wir zusammen lachen oder mit dem wir wütend werden, wenn wir niemanden mehr haben, der uns daran erinnert, wer wir sind, und wenn wir niemanden mehr haben, der uns ermuntert, der zu sein, der wir sein könnten, lösen wir uns auf und verschwinden. Sogar der christliche Arvid löste sich in der Folgezeit auf und verschwand. Wobei ich nicht weiß, ob es nur mit Mamas Tod zu tun hatte, es war jedenfalls nicht so simpel, dass der Verlust mir meinen Glauben an einen guten und rechtschaffenen Gott genommen hätte. Dass ich den Glauben verlor, war womöglich eher Ausdruck der Säkularisierung, die überall um uns herum stattfand. Als Pfarrer hatte ich viel über den Yuppie-Kult und den Tanz um das goldene Kalb gesprochen, ich hatte vor dem zunehmenden Materialismus gewarnt und hatte mir Sorgen über die Flucht vor dem Geistigen gemacht, aber ich hatte nicht gesehen, dass ich selbst Teil der Gesellschaft und der Zeit war, in der das geschah. Ich war nicht nur ein Pfarrer, der zur Umkehr dieses Trends beitragen konnte und sollte, ich war auch ein kleiner Mensch, der von dieser Entwicklung beeinflusst wurde, doch erst nach Mamas Tod wurde mir das wirklich klar. Als ich nach meiner Krankmeldung zum ersten Mal wieder auf der Kanzel stand, war ich erschüttert, wie leer die Kirche war, das weiß ich noch. Vermutlich waren nicht weniger Menschen gekommen als vor meiner Krankmeldung, aber die Unterbrechung ließ es mich so empfinden, was einen Denkprozess in mir in Gang setzte. Es kam mir vor, als hätten Gott und alle guten Christen die Welt während der kurzen Zeit meiner Abwesenheit verlassen, sie waren in aller Hast geflohen, ähnlich wie die Juden während des Kriegs, und hier stand ich in einer großen, fast menschenleeren Kirche und predigte, als wenn nichts wäre, ich betrachtete das Kreuz, das Altarbild, das Taufbecken und all die schönen Wandgemälde und kam mir plötzlich wie ein verwirrter Museumsdirektor vor, der glaubte, in der Zeit zu leben, aus der die Ausstellungsstücke stammten. Es kam nicht zum Skandal, ich beendete die Predigt wie gewohnt und hielt danach noch weitere. Aber die Vorstellung wollte mich nicht mehr loslassen, und das Gefühl, nicht in meine eigene Zeit zu gehören, nicht zur selben Zeit wie all die Menschen um mich herum zu leben, erfüllte mich mit einer entsetzlichen Angst. Manchmal wachte ich mitten in der Nacht schweißgebadet auf und fragte mich, was ich eigentlich aus meinem Leben machte. Plötzlich und ohne jegliche Vorwarnung schoss mir diese Frage durch den Kopf, es geschah immer häufiger, ich fand keinen Frieden, ich versuchte, es auf eine stinknormale Midlife Crisis zu schieben, machte Witze über mich selbst und spottete von wegen, ich sollte mir vielleicht ein Motorrad zulegen. Aber es nützte nichts, es war einfach nur ein alberner Versuch, die Frage zu entschärfen, etwas anderes konnte ich mir nicht einreden, dazu war die Situation zu ernst. Ich tat nachts fast kein Auge mehr zu, mehrmals wurdest du wach, weil ich unten im Wohnzimmer saß und Selbstgespräche führte.

Mit wem redest du eigentlich?, wolltest du wissen. He? Ich sah auf und sah dich vor mir nur in Unterhose. Du warst dabei, dich an dem schmalen Streifen Schamhaare zu kratzen, der sich vom Nabel nach unten zog. Mit wem unterhältst du dich gerade? Ich rede nur mit mir selbst, sagte ich und versuchte zu lächeln. So behalte ich am Ende immer recht!, schob ich hinterher, als würde solch ein alberner Scherz dem Ganzen die Schwere nehmen. Du hast weder gelächelt noch gelacht, du hast nur den Kopf geschüttelt, dich umgedreht und bist ohne ein weiteres Wort wieder auf dein Zimmer gegangen.

Der Gedanke, dass du Zeuge all dessen warst, David, was in dieser Zeit mit mir passierte, ist nicht schön. Am Ende wurde es so schlimm, dass ich einen Psychologen aufsuchen musste, und nach vielen langen Gesprächen mit ihm beschloss ich schließlich, nicht länger als Pfarrer zu arbeiten und eine Stelle als Buchhalter anzunehmen. Von da an ging es mir wieder besser. Ich war nicht nur erleichtert darüber, endlich eine Entscheidung getroffen zu haben, war nicht nur sicher, dass es richtig war, die Pfarrstelle aufzugeben, es gefiel mir auch, mit etwas so Konkretem wie Buchführung zu tun zu haben, mit Antworten, die man doppelt unterstreichen konnte, um dann Feierabend zu machen, das brauchte ich.

Trotzdem waren die Dinge nicht so, wie sie sein sollten. Ich funktionierte im Alltag, ging zur Arbeit und verdiente Geld, und ich tat, was im Haus und draußen getan werden musste. Aber ich tat es ohne Freude und Begeisterung. Während ich früher noch zwei, drei Stunden dranhängte, nur um von Mama lobende Worte oder einen bewundernden Blick zu erhalten, hörte ich jetzt eher eine Stunde früher auf, Hausputz und Abwasch schob ich so lange hinaus, bis es nicht mehr länger ging, obwohl ich mittlerweile viel mehr Zeit hatte, und ich zog am Wochenende kein feines Hemd mehr an, wie ich es zu Mamas Lebzeiten gemacht hatte. Auch kochte ich mir am Samstagabend nichts Besonderes. Ich führte ein Leben ohne Freude und ohne Zauber, es war mehr überleben als leben.

Darum war es nicht verwunderlich, dass du dich immer weniger zeigtest und mit der Zeit bei Silje Schiive und ihrer Mutter eingezogen bist. Von dem Mann, der ich einst war, waren nur noch Reste übrig, und du brauchtest mehr als das, du brauchtest ein richtiges Vorbild, einen Mann, zu dem du aufsehen und dem du nacheifern konntest, und dazu taugte ich damals nicht.

Mittlerweile habe ich ein wenig zu dem alten Arvid zurückgefunden. Darauf will ich nicht weiter eingehen, doch was ich mit diesem Brief bei dir erreichen will, hast du bei mir längst erreicht. Du hast etwas von dem Mann zum Leben erweckt, den du mit zehn, elf Jahren kennengelernt hast, als du mit Mama ins Pfarrhaus zogst. Möglicherweise hat dies auch den Brief geprägt, vielleicht erkennst du beim Lesen Seiten an dem Mann, der ich damals war, etwas, das mit Gemüt, Charakter, Stimmung zu tun hat, ich weiß es nicht, aber man darf ja hoffen.

Ich war übrigens oft im Zweifel, wie ich Dinge formulieren sollte. Manchmal habe ich mich wie ein überspannter Wissenschaftler gefühlt, der Gott spielt und einen neuen idealen Menschen erschaffen will, ich habe mich versucht gefühlt, dich mit falschen Erinnerungen zu füttern, nicht weil ich mich selbst besser machen wollte, sondern weil ich das brennende Verlangen hatte, dich als einen Menschen darzustellen, der an Gott glaubt. Ich wollte dich zu einem gläubigen Menschen machen, das muss ich zugeben, vor allem am Anfang war ein Teil in mir wie versessen darauf, den Menschen, der du heute bist, zu bekehren, indem ich dir vormachte, du seist immer schon gläubig gewesen. Ich will dieses Thema nicht weiter ausbreiten, aber ich befand mich zu Beginn dieses Briefes in einem regelrechten Glückszustand, und mein missionarischer Eifer hing sicherlich damit zusammen. Doch im Laufe der Zeit wurde mir zunehmend klarer, dass ich dich so geliebt habe, wie du wirklich warst, und dass ich genau diesen Menschen vermisse. Im Augenblick erfüllt es mich mit Scham, dass ich auch nur erwo-

gen hatte, dich besser zu machen, als du warst. Als ob ich das könnte. Das nennt man Hochmut.

Lass mich den Brief dort enden, David, wo er begonnen hat. Als Christ glaube ich ja, dass wir am Ende heimkehren werden, lass mich daher mit unserer Heimkehr enden, mit dem ersten Tag jener Zeit, die die beste in meinem Leben werden sollte. Ich sehe uns in dem gelben Simca sitzen, den ich mir vom Diakon geliehen habe, ich sehe die schweren grünen Äste, die vor mir über der Straße hängen, den Schatten der Blätter, der behände über den gelben Feldweg hüpft, und Berits rote Haare, die im Fahrtwind des halb heruntergekurbelten Fensters flattern. Bist du gespannt?, fragte Mama. Ja, sagtest du. Gleich sehen wir es, sagte sie, und dann drehte sie sich zu dir um und lächelte. Aber … was hast du da denn gemacht? Wie, gemacht?, fragtest du, ohne recht zu verstehen, wovon sie sprach. Hier, sagte sie und deutete mit dem Kinn auf deinen Finger. Am Finger, du blutest ja. Ach so, das, das ist gar nichts, ich habe mich nur mit dem Taschenmesser geschnitten. Oje, sagte Mama, tut's weh? Du hast eine Augenbraue hochgezogen und sie fragend angeschaut. Das da?, hast du gesagt. Nein! Sicher?, hat Mama gefragt. Du hast nur gelacht und nicht einmal etwas darauf geantwortet. Weiber!, sagte ich. Ich sah in den Rückspiegel und schüttelte leise den Kopf. Du!, sagte Mama mit ihrer aufgesetzt strengen Stimme und boxte mir gegen die Schulter. Ich lachte und sah wieder zu dir hoch. Das schwache Geschlecht, was?, sagte ich. Ja, meintest du nur, hast mein Lächeln erwidert. Mama drehte sich um und sah dich streng an, dann wandte sie sich wieder nach vorne und schüttelte den Kopf. Hab ich es nicht gesagt? Ihr verbündet euch gegen mich. Ich sah dich im Spiegel an und zwinkerte dir zu, und du hast zurückgelächelt. Sieh mal, David, sagte Mama, dort ist es. Von dir kam nicht sofort eine Reaktion, du hattest je eine Hand auf dem Vordersitz und starrtest nur auf das große braune altersschwache Haus, in dem du künftig wohnen würdest. Als wir auf den Hof fuhren, knirschten die Räder auf dem Kies, der Elchhund unseres Nachbarn bellte wie wild, aber er war alt und müde und hörte bald wieder damit auf. Wir stiegen aus, blieben stehen und betrachteten das Haus. Der Motor hinter uns knisterte leise, über den Blumenbeeten hörten wir die Fliegen summen, und ich weiß noch, dass meine Kniekehlen und Oberschenkel hinten vom langen Sitzen im heißen Auto verschwitzt und feucht waren. Hier, David, sagte ich, nahm den Haustürschlüssel aus der Hosentasche meiner Shorts und überreichte ihn dir. Geh die Treppe hinauf und dann gleich nach rechts, so kommst du in dein Zimmer. Au ja, riefst du eifrig und ranntest über den Hof. Mama und ich blieben stehen und sahen dir hinterher, und dann schauten wir uns an und lächelten. Krieg ich einen Kuss?, sagte Mama leise, und als ich mich vorbeugte und sie küsste, hörten wir ein langes Iiiiii von dir oben auf der Treppe. Ich höre es heute noch vor mir, David, höre und sehe es vor mir, und muss daran denken, dass Liebkosungen an die nächste Generation weitergegeben werden. Wenn du später einmal deine Frau küssen wirst und gut zu ihr bist, will ich darin gern ein Echo unserer Zeit sehen, als ich Mama küsste und gut zu ihr war, und wenn du einmal die Decke über deine Kinder breiten wirst und die Kleinen behutsam auf die Wange küsst, will ich darin ein Echo sehen der Liebkosungen, die Mama und ich dir gegeben haben, als du klein warst und ins Bett musstest. So hoffe ich, durch Liebkosungen, die ich dir und anderen zuteilwerden ließ, auf dieser Erde weiterzuleben, alles andere, was von mir bleiben könnte, interessiert mich nicht.

SILJE

Trondheim, 21. Juni 2006. Bei Oddrun am Kaffeetisch.

Ich betrachte Mama, und ich betrachte Egil, und Egil redet, und Mama hört sich an, was er sagt, und ich lächele und schaue sie an, tue so, als würde ich ihnen zuhören, halte die Hand vor den Mund und unterdrücke ein Gähnen, nehme den Blick nicht von ihnen, sehe quasi durch sie hindurch in Mamas Wohnung, aber sie glauben, dass ich sie anschaue, und sie glauben, dass ich zuhöre, und ich mache den Mund auf und tue so, als wollte ich etwas sagen, und ich schließe den Mund und tue so, als wollte ich es lieber unterlassen, und Egil redet und redet, und Mama sagt aha und nimmt einen Schluck Cognac, und Mama sagt mhm und nimmt einen Schluck Kaffee, und ich nehme die Kaffeetasse in die Hand und trinke einen Schluck, und mit einem leisen Klirren stelle ich die Kaffeetasse wieder ab. Bringst du die Mädchen nachher zum Bus?, entfährt es mir, und Egil dreht sich um und schaut leicht verwirrt, ich sehe ihn an, und mir wird klar, dass er noch mitten im Satz war, dass meine Frage für ihn völlig unerwartet kam. Tja, sagt Egil und sieht mich mit großen Augen an, und ich muss kurz lachen, aber er bekommt es nicht mit, er hat sich wieder zu Mama umgedreht und schaut sie verwirrt an, doch Mama weicht seinem Blick aus, sie sieht aus, als wäre sie froh, wenn ihr die Fortsetzung erspart bliebe, sie hat keine Lust mehr auf sein Geschwätz, sie beugt sich rasch über den Tisch und kippt den restlichen

Cognac hinunter, und ich höre, wie der Kühlschrank in der Küche leise brummt.

Mensch Silje, sagt Egil, es dauert eine Viertelstunde, zu Fuß zum Busbahnhof zu gehen, sagt er. Es gefällt mir nicht, dass sie dort allein herumlaufen, wenn es schon dunkel ist, sage ich. Mensch Silje, sagt er noch einmal, er legt den Kopf leicht schief und lächelt mich an. Okay, dann bring *ich* sie hin, sage ich, und ich sehe ihn etwas müde an, und er lächelt nach wie vor und zwinkert mir liebevoll zu. Nein, nein!, sagt er, ich fahr sie schon, dann streckt er den Arm aus, und mit einem leisen Klirren rutscht die Uhr über sein schmales Handgelenk, und Egil wirft einen Blick darauf und sagt hm, er denkt kurz nach. Ich kann sie fahren, bevor ich zur Arbeit muss, sagt er. Sehr schön, sage ich, und ich sehe Egil an und lächele.

Verdammt, höre ich Mama plötzlich sagen, und ich drehe mich um und sehe sie an, und ich sehe, dass sie etwas Kaffee verschüttet hat, sie hält die Hand in die Luft, und von ihren Fingern tropft Kaffee. Hol mir schnell einen nassen Lappen aus dem Bad, Silje, sagt Mama, und sie nimmt den Blick nicht von der tropfenden Hand, und es vergeht eine Sekunde und noch eine, und ich bleibe einfach sitzen, und dann steht Egil auf. Ich geh schon, Oddrun, sagt er freundlich, er dreht sich um, und ich sehe, dass seine Anzugjacke voller Haare ist, ich hatte sie alle weggezupft, bevor wir ins Auto gestiegen sind, aber jetzt ist sie wieder voller Haare, und Egil stürzt aus dem Wohnzimmer in den Flur.

Bei mir ist Hopfen und Malz verloren, flüstert Mama wütend. Ich kann nicht mal mehr Kaffee trinken, ohne zu kleckern, sagt sie, und dann sagt sie nichts mehr, und ich sitze da und sehe sie an, und einen Augenblick ist es still, und ich muss mich zusammenreißen, hole tief Luft und blinzele, merke, wie ich wieder etwas wacher werde, und ich betrachte Mama, und plötzlich sehe ich sie erst richtig, sehe ihre schweren lila Wangen, und ich sehe die dunklen Ringe unter ihren Augen, und mit diesen Wangen und den Augenringen sieht sie fast wie ein Bluthund aus, und ich lächele sie vorsichtig an. Alle kleckern mal, Mama, sage ich. Ach was!, sagt sie und dreht sich rasch zu mir um, ihre schweren Wangen schwabbeln dabei leicht, und sie sieht mich wütend an. Hör auf damit, sagt sie. Du kannst mir nicht einreden, dass ich jünger oder gesünder bin, als ich es bin, sagt sie, und im selben Augenblick kommt Egil zurück. Im Bad gibt es keinen feuchten Lappen, sagt Egil, er bleibt stehen und sieht Mama an, und Mama erwidert seinen Blick und legt die Stirn in Falten. Was?, sagt sie. Im Bad gab es keinen feuchten Lappen, wiederholt Egil, nur trockene, sagt er, und ich sehe Egil an, und plötzlich merke ich, dass Egil einen Witz macht, und ich fange an zu lachen und spüre, wie gut mir das Lachen tut, es löst etwas in mir, und ich merke, dass ich noch wacher werde, und ich sehe Egil an und lache herzlich, und Egil sieht Mama an und lacht genauso herzlich, aber Mama lacht nicht. Es war nur ein Witz, Oddrun, sagt Egil, wedelt Mama mit der Hand zu und lächelt. Ich werde einen Lappen anfeuchten und ihn dir bringen, sagt er, und er macht kehrt und geht wieder aus dem Zimmer, und ich höre auf zu lachen und sehe Mama an, und Mama wirkt beleidigt.

Aber Mama, sage ich und lege den Kopf schief, schaue sie an. Es war ein Scherz, sage ich. Na klar, sagt Mama. Mensch du, sage ich. Ja, ja, sagt sie, und nach ein paar Sekunden merke ich, wie alles Leben wieder aus mir weicht, ich hole tief Luft und seufze, warte kurz, dann ringe ich mir ein Lächeln ab. War es schön, das alte Haus noch mal zu sehen, Mama?, frage ich und warte einen Moment, aber sie antwortet nicht. Na?, sage ich, und sie dreht sich wieder zu mir um und sieht mich mit demselben griesgrämigen Gesichtsausdruck an. Mann, sagt sie. Das fragst du mich jetzt schon zum fünften Mal, seit wir zurück sind, sagt sie. Willst du hören, wie dankbar ich bin, dass ihr mich mitgenommen habt, fragst du deshalb so penetrant?, sagt sie, und einen Augenblick ist es still, und ich merke, dass ich langsam keine Lust mehr habe. Nein, diesbezüglich habe ich keine Hoffnungen mehr, platzt es aus mir heraus, und ich schaue sie an und lächele müde. Was?, sagt sie und runzelt die Stirn, sie starrt mich verärgert an, und ich bin kurz davor, den Satz zu wiederholen, lasse es aber bleiben, ich will mich nicht mit ihr streiten, will nichts lostreten. Ach, nichts, sage ich nur und halte an dem müden Lächeln fest. Man sollte meinen, *du* wirst langsam alt, nicht ich, so wie du ständig fragst, sagt sie. Ja, seufze ich und merke, dass ich immer weniger Lust auf sie habe. Dann kommt Egil zurück, und dieses Mal hält er einen Lappen zwischen den Fingern, zwischen den dünnen weißen Kaufmannsfingern, und er reicht ihn Mama. Bitte schön, sagt Egil. Danke, murmelt Mama.

Tja, sagt Egil freundlich und sieht auf die Uhr. Ich muss mich wohl langsam auf den Weg machen, wenn ich vor der Arbeit noch die Mädchen fahren soll, sagt er und lächelt mich an, dann wendet er sich an Mama. Ja, sagt er. Vielen Dank für den Ausflug, Oddrun, sagt er. Vielen Dank fürs Fahren, sagt Mama. Bist du sicher, dass du dir nicht freinehmen kannst, Egil?, sage ich und sehe ihn flehend an, ich weiß genau, dass er sich nicht freinehmen kann, aber ich frage trotzdem und lächele ihn müde an. Ja, Silje, sagt er. Bitte, sage ich. Jetzt, wo die Kinder weg sind und wir den ganzen Abend für uns haben, sage ich. Das hatten wir schon lange nicht mehr, sage ich. Wir könnten ausgehen und uns eine Flasche Wein gönnen, sage ich. Im Credo einen Tisch bestellen und was essen?, sage ich. Ein romantischer Abend, nur wir zwei, sage ich, und ich höre, was ich sage, und ich verstehe nicht, warum ich es sage, ich habe nicht einmal Lust, heute auszugehen. Aber Silje, sagt er und sieht mich an, er lächelt gütig, und ich lächele verzagt zurück. Na gut, sage ich. Das holen wir ein andermal nach, sagt er. Es ist ja auch nicht mehr lange hin, bis wir nach Brasilien fahren, dort können wir vierzehn Tage am Stück entspannen, sagt er. Ja, sage ich, und Golf spielen, füge ich hinzu. Duuu!, sagt er, ich werde es mit dem Golfspielen dieses Mal nicht übertreiben, versprochen, sagt er und sieht mich an. Gut, sage ich, dann schließe ich die Augen und nicke, mache sie wieder auf und lächele zaghaft, und er legt den Kopf schief und lächelt zurück. Du?, sage ich. Mach mir kein schlechtes Gewissen, sagt er. Nein, nein, sage ich, und wir sehen einander an, und einen Augenblick ist es still. Ein dreigängiges Menü im Credo, rutscht es mir heraus, komm schon, sage ich schnell, und ich lege die Stirn in Falten und schaue ihn herausfordernd an. Aber Silje, sagt er und lächelt nachsichtig, lächelt mich fast väterlich an, und er hält meinem Blick ein paar Sekunden lang stand, dann beugt er sich vor und drückt mir einen Kuss auf die Stirn, mach's gut, sagt er, mach's gut, sage ich, und Egil schaut Mama an. Mach's gut, Oddrun, sagt er. Mach's gut, sagt Mama.

Egil dreht sich um, und sein Rücken ist voller Haare, er steckt eine Hand in die Tasche seiner Anzughose und klimpert kurz mit dem Autoschlüssel, während er geht, und Mama und ich sitzen da und starren vor uns hin, und der Kühlschrank brummt unentwegt, ich greife nach der Kaffeetasse und trinke den Rest, stelle die Kaffeetasse zurück auf den Tisch. Er arbeitet viel, sagt Mama. Wir arbeiten beide viel, Mama, und ich lächele mein leicht erschöpftes Lächeln. Ja, das stimmt, sagt sie. Ich habe gestern Abend bis um halb elf gearbeitet, sage ich. Hm, sagt Mama. Ich verstehe ja nicht, wofür, aber so ist es halt, sagt sie. Ihr schwimmt in Geld, aber ihr könnt euch fast nie freinehmen!, sagt sie. Ich verstehe nicht, was ihr mit all den Sachen wollt, sagt sie, die ihr euch kauft. Tja, sage ich und halte an meinem erschöpften Lächeln fest, ich sehe sie an, sehe, wie mein Lächeln sie provoziert. Ich verstehe nicht, was ihr davon habt, sagt sie. Ihr habt ja keine Zeit, auch nur irgendwas davon zu benutzen, sagt sie. Nein, sage ich mit einem kleinen Seufzer, halte an meinem Lächeln fest und sehe, dass sie das zunehmend provoziert, und ich merke, wie ich mich freue, dass sie sich provozieren lässt, ich habe es satt, immer wieder dieselbe Leier zu hören, und es geschieht ihr ganz recht, wenn sie sieht, dass es mich kaltlässt. Trotzdem wollt ihr immer mehr haben, fährt sie fort. Ihr seid nie zufrieden, sagt sie. Nein, sind wir nicht, sage ich, wie du siehst. Und die Kinder werden schon genauso, sagt sie. Hör auf, über die Kinder zu jammern, Mama, sage ich und halte nach wie vor an meinem erschöpften Lächeln fest. Tu ich doch gar nicht, sagt sie. Es ist ja nicht ihre Schuld, dass sie so verwöhnt werden, sagt sie. Nein, daran bin natürlich ich schuld, ganz klar, sage ich. Das hab ich nicht gesagt, sagt sie. Das hast du aber gemeint, sage ich. Du trägst nun mal Verantwortung dafür, wie sich deine Kinder entwickeln, genau wie alle anderen Eltern auch, sagt sie. Na, klar, sage ich. Genau wie du die Verantwortung dafür trägst, dass ich so geworden bin, wie ich bin, sage ich, und ich höre, was ich sage, und ich höre, wie viel Wut in meinen Worten liegt, und ich versuche, in mich hineinzuspüren, ob ich so viel Wut in mir habe, aber ich bin eher müde und gleichgültig als wütend und lächele erschöpft. Moment mal, sagt Mama. Daran trägt dein Vater einen Großteil der Schuld, sagt sie, und ich höre, was sie sagt, und ich weiß, dass sie es sagt, weil ich es nicht ertrage, wenn sie Papa schlechtmacht, ich weiß, dass sie mich damit provozieren will. Meinetwegen, sage ich nur, halte an dem erschöpften Lächeln fest, schließe die Augen und öffne sie wieder, und ich stelle mir vor, wie ruhig ich dabei wirke und wie es Mama zunehmend provoziert.

Es ist unglaublich, wie er dich verwöhnt hat, sagt sie. Ja, sage ich. Papa ist schuld, dass ich so missraten bin, sage ich, und einen Moment ist es ganz still, und ich merke, dass ich immer mehr die Lust verliere, ich schließe die Augen, hole tief Luft und stoße sie mit einem Seufzer wieder aus, dann öffne ich die Augen und schaue Mama an. Warum bist du so, Mama?, sage ich resigniert. Egil und ich versuchen, nett zu dir zu sein, fahren mit dir nach Namsos, damit du unser altes Haus noch einmal siehst, sage ich, und du benimmst dich *so*, sage ich, und ich höre, was ich sage, und eigentlich habe ich keine Lust, das jetzt anzusprechen, aber ich tue es trotzdem, es kommt einfach, ganz von selbst, und ich lasse es kommen. Willst du mir jetzt ein schlechtes Gewissen machen?, fragt sie, sieht mich an und grinst, und ich schaue sie an und seufze, warte kurz. Nein, so ehrgeizig bin ich nicht, und dann lache ich ein kurzes trauriges Lachen. Ich habe ja auch gar kein Gewissen, sagt sie, immer noch grinsend, und ich merke, dass ich darauf keine Lust habe, nicht jetzt, ich ziehe die Augenbrauen hoch, senke den Blick und seufze noch einmal. Puh, sage ich und schaue wieder zu ihr hoch. Lass uns damit aufhören, Mama, sage ich. Ja, lass uns damit aufhören, sagt sie. Ach, Mama, sage ich, lege den Kopf schief und schaue sie bittend an, dann stelle ich mir vor, wie müde ich aussehe, wenn ich so dasitze. Was denn?, sagt Mama. Ich sage doch, dass wir damit aufhören sollen, sagt sie, und sie grinst nach wie vor, und ich halte an meinem traurigen Lächeln fest und nicke ihr zu. Gut!, sage ich. Ich könnte mir vorstellen, noch einen Kaffee zu trinken, sage ich. Soll ich uns noch etwas Kaffee holen?, sage ich. Nein, danke, ich habe genug getrunken, sagt sie. Na gut, sage ich.

Dann ist es still, und Mama sieht mich an und grinst. Aber hol du dir ruhig noch einen Kaffee, sagt sie. Ach was, sage ich, ich brauche auch keinen mehr, sage ich. Willst du keinen mehr haben?, sagt sie. Aber dir war doch gerade noch nach Kaffee, sagt sie. Ja, schon, aber so wichtig ist es nicht, sage ich, und Mama grinst und schüttelt den Kopf. Du siehst aus, als hättest du den Erlöser eigenhändig ans Kreuz genagelt, sagt sie, weißt du das?, und einen Augenblick ist es still, und ich merke, dass ich immer weniger Lust auf sie habe, als würde sie mir alle Kraft entziehen, und ich fühle mich noch müder und lächele wieder mein erschöpftes Lächeln. Nein, das wusste ich nicht, sage ich nur. Du siehst dermaßen schuldbeladen aus, sagt sie. Aha, sage ich und halte an meinem Lächeln fest. Hast du noch mehr an mir auszusetzen?, sage ich. Wenn du schon dabei bist, dann bin ich dankbar, wenn du es mir sagst. So weiß ich wenigstens, woran ich noch arbeiten muss, sage ich. Wie beruhigend, dass du immer noch so ungezogen sein kannst, Silje, sagt sie. Dann ist doch noch ein Rest von dir übrig, sagt sie, und sie grinst mich an, und einen Augenblick ist es still, ich verliere mehr und mehr die Lust, schaue sie an und seufze.

Ach, Mama, sage ich und versuche, aufrichtig zu klingen. Kannst du nicht einfach damit aufhören?, sage ich, aber sie hört nicht auf. Nachdem du in den letzten Jahren nur noch brav warst, sagt sie und grinst mich an. Das sagst ausgerechnet du, sage ich mit einem traurigen Lachen. Wenn mir jemand beigebracht hat, was brave Mädchen tun und lassen sollen, dann doch du, sage ich. Von wegen, sagt sie, ich habe dir mehr Freiheiten gelassen, als die meisten Eltern ihren Töchtern zugestehen, sagt sie. Ja, nachdem Papa tot war, sage ich, du konntest ja nicht mehr so streng zu mir sein, nachdem du dir in den Kopf gesetzt hattest, dass du dich selbst verwirklichen und das Leben genießen willst, sage ich. Ich rede über die Zeit, als ich noch kleiner war. Tja, es fiel halt mir zu, dagegenzuhalten und streng zu sein, bei dem Vater, den du hattest, sagt sie, er hat dich ja nach Strich und Faden verwöhnt, sagt sie, und ich höre, was sie sagt, jetzt versucht sie, mich zu treffen, indem sie Papa schlechtmacht, und ich sehe Papa vor mir, meinen herzensguten Papa, und ich merke, wie sehr sie mich nervt, merke, wie ich müde werde, und ich stelle mir vor, wie müde ich erst aussehe, ich sehe das verbrauchte Gesicht und meinen müden Blick, und die Vorstellung erschöpft mich fast noch mehr. Weißt du was, Mama, sage ich. Es macht keinen Spaß, dich zu besuchen, wenn du so bist, sage ich. Ich kann machen, was ich will, immer bist du am Grinsen oder kommst mit einer negativen Bemerkung, sage ich, du bist nie zufrieden mit dem, was ich sage, und ich höre, was ich sage, höre, wie viel Schmerz in meinen Worten liegt, und plötzlich kommt es mir vor, als würden meine Worte einen Schmerz in mir freilegen, als würde dieser Schmerz meinen Körper zum Leben erwecken, und ich schaue Mama ins Gesicht, und nach einem kurzen Augenblick fühle ich mich wieder wacher, es kommt mir fast so vor, als hätte ich Mama noch nie gesehen, als hätte ich noch nie gesehen, wie hässlich sie sein kann, als wäre ich zum ersten Mal wach.

Ich tue mein Bestes, Mama, sage ich. Ganz bestimmt, sagt sie, und ich höre, was sie sagt, merke, wie mein Mund aufgeht, als ich es höre, und ich sitze da und starre sie nur an, kann nicht verstehen, wie sie so etwas sagen kann, kann nicht verstehen, wie sie so garstig zu mir sein kann, ich weiß nicht recht, was ich machen soll, und einen Augenblick ist es ganz still, dann fängt sie plötzlich an zu weinen, und es versetzt mir einen Stich, als ich es sehe, ich kann mich kaum daran erinnern, Mama je weinen gesehen zu haben, und jetzt sitzt sie plötzlich da und weint, meine starke, unerbittliche Mama sitzt da und weint, und ich spüre, wie mich eine Unruhe befällt.

Es ist ganz still, und die Unruhe in mir wächst, mir ist am ganzen Körper kalt, und ich weiß nicht recht, was ich machen soll, weiß nicht recht, was ich sagen soll, ich stehe auf und gehe auf sie zu, ich hebe die Hand und will ihr über den Kopf streichen, tue es aber nicht, kann mich nicht daran erinnern, sie jemals so berührt zu haben, kann mich nicht dazu überwinden, ich lasse die Hand sinken und berühre stattdessen ihre Schulter, und ich spüre ein Unbehagen dabei, so kann ich nicht stehen bleiben, ich berühre ihre Schulter, einmal und noch einmal, dann nehme ich die Hand wieder weg.

Nicht weinen, Mama, sage ich, und ich schlucke und stehe nur da und weiß nicht, was ich tun soll, weiß nicht, was ich sagen soll. Ich will nicht so sein, Silje, sagt Mama plötzlich, und ich höre, was sie sagt, und so hat Mama noch nie mit mir gesprochen, das hier ist ernst, meine Unruhe wächst. Ich mag mich selbst nicht, wenn ich so bin, sagt sie, und sie weint und schüttelt den Kopf, und ihre schweren Wangen schwabbeln leicht, als sie den Kopf schüttelt, und ich starre sie an, und es ist ganz still, ich hole tief Luft und stoße die Luft wieder aus, hebe die Hand und streiche ihr damit über den Kopf.

Du bist zu viel allein, Mama, sage ich, dann gehe ich zögernd wieder zum Sofa, setze mich hin und sehe sie möglichst liebenswürdig an. Du solltest öfter rausgehen, andere Leute treffen, sage ich, und einen Augenblick ist es still, Mama wischt die Tränen weg und hört auf zu weinen, und ich sehe sie an und spüre, wie erleichtert ich bin, dass sie aufhört zu weinen. Und wen sollte ich treffen?, sagt sie, und ich höre, was sie sagt, und bin erleichtert, als ich merke, wie sie meine Worte aufgreift. Ich kenne ja niemanden mehr, sagt sie. Alle sind weg, sagt sie, ich bin ja die Einzige, die noch da ist, sagt sie.

Du kannst doch neue Leute kennenlernen, sage ich, lächele zaghaft. In meinem Alter?, fragt sie, und ihr Lachen klingt traurig. Warte nur, bis du selbst so alt bist, dann wirst du mich verstehen, sagt sie verärgert. Ich sehe sie an und merke, wie erleichtert ich bin, dass sie wieder wie früher ist, und mein Lächeln wird etwas freundlicher. Mama, sage ich und versuche, fröhlich zu klingen. Weißt du, was wir machen?, sage ich. Jeden Mittwoch ist Jazzabend in einer der Kneipen in Bakklandet, sage ich. Morgen komme ich und hole dich ab, dann fahren wir zusammen hin, sage ich. Nein, sagt sie und kneift die Augen zu, schüttelt den Kopf. Warum nicht?, sage ich. Es wird dir gefallen, da bin ich ganz sicher, sage ich. Ach was, sagt sie, nein, Silje, sagt sie, dazu habe ich keine Lust, und sie sieht noch missmutiger aus, und ich sehe sie an und merke, wie froh und erleichtert ich bin, dass sie wieder wie immer ist. Aber du kannst doch nicht die ganze Zeit allein in deiner Wohnung sitzen, sage ich. Darum bist du so schlecht drauf, sage ich. Hör auf damit, Silje, sagt sie sauer. Aber Mama, sage ich, und dann warte ich einen Moment, und sie sieht zur Seite und auf den Boden, sie wirkt verstimmt und gequält. Weißt du was, sage ich. Als wir vorhin in Namsos waren, kamen so viele schöne Erinnerungen in mir hoch, sage ich. Mir ist klar, dass die Zeiten vorbei sind und es nicht mehr so sein kann wie damals, sage ich, aber ich würde mir wünschen, du könntest etwas mehr von der Person aus dir herausholen, die du damals warst, sage ich.

Als ob du wüsstest, wer ich damals war, sagt sie. Als ob du auch nur die geringste Ahnung davon hättest, wie es mir damals ging, sagt sie, und ich starre sie an. Was will sie damit sagen? Er konnte ein wahrer Tyrann sein, Silje, sagt sie. Er hatte eine freundliche Art dabei, trotzdem war er ein Tyrann, sagt sie, und ich höre, was sie sagt, und einen Augenblick ist es still, und ich sitze einfach nur da und sehe sie an, merke, wie die Unruhe zurückkehrt, was ist das jetzt? Wenn du nur wüsstest, sagt sie, du hast ja keine Ahnung, wie es war, sagt sie. Du hast ja keine Ahnung, wie es ist, wenn man nicht über sich selbst bestimmen kann, sagt sie. Du hast ja keine Ahnung, wie es ... er war ein ... für dich war er ja ein Heiliger, aber er ... du hast ja keine Ahnung, sagt sie, und ich höre, was sie sagt, und die Unruhe packt mich, mir wird am ganzen Körper kalt, und ich starre sie an, das hier sagt sie jetzt nicht einfach so, weil sie verärgert und verbittert ist, das hier ist bitterer Ernst, sie meint, was sie sagt, aber so hat sie noch nie über Papa gesprochen, und ich sehe Papa vor mir, meinen herzensguten Papa. Ich habe ihn nicht eine Sekunde lang vermisst, sagt sie, und sie wartet einen Moment und sieht mir direkt ins Gesicht, und ich sehe sie an und schlucke zweimal hintereinander, das ertrage ich nicht, das ist zu viel, und ich sehe zu Boden, schaue wieder zu ihr hoch, versuche zu lächeln und ruhig zu bleiben.

Mama, sage ich, sage es leise und etwas bittend, ich schließe die Augen, mache sie wieder auf und lächele schwach, aber sie lässt nicht locker. Gott, wie ich diesen Mann gehasst habe, sagt sie, und ich höre, was sie sagt, und mein Herz schlägt etwas schneller, mein Puls rast, und die Unruhe in mir wächst, ich kann mir das nicht anhören. Mama!, sage ich. Es reicht, sage ich, und ich blinzele, blinzele so ruhig wie möglich und lächele zaghaft. Es reicht?, sagt sie. *Du* hast doch angefangen, über damals zu reden, sagt sie, dann musst du dir auch mal meine Version anhören, sagt sie. Nein, Mama, sage ich, das muss ich nicht, sage ich. Wenn du etwas mehr darüber wüsstest, wie es war, mit ihm verheiratet zu sein, dann würdest du mich vielleicht besser verstehen, sagt sie. Mama, sage ich, und mein Herz schlägt immer schneller, und mein Puls rast, aber ich halte an meinem zaghaften Lächeln fest, blinzele so ruhig wie möglich, Mama, sage ich noch einmal, detaillierte Beschreibungen, wie es um euer Zusammenleben bestellt war, will ich nicht hören, sage ich und lächele ruhig, ich bin eure Tochter, sage ich. Du verstehst also nicht, dass es mir ein Bedürfnis ist, das Bild, das du von deinem Vater und von mir hast, ein wenig zurechtzurücken?, sagt sie und nimmt den Blick nicht von mir, sie fordert eine Antwort, und mein Herz schlägt immer schneller, und ich weiche ihrem Blick aus, schaue hierhin und dahin. Du verstehst nicht, dass …, sagt sie. Deine Zurechtrückungen kannst du anderen anvertrauen, fahre ich sie an und verziehe das Gesicht, sehe ihr direkt in die Augen, und fast erschreckt es mich, wie aggressiv ich bin. Wenn es für dich so wahnsinnig wichtig ist, murmele ich verärgert, und ich blicke zur Seite und auf den Boden, es ist ganz still. Sei nicht blöd, Silje, sagt sie. Es interessiert mich doch nicht, was andere über mich sagen und denken, sagt sie. Du bist meine Tochter, sagt sie, und plötzlich ist ihre Stimme wieder brüchig, kommen ihr wieder die Tränen. Andere können von mir denken, was sie wollen, sagt sie, das interessiert mich nicht, aber du bist meine Tochter, und gleich fängt sie an zu weinen, und ich sehe sie an und schlucke, fange ebenfalls gleich an zu weinen. Und es tut mir weh, wenn du so von mir denkst, sagt sie. Es tut weh, weil es … ungerecht ist!, sagt sie. Du hast ja keine Ahnung, wie es all die Jahre für mich war, sie wartet einen Moment, und ich höre, dass sie weint, und merke, dass auch mir die Tränen kommen, aber ich will nicht weinen, will ihr dorthin nicht folgen, das will ich nicht, und das kann ich auch nicht. Weißt du, was er gemacht hat, um mich zu kontrollieren?, fragt sie. Hörst du denn nicht, was ich sage?, schreie ich plötzlich, und mein Schrei kommt wie von selbst, und meine Stimme ist verzweifelt und wütend zugleich, und ich starre ihr ins Gesicht, sie sieht mich an, ohne etwas zu sagen, und in ihrem Blick liegt eine solche Trauer, ich spüre, wie ich schlagartig ein schlechtes Gewissen bekomme, und sehe zu Boden, hebe die Hand, fahre mir mit der Hand durch die Haare und sehe sie an, seufze. Entschuldige, Mama, sage ich. Aber, sage ich, warte kurz und fahre mir wieder mit der Hand durch die Haare. Ich bin für dich da, wann immer du mich brauchst, sage ich, und ich höre, was ich sage, höre, dass es stimmt. Nur nicht, wenn du über Papa herziehst, füge ich hinzu. Ich bin auch seine Tochter, sage ich und warte einen Moment, sehe sie freundlich an, versuche zu lächeln. Mama, sage ich, können wir nicht … jetzt hören wir aber auf, alle beide, sage ich, und meine Stimme klingt nach Versöhnung, und einen Augenblick ist es still, dann schnaubt sie laut. Ja, warum nicht, sagt sie, plötzlich sitzt sie wieder da und grinst, und ihr Grinsen ist ganz traurig. Reden wir stattdessen über was Schönes, sagt sie. Das Wetter oder so, sagt sie. Mama, sage ich, sehe sie bittend an, und sie schaut gespielt verwundert zurück. Was denn?, sagt sie. So willst du es doch haben?, sagt sie. Leicht und unkompliziert, sagt sie. Sobald etwas schwierig wird, entziehst du dich sofort. So bist du mit der Zeit geworden, sagt sie und sieht mich an, grinst, und ich blicke zu Boden und seufze, merke, wie müde ich bin, merke, wie satt ich alles habe, und der Kühlschrank brummt.

Trondheim, 8.–9. Juli 2006

Lieber David,
ich sitze in Mamas Wohnung, und da ich nur noch den Anfang des Briefs nachtragen muss, habe ich mir erlaubt, einen Wein aufzumachen, den sie Ende der Achtziger in St. Émilion gekauft hat. Nachdem sie in aller Ausführlichkeit über den Wein doziert und von der Bodenqualität bis hin zur Durchschnittstemperatur und langen Weinanbauerfahrung in ebendieser Gegend Frankreichs alles gepriesen hatte, hatten wir größte Lust, ihn zu probieren, daran erinnere ich mich noch, aber weil der Wein so jung war und sein volles Potenzial noch nicht entfaltet hatte, wie Mama sich ausdrückte, mussten wir uns mit ihren detailreichen und kunstvollen Erklärungen zufriedengeben und konnten nur versuchen, uns mit ihrer Hilfe vorzustellen, wie fantastisch der Wein später einmal schmecken würde. Aber jetzt ist es so weit, und sobald ich einen Punkt hinter diesen Satz gesetzt habe, werde ich den Laptop herunterfahren und mir ein großes Glas einschenken, und indem ich es zum Mund führe, um mir den ersten Schluck zu genehmigen, werden meine Fantasie und mein Vorstellungsvermögen auf die Realität treffen, und dann werden wir sehen, wer von beiden der Stärkere ist.

Meine ersten Entwürfe für diesen Brief waren Versuche, so zu schreiben, wie ich es in meinen Kurzprosatexten Ende der achtziger Jahre getan habe, als wir enge Freunde und zugleich ein Pärchen waren, die Zukunft noch vor uns hatten und wild entschlossen waren, irgendwie Künstler zu werden. Da wir uns damals gegenseitig berieten und du quasi alles gelesen hast, was ich geschrieben habe, hatte ich die Hoffnung, das Kopieren meines damaligen Schreibstils wäre ebenso geeignet, dein Gedächtnis wieder anzukurbeln, wie die Beschreibung gemeinsamer Erlebnisse, gemeinsamer Bekannter oder unseres Umfelds. Doch genau wie Jon vermutlich Probleme hätte, den Kontrabass heute so zu spielen wie mit achtzehn Jahren, bekam ich Probleme damit, so zu schreiben, wie ich es mit achtzehn getan habe, und auch an den Stellen, an denen ich mich am meisten bemüht habe und die mir am besten gelungen erschienen, hat der Text nicht nur inhaltlich, sondern auch formal die Farbe jenes Lebens angenommen, das ich geführt habe, seit wir den Kontakt zueinander verloren hatten. Die Härte, die Intensität und die Leidenschaft, die ich als Siebzehn- oder Achtzehnjährige hatte, ist für immer verschwunden, das heißt, nicht wirklich verschwunden, ich kann sie immer noch in mir spüren, aber als Akademikerin und Frau mittleren Alters (oh Gott) fehlt mir mittlerweile die erforderliche Naivität, sie auszuleben. Es kommt mir vor, als würde ich in eine Sprache gepresst, die mich ständig zwingt, Vorbehalte zu äußern, und die mich dazu bringt, mir und allen anderen zu zeigen, dass ich das, was ich tue, sage und schreibe, gründlich durchdacht habe. Ich weiß nicht mehr, wann ich so geworden bin, und ich weiß auch nicht mehr, warum, doch auch wenn ich so geworden bin, hoffe ich, dass der Brief genügend Spuren, Reste und Abdrücke aus den achtziger Jahren enthält, damit du darin etwas wiedererkennen und gewissermaßen die Spur zurückverfolgen kannst zu dem, der du einmal warst, um herauszufinden, wer du eigentlich bist.

Ich fange an mit dem orangefarbenen Audi 80, den wir einmal gesehen haben:

Du warst hungrig, und da ich weniger weit weg wohnte als du, gingen wir zu mir, damit du dir vor dem Kino eine Scheibe Brot schmieren konntest. Mama war im Kulturhaus, und ich dachte, ich sei allein daheim, aber ich hatte vergessen, dass Oma zu Besuch kommen wollte, und als wir bei mir zu Hause eintrudelten, saß sie in der Küche, las das »Namdal Arbeiderblad« und badete dabei ihre Füße. Wie dünne Stängel aus einer Vase ragten ihre weißen Altfrauenbeine aus der bleigrauen Zinkwanne heraus, und die langen welken Haare ergossen sich über ihre Schultern. Sie lächelte glücklich, als sie mich sah, doch aus irgendeinem Grund schämte ich mich für sie, und obwohl ich sie sehr mochte und sehr stolz auf sie war, ertrug ich den Gedanken nicht, dass du sie so sehen könntest, folglich machte ich auf dem Absatz kehrt, schob dich freundlich, aber bestimmt zurück in den Flur und versuchte, mir eine Entschuldigung auszudenken.

Aber das war nicht nötig, denn als wir auf die Treppe traten, geschah etwas, das uns sowohl die Scheibe Brot als auch mein unhöfliches Benehmen vergessen ließ. Neben dem Telefonhäuschen auf der anderen Straßenseite lief ein orangefarbener Audi 80 im Leerlauf, und hinter dem halb heruntergelassenen Seitenfenster auf der Fahrerseite sahen wir eine Frau von Anfang vierzig, die sich eine Zigarette anzündete, um anschließend das Streichholz aus dem Fenster zu schnippen, einen Blick in den Spiegel zu werfen und dann in aller Ruhe weiterzufahren. Im ersten Augenblick dachte ich, der Umstand, dass sie so fest an der Zigarette zog, wodurch ihre Wangen hohl wirkten und die Augen etwas vortraten, sei der Grund dafür, dass sie plötzlich dem zu Tode erschrockenen Menschen in Munchs »Der Schrei«

ähnelte, doch nachdem der Rauch aus dem weit geöffneten Mund gewichen war und sie immer noch denselben Gesichtsausdruck hatte, wurde mir bewusst, dass sie tatsächlich zu Tode erschrocken war. Zuerst dachte ich, sie hätte hinter uns etwas Erschreckendes erblickt, unser Haus stünde in Flammen, ein Flugzeug wäre im Begriff, auf das Wohngebiet zu stürzen, was auch immer. Aber als ich mich umdrehte, schnell und mit pochendem Herzen, konnte ich nichts Aufsehenerregendes erkennen, weshalb ich wieder Richtung Straße sah. Die Frau starrte dich an. Sie hielt nicht und fuhr auch nicht langsamer, doch als uns das Auto passierte, drehte sie den Kopf immer mehr nach hinten, um dich nicht aus den Augen zu verlieren, und erst kurz vor der Kurve, als das Auto, das von rechts kam, hupen musste, damit sie anhielt, schaute sie wieder vor sich auf die Straße.

Wie erstarrt standen wir auf der Treppe und blickten ihr hinterher, bis das Auto um die Kurve gebogen und für immer verschwunden war. Als ich dich fragte, wer um alles in der Welt das gewesen sei, sagtest du, du hättest keine Ahnung, du hättest diese Frau in deinem ganzen Leben noch nie gesehen, woraufhin ich spontan und gefolgt von einem leisen Lachen sagte, vielleicht sei es jemand, die in dir deinen Vater erkannt habe (deine Mutter wollte ja nicht verraten, wer dein Vater war, weder dir noch anderen). Ja, vielleicht, sagtest du nur lachend.

Doch kaum hatte ich es gesagt, ging mir auf, dass meine Äußerung keineswegs so abwegig war, und als ich sah, wie sich dein Blick veränderte, nachdem auch dir klar geworden war, dass das Gesagte im Bereich des Möglichen lag, begriff ich, dass der Wunsch, deinen biologischen Vater kennenzulernen, stärker war, als du bisher hattest erkennen lassen. Doch als ich dich fragte, woran du gerade denkst, hast du nur mit den Schultern gezuckt und gemeint, nichts Besonderes. Ich habe dich noch einen Moment lang fixiert, um zu signalisieren, mir sei klar, dass du nicht die Wahrheit sagtest, doch du hast nur die Augenbrauen hochgezogen und mich fragend angeschaut, was ausreichte, um mich von weiteren Kommentaren abzuhalten.

Als ich anschließend ins Haus ging, um etwas zu essen für dich zu holen, war Oma im Übrigen genauso freundlich und glücklich wie immer, und obwohl sie ganz sicher mitbekommen hatte, dass ich dich aus der Küche geschubst hatte, weil ich mich ihretwegen schämte, erwähnte sie den Vorfall mit keinem Wort, weder damals noch später. Meine liebe, kluge Oma. Aus irgendeinem Grund sah ich immer einen Baumstumpf vor mir, wenn ich an sie dachte, und als ich es dir erzählte, sagtest du, du wüsstest genau, was ich meinte, »einem Baumstumpf kann man nämlich vertrauen«. Ich weiß noch, wie lustig und schön ich diese Bemerkung fand.

Als wir Jon zurückließen:

Wir nahmen an, Jon würde sich vor der Party etwas ausruhen, und wollten ihn ein bisschen erschrecken, doch daraus wurde nichts, denn der Anblick, der sich uns bot, als wir auf den Holzstapel geklettert waren und wie Hühner auf der Stange den Kopf über das Fensterbrett gestreckt hatten, um in sein Zimmer schauen zu können, verstörte uns dermaßen, dass wir unser Vorhaben schlicht vergaßen und nur noch staunend dastanden.

Splitternackt und schweißtriefend hing er über dem großen rissig-braunen Kontrabass wie ein Saufbruder über der Schulter eines Zechkumpans. Das ganze Zimmer wurde von einem leisen, vollen, dunklen und bebenden Ton erfüllt, der nicht abebbte und an den ich manchmal aus welchem Grund auch immer denken musste, wenn ich Rioja trank. Jon hatte die Augen geschlossen, und seine Hand hing starr wie die Klaue eines Raubvogels über der bebenden Saite, den Zeigefinger hatte er leicht gekrümmt, als wäre er bereit, die Saite ein weiteres Mal anzuschlagen. Was er jedoch nicht tat, er ließ den Ton ausklingen und machte eine Pause, die ein ganzes Grab in die Musik meißelte, und wir standen auf dem glatten, regennassen, leicht grünlichen Holzstapel, rührten uns nicht und waren mucksmäuschenstill.

Wenn ich wirklich so romantisch veranlagt wäre, wie mein Mann behauptet, könnte ich die Szene ausschmücken und schreiben, wir seien leise von dem Holzstapel heruntergeklettert, hätten tief in Gedanken versunken den Garten verlassen und uns auf die Eingangstür zubewegt, und ich hätte etwas »Nobles« gesagt, bevor wir auf die Klingel drückten, zum Beispiel, dass wir Jon nicht zu erzählen bräuchten, was wir gesehen hatten, oder noch »nobler«: dass Jon eines Tages als Musiker groß rauskommen würde (was wir tatsächlich für möglich hielten).

Aber ich bin nicht so schlimm, wie mein Mann meint. Wir standen noch eine Weile reglos auf dem Holzstapel, und nachdem wir grinsend Blicke getauscht hatten, griff ich unter das Fenster und schob es nach oben, vorsichtig und gerade so weit, dass wir unsere Köpfe darunter durchschieben, die Ellbogen auf das Fensterbrett legen und uns ins Zimmer lehnen konnten.

Wir sagten kein Wort. Auch nicht, als Jon uns kurz darauf erblickte und sein sonst so blasses Gesicht puterrot wurde. Wir standen nur da und grinsten ihn an, und als er die Vorhänge mit einem Ruck zuzog (wobei die Konturen unserer Gesichter durch den hauchdünnen, aber undurchsichtigen Stoff bestimmt noch zu erkennen waren) und immer noch kein Wort gesagt worden war, weder von ihm noch von uns, war so viel Zeit verstrichen, dass es schwierig war, überhaupt noch etwas zu sagen. Wir taten unser Bestes, um nicht laut zu lachen, als wir um das

Haus herum zur Haustür gingen, aber es gelang uns nicht, und er war stocksauer, als wir ins Zimmer traten. Du musstest eine halbe Stunde lang auf ihn einreden, damit er überhaupt mit zur Party kam, denn die war ihm plötzlich nicht mehr so wichtig, und als wir endlich eintrafen, wollte er sofort wieder nach Hause, was du zu seiner Verzweiflung schulterzuckend akzeptiert hast.

Natürlich ging er nicht, er betrank sich und wurde anstrengend, und als wir frühmorgens den Heimweg antraten und er pinkeln musste, warteten wir nicht auf ihn, sondern gingen einfach weiter. Nachdem wir um die Kurve gebogen waren und uns außer Sichtweite befanden, verließen wir den Weg und versteckten uns im Laub, das zwar erst frisch gesprossen, aber schon ziemlich dicht war. Fast schien es, als ginge man durch einen grünen Wasserfall, und ich meine mich zu erinnern, dass ich an einen Film dachte, in dem ein Liebespaar genau das tat (möglicherweise »Die blaue Lagune«, der wenige Jahre zuvor einer meiner Lieblingsfilme gewesen war). Als wir auf der anderen Seite herauskamen, legtest du einen Finger auf den Mund und machtest Pst, und kurz darauf hörten wir Jon im Vorbeigehen lallen, ziemlich lustig, wie besoffene Männer in einer schlechten Komödie, und kurz darauf rief er unsere Namen, zuerst gedämpft, dann lauter und am Ende voller Wut und mit einem Anflug von Verzweiflung. Er weiß den Heimweg nicht, flüstertest du mir zu.

Ich kann mich nicht erinnern, dass ich ein schlechtes Gewissen hatte, weil wir Jon nicht immer nett behandelt hatten, und ich glaube auch nicht, dass du eins hattest. Ganz im Gegenteil. Jon war manchmal so ichbezogen und voller Selbstmitleid, dass wir der Meinung waren, er hätte nichts Besseres verdient, und außerdem war er so verzagt, erbärmlich und hilflos in allem, was nicht mit Musik zu tun hatte, dass es uns nervte und pro-

vozierte, und wir fanden, es geschehe ihm recht, wenn wir – in der Regel eher ich – uns nicht um seine Empfindsamkeit scherten und sagten, er solle sich zusammenreißen. Auch machten wir uns einen Spaß daraus, ihn zu Dingen aufzufordern, die er sich nicht zutraute (zum Beispiel alle Arten körperlicher Betätigung oder Kontakt zu Fremden aufzunehmen), nicht, weil wir gemein waren und es uns gefiel, ihn scheitern zu sehen, sondern weil es mindestens ebenso seiner Faulheit geschuldet war wie mangelnden Fähigkeiten, wenn er Dinge gar nicht erst probierte, und weil es uns ärgerte, wenn er es für selbstverständlich hielt, dass wir all das taten, wozu er sich nicht imstande sah.

Wenn Jon dennoch so viel Zeit mit uns verbrachte und trotz allem auch zu uns passte, dann gerade deshalb, weil er ein Mensch war, den man splitternackt am Kontrabass überraschen konnte (zumal wir ihn paradoxerweise ausgelacht hatten). Ich weiß nicht, ob das nackte Musizieren eins seiner unzähligen Experimente war oder ob er schlicht vom Drang zu spielen übermannt worden war, nachdem er aus der Dusche kam, woraufhin er vergaß, sich vorher anzuziehen, aber die Tatsache, dass er es tat, stocknüchtern und ohne den Wunsch, vor irgendjemandem als »verrückt« dazustehen (wie es bei den anderen Jungen aus unserer Klasse der Fall gewesen wäre, wenn sie das Gleiche getan hätten), war eins von vielen Beispielen dafür, dass er dieselbe kompromisslose Leidenschaft, denselben Drang in sich hatte wie wir zu dieser Zeit.

Wir konnten zwar hin und wieder wie alle anderen in unserem Alter aufgesetzt gleichgültig und lustlos wirken, aber wir hatten damals im Gegensatz zu vielen anderen, vor allem den Mädchen, die ich kannte und mit denen ich zusammen war, die Fähigkeit, uns Dingen völlig hinzugeben und sie für wichtig zu halten, wage ich zu behaupten. Wenn wir Texte schrieben,

Musik machten oder eins unserer mehr oder weniger undefinierbaren Kunstprojekte durchführten, konnten wir stundenlang dranbleiben, ohne an Essen, Pausen oder Pflichten zu denken, und wir arbeiteten so konzentriert und intensiv, dass wir – zumindest manchmal – den fantastischen Zustand erreichten, in dem man sich selbst vergisst und Teil von etwas Größerem wird. Heute kommt es sehr selten vor, dass ich mich einer Sache so sehr hingebe. Das Verfassen der ersten Teile dieses Briefs kommt diesem Zustand tatsächlich seit Langem wieder am nächsten.

Als wir das erste Mal miteinander schliefen:

Das Erste, was uns auffiel, war, dass die Vögel um uns herum Angst bekamen. Sie flogen von den Ästen auf und schossen in die Höhe, wie eine Handvoll Sand oder Steinchen, die ein Kind im Sandkasten in die Luft warf. Eine, vielleicht auch zwei Sekunden später hörten wir ein Grummeln, das innerhalb von Zehntelsekunden in mächtigen Donner überging. Als wir uns umdrehten, um zu sehen, was los war, wurden meine Augen wieder zugepresst, und ich merkte, wie das Stirnhaar leicht angehoben und die Gesichtshaut gewissermaßen nach hinten gezogen wurde und etwas mehr am Kopf spannte.

In meiner Erinnerung heute war diese eine Sekunde nicht unähnlich dem Moment, wenn man am Straßenrand steht und ein Sattelzug vorbeidonnert, wobei der Luftdruck so mächtig ist, dass man fast umgeblasen wird. Aber wir standen nicht am Straßenrand, wir standen in einem Wäldchen und hatten jeweils ein Sträußchen Buschwindröschen in der Hand (Oma feierte am nächsten Tag ihren 85. Geburtstag, und ich hatte versprochen, ihr bei der Tischdekoration behilflich zu sein), und was hier donnerte, war alles andere als ein Sattelschlepper, es war das, was im Volksmund hinterher die Holseth-Lawine heißen sollte.

Als ich die Augen wieder aufschlug und sah, wie sich die Geröllawine vor uns löste, fast wie eine Hundezunge, die sich aus dem Maul eines Tiers schiebt, um etwas vom Boden aufzulecken, packte ich automatisch deinen Oberarm und schrie vor Angst. Ich konnte spüren, wie der Boden, auf dem wir standen, quasi absackte, erst einmal, dann noch einmal, und direkt vor uns, vielleicht vier, fünf Meter entfernt, sah ich, wie die Erde in ungeheuerlichem Tempo aufriss wie ein Stück Stoff, das man zerreißt. Große Stücke des Erdbodens lösten sich und rutschten ab, und der Baum, in dem du mit Kameraden im Alter von zehn, zwölf Jahren ein Baumhaus mit Strickleiter gebaut hattest, ihr habt damals ein Indianerlager errichtet, hing regelrecht in der Luft, so dass die Wurzeln wie lange Finger aussahen, die versuchten, nach dem Boden zu greifen, in dem sie eben noch festgesteckt hatten.

Schlimmer war natürlich, dass die Geröllawine das neue Haus der Familie Holseth mit sich riss. Es kam uns fast so vor, als starrten wir auf ein Gemälde und irgendwer nahm das Bild von der Wand und ging mit ihm davon. Plötzlich löste sich das Haus gewissermaßen vom Fundament und segelte davon, und wir standen mit offenem Mund da und folgten ihm mit Blicken, bis es kein Haus mehr war, sondern nur noch ein Haufen Bretter, die unten angekommen in alle Richtungen zeigten, in etwa wie Kartoffelsticks in einer Schüssel.

Dass Ida Holseth zu diesem Zeitpunkt zu Hause war und uns sozusagen nur eine Hauswand daran hinderte, ihr Dahinscheiden von dieser Welt mitzuerleben, ahnten wir nicht, bis ihr Mann eine halbe Stunde später vom Einkaufen zurückkam und vor den Augen sämtlicher Nachbarn zusammenbrach. Aber eine Viertelstunde später, als uns der Reporter von NRK Nord-Trøndelag bat, unsere Version des Hergangs zu schildern, sagtest du, du hättest während des Erdrutschs Gelächter aus dem offenen Wohnzimmerfenster gehört. Was du anschließend wiederholt hast, als wir von der Lokalzeitung interviewt wurden, auch gegenüber den Nachbarn, die wissen wollten, wie wir den Erdrutsch erlebt hatten. Ich hatte nichts davon mitbekommen, und du hattest kein Wort dazu gesagt, wie das angebliche Gelächter geklungen hatte, aber am Ende kam es mir vor, als hörte ich ein kaltes, hysterisches und gellendes Lachen, wenn ich an den Erdrutsch dachte.

Am selben Abend schliefen wir zum ersten Mal miteinander, wir waren oben in meinem Zimmer, während Mama unter uns das Wohnzimmer saugte, und ich kann mich erinnern, dass du, als du kamst, ein Stöhnen von dir gabst, das sich anhörte, als käme es tief aus deinem Bauch. Ich kommentierte es nicht, aber ich weiß noch, dass ich anschließend einen Anflug von schlechtem Gewissen hatte, nicht, weil wir Sex miteinander gehabt hatten, sondern weil es am selben Tag passiert war, an dem Ida Holseth starb, und ich das diffuse Gefühl hatte, dies sei respektlos. Doch ohne dass ich sagen könnte, warum, bin ich zugleich davon überzeugt, dass ich an diesem Tag die Grenze nicht überschritten und mit dir geschlafen hätte, hätte es die Holseth-Lawine nicht gegeben und wäre Ida nicht gestorben. Am besten erinnere ich mich allerdings daran, dass mich deine Hoden, nachdem ich dir die Jeans bis zu den Knöcheln heruntergezogen hatte und ich sie aus nächster Nähe studieren konnte, an Kohlmeisen denken ließen, die sich im Winter aufplusterten. Das inspirierte mich übrigens zu einem Gedicht mit dem Titel »Kohlmeisen sind kleine Bällchen im Schnee«.

Trondheim, 23. Juni 2006. Was gibt es zu essen?

Dann sehen wir uns nächsten Sonntag beim Essen, sagt Trond. Gut, sage ich. Tschüss, sagt Trond. Tschüss, sage ich, lege den Hörer auf und gehe zurück in die Küche, gieße Teig auf das Waffeleisen und schließe den Deckel, höre es leise zischen, als der Teig zusammengedrückt wird, kurz darauf geht die Haustür, und ich höre Egil husten, ich drücke das Waffeleisen etwas fester zusammen und höre, wie das Zischen zunimmt.

Hallo, sagt Egil hinter mir, sagt es so, dass klar ist, wie müde er ist, aber ich kann mich nicht dazu durchringen, ihm das Mitgefühl zu geben, um das er bittet, er ist auch nicht sehr aufmerksam und aufmunternd, wenn ich müde bin, darum kann ich es ihm gegenüber auch nicht sein, einen Augenblick ist es still, ich habe ihm noch nicht geantwortet, drehe ihm weiter den Rücken zu.

Hallo, habe ich gesagt, sagt Egil etwas lauter, und ich drehe mich um und sehe ihn an, er steht da mit dem Aktenkoffer in der Hand, und seine Schultern sind wieder voller Haare, ich drehe mich sofort wieder um. Hallo, sage ich, und ich höre, wie müde meine Stimme klingt, ich klinge viel müder, als ich es tatsächlich bin, klinge viel müder als Egil. Was machst du da?, fragt Egil. Waffeln, sage ich, drehe mich nicht um, starre auf das Waffeleisen. Jetzt?, fragt er, und ich höre, wie er die Uhr aus dem Hemdsärmel schüttelt, ich weiß, dass er dort steht und sich fragt, wo das Essen bleibt, und ich verrate nicht, dass es im Ofen steht. Wir sollten doch jetzt zu Abend essen, sagt er, und ich höre, dass er leicht genervt ist, und schon merke ich, dass ich ebenfalls genervt bin, wenn er wüsste, wie müde ich in letzter Zeit bin, heute vielleicht nicht, aber das kann er nicht wissen, und er hat kein Recht darauf, verärgert zu sein. Ja, sage ich kurz, einen Moment ist es still, und ich sage immer noch nicht, dass das Essen im Ofen steht, ich nehme das Buttermesser und löse die Waffel aus dem Eisen, es ist vollkommen still, ich greife nach dem Schöpflöffel und gieße Teig auf das heiße Eisen, klappe den Deckel zu und drehe mich zu ihm um, er steht da und sieht mich an, und er wirkt ebenso genervt wie verwirrt. Ja ... äh, sagt er und schüttelt den Kopf, reißt dabei die Augen auf. Was gibt es denn heute zu essen?, fragt er, und ich warte einen Moment. Waffeln!, entfährt es mir, und ich drehe mich wieder um und betrachte das Waffeleisen, es zischt, grauer Dampf steigt zur Decke auf. Haha, sagt Egil, und die Art, wie er es sagt, zeigt, dass er meine Antwort nicht witzig findet. Das ist die Wahrheit, sage ich, und ich höre, was ich sage, weiß nicht, warum ich es sage, sage es einfach, drehe mich zu ihm um und lächele kalt und gleichgültig. Es gibt Waffeln, sage ich, drehe mich zum Herd. Die Kinder essen heute nicht hier, darum habe ich mir überlegt, dass es ausnahmsweise mal was Einfaches gibt, und es hört sich an, als meinte ich es ernst, und ich merke, dass ich mich dabei köstlich amüsiere. Jetzt hör auf, sagt Egil. Es gibt doch keine Waffeln, sagt er. Doch, sage ich. Ich meine es ernst, sage ich und drehe mich wieder zu ihm um, und ich sehe ihn an und lächele kalt und gleichgültig. Außerdem bin ich müde, sage ich kurz und warte einen Moment, freue mich, dass ich es als Erste gesagt habe. Ich habe letzte Nacht fast kein Auge zugetan, ich bringe heute nichts Kompliziertes zustande, sage ich. Wir können doch als vollwertige Mahlzeit keine Waffeln haben, sagt Egil. Wir essen als vollwertige Mahlzeit doch auch Pfannkuchen, sage ich. Das ist doch nicht dasselbe, sagt er. Natürlich, sage ich, Pfannkuchenteig und Waffelteig unterscheiden sich fast überhaupt nicht, sage ich, und ich höre, was ich sage, und mir wird klar, dass es tatsächlich stimmt. Beide enthalten Eier, Milch und Butter und etwas Zucker, sage ich. Jetzt hör auf, sagt Egil. Ich esse keine Waffeln zum Abendessen, sagt er. Warum nicht?, sage ich, ich sehe ihn an und versuche, erstaunt zu wirken, und er steht da und ringt nach Worten, aber ihm fällt nichts ein, was er sagen könnte, und ich merke, dass es mich diebisch freut, ihn sprachlos zu sehen. Du isst doch auch Pfannkuchen, sage ich. Ja, aber Pfannkuchen und Waffeln sind nicht dasselbe, verstehst du, sagt er. Man isst beides mit Marmelade, sage ich, und ich höre, was ich sage, und es ist die Wahrheit, ich habe recht und freue mich noch mehr. Ja, aber… sagt er. Und Zucker isst man auch auf beidem, sage ich. Das ist mir egal, sagt Egil genervt. Waffeln sind keine vollwertige Mahlzeit, sagt er, ich sehe ihn an und merke, dass es mich nervt, wenn er Waffeln nicht als vollwertige Mahlzeit anerkennt, ohne es begründen zu können.

Wenn man Pfannkuchen zum Abendessen isst, kann man auch Waffeln essen, sage ich. Beides unterscheidet sich nur im Namen, sage ich. Sie enthalten dieselben Zutaten, und man isst sie mit denselben Sachen, sage ich. Ach ja?, sagt Egil. Was ist mit Erbsensuppe?, sagt er. Isst du auch Erbsensuppe zu Waffeln?, fragt er, und ich höre seiner Stimme an, wie zufrieden er mit der Frage ist. Das habe ich noch nie probiert, aber es schmeckt bestimmt gut, kontere ich. Man kann sie ja sehr gut zu Pfannkuchen essen, sage ich, und ich höre, was ich sage, und noch einmal fällt mir auf, wie zutreffend es ist, und ich sehe ihn an, aber er steht nur da und weiß nicht, was er sagen soll, und noch einmal freue ich mich darüber, ihn sprachlos zu sehen, und einen Moment ist es still, dann seufzt er. Jetzt spinn nicht rum, sagt er verärgert. Das meinst du nicht im Ernst?, sagt er. Es gibt doch keine Waffeln zum Abendessen?, sagt er und sieht mich fassungslos an, und die Wut in mir wächst, er hat noch kein einziges Argument angeführt, warum man nicht Waffeln zum Abendessen haben kann, und doch ist er von seiner Sichtweise überzeugt. Doch, sage ich, es gibt Waffeln zum Abendessen, sage ich, und ich sehe ihn an, und er sieht mich an, und eine Weile ist es still. Tja, dann kannst du gern allein essen, sagt er sauer, er bückt sich und stellt den Aktenkoffer mit einem lauten Knall auf den Boden. Ich will was Ordentliches haben, sagt er und richtet sich wieder auf, und einen Moment ist es still, es ärgert mich kolossal, dass das Essen im Ofen steht, stünde es nicht fertig im Ofen, würde ich das Spiel jetzt weitertreiben. Ich mache nur Witze, Egil, sage ich leicht genervt, und ich merke, dass ich noch ärgerlicher werde, als ich mich höre, ich muss ihm quasi recht geben, obwohl er nicht recht hat, und das ärgert mich. Die Waffeln sind für später zum Kaffee, das Essen steht im Ofen, sage ich, einen Augenblick ist es still, und ich höre Egil durch die Nase schnauben, ich drehe mich um und sehe ihn an, und ich sehe, wie verärgert er ist, freue mich diebisch darüber, dass er so verärgert ist, merke, dass mein Ärger etwas nachlässt, wenn er sauer ist.

Jetzt sei nicht sauer, sage ich und versuche, weniger verärgert zu klingen, als ich es bin, damit er der Spielverderber von uns beiden ist. Ich bin nicht sauer, sagt er. War doch nur ein Scherz, Egil, sage ich. Ja, ja, sagt er, und ich sehe ihm an, dass er sich nur noch mehr ärgert, und ich merke, wie mich das noch mehr freut, und ich ziehe die Augenbrauen hoch und tue so, als wäre ich genervt, weil er sauer ist über einen kleinen unschuldigen Scherz, und ich sehe ihn an und schüttele den Kopf. Mein Gott, Egil, sage ich genervt. Was ist?, fragt er. Ich sehe doch, dass du sauer bist, sage ich und merke, wie gut es tut, dass ausnahmsweise er derjenige ist, der sauer ist, nicht ich. Kannst du endlich aufhören zu behaupten, dass ich sauer bin?, sagt er. Wenn ich über eins sauer bin, dann darüber, sagt er, dann sagt er nichts mehr, und ich sehe ihn einen Moment an, schüttele genervt den Kopf und drehe mich weg.

Darf ich die Lampen ausmachen?, höre ich Egil fragen, und ich drehe mich wieder um und schaue ihn an, und er steht da und zeigt auf die Lampen im Wohnzimmer, sein Blick besagt, dass ich ein absolut hoffnungsloser Fall bin, wie gedankenlos ich nur bin, das Licht einzuschalten, obwohl es draußen hell ist. Darf ich?, fragt er, und ich sehe ihn an, und die Wut in mir wächst, und ich grinse und schüttele den Kopf, wende mich wieder dem Waffeleisen zu. Von mir aus, Egil, sage ich. Von mir aus kannst du die Lampen ausmachen, sage ich, und meine Stimme klingt dabei fast freundlich. Ich verstehe nur nicht den Sinn dahinter, mitten am Tag alle Lampen brennen zu lassen, wenn die Sonne direkt durchs Fenster scheint, sagt er. Du hast ja recht, sage ich, und ich höre, wie leicht und gleichgültig meine Stimme klingt, und ich lächele, während ich nachsehe, ob die Waffel fertig ist, ich weiß, dass es ihn noch mehr nervt, wenn ich so gleichgültig lächele. Es nervt mich, das immer wieder sagen zu müssen, murmelt er, und ich höre es leise klicken, als er den Schalter betätigt, und ich höre, wie er schnell das Zimmer durchquert, höre es klicken, als er die zweite Lampe ausknipst.

Aber vielleicht hat das dein Vater ja immer so gemacht?, sagt er plötzlich, und ich höre, was er sagt, spüre, wie eine eiskalte Wut in mir hochsteigt, und ich drehe mich ganz ruhig um und schaue ihm direkt ins Gesicht. Was?, sage ich und blicke ihn unverwandt an. Sagst du das nicht dauernd selbst?, fragt er. Das hat Papa immer so gemacht, sagt er. Das hat Papa immer gesagt, und er sieht mich an, und ich fixiere ihn weiterhin, doch dann scheint ihm aufzugehen, was er gerade gesagt hat.

Oje, sagt er. Entschuldige, Silje, sagt er. Das war gemein von mir, so war es nicht gemeint, sagt er, und ich starre ihn noch ein paar Sekunden lang an, dann drehe ich mich weg, ohne etwas zu sagen, und es ist kurz still, er kommt auf mich zu und legt eine Hand auf meine Schulter, und ich spüre seine langen, dünnen Kaufmannsfinger, wie sie vorsichtig mein Schlüsselbein drücken. Du, sagt er, und seiner Stimme höre ich an, dass er seine Worte wirklich bereut. Silje, sagt er, dann wartet er einen Moment, aber ich komme ihm nicht entgegen, stehe nur da und lächele kalt und gleichgültig. Silje, sagt er noch einmal. Ja, sage ich, und meine Stimme ist kalt und gleichgültig. Entschuldigung, sagt er. Ist schon in Ordnung, sage ich, und ich rühre mich nicht, stehe stocksteif da, und er lässt die Hand über meine Schulter gleiten. Es war wirklich nicht so gemeint, sagt er. Schon gut, sage ich. Jetzt sei nicht so, sagt er, und seine Stimme klingt bittend. Es war ziemlich viel los im Laden in letzter Zeit, sagt er, und außerdem war es auch mit Mama anstrengender als sonst, sagt er. Aber ich habe wirklich nicht die Absicht, es an dir auszulassen, sagt er. Schon okay, sage ich. Mensch, Silje, sagt er. Es ist gut, dass das nicht deine Absicht ist, sage ich, dann warte ich kurz. Aber vielleicht wäre es schlauer, das Problem mit deiner Mutter anzusprechen, anstatt es an mir auszulassen?, sage ich. Ich weiß, sagt er, ich bringe es einfach nicht übers Herz, sagt er, und einen Moment ist es still, und ich grinse und schüttele den Kopf. Ich komm schon klar, so schlimm ist es nicht, schiebt er hinterher. Ja, sage ich, lächele weiterhin kalt und gleichgültig. Aber ich bin mir nicht sicher, ob sie damit klarkommt, wenn sie hört, dass sie zu nichts mehr nutze ist, sagt er. Der Laden ist ihr ganzes Leben, sagt er. Ja, sage ich mit einem Seufzer. Mensch, Silje, das verstehst du doch?, sagt er. Klar verstehe ich das, sage ich, und einen Moment ist es ganz still, dann höre ich Egil seufzen, höre, wie er wieder ins Wohnzimmer geht, und ich höre es leise knarren, als er sich in den Korbsessel setzt.

Eine Weile ist es ganz still. Wo sind denn die Kinder?, fragt Egil, und ich höre seiner Stimme an, dass er liebenswürdig sein will, aber ich komme ihm nicht entgegen, stehe da und antworte nicht. He?, sagt er, und einen Augenblick ist es still. Sie sind in einem Konzert in der Kirche, platzt es aus mir heraus, und ich höre, was ich sage, und kann nicht begreifen, wie ich auf dieses Konzert komme, merke, dass ich selbst über meine Worte staune. Aha?, sagt Egil, und er wirkt noch erstaunter als ich. In was für einem Konzert denn?, fragt er, und ich höre es rascheln, als er die Zeitung auf den Schoß legt, ich weiß, dass er jetzt dort sitzt und in die Luft starrt, während er auf eine Antwort wartet, einen Augenblick ist es still. Irgendwas von Vivaldi, sage ich nur, und ich höre, was ich sage, höre, wie echt es klingt, und ich kann nicht begreifen, wo ich das alles hernehme, wo ich dieses Kirchenkonzert hernehme. Jesses, sagt Egil. Was ist denn?, frage ich. Na ja … ich wusste nicht, dass sie diese Art von Musik mögen, sagt er. Tja, sage ich. Sie hören normalerweise ja nicht unbedingt Vivaldi, wenn sie in ihren Zimmern sind, sagt er, und er hat ja recht in dem, was er sagt, aber er war in letzter Zeit so wenig zu Hause, dass er nicht wissen kann, ob er recht hat oder nicht. Ab und zu hören sie klassische Musik, sage ich. Tatsächlich?, sagt er. Das habe ich bisher nicht mitbekommen, sagt er. Nein, sage ich nur. Ich weiß, ich war in letzter Zeit wenig daheim, Silje, sagt er. Aber ich hole das nach, sagt er. Gut, sage ich. Du, sagt er. Es ist gut, wenn du versuchst, es nachzuholen, sage ich, und ich höre, wie giftig ich klinge, ich klappe den Deckel des Waffeleisens hoch, nehme das Buttermesser und löse die Waffel aus dem Eisen, lege sie auf die anderen Waffeln.

Außerdem werden die Kinder ja auch langsam groß, sagt er, sie kriegen vieles ganz alleine hin, sagt er. Ja, klar, sage ich, und meine Stimme ist kalt und gleichgültig. Jetzt sei nicht so kurz angebunden, sagt er. Bin ich denn kurz angebunden?, frage ich. Ja, Silje, du bist kurz angebunden, sagt er, allmählich klingt er genervt. Entschuldigung, sage ich. Mensch, Silje, sagt er. Können wir nicht … Das mit deinem Vater war nicht so gemeint, sagt er. Entschuldigung, sagt Egil. Das hast du schon gesagt, sage ich. Ich dachte, das hätten wir geklärt, sage ich, und einen Augenblick ist es still, und ich höre, wie Egil seufzt, als er die Zeitung in die Hand nimmt, und es ist längere Zeit still, ich höre nur das Waffeleisen zischen und das Zeitungspapier rascheln, und dann fällt mir plötzlich ein, dass Trond gerade angerufen hat, und ich merke, wie ich mich darauf freue, ihm zu erzählen, dass Trond am Sonntag trotzdem kommt, wie kindisch es ist, sich zu freuen, dass man ihm etwas erzählt, was ihn ärgert, aber ich kann es nun mal nicht ändern, und ich drehe mich zu Egil.

Trond hat übrigens angerufen, sage ich. Ja?, murmelt Egil.

Er kommt am Sonntag trotzdem, sage ich, und Egil schließt die Augen und stöhnt oje, und ich spüre sogleich eine herrliche Schadenfreude, als ich es sehe. Oje?, frage ich und tue verblüfft. Ja, oje, sagt Egil. Ich hatte mich zur Abwechslung auf ein ruhiges Sonntagsessen gefreut, sagt er. Du kannst ja mal versuchen, etwas weniger den großen Bruder heraushängen zu lassen, sage ich, und ich höre, wie Egil höhnisch lächelt. Bin ich etwa schuld, meinst du das?, fragt Egil. Nein, nein, sage ich und grinse, es ist bestimmt nur Tronds Schuld, sage ich. Ja, das sehe ich tatsächlich so, sagt Egil, und einen Augenblick ist es still, ich hole tief Luft und sage gleichzeitig ja, und ich höre, wie ironisch es klingt, wenn ich es so sage.

Du willst ihn doch jetzt nicht wieder in Schutz nehmen, sagt Egil. Nein, nein, sage ich leichthin, es klingt fröhlich und ironisch. Silje, sagt er. Es ist ja lobenswert, dass du dich um ihn kümmerst, aber… was Trond am allermeisten braucht, sind Leute um ihn herum, die ihm klare Grenzen setzen, sagt er. Ach so, sage ich nur, und einen Moment ist es still, und ich höre, wie Egil die Zeitung wieder auf den Schoß legt. Mensch, Silje, sagt er. Kannst du nicht damit aufhören? Bitte, sagt er. Können wir uns nicht wieder vertragen?, sagt er. Na klar, sage ich. Puh, sagt er, und dann höre ich, dass er die Zeitung auf den Tisch legt, und ich höre, wie er aus dem Korbsessel aufsteht und in die Küche kommt, und ich gieße Teig in das Waffeleisen und lege die Schöpfkelle zurück in die Schüssel, dann gehe ich zum Küchenschrank, nehme Teller und Gläser aus dem Schrank und fange an, den Tisch zu decken.

Deckst du auch für die Kinder?, höre ich Egil fragen, und ich höre, wie erstaunt er klingt, ich drehe mich zu ihm um und sehe ihn an, und ich sehe, dass er sich immer mehr wundert, und ich merke, dass es mir weder peinlich ist noch dass ich sprachlos bin, ich bin ganz ruhig und entspannt, und ich lächele ihn wieder gleichgültig an. Ja, sage ich nur und stelle das letzte Glas ab, fühle mich leicht und gleichgültig und fast merkwürdig froh. Aber, sagt Egil, und ich höre, wie verwirrt er ist. Aber sind sie denn nicht im Konzert?, fragt er. Im Konzert, nein, sage ich, und ich bin überrascht, wie leicht mir diese Worte fallen, und ich gehe zum Schrank und nehme Besteck aus der obersten Schublade, gehe zum Tisch und lege das Besteck dorthin, wo es hingehört, und ich sehe hoch zu Egil und lächele dieses gleichgültige Lächeln.

Aber das hast du doch gesagt, sagt Egil, und ich sehe ihn an und kann mich kaum daran erinnern, ihn je so verwirrt erlebt zu haben, und ich merke, wie ich mich darüber freue, ihn so fassungslos zu machen. Du hast doch gesagt, sie seien zum Essen nicht da, sagt er. Das weiß ich, sage ich, und ich sehe Egil an und lächele, und er steht da mit offenem Mund und starrt mich an, irgendwo in mir drin löst sich ein Lachen, und es rollt wie eine Lawine durch mich hindurch, und ich bin kurz vorm Losprusten, weil er so verwirrt aussieht, aber ich halte mich zurück, stehe nur da und sehe ihn an, lächele. Aber, sagt er und wartet einen Moment, er sieht mich an und schüttelt fast unmerklich den Kopf. Aber … aber wo hast du das mit dem Konzert denn her?, fragt er, und ich sehe ihn mit meinem gleichgültigen Lächeln an, einen Augenblick ist es still, und jetzt muss ich antworten, ich kann genauso gut ehrlich sein. Das ist mir einfach so rausgerutscht, sage ich und zucke leichthin mit den Schultern. Es klang so schön, fand ich, darum wollte ich nicht zugeben, dass es nicht stimmt, sage ich, und ich lege die letzte Gabel an ihren Platz, und es ist mucksmäuschenstill. So wild ist das doch jetzt auch wieder nicht, sage ich, und ich sehe Egil an und lächele erneut.

Nein ... das stimmt, sagt Egil, dann wartet er einen Moment und schüttelt fast unmerklich den Kopf. Aber es ist schon eine merkwürdige Lüge, sagt er. Das stimmt, sage ich und lächele weiter, und ich sehe, wie Egils Mund aufgeht, sehe, dass er dort steht und nach Worten sucht.

Sag mal, sagt Egil, und er sieht mich an und kommt über seine Verwirrung nicht hinweg, er steht da mit offenem Mund, und in mir dröhnt es vor Lachen. Verlierst du jetzt langsam den Verstand?, sagt er. Vielleicht, sage ich, und wieder ist es kurz still. Silje, sagt Egil, und jetzt hebt er leicht die Stimme und sieht mich ernst an, und ich erwidere seinen Blick, lächele, so ruhig ich kann. Ja, sage ich. Was ist los?, fragt er. Nichts, sage ich. Du ... du bist zurzeit so komisch, sagt er. Findest du?, sage ich. Ja, ich finde schon, sagt er. Ich würde dir ja gern zustimmen, sage ich, und ich höre, was ich sage, und ich weiß nicht, was ich damit sagen will, es rutscht mir einfach heraus. Und was um alles in der Welt soll das jetzt heißen?, fragt er und sieht mich wieder mit diesem verwirrtem Blick an. Nichts, Egil, sage ich. Ich versuche wohl nur, mich interessant zu machen, sage ich, und ich sehe Egil an und lächele, und er sieht mich an, und einen Moment ist es still, dann fängt er plötzlich an zu lachen. Du bist wirklich komisch, sagt er. Wenn du meinst, sage ich. Liebst du mich auch, wenn ich komisch bin?, frage ich. Ich liebe dich, weil du so komisch bist, sagt er, und dann kommt er auf mich zu, nimmt mich in den Arm und drückt mich an sich.

Und du wirst anscheinend immer komischer!, sagt er. Du findest mich also nicht langweilig?, frage ich, und ich höre meine Frage und kann nicht begreifen, woher sie kommt. Langweilig?, sagt Egil. Ich könnte allerhand sagen über einen Menschen, der mir solche Geschichten auftischt wie du vorhin, sagt Egil, aber langweilig trifft es nicht, sagt er. Findest du mich denn unselbstständig?, rutscht es mir heraus, und ich sehe ihn an und frage mich, wie ich darauf komme, es ist fast so, als würde ich nicht selbst reden, als spräche jemand durch mich hindurch, und irgendwie frage ich mich jetzt, ob ich nicht tatsächlich unselbstständig bin, irgendwo muss das alles ja herkommen, und vielleicht stimmt es ja, dass ich unselbstständig bin. Warum um alles in der Welt fragst du mich das?, sagt Egil und sieht mich skeptisch an, ich lächele ihm zu, und er zuckt mit den Schultern, und einen Augenblick ist es ganz still.

Hat Oddrun wieder was gesagt?, fragt Egil plötzlich. Nein, nein, sage ich, und Egil sieht mich an und lächelt verschmitzt, und ich kann sehen, dass er mir nicht glaubt. Hat sie behauptet, du wärst unselbstständig?, fragt er, er lacht und schüttelt den Kopf. Nein, nein, sage ich. Doch, sagt Egil. Das sehe ich dir an, sagt er. Dann hat sie wohl auch was gesagt, gebe ich zurück. Mein Gott, sagt er und lacht wieder. Du solltest dir nicht alles zu Herzen nehmen, was sie sagt, Silje, sagt er, er sieht mich an, und ich sehe ihn an, habe aber keine Lust, ihm zu widersprechen, ich kann mich nicht erinnern, dass Mama behauptet hat, ich sei unselbstständig, aber das ist nicht so wichtig, es ist egal. Also ... wenn sie so was in der Art loslässt, dann meint sie eigentlich sich selbst, sagt er. Sich selbst?, frage ich. Silje, sagt Egil, und er beugt den Kopf leicht vor, bedenkt mich mit einem väterlichen Blick. Unselbstständig ... sagt er. Diese Eigenschaft passt wohl eher zu Frauen aus Oddruns Generation als zu Frauen aus deiner, sagt er. Wenn sie von Unselbstständigkeit spricht, meint sie die Frau, die sie selbst in ihrer Jugend war, sagt er. Das ist doch ein verbreiteter psychischer Mechanismus, eine Trauerreaktion, weil sie das Leben, das sie sich damals so sehr gewünscht hat, nicht hatte, sagt er.

Du hast doch selbst erzählt, dass sie sich erst getraut hat, ihr eigenes Leben zu leben, als sie schon etwas älter war, sagt er, nachdem dein Vater gestorben war, fügt er hinzu.

Was du alles weißt und durchschaust, sage ich, sehe ihn an und lächele wieder gleichgültig. He du, sagt er. Jetzt fang nicht wieder damit an. Nein, nein, sage ich. Stimmst du ihr denn zu?, fragt er. Ich weiß nicht recht, sage ich. Aber, sagt Egil und unterbricht sich selbst, er sieht mich lachend an und schüttelt ungläubig den Kopf. Inwiefern solltest du denn unselbstständig sein?, sagt er. Du hast ja alle Möglichkeiten, fährt er fort, du brauchst ja nur rauszugehen und sie zu nutzen, sagt er. Ja, da hast du wohl recht, sage ich, dann wird es still, und wir stehen da und sehen einander an. Mein Gott, Silje, sagt er. Was hindert dich denn daran?, sagt er und hebt ratlos die Hände. Habe ich dich je an etwas gehindert, was du machen wolltest?, sagt er, und er sieht mich an und wartet darauf, dass ich etwas sage, und ich weiß nicht recht, was ich sagen soll, es kommt mir vor, als würde ein anderer durch mich hindurch sprechen, und ich stehe nur da und warte auf das, was ich sagen werde. Ich weiß nicht, was mich hindert, sage ich. Aber … äh, wozu hast du denn Lust?, fragt er. Ich weiß nicht, wozu ich Lust habe, sage ich. Ich mache halt das, was man so macht, sage ich, und ich höre, was ich sage, und frage mich, wo ich das alles hernehme. Meinst du das, wenn du von unselbstständig sprichst?, fragt Egil. Vielleicht, sage ich und warte einen Moment. Darüber habe ich eigentlich noch nie nachgedacht, sage ich, und ich sehe Egils verwirrtes Gesicht, und einen Moment ist es still, dann fange ich an zu lachen, und Egil steht da und sieht mich an, er schüttelt den Kopf. Um Himmels willen, was ist bloß mit dir los?, sagt er. Erst diese Flunkereien, dann die Selbstvorwürfe, und dann … was ist bloß los?, sagt er, und er wirkt fassungslos, und ich sehe ihn an und lache, und Egil zieht die Augenbrauen hoch und schüttelt den Kopf, bevor auch er zu lachen beginnt. Mein Gott, wiehert er und fährt sich mit der Hand durch das dünne Haar, wie gut, dass wir bald nach Brasilien fliegen, sagt er, ich glaube, du bist urlaubsreif, sagt er.

Trondheim, 10.–12. Juli 2006

Als ich mir ein Experiment ausdachte:

Auch wenn ich heute nicht mehr weiß, wie wir dort hinaufgekommen sind und was wir dort oben wollten, standen wir auf einem Getreidesilo und blickten über Namsos. Anfangs erinnerten mich die Autos an Meerschweinchen und später, als sie durch die schmalen labyrinthartigen Straßen sausten, an Mäuse, die man für ein Experiment benutzte, und vermutlich kam ich deshalb auf das alberne Wortspiel, das ich von da an als einfachen, lustigen Test einsetzen sollte, um herauszufinden, ob ein Mann für mich von Interesse war. Jedenfalls drehte ich mich plötzlich zu dir um und fragte, was dir als Erstes in den Sinn käme, wenn du den Ausdruck »krause Maus« hören würdest, und als du sofort und voller Ernst »eine Maus mit Afrolook« sagtest, kam ein glückliches Giggeln aus meinem Mund, und wohl mehr zu meiner Überraschung als zu deiner sagte ich geradeheraus, ich sei in dich verliebt (langweilige Männer sehen natürlich eine Möse mit krausem Haar vor sich). Unbekümmert lächelnd, fast schulterzuckend sagtest du daraufhin, du seist auch ein bisschen verliebt in mich, und nachdem wir uns zwei oder vielleicht auch drei Sekunden lang angeschaut hatten, mussten wir beide lachen. Wir fassten uns nicht bei den Händen. Auch sagten wir kein weiteres Wort. Wir blieben einfach stehen und schauten über die Stadt, lächelnd, den Wind in den Haaren. Ich erinnere mich genau, dass sich ein Flugzeug von Widerøe quer durch den grauen Himmel fraß.

Als ich einen Albtraum hatte:

Am Tag vor unserer Abreise waren wir bei Jon gewesen und hatten uns einen bescheuerten Videofilm angeschaut, in dem sich acht schwarzgekleidete Polizisten einer Spezialeinheit je ein Seil schnappten, aus dem Hubschrauber sprangen und sich auf das Dach eines Lagergebäudes herabließen, in dem sich ein paar Ausbrecher versteckten. In meinem Albtraum wurden daraus ebenso viele Spinnen, die ihre Fäden spannen und sich auf ein Bergzelt herabließen, in dem wir völlig ermattet schliefen, nachdem wir kilometerweit durch feuchte, kräftezehrende Moorlandschaft gewandert waren. Ich habe zwar keine Spinnenphobie und hatte sie auch damals nicht, dennoch hatte ich mich im Traum, vermutlich aufgrund des glatten grünen Ajungilak-Schlafsacks, in dem ich lag, in eine fette grüne Raupe verwandelt, auf die es die Spinnen abgesehen hatten, weshalb ich außer mir war vor Angst. Die wenigen Male, die ich zuvor Albträume gehabt hatte, war die Angst weg gewesen, sobald ich die Augen aufschlug, dieses Mal war es anders, denn als ein kleiner Windstoß den Zeltstoff flattern ließ, woraufhin sich ein paar Tropfen, die an der Zeltdecke hingen, lösten, mir auf die Stirn fielen und mich weckten, war ich davon überzeugt, das Gewicht der Spinnen sei die Ursache dafür, und als ich hochschnellte und mir der Schlafsack quasi bestätigte, dass ich tatsächlich den glatten, grünen Körper einer Raupe hatte, reagierte ich vollkommen hysterisch. Schreiend und mit den ruckartigen Bewegungen einer Raupe robbte ich blitzschnell aus dem Zelt (in dem ich die Puppenhaut zu erkennen meinte, in der ich wohnte), um dann die kleine Böschung hinunterzurollen, die zum Bach mit all seinen Blumen führte. Dort blieb ich auf dem Rücken liegen, in Todesangst und wie erstarrt, damit mich die Spinnen nicht fanden. Was in Wahrheit Krähen in Baumwipfeln waren, sahen für mich wie Heidelbeeren aus, die hoch oben im Heidekraut hingen, und das Flugzeug, das sich quer durch den tiefblauen Himmel fraß, hielt ich für einen weißen Vogel.

Ich weiß nicht, wie lange ich so dagelegen hatte, starr vor Schreck, mit weit aufgerissenen Augen (bestimmt nicht länger als eine oder zwei Sekunden), doch als du meinen Namen riefst, erst einmal, dann noch einmal, ließ mich zumindest der Traum allmählich los. Die Landschaft um mich herum nahm peu à peu Gestalt an, fast so, wie wenn sich der Nebel hebt und Kobolde und Trolle wieder zu Bäumen und Wurzeln werden, und als du neben mir auf die Knie fielst und ich dein großes, besorgtes Gesicht auf mich herabschweben sah (so wie ein fieberkranker Säugling vermutlich den eigenen Vater erlebt, wenn dieser sich über die Wiege beugt, um zu fühlen, ob die Stirn seines Kindes heiß ist), war ich wieder so gut wie wach.

Ich konnte nicht aufhören zu weinen, als ich dir von meinem Traum und meiner schrecklichen Angst erzählte, doch als in mir allmählich die Gewissheit reifte, dass es nur ein Traum gewesen war, ging das Weinen langsam in Lachen über, und während ich dort saß, schluchzte und lachte, spürte ich plötzlich etwas Ähnliches wie damals nach Papas erster Operation, als wir glaubten, alles würde wieder gut werden. Die Angst und die Verzweiflung, die ich vor und während des Eingriffs empfunden hatte, waren noch nicht vollständig gewichen, doch zugleich hatten sich unbeschreibliche Erleichterung und Freude meines Körpers bemächtigt, und in diesem Zwischenstadium wurde ich von Dankbarkeit erfüllt und von dem intensiven, nahezu rauschhaften Bedürfnis erfasst, zu allen um mich herum gut und ehrlich zu sein. Und nicht nur das. In meiner Erinnerung war ich plötzlich davon überzeugt, dass die Welt und die Menschen im Grunde gut waren und die Liebe stärker war als alles andere.

So in etwa fühlte ich mich auch jetzt, nur natürlich in weitaus abgeschwächter Form, und nachdem wir in das Zelt zurückgekehrt waren und dort nebeneinanderlagen, jeder in seinem Schlafsack mit den Händen unter dem Kopf, spürte ich am ganzen Körper, dass ich dich liebte und mich auf dich verlassen konnte, und in der Folge war ich ungewöhnlich offenherzig, was sich auf dich übertragen haben musste, denn als ich im Verlauf der Unterhaltung darauf zu sprechen kam, dass ich es nicht gut fand, wenn Mama mit so vielen verschiedenen Männern ins Bett ging, sagtest du, das sei in jedem Fall besser, als vor der eigenen Sexualität davonzulaufen, wie deine Mutter es tat.

Für Berit war Sex und alles, was mit Sex zu tun hatte, eklig, so kam es dir jedenfalls vor. Ihr ganzes Verhalten, die von ihr hochgehaltenen Werte und Normen zeigten, dass sie auf keinen Fall über Sex sprechen, nicht an Sex denken und ganz sicher auch keinen Sex haben wollte. Du hattest außerdem den Verdacht, ihr problematisches Verhältnis zu Sex sei der Grund, weshalb sie Arvid geheiratet habe, er sei nämlich nicht nur Pfarrer und somit besonders empfänglich für Vorwürfe hinsichtlich fehlenden Anstands und mangelnder Schicklichkeit, er sei auch als Person nahezu asexuell. Er sei pedantisch und penibel und reagiere voller Abscheu, wenn er nur eine nackte Brust im Fernsehen sehe, sagtest du, bevor du, ohne den Blick von dem leicht flatternden Zeltdach zu nehmen, fortfuhrst, du hättest die Befürchtung, das problematische Verhältnis deiner Mutter zu Sex sei darauf zurückzuführen, dass dein biologischer Vater ein Sexualstraftäter gewesen sei, der Berit seinerzeit vergewaltigt und geschwängert habe. Das könnte erklären, wieso sich deine Mutter weigerte, über ihn zu reden, und warum sie sich so hartnäckig wehrte, seine Identität preiszugeben, was wiederum erklären könnte, warum die fremde Frau in dem orangefarbenen Audi, die laut dieser Theorie ein weiteres Opfer deines biologischen Vaters wäre, so ein erschrockenes Gesicht gemacht hatte, als sie dich vor unserem Haus stehen sah: Sie habe, wie ich auf gut Glück gemutmaßt hatte, als wir auf der Treppe standen, deinen Vater in dir erkannt und somit die Vergewaltigung noch einmal durchlebt, der sie einst ausgesetzt gewesen war.

Nachdem ich den eher zaghaften Versuch unternommen hatte, dich daran zu erinnern, dass das trotz allem lediglich Spekulationen seien, lagen wir sekundenlang da, ohne ein Wort zu sagen, daran erinnere ich mich noch. Das Gespräch hatte etwas abrupt begonnen und genauso abrupt geendet, und dieser Umstand sowie der Ernst des Gesagten verwirrten mich und machten mich sprachlos, was auch für dich galt, das begriff ich, als ich mich zu dir umdrehte und deinem Blick begegnete (du bist, gelinde gesagt, nicht gerade der offenherzigste Mensch, den ich kenne, und du hattest sicherlich nicht vorgehabt, dies zu sagen). Das leicht Komische an der Situation, wie wir dort lagen, gleichermaßen perplex über die Richtung, die das Gespräch genommen hatte, ließ uns beide unvermittelt und absolut gleichzeitig in Gelächter ausbrechen, und die Stimmung war bestens, als wir aus den Schlafsäcken krochen und den Tag in Angriff nahmen.

Meiner Erinnerung nach versuchten wir, vor dem Frühstück ein wenig zu angeln. Es ging ein leichtes Lüftchen, und die roten und weißen Styroporschwimmer schaukelten in den sanften

Wellen hin und her. In regelmäßigen Abständen mussten wir die Angeln einholen und wieder auswerfen, denn der Wind zog die Schwimmer langsam, aber sicher nach unten, wo vereinzelt Schilf aus dem Wasser ragte, das aussah wie Haare nach einer missglückten Transplantation.

Einer unserer unzähligen Auftritte vor Mamas Gästen:

Der Kontrabasshals ragte aus dem dünnen, wabernden Schleier aus Zigarettenrauch wie ein spitzer Berggipfel aus dem morgendlichen Nebel, und während Jons Finger wie schwere Bärentatzen über die Saiten trotteten, saßen Mamas Gäste da und lauschten, beschwipst vom Rotwein, mit Ohren, die sich um die Töne legten, wie Muscheln sich um ihre Perlen schlossen und diese hegten (wow, klingt das schön). Du hast neben Jon gestanden, reglos, mit herabhängenden Armen, und auf deine Füße geschaut, so dass die langen Haare dein Gesicht wie schwere Vorhänge umrahmten. Und dann, wenn Jon plötzlich umschwenkte und seine Finger von tapsenden Bärentatzen zu wütenden Spinnenfüßen wurden, die nur so über die Saiten flogen, nahmst du die rechte Hand hoch und hast dem Mikrofon einen kräftigen Schlag versetzt, in etwa so, wie ein Mafioso einem Mann, dem er Angst einjagen will, auf die Schulter haut (kameradschaftlich drohend). Anschließend hast du es dann wieder mit einem Ruck zum Mund gezogen und einen Text hineingebrüllt, den ich geschrieben hatte und von dem ich glaubte, ich hätte ihn irgendwo in Mamas Wohnung versteckt, weshalb ich heute den ganzen Vormittag nach ihm gesucht habe.

Aber wie so viele andere Texte aus dieser Zeit muss er bei einem meiner zahlreichen Umzüge im Laufe meines Erwachsenen-Lebens verschwunden sein, und die einzige Zeile, an die ich eine klare Erinnerung habe, lautet: Vivaldi hat man mit Panflöten umzingelt, den Dorsch hat man in Blöcke gesperrt, wir wollen nun den Supermarkt sprengen, denn dieses Leben ist verkehrt. Eine Zeile, der ich ansehen kann, dass ich sie geschrieben habe und sonst niemand, in der aber gleichzeitig so sehr die jugendliche Wut und Intensität und der Drang, den wir damals verspürt haben, zum Ausdruck kommen, dass sie heute fremd auf mich wirkt, nachdem ich, es tut weh, das sagen zu müssen, zu einer durch und durch tragischen Figur geworden bin, so dass ich mich in schweren Stunden in einer anderen Zeile, die ich damals verfasst habe, beschrieben finde, nämlich in: »Sie ist ein leuchtender Stern und doch vor langer Zeit erloschen.«

Mama und ihre Freunde gehörten einem Milieu an, das Kreativität und Originalität großschrieb, und obwohl einige der Anwesenden sicherlich das Amateurhafte unserer Texte, unserer Musik und unserer Darbietungen durchschauten, klatschten sie frenetisch, wenn wir fertig waren, was du, der du größere Ambitionen im Bereich Kunst und Literatur hattest als im Bereich Musik, wohl genießen konntest, aber auch nicht mehr, Jon jedoch stieg es fast immer zu Kopf. Im weiteren Verlauf der Party war er mit fishing for compliments beschäftigt und wurde anfangs reichlich belohnt, es gab allerdings auch Grenzen für die Bereitschaft der Leute, sein Bassspiel zu loben, und ohne dass er es selbst merkte, mieden ihn die anderen mit der Zeit so gut sie konnten. Sie mussten mal kurz um die Ecke verschwinden, wenn er mit ihnen reden wollte, oder sie taten so, als würden sie es nicht merken, wenn er Blickkontakt zu ihnen suchte, und später am Abend, als alle besoffen waren und die Hemmungen fielen, verlor einer von Mamas Freunden die Geduld und forderte ihn auf, sich zu verpissen, was Jon aus seinem Alkoholrausch wie auch aus seinem Egorausch riss. Eine Weile lief er mit einem gequälten Lächeln durch die Gegend und sagte kein Wort mehr, doch dann überwog sein Schamgefühl, er täuschte Kopfschmerzen vor und verließ die Party wie ein verletztes Tier, das tat er immer, wenn er etwas Gegenwind bekam.

Übrigens waren Feigheit und mangelnder Mut der Grund, weshalb er nicht ernsthaft Musiker wurde, sondern als Jugendarbeiter und Bassist in verschiedenen mittelmäßigen lokalen Rockbands endete (das war er zumindest, als ich ihn vor ein paar Jahren traf). Er behauptete gerne, er hätte auf den Studienplatz in Musik verzichtet, weil er sich um seine Mutter kümmern musste, doch auch wenn sie streckenweise über längere Zeit krank war, war sie nicht so schwach, dass das nötig gewesen wäre, und du wusstest genauso gut wie ich, dass es nur eine willkommene Ausrede war, auf die er sich berief, um nicht ernsthaft sein Glück versuchen zu müssen. Wir waren beide wütend auf ihn und fassungslos, versuchten aber, es ihm möglichst nicht zu zeigen, denn genau das wollte er erreichen. Er hörte es gern, wenn andere verzweifelt waren, weil er sein Talent nicht nutzte, und ich habe ihn noch nie so glücklich gesehen wie damals, als irgendein Gitarrenheld, dessen Namen ich vergessen habe (ein langhaariger Jazzmusiker, der in Namsos einen Workshop gab), zu ihm sagte, er hätte zu den Besten gehören können, wenn er es nur versucht hätte.

Während ich dies schreibe, wird mir klar, dass wohl ähnliche Gründe hinter all seinen halbherzigen Selbstmordversuchen gesteckt haben mussten. Im Gegensatz zu dir und mir beispielsweise, die wir Wert auf die eigene Entscheidungsfreiheit legten und glaubten, man könne aus Mustern ausbrechen, in die man als Kind hineingewachsen war, sah Jon sich selbst ausschließlich als Produkt seiner Umgebung, und vermutlich waren die Schwermut und das Selbstmitleid, die diese Opferrolle mit sich brachte, verantwortlich dafür, dass er in regelmäßigen Abständen damit drohte, sich das Leben zu nehmen. Dir und mir war natürlich klar, dass er nur auf Aufmerksamkeit und Mitleid aus war und dass es ihm im Traum nicht einfallen würde, sich umzubringen, doch darüber konnten wir mit anderen nicht reden, man hätte uns als gefühlskalt abgestempelt. Als er mir den 18. Geburtstag vermasselte, indem er sich im Klo einschloss und damit drohte, sich mit einer Rasierklinge die Pulsadern aufzuschneiden, hatte ich allerdings genug und brüllte grinsend vor allen Gästen, nur zu, aber beeil dich, hier wartet heute Abend noch viel Bier auf uns. Ich glaube, das hat Jon mir nie verziehen. Er selbst behauptete zwar, er sei total besoffen gewesen, was nicht stimmte, und er würde sich an nichts erinnern, doch die Distanz, die zwischen uns entstanden war, wurde an diesem Abend noch größer.

Als eine schon etwas ältere, fette Frau einen deplatzierten Kommentar über uns abließ:

Da der Bootsschuppen gerade frisch gebeizt worden war und eine kleine Stahlleiter voller Farbflecken an der Wand lehnte, waren wir noch tropfend von einer Runde Schwimmen im Wasser aufs Dach geklettert, wo wir nun mit dem Rücken auf der rauen, schwarzen und von der Sonne erhitzten Dachpappe lagen, du mit den Händen unter dem Kopf, ich mit den Armen neben dem Körper. Der Fönwind strich warm über meine leicht fröstelnde Haut, und während meine langen, mit einem roten Gummi zusammengehaltenen Haare noch feucht waren und kalt und schwer auf meiner Schulter lagen, war mein Bikini bereits genauso trocken wie deine blaue Adidas-Shorts, das fiel mir auf, als ich den Kopf zur Seite drehte, um nachzuschauen, ob dein Penis in dem hauchzarten Stoff eine kleine Beule bildete, was er zu meiner großen Enttäuschung nicht tat.

Ich wollte dich gerade fragen, ob das Wasser ziemlich kalt gewesen sei, aber ich hatte gelernt, dass man sehr vorsichtig sein musste, wenn man über die Penisgröße Witze machte, darum ließ ich es bleiben, drehte stattdessen den Kopf auf die andere Seite und sah über das blau glänzende Meer, wo ein Motorboot mit zwei Jungen in roter Rettungsweste vorbeituckerte. Als sie die wie eine Brust geformte Schäre passierten, in der die Möwen ihre Nester hatten, stürzten sich die Vögel auf sie herab, um anschließend in sanften Bögen wieder hochzusteigen und sich erneut auf das Boot zu stürzen, schreiend und mehrere Meter im freien Fall, so dass einer der Jungen Angst bekam und seinen Arm auf den Kopf legte, um sich zu schützen. Ich stieß dich an und lachte, und als du den Kopf über das Dach gestreckt, mit einer Hand die Augen beschattet zu ihnen hinübergeschaut hast, sagte ich, dass wohl die Möwenmutter ihre Jungen beschützen wolle, was dann vermutlich der Auslöser dafür war, dass du kurz darauf anfingst, über deine Mutter zu reden und dass sie dir nicht verraten wollte, wer dein Vater sei.

Ich hatte immer den Eindruck gehabt, du würdest nicht gern über deinen biologischen Vater reden, aber nun hattest du mir gegenüber das Thema innerhalb relativ kurzer Zeit zweimal angesprochen, woraus ich schloss, dass du zurzeit häufig an ihn dachtest, was du dann indirekt bestätigt hast, als du auf einen der jüngsten seltsamen Vorfälle zu sprechen kamst.

An einem der ersten Tage des alljährlichen Namsos-Markts habt ihr zwei, Jon und du, bei einer der vielen Buden vorbeigeschaut, die Militärartikel verkauften, und als du mit Militärstiefeln und einer Jacke mit drei Streifen auf der Schulter, die dir das gewünschte Freakimage verleihen sollte, nach Hause kamst, reagierte Berit spontan mit einem völlig unerwarteten Wutausbruch, sie herrschte dich an, auf der Stelle das Nazikostüm auszuziehen. Nach allem, was du sagtest, war sie von ihrem Wutausbruch mindestens ebenso überrascht wie du, und nur eine Sekunde später hatte sie versucht, das Ganze mit einem unsicheren und ängstlichen Lachen zu überspielen (als wäre es ein Scherz gewesen), und als du fragtest, was bloß in sie gefahren sei, kehrte sie dir, nachdem sie alles beiseitegewischt hatte, den Rücken zu, und du wusstest nicht, ob sie lachte oder weinte, als du anschließend in dein Zimmer marschiert bist.

Und dieser Vorfall war nicht der einzige. Du hattest bisher nicht sonderlich viel darüber nachgedacht, aber Berit hatte stets seltsam und für dich unverständlich reagiert, wenn sie dich in bestimmten Situationen erlebte. Sie fand es beispielsweise widerlich, wenn du das Kinn vorschobst, als wolltest du den Unterkiefer etwas strecken oder die Haut am Hals glätten, und sie musste sich wegdrehen, fügtest du hinzu, wenn du beispielsweise die Oberlippe nach oben schobst und gleichzeitig geräuschvoll durch die Nase einatmetest, als wärst du erkältet.

Und beides hing mit deinem biologischen Vater zusammen, meintest du. So wie die fremde Frau in dem orangefarbenen Audi ihre eigene Vergewaltigung erneut durchlebte, als sie einen jungen Mann erblickte, den sie vorher noch nie gesehen hatte, so erlebte deine Mutter ihre Vergewaltigung noch einmal, wenn sie dich in Situationen sah, in denen du deinem Vater besonders ähnlich warst.

Jetzt suchst du also nach einem Offizier mittleren Alters mit Muskelzuckungen, sagte ich, woraufhin du in lautes Gelächter ausbrachst, das so lange anhielt, dass eine verärgerte und verrauchte Frauenstimme unterhalb des Schuppens schließ-

lich sagte: Ist ja gut. Wir stützten uns sofort auf die Ellbogen und lugten über die Kante, und dort sahen wir drei fette bleiche Frauen von nicht ganz vierzig Jahren auf den Klippen liegen. Sie lagen auf dem Bauch und hatten einen leichten Knick im Rücken, der Oberkörper war nach oben gestemmt (sie stützten sich mit den Ellbogen ab), so dass sie in Kombination mit der feuchtglänzenden Haut, die so stramm über dem Fett spannte, dass es schien, als würde sie gleich reißen, wie drei Seelöwen aussahen, die kurz davor waren, sich ins Wasser gleiten zu lassen.

Frech, furchtlos und provoziert von dem deplatzierten Kommentar der einen fingen wir sogleich an, mit spöttischen Kommentaren zurückzuschießen. Ich finde es beängstigend, dass ich als Achtzehnjährige genau wusste, wie man Frauen trifft, die im selben Alter sind, wie ich es heute bin, denn während du dich an einem bescheuerten Kommentar über die weibliche Periode und PMS versuchtest, setzte ich mich so hin, dass sie den besten Blick auf das hatten, was damals noch ein schlanker, gutgebauter Körper mit festen Brüsten war, die ein wenig aus dem Bikinioberteil herausschauten, und dann grinste ich ironisch und sagte etwas in der Art von, dass sie nur neidisch auf meine Jugend seien, die sie längst eingebüßt hätten. Es geschah ganz instinktiv, und ich weiß noch, dass es mich fast genauso überraschte wie ihre Reaktion, die bei der einen darin bestand, mich als lächerlich abzustempeln, was ihr jedoch nicht gelang, weil sie dafür viel zu getroffen, wütend und erbost war, weshalb sich ihr aufgesetztes Lachen mehr und mehr in ein wütendes Fauchen verwandelte.

Als Berit sich einmal umdrehte und uns ansah:

Während Arvid den Rasen mähte und Berit das Gartentor strich, saßen wir beide auf dem kleinen Steintisch unter dem Kirschbaum, über meine Kladde gebeugt, auf die ich gerade Kaffee gekleckert hatte, so dass Teile der Schrift verwischt und die Buchstaben nahezu unmöglich zu lesen waren. Es ist in etwa so, wie wenn man durch Wasser stapft und eine Flunder dabei aufgeschreckt wird, sagte ich damals, und als du mich batst, das näher zu erklären, und ich eine Flunder beschrieb, die über den Boden schoss, so dass der Sand aufgewirbelt wurde und das Wasser um deine nackten Beine trüb und unklar wurde, schobst du deine Hand fast bis zu meiner heran, und ich erinnere mich an die angenehme Wärme, die durch meinen Unterarm strömte, als deine Finger meine berührten. Doch nur Sekunden später, als Berit den Pinsel auf den Farbeimer legte, aufstand und sich zu uns umdrehte, zogst du wie zufällig deine Hand zurück. Ich bin müde, sagtest du, und dann hast du dich auf dem Campingstuhl nach hinten gelehnt, die Arme über den Kopf gestreckt und gegähnt.

Aber anders als du dachtest, war Berit nicht eifersüchtig. Das begriff ich, als sie, die es anscheinend schwierig fand, dergleichen mit dir anzusprechen, ein paar Tage später auf mich zukam und fragte, ob wir verhüteten. Sie lächelte freundlich, fast wie eine Freundin, und als ich nickte und ja sagte (du achtetest sogar noch weit mehr darauf als ich), legte sie eine Hand auf die Brust und stieß die ganze Luft in ihren Lungen auf einen Schlag aus, als wäre sie wahnsinnig erleichtert. Ich weiß ja bestens, wie es ist, in jungen Jahren ein Kind zu kriegen, und das ist wirklich nicht zu empfehlen, sagte sie, und bevor wir auseinandergingen, fragte sie noch, ob ich ihr versprechen könnte, dir von diesem

Gespräch nichts zu erzählen. Er glaubt dann nur, dass ich ihn kontrollieren will, sagte sie, zwinkerte mir verschwörerisch zu und schob hinterher: Du weißt ja, wie er ist, er will unbedingt frei und unabhängig sein.

Und vielleicht war es genau das in Kombination mit der Angst, Berit könnte eifersüchtig sein, was dich die Hand zurückziehen ließ, als sie sich zu uns umdrehte. Du wolltest nicht nur vermeiden, dass deine Mutter in uns ein Paar sah, du wolltest auch um jeden Preis vermeiden, dass andere es taten, und wenn ich dich fragte, warum, kamst du immer mit irgendeinem Klischee im Stil von: Ich will mich nicht binden, jedenfalls noch nicht.

Trondheim, 3. Juli 2006. Familienessen bei Silje und Egil.

Wir sitzen am Tisch und essen, und keiner sagt etwas, ich höre Elses Messer über den Teller kratzen, und ich höre, wie Egil auf der anderen Tischseite mmh sagt, höre das Gluckern, wenn Wein nachgeschenkt wird, und ich sehe, dass Trond sich gerade ein weiteres Glas genehmigt, er stellt die Weinflasche mit einem dumpfen Geräusch auf den Tisch und sieht mich an, während er das Glas anhebt. Tut mir leid, dass ich am Donnerstag nicht kommen konnte, sagt er, und seine Stimme ist dunkel und etwas heiser, er trinkt einen Schluck Wein und streicht die dicken langen Haare hinters Ohr, beugt sich über den Teller. Kein Problem, sage ich, und ich sehe ihn an und lächele. Ich habe gehört, dass es eine schöne Beerdigung war, sagt er und schiebt sich ein großes Stück Fisch in den Mund, sieht mich interessiert an, während er kaut. Das stimmt, sage ich, und ich sehe die Beerdigung vor mir, all die schwermütigen traurigen Gesichter, und ich höre den ernsten Pfarrer stammeln. Die Beerdigung war ganz in Ordnung, sage ich, und ich muss schmunzeln über die saloppe Ausdrucksweise, ich sehe Trond an und lächele, zucke kurz mit den Schultern. Sie war halt so, wie Beerdigungen sind, sage ich, und Trond nickt und erwidert mein Lächeln. Und wie geht es dir?, fragt er. Tja, ganz gut, sage ich, obwohl es doch sehr plötzlich kam, füge ich hinzu, und ich sehe ihn an und wiege den Kopf hin und her, er lächelt freundlich und nimmt einen Schluck Wein.

Das Komische, wenn Eltern sterben, ist, sage ich, man fängt an, darüber nachzudenken, dass man selbst der Nächste in der Schlange ist, sage ich. Wie im Sportunterricht in der Schule, plötzlich steht man ganz vorne und ist an der Reihe, sage ich, und dann lache ich kurz. Tja, man sollte das Leben genießen, solange man kann, sagt Trond, und auch er lacht kurz. Ja, sage ich, beuge mich über den Teller und schiebe mir ein kleines Stück Fisch in den Mund, ich sehe hoch zu Egil, sehe plötzlich, wie Egil dasitzt und mich anstarrt, er lächelt mich böse an, was ist denn jetzt schon wieder, was hat er bloß?

Sie war immerhin deine Mutter, Silje, sagt Egil, und einen Augenblick ist es still, ich sehe ihn an und runzele die Stirn. Was willst du damit sagen?, frage ich. Ich finde nur, dass ihr euch etwas respektlos anhört, sagt er, sie war halt so, wie Beerdigungen sind, sagt er und starrt mich an, hält an seinem bösen Lächeln fest, und einen Augenblick ist es ganz still, ich sehe Trond an, und Trond starrt Egil an, und ich betrachte Else, und Else senkt den Blick und zupft die Serviette zurecht, die auf ihrem Schoß liegt, und ihr langes, schmales Gesicht ist plötzlich angespannt, sie wirkt leicht gekränkt, leicht verärgert, und wieder ist es kurz still, dann begreife ich plötzlich, worum es hier geht, Egil spricht zu Else, nicht zu mir, er spricht zu seiner Mutter und nicht zu mir, und ich schaue zu Egil hin und merke, wie gereizt ich bin.

Ja, ja, sagt Trond plötzlich und sieht Egil an. Wir wissen, dass du Mama lieb hast, Egil, sagt er, sagt es geradeheraus, und ich zucke dabei fast zusammen, und einen Augenblick ist es ganz still, ich spüre eine leise Freude, die durch meinen Körper rieselt, denn das geschieht Egil und Else nur recht, und es ist immer noch ganz still, Else kneift den Mund zu, und ihr Gesicht wirkt noch angespannter, sie atmet schneller als sonst, während sie den Kragen des beigen Hosenanzugs richtet, Egil starrt Trond wutentbrannt an. Was hast du bloß?, sagt Egil, und Trond grinst und schüttelt den Kopf. Nichts, sagt er, dann wird es wieder still.

Kannst du mir das Salz reichen, Egil?, fragt Else, und ich starre sie an, sie wirkt immer noch angespannt und gekränkt, und ich merke, dass sie mich nervt, sehe zu Egil hinüber, und Egil legt Messer und Gabel auf seinen Teller, und sein Gesicht ist angespannt und streng, er hebt das Kinn leicht an, während er sich über den Tisch beugt und den Salzstreuer in seine dünnen Kaufmannsfinger nimmt, und ich sehe, wie penibel und feminin er dadurch wirkt, es ist fast abstoßend, wie unmännlich er ist. Bitte schön, Mama, sagt Egil. Vielen Dank, sagt Else, und ich sehe erst Else an und dann Egil, und mir fällt plötzlich auf, wie ähnlich sie sich sind, sie haben das gleiche fein geschnittene Gesicht, die gleichen schneeweißen Zähne, die gleichen schmalen Schultern und die gleichen dünnen Finger.

Was ist, warum grinst du so?, fragt Egil plötzlich, er sieht hoch zu Trond. Der sitzt da und schmunzelt, schüttelt den Kopf. Nichts, sagt er und zieht die Augenbrauen hoch, grinst sich eins, während er sein Glas austrinkt, schenkt es erneut voll, dann wird es ganz still, und ich schaue wieder zu Egil, und noch einmal verblüfft es mich, wie sehr er Else ähnelt, mir war schon aufgefallen, dass er ihr ähnlich sieht, aber nicht, dass sie sich so stark ähneln, es kommt mir fast so vor, als sähe ich ihn zum ersten Mal, und ich nehme den Blick nicht von ihm, es dauert einen Moment, dann sieht er mir plötzlich direkt in die Augen.

Was ist los?, fragt er. Ich antworte nicht, sitze nur da und starre ihn an. Silje, sagt er etwas lauter, runzelt die Stirn und schüttelt leise den Kopf, einen Augenblick passiert nichts, dann erwache ich plötzlich wieder zum Leben. Ja, sage ich. Du siehst mich so komisch an?, sagt er. Tatsächlich?, frage ich. Ja, sagt er, dann wird es still, ich nehme den Blick nicht von ihm. Was ist eigentlich los?, fragt er. Nichts, sage ich, und mein Lächeln ist ziemlich hart. Nichts?, sagt er. Ich musste nur an etwas denken, sage ich. Dann war also doch etwas, sagt er, und einen Augenblick ist es still, es nervt mich, dass er so insistiert, er sitzt da und verhört mich, während wir Besuch haben, und die Wut in mir wächst. Ich versuche, dir nur klarzumachen, dass ich dir nicht erzählen will, woran ich gerade gedacht habe, entfährt es mir, und fast zucke ich bei meinen Worten zusammen, Egil jedenfalls fährt sofort zusammen, als ich es sage, und es ist mucksmäuschenstill, und Egil starrt mich schockiert und wutentbrannt an, und ich schaue ihm direkt in die Augen, sehe ihm an, dass er erwartet, dass ich nachgebe, er erwartet, dass ich die Augen niederschlage, aber ich halte seinem Blick stand und lächele kalt, und es dauert einen Moment, bald muss einer von uns nachgeben, denn so können wir nicht weitermachen, nicht, wenn wir Besuch haben, Egil wirkt immer wütender, doch ich gebe nicht nach, und Egil beugt sich über seinen Teller und isst weiter, er isst schneller als sonst, und ich sehe, wie wütend er ist, merke, dass ich mich darüber freue, ich esse weiter, es herrscht peinliche Stille, Sekunden verstreichen.

Die Soße schmeckt lecker, sagt Else, dann ist es wieder still, kurz darauf bricht Trond plötzlich in Gelächter aus, und sein Lachen ist dunkel und heiser, und Egil legt das Besteck auf den Teller, legt es etwas ruppiger weg, als man es normalerweise tut, und wirft Trond einen zornigen Blick zu. Was ist hier eigentlich los?, fragt Egil und blinzelt zweimal ganz ruhig, er blinzelt gewissermaßen, um sich Respekt zu verschaffen, und ich betrachte seine schmalen Handgelenke und das feine feminine Gesicht, und ich muss fast lachen, er ist so unmännlich, wenn er versucht, furchteinflößend zu wirken. Was los ist?, fragt Trond schmunzelnd, er schüttelt den Kopf. Keine Ahnung, sagt er. Eigentlich ist alles wie immer, sagt er. Trond!, sagt Else, und sie sieht Trond schockiert an, und dann geht der Schock in Wut über, und ihre Oberlippe spannt sich an und bekommt lauter kleine Fältchen, sie starrt Trond an, und Trond starrt zurück. Ja, sagt er und lächelt sie gespielt freundlich an. Reiß dich zusammen, sagt Else. Ich soll mich zusammenreißen?, fragt Trond. Ja, du, sagt Else. Was hab ich denn getan?, fragt Trond. Reiß dich zusammen, sagt Else etwas lauter, dann wird es wieder still, und es dauert einen Moment. Die Soße ist wirklich lecker, sagt Trond leise, blickt auf seinen Teller und grinst.

Du!, sagt Egil scharf und nickt Trond zu. Wir haben dich nicht zum Essen eingeladen, um dich höhnisch lächeln zu sehen, sagt Egil. Ich bin auch nicht wirklich gekommen, um zu lächeln, sagt Trond und hält an seinem Grinsen fest. Was willst du damit sagen?, fragt Egil. Was meinst du, was ich damit sagen will?, gibt Trond zurück. Du kannst ja gehen, wenn dir das lieber ist, sagt Egil. Danke, sagt Trond. Ich esse nur vorher noch zu Ende, ich habe Hunger, sagt er, und einen Augenblick ist es still, und ich sitze nur da und schaue sie an, und Egil starrt Trond wutentbrannt an. Der kippt nur den restlichen Wein in sich hinein, streicht seine dicken langen Haare hinters Ohr, greift nach der Weinflasche und schenkt das Glas noch einmal voll, Egil schnaubt durch die Nase, wütend schüttelt er den Kopf, beugt sich über seinen Teller und isst weiter, und eine Weile ist es still, alle sitzen da und essen, keiner sagt ein Wort.

Bitte, Trond!, sagt Egil plötzlich und sieht seinen Bruder genervt an. Was denn?, fragt Trond. Kannst du dich nicht benehmen?, sagt Egil. Was ist denn jetzt schon wieder?, fragt Trond. Du schmatzt, sagt Egil. Tut mir leid, ich hatte vergessen, wo ich bin, sagt Trond voller Ironie in der Stimme. Verschone mich mit deinem Sarkasmus, sagt Egil. Sarkasmus?, fragt Trond. Ich wollte gar nicht sarkastisch sein, ich habe mich nur einen Augenblick lang wie zu Hause gefühlt, sagt Trond. Aber das soll nicht wieder vorkommen, lieber Bruder, sagt er, und ich sitze nur da und höre ihnen zu, sitze da und schaue ihnen zu, und ich kann sehen, wie wütend Egil ist, jetzt wirft Egil Else einen genervten Blick zu, gibt ihr gewissermaßen ein Zeichen, dass Else übernehmen soll, und Else übernimmt.

Ich finde, du solltest dich entschuldigen, Trond, sagt Else. Wofür denn?, fragt Trond, er sieht Else an und lächelt, und Else starrt wütend zurück. Du wirst deinem Vater immer ähnlicher, sagt Else. Gott sei Dank, sagt Trond. Er hat wenigstens gelebt, bevor er gestorben ist, sagt er. Was willst du damit sagen?, fragt Else. Ach, nichts, sagt Trond. Sprich dich nur aus, sagt Else. Es gibt nichts auszusprechen, sage ich doch, sagt Trond. Er hat gelebt, bevor er gestorben ist, sagt Else und schnaubt durch die Nase. Wenn du meinst, dass er intensiver gelebt hat und auch du intensiver lebst als wir anderen in der Familie, will ich dich nur daran erinnern, dass wir mit unserer Arbeit im Laden es ihm erst möglich gemacht haben, dieses Dasein zu führen, das auch du gern hättest, sagt sie. Ohne uns könntet ihr den Mund nicht so voll nehmen, denn dann wärt ihr gezwungen zu arbeiten und Geld zu verdienen, sagt sie. Wie andere es tun müssen, fügt sie hinzu. Klar, sagt Trond. Klar?, sagt Else. Stimmt es vielleicht nicht?, sagt sie. Klar, sagt

Trond. Sprich anständig mit mir, sagt Else. Ich sage doch nur, dass du recht hast, sagt Trond. Ohne dich wäre ich gezwungen zu arbeiten, sagt er. Denn das, was ich mache, ist ja keine Arbeit, sagt er, und er lächelt Else an, und Else regt sich immer mehr auf. Sprich anständig mit mir, sagt sie noch einmal. Ich sage doch nur, dass du recht hast, sagt Trond. Ich bin ein fauler Schmarotzer und muss dir und Egil zutiefst dankbar sein, dass ich überhaupt ein Auskommen habe, sagt er. Vor allem dir, natürlich, fügt er hinzu.

Bitte!, sagt Else. Jetzt mach dich nicht unnötig lächerlich, ich habe nur etwas Respekt gefordert, sagt sie. Ist das zu viel verlangt?, sagt sie. Respekt?, sagt Trond laut. Findest du, dass du mir gegenüber Respekt zeigst, wenn du so von Dingen sprichst, die für mich wichtig sind?, sagt er und starrt Else an. Findest du, dass du uns gegenüber Respekt zeigst, wenn du unterstellst, dass wir anderen, die wir hier am Tisch sitzen und uns für ein anderes Leben entschieden haben, weniger wert sind als du?, fragt Else. In Wahrheit finanziere ich ja deine Entscheidung, fügt sie hinzu. Genau, sagt Trond. Da drückt der Schuh, ist mir schon klar, sagt er und schüttelt den Kopf, grinst voller Wut. Die Zeit ist vorbei, in der Kapitalisten über eine gewisse Bildung verfügt haben, so viel ist sicher, sagt er. Bitte, sagt Else, sie verzieht ihr Gesicht zu einer Grimasse, die Trond klarmachen soll, dass er etwas Dummes gesagt hat. Ich weiß, dass du deinen Vater vermisst, aber jetzt machst du eine klägliche Figur, sagt Else. Dass ich meinen Vater vermisse?, sagt Trond laut. Ich weiß, dass du deinen Vater vermisst, aber wenn du glaubst, er wäre gebildeter gewesen als wir anderen hier, irrst du dich, sagt Else. Dass er oben in seinem Arbeitszimmer saß und auf einer alten Schreibmaschine herumklimperte, hatte reichlich wenig mit Bildung zu tun, sagt sie. Das tat er nur, weil er zum Arbeiten zu besoffen war, sagt sie. Was ja nicht gerade verwunderlich ist, sagt Trond. Ist es jetzt auch noch meine Schuld, dass er getrunken hat?, fragt Else. Sicher nicht deine allein, sagt Trond. Aber eine ganz unproblematische Ehe habt ihr doch nicht geführt?, fügt er hinzu, er starrt Else direkt in die Augen und grinst, Else starrt wutentbrannt zurück, und ich sitze nur da und sehe ihnen zu, es kommt mir fast so vor, als wäre ich gar nicht da, als hätten sie vergessen, dass ich da bin, sie sind so mit sich beschäftigt, dass sie mich nicht einmal wahrnehmen, und sie hören nicht auf, machen immer weiter.

Apropos Paarbeziehung, Trond, sagt Egil plötzlich, und jetzt sitzt Egil da und grinst. Schaffen wir es noch, deine neue Dame kennenzulernen, bevor sie Vergangenheit ist?, fragt er. Ich bin mir nicht ganz sicher, ob ich sie dem aussetzen will, sagt Trond. Mir liegt ja was an ihr, verstehst du, fügt er hinzu. Ja, einen Kulturschock sollte man nicht unterschätzen, sagt Egil. Da muss ich dir ausnahmsweise mal recht geben, sagt Trond. Was macht sie noch mal beruflich, sagst du?, fragt Egil, und er sieht Trond an und grinst, und Trond starrt zurück und grinst böse, und ich sitze nur da und sehe ihnen zu, sitze da und bin Zuschauer, bin das Publikum. Glaubst du wirklich, ich würde mich dafür schämen, dass sie als Bedienung arbeitet?, fragt Trond. Glaubst du wirklich, es interessiert mich, was sie beruflich macht?, sagt er. Das fehlte noch, sagt Egil. Das glaube ich nun wirklich nicht, sagt er. Weißt du was, sagt Trond, sie ist so ein toller Mensch, so viel besser als du, dass ich es mit Worten nicht beschreiben kann, sagt er und starrt Egil wutentbrannt an, und Egil erwidert seinen Blick und spitzt die Lippen. Aahh, sagt Egil. Wahre Liebe, sagt er und lacht. Verstehe, sagt er. Das bezweifle ich, sagt Trond.

Ich glaube nicht, dass du imstande bist, so etwas zu verstehen, sagt er. Nein, das könnt ja nur ihr Dichter, sagt Egil, er grinst wieder und schüttelt den Kopf, dann plötzlich ändert sich seine Stimmung komplett, und er wirkt resigniert. Puh, sagt er und sieht erschöpft aus. Wann bringst du eigentlich die Pubertät hinter dich?, sagt er. Wann wirst du endlich erwachsen?, sagt er. Du meinst, wann ich so werde wie du?, fragt Trond. Niemals, sagt er und lächelt Egil böse an, und Egil lacht und schüttelt wieder den Kopf. Niemals, äfft Egil ihn nach. Ich lebe mein eigenes Leben, sagt er und verstellt dabei seine Stimme. Ich will frei sein, sagt er und grinst.

Weißt du was, sagt Trond plötzlich, und er starrt Egil wütend an. Du bist so kaputt, dass du dir nicht einmal vorstellen kannst, dass jemand freiwillig darauf verzichtet, so zu werden wie du, sagt er. Ja, sagt Egil. Das Geld hat mich verdorben, und ich habe aus dem Blick verloren, was hier im Leben wirklich von Bedeutung ist, sagt er und grinst weiter. Ja, das hast du, sagt Trond. Und es wird auch nicht weniger wahr, wenn du es voller Ironie aussprichst, sagt er und starrt Egil wütend an, und Egil grinst wütend zurück. Mein Gott, Trond, sagt Egil und schüttelt den Kopf. Du hast doch komplett den Fokus in deinem Leben verloren, sagt er. Ach ja?, fragt Trond. Ja, sagt Egil. Du hast ja keinerlei Ziele, sagt er. Jedenfalls keine langfristigen, sagt er. Hör dir unseren Betriebswirt an!, sagt Trond. Langfristige Ziele, sagt er. Du wechselst ständig die Richtung, sagt Egil. Heute willst du zusammen mit Mama und mir in der Firma arbeiten, morgen willst du Medizin studieren und Arzt werden, und dann strebst du plötzlich eine Karriere als Schriftsteller an, sagt er. Du kannst dich nicht entscheiden. Und das Gleiche gilt für Frauen, du wechselst schneller die Frauen als andere ihre Socken, sagt er.

Egil hat recht, Trond, sagt Else leise. Langsam solltest du das auch selbst mal einsehen, sagt sie. Ach, seid ihr zwei euch jetzt einig, Egil und du?, empört sich Trond. Egil und du?, sagt er und ringt sich ein kurzes, wütendes Lachen ab. Das ist ja ganz neu, sagt er. Puh, sagt Else. Siehst du denn nicht, worum es hier geht?, fragt Egil. Siehst du denn nicht, dass du versuchst, wie Papa zu sein?, sagt er. Siehst du nicht, dass du versuchst, da weiterzumachen, wo er aufgehört hat ... mit deinem erbärmlichen Bohèmeleben, sagt er. Du vermisst Papa, Trond, sagt Else, und einen Augenblick ist es still, ich sitze immer noch da und starre sie an, sitze hier als Publikum, sie sitzen am Tisch und geben ein Familiendrama, ein Kammerspiel, und ich sitze als Zuschauer dabei.

Wisst ihr was, sagt Trond voller Wut. Solche Hobbypsychologen wie ihr sind mir bisher noch nicht untergekommen, sagt er, dann schüttelt er den Kopf, nimmt einen großen Schluck aus seinem Weinglas und stellt es wieder ab, schüttelt erneut den Kopf und grinst vor sich hin, aber Else gibt nicht nach, und Egil gibt genauso wenig nach, und ich starre sie an, und mir fällt auf, wie unwirklich es ist, dass sie sich beim Sonntagsessen so aufführen, es ist unglaublich. Du solltest lieber da weitermachen, wo dein gesunder Papa aufgehört hat, sagt Else. Wenn du so sein willst wie Papa, dann solltest du so werden, wie er war, bevor er mit der Trinkerei angefangen hat, sagt Egil und sieht Trond mit ernstem Gesicht an, auch Else sieht Trond mit ernstem Gesicht an, und ich sitze da mit offenem Mund und starre sie an, sie sind wie ein Troll mit zwei Köpfen, und sie hacken auf Trond herum, stürzen sich auf ihn, und ich sitze da und schaue zu. Weißt du was, sagt Else, ich fühle mich gerade ganz ähnlich wie damals, als du uns beinahe weggestorben wärst, sagt sie. Wir sehen, wie du langsam, aber sicher vor unseren Augen verschwindest, und das tut weh, sagt sie. Ich kann nicht einfach zusehen, wenn du dabei bist, so zu enden wie dein Vater, sagt sie, und sie nickt in Richtung von Tronds Weinglas und lächelt traurig. Sieh nur, sagt sie. Wir haben jeder ein Glas getrunken und du fast eine ganze Flasche, sagt sie. So geht es nicht weiter, Trond, sagt sie, dann wird es vollkommen still, und Trond ist wütender denn je, er legt Messer und Gabel nieder und richtet sich auf, starrt Else an.

Verdammt, was soll das eigentlich?, brüllt er, und ich zucke dabei zusammen. Wir machen uns Sorgen um dich, Trond, sagt Else leise. Wir sind beunruhigt, sagt sie, und ich sehe Trond an und sehe, wie wütend er ist, und er nickt kalt und böse. Dann hör damit auf, fährt er sie an. Ich bin ein erwachsener Mann, verdammt, sagt er. Ich bin immer noch deine Mutter, Trond, sagt Else. Und ich mache mir Sorgen, wenn ich sehe, dass es dir nicht gut geht, sagt sie. Aber es geht mir gut, sagt Trond. Es kann einem durchaus gutgehen, auch wenn man nicht so lebt wie ihr, sagt er, dann wird es wieder still.

Ich sehe doch, wie wütend du wirst, wenn wir andeuten, dass du zu viel trinkst, Trond, sagt Egil, und jetzt hat er seinen Sarkasmus plötzlich abgelegt, von Ironie keine Spur mehr. Was sollen wir daraus schließen, was meinst du?, fragt er ruhig. Mir ist scheißegal, was du daraus schließt, schreit Trond plötzlich, und ich fahre erschrocken auf meinem Stuhl zusammen und starre Trond an, und Trond starrt auf seinen Teller, er isst schnell und voller Wut, grinst genervt, schüttelt leise den Kopf, jetzt verliert er gleich die Beherrschung, und ich sitze da und starre ihn an, bin wie gelähmt, merke, dass mein Mund aufgegangen ist, ich schließe ihn wieder und schlucke, nehme den Blick nicht von Trond, das hier ist irgendwie unwirklich, nahezu unfassbar. Ihr seid mir eine schöne Bande, sagt Trond, er hat den Mund noch voll, während er spricht, seine Stimme zittert. Ganz ruhig, Trond, reg dich nicht auf, sagt Egil ruhig. Sag du mir nicht, dass ich mich nicht aufregen soll!, brüllt Trond, und noch einmal zucke ich auf meinem Stuhl zusammen und starre Trond mit weit geöffneten Augen an, denn jetzt verliert er die Kontrolle, das sehe ich ihm an, er kann sich nicht länger beherrschen, gleich läuft alles aus dem Ruder.

Weißt du was … sagt er, und er macht eine Pause, schüttelt den Kopf und grinst voller Wut, er grinst mit vollem Mund, und ich starre ihn mit offenem Mund an. Weißt du was, sagt er noch einmal, und seine Stimme zittert immer mehr, manchmal denke ich, dass ihr eigentlich total unglücklich seid, sagt er. Ihr seid unglücklich und könnt nicht begreifen, wieso das so ist, sagt er. Ihr habt das Rezept für Glück und Idylle bis ins letzte Detail befolgt und könnt nicht begreifen, warum euer kleinbürgerliches Leben nicht besser schmeckt, sagt er, und er schüttelt den Kopf und grinst, regt sich nur noch mehr auf, und ich starre ihn mit weit geöffneten Augen an. Und dann, sagt er, und dann, wiederholt er noch einmal, wenn ihr seht, dass ich ein anderes Rezept befolge und im Gegensatz zu euch zufrieden bin mit dem Resultat, reagiert ihr voller Zorn, sagt er, geht auf mich und mein Leben los, für das ich mich entschieden habe, erklärt mich für krank, sagt er. Ihr wollt nicht einsehen, dass mit eurem Rezept etwas nicht stimmt, das wäre viel zu hart für euch, und dann fangt ihr an zu psychologisieren und behauptet, mit mir würde was nicht stimmen, sagt er. Das ist so verdammt typisch für euch, für euch ist alles, was euch nicht in den Kram passt, Folge eines Traumas oder Problems, so erspart ihr euch eine sachliche Diskussion, ihr macht euch selbst unangreifbar, sagt er, und seine Stimme zittert immer mehr, und er nickt Egil zu, nickt Else zu. Ihr zwei seid krank, sagt er. Nicht ich, ihr, sagt er.

Es ist wieder vollkommen still, ich nehme den Blick nicht von Trond, und nach einer Weile fängt Trond an zu lachen, er schüttelt fassungslos den Kopf. Schon seid ihr still, sagt er, grinst voller Wut und schüttelt den Kopf. Ihr sitzt da, stochert im Essen herum und seid so verdammt ernst, sagt er. Habt diese gottverdammte sorgenvolle Miene aufgesetzt, damit ich denke, ihr hättet Grund, euch um mich zu sorgen und … und …, sagt er. Ich bin so was von stocksauer!, brüllt er plötzlich, und Speichel spritzt aus seinem Mund, und erneut zucke ich zusammen.

Es ist vollkommen still. Dann vergehen ein paar Sekunden. Du brauchst Hilfe, Trond, sagt Egil leise. Mir geht es gut!, brüllt Trond, und seine Stimme kommt irgendwo aus den Tiefen seines Bauchs, seine Augen weiten sich, während er brüllt, und ich merke, wie mein Mund wieder aufgeht, und ich sitze nur da und starre ihn an. Geht dir das denn nicht in den Kopf?, brüllt er. Ich brauche keine Hilfe, mir geht es gut!, brüllt er, dann wird es wieder vollkommen still, die Zeit verstreicht. Wir haben dich lieb, Trond, sagt Else plötzlich. Und wir sind für dich da, sagt sie, und ich betrachte Trond, und Trond starrt auf seinen Teller, und sein Mund geht langsam auf, er nimmt den Blick nicht von seinem Teller, und ich starre ihn mit offenem Mund an, und plötzlich spüre ich eine Angst in mir hochsteigen, denn jetzt wird er vollends die Kontrolle verlieren, jetzt haben sie ihn so weit, dass er nicht mehr weiß, was er tun soll, und es ist vollkommen still, Trond schaut hoch und starrt erst Egil und dann Else direkt in die Augen, und ich sitze da und sehe zu, es dauert einen kleinen

Moment, aber Trond verliert nicht die Beherrschung, er holt tief Luft und stößt sie mit einem kleinen Seufzer wieder aus, starrt dann wieder auf den Tisch, schüttelt fassungslos den Kopf.

Mein Gott, sagt Trond, er nimmt die Hand hoch und zieht die Finger durch die langen, dicken Haare, dann sieht er Egil und Else mitleidig an, es ist vollkommen still, ein paar Sekunden verstreichen. Es ist nicht ganz leicht für uns einzuschätzen, wie es dir geht, sagt Egil. Aber uns ist klar, dass es dir nicht gutgeht, und wir wollen dir helfen, sagt er und sieht Trond an, Trond hält seinem Blick stand, dann nimmt er die Hand wieder aus den Haaren, und sie sackt auf seinen Schoß, er sieht Egil an und schüttelt fassungslos den Kopf, sein Lachen klingt traurig. Amen, murmelt Trond. Was sagst du?, sagt Egil. Ihr seid ja durch und durch Fundamentalisten, sagt Trond, und wieder ist es kurz still, dann seufzt Egil resigniert und wirft Else einen Blick zu, und Else sieht Trond an und seufzt. Was willst du damit sagen?, fragt Else. Der Sinn im Leben besteht darin, aus zehn Öre zwanzig zu machen, und wer etwas anderes glaubt, ist nicht ganz bei Trost, sagt Trond, dann lacht er wieder traurig, und noch einmal schüttelt er den Kopf, und Else sieht ihn an und legt die Stirn in Falten. Ehrlich gesagt, sagt Else, öffnet den Mund und will noch etwas sagen, schafft es aber nicht. Schluss jetzt!, sagt Trond genervt und nimmt die Hand hoch, legt sie dann aber wieder auf den Tisch. Wir kommen sowieso nicht weiter, sagt er und fängt wieder an zu essen, und einen Augenblick ist es still, dann kommt ein Seufzer von Else, und Egil schüttelt leise den Kopf, und auch sie essen weiter. Ich esse nicht, ich sitze immer noch da und schaue ihnen zu, und es ist vollkommen still, als säße ich in einem Kinosaal, in dem gerade ein mitreißender Film gelaufen ist, und es dauert einen Moment, dann merke ich plötzlich, dass ich aufwache und wieder zu mir komme, plötzlich wird mir bewusst, was gerade passiert ist, was hier vor sich gegangen ist, sie haben mich in meinem eigenen Haus zum Gast gemacht, das hier ist mein Haus, und sie benehmen sich so, als wäre ich nicht da, sie machen mich zu einem Zuschauer, zu ihrem Publikum, und ich lasse es auch noch zu, sitze da und finde mich damit ab, es dauert einen Moment, dann merke ich, wie ich mich schäme, und noch einen Moment später lege ich Messer und Gabel auf den Teller und starre auf meine Hände, plötzlich verzieht sich mein Mund zu einem leisen Lächeln, und ich bin ungerührt und wütend zugleich, ich sehe hoch zu Egil, er runzelt die Stirn.

Was ist?, fragt er und sieht mich an, aber ich antworte nicht, sitze nur da und lächele, erwidere seinen Blick, und es ist vollkommen still. Silje, sagt er, aber auch jetzt antworte ich nicht. Mein Gott, Silje, sagt er noch einmal, und jetzt wirkt er erschrocken, und er nimmt den Blick nicht von mir. Was ist mit dir los?, fragt er, aber ich antworte nicht. Silje?, sagt Egil etwas lauter.

Danke für eure Gesellschaft, entfährt es mir plötzlich. Was?, sagt Egil, er scheint nicht glauben zu können, was er da hört, und ich merke, wie sich in mir ein Lachen löst, und ich schaue ihn an und lächele weiter, und Egil sitzt da und starrt mich an, einen Augenblick ist es still, dann schüttelt er den Kopf. Ehrlich gesagt, hebt Egil an, und wieder ist es still, dann stehe ich auf und merke, wie mich mein eigenes Verhalten überrascht, ich stehe während des Essens vom Tisch auf, nehme mein Weinglas und stelle es auf das Tablett, dann nehme ich das Tablett mit beiden Händen hoch, sehe Egil an und lächele, und er sitzt da mit offenem Mund, und in mir erschallt Gelächter, ich kann kaum glauben, dass ich das hier mache, fast kommt es mir so vor, als täte es ein anderer.

Silje, sagt er. Ja, sage ich. Wir sind noch nicht fertig, sagt er. Das sehe ich, sage ich, und ich stehe da und lächele, und er sieht Else an, sieht Trond an, schaut wieder zu mir. Was ist eigentlich los?, fragt er, und einen Augenblick ist es still, ich sehe ihn an und will gerade antworten, lasse es aber sein, ich weiß nicht, was ich antworten soll, und es ist auch nicht nötig. Silje, sagt er. Ja, sage ich freundlich und fühle mich plötzlich merkwürdig glücklich. Was ist mit dir los?, fragt Egil, er scheint verwirrt, sieht aufrichtig besorgt aus, und ich freue mich, dass er sich Sorgen macht, lächele ihn an. Aber Liebster, sage ich, und meine Stimme ist leicht und fröhlich. Nichts ist mit mir los, sage ich.

Wir sind schuld, sagt Else plötzlich und räuspert sich kurz. Entschuldige, Silje, sagt sie. Wir hätten das jetzt nicht aufs Tapet bringen sollen, das war nicht der richtige Anlass, sagt sie. So gleich nach Oddruns Beerdigung, sagt sie. Aber Trond und ich gehen jetzt, sagt sie, und ich schaue sie an und lächele dieses leichte, gleichgültige Lächeln. Auf keinen Fall, Else, sage ich, und sie sieht mich mit einem komischen Gesichtsausdruck an, und ich freue mich, dass ich das hier mache. Ihr habt ja noch gar nicht zu Ende gegessen, sage ich. Außerdem gehe ich sowieso, platzt es aus mir heraus, und ich höre, was ich sage, und diese seltsame Freude in mir wächst. Du gehst?, sagt Egil, er reißt die Augen auf und runzelt die Stirn. Und wo willst du hin, wenn ich fragen darf?, sagt er, und ich sehe ihn an und lächele dieses leichte Lächeln. Raus, sage ich, und meine Stimme ist leicht und fröhlich, ich sage es so, als wäre es das Natürlichste der Welt, und ich zucke kurz mit den Schultern. Silje, sagt er. Du machst mir Angst, sagt er. Ich mache dir

Angst?, sage ich und sehe Egil an, und er schaut erstaunt zurück. Else sieht mit ernstem Gesicht auf den Tisch, und einen Augenblick ist es vollkommen still, dann trage ich das Tablett mit dem Glas und dem Besteck in die Küche, stelle alles auf die Arbeitsplatte und verlasse sie lächelnd, gehe durchs Wohnzimmer in den Gang und schlüpfe in meine Schuhe, ich kann kaum glauben, dass ich das tue, es kommt mir fast so vor, als würde ein anderer es tun.

Silje, höre ich Egil rufen, aber ich antworte nicht, ich mache die Tür auf und trete auf die Treppe, gehe die Stufen hinunter in den Hof, quere den Hof, dann höre ich, wie die Tür hinter mir aufgeht. Silje, höre ich Egil sagen, doch ich gehe einfach weiter und drehe mich nicht um, gehe vorbei an den Mülleimern zum Bürgersteig, und ich fühle mich merkwürdig leicht und fröhlich, und jetzt höre ich Egil hinter mir herrennen, und ich bleibe stehen, sehe ihn an und lächele.

Was ist denn los?, fragt Egil. Kannst du nicht einfach mitkommen?, bricht es aus mir heraus, und ich höre, was ich sage, und erneut bin ich überrascht über meine Worte, und ich bleibe stehen und sehe Egil an und lächele. Mitkommen?, fragt Egil. Wir können doch nicht einfach verschwinden, sagt er. Wir haben doch Gäste, sagt er. Das interessiert uns nicht, sage ich, und ich höre, was ich sage, und freue mich diebisch. Wir steigen einfach ins Auto und fahren los, sage ich, und ich höre, was ich sage, sehe Egil und mich vor mir, wie wir davonfahren, und ich merke, dass ich damit gern ernst machen würde, merke, dass es mich nichts kosten würde, damit ernst zu machen, und ich sehe ihn an und lächele, hebe die Hand und zupfe ein Haar von seiner Anzugjacke, und er steht da und sieht mich an, und ich zupfe ein weiteres Haar von seiner Jacke, und einen Augenblick ist es still, dann stammelt er etwas und schüttelt wieder fassungslos den Kopf. Und wohin soll die Reise gehen?, fragt er. Wir fahren einfach los, dann sehen wir, wo wir landen, sage ich. Wie in einem Roadmovie, sage ich, und ich höre, was ich sage, und verstehe nicht, wo ich das alles hernehme, es kommt mir vor, als redete jemand durch mich hindurch. Silje, sagt er. Was ist eigentlich los?, fragt er, und ich sehe ihn an und lache erneut. He?, sagt er. Kommst du mit oder kommst du nicht mit?, frage ich nur. Silje, sagt er, er hat die Stimme leicht erhoben und betrachtet mich mit ernstem Gesicht, und ich sehe ihn an mit diesem leichten, gleichgültigen Lächeln, und ich warte eine Sekunde oder zwei, dann zucke ich mit den Schultern. Nun gut, sage ich, und meine Stimme ist leicht und gleichgültig, und ich fühle mich auch leicht und gleichgültig, einen Augenblick ist es vollkommen still, dann drehe ich mich um und gehe. Silje, sagt er noch einmal, aber ich antworte nicht, gehe nur weiter, jetzt glaubt Egil bestimmt, dass ich gerade durchdrehe, und ich merke, dass es mich amüsiert, wenn er dies glaubt.

Trondheim, 14.–18. Juli 2006

Als wir in einem Straßencafé am Kai ein Bier tranken:

Die großen Supermarktketten kamen Anfang der Achtziger nach Namsos, wenn ich mich nicht irre, und Ende der Achtziger hatten sie die meisten kleinen Läden in der Stadt und drum herum verdrängt. Das wäre mir zwar sicherlich aufgefallen, aber vermutlich hätte ich nicht ernsthaft darüber nachgedacht, wenn Mama nicht gewesen wäre, die stinkwütend war, als der Metzger in Vika schließen musste und die einzige Fleischerei, die in der Stadt verblieben war, von den billigeren, aber weitaus schlechteren Fleischtheken der Supermärkte ersetzt wurde, wo man, wie Mama zu uns sagte, riskierte, von einem Menschen bedient zu werden, der sich nicht die Bohne für Essen interessierte und kaum den Unterschied zwischen Keule und Bug kannte. Dies sei ein Beispiel dafür, wie die gnadenlosen Mechanismen des Kapitalismus unsere Gesellschaft und unseren Alltag prägten, sagt sie (mit unverhohlenem Seitenhieb auf meinen Vater, der Geschäftsmann und Kapitalist gewesen war), und als wir von ihr losgeschickt wurden, um noch all die Dinge zu besorgen, die ihr für ihre Essenseinladung am Abend fehlten, waren wir fast ärgerlich, weil wir nur ganz normalen Lachs kaufen sollten und nichts, was der – wie wir annahmen – fachfremde Verkäufer hinter der Fleisch- und Fischtheke nicht kannte, wie beispielsweise ein Filet Mignon. Nicht nur, dass wir um das vergnügliche Erlebnis gebracht wurden, resigniert über einen unwissenden Verkäufer und somit über das ganze entfremdende kapitalistische System seufzen zu können, wir wurden noch dazu gedemütigt und gründlich in die Schranken gewiesen, als wir an der Theke standen und unsere Wünsche nannten, denn als die Verkäuferin, eine sehr zuvorkommende, pummelige Frau mit breitem Dialekt, fragte, ob wir Lachsfleisch von oben oder von unten haben wollten, wussten wir nicht, welches die besten Stücke waren, und nachdem sie es uns erklärt und zu den oberen Stücken geraten hatte, war es schwer, als qualitätsbewusster Kunde aufzutreten, der an den Waren und dem Service einiges auszusetzen hatte.

Anschließend, als wir den angenehm kühlen Laden verlassen hatten und die Sonne von hinten auf unsere nackten Schultern brannte, schlugst du vor, wir sollten uns ein Pils genehmigen, wozu ich große Lust hatte, aber ich war mir nicht sicher, ob es eine gute Idee war, schließlich hatten wir fast dreißig Grad im Schatten und zwei Kilo frischen Fisch in der Tüte. Du meintest, das sei kein Problem, und obwohl ich nicht überzeugt war, erklärte ich mich einverstanden, und so gingen wir zum Kai, wo wir uns zwei eiskalte Pils bestellten und uns an einen Zweiertisch setzten, der ganz dicht am Geländer stand. Erst als ich das Glas schon zur Hälfte geleert hatte, merkte ich, dass Jon, Eskil und ihr Vater, ein gefürchteter Krawallmacher, der eine längere Haftstrafe wegen Drogenschmuggels an einen Motorradclub verbüßte, nur wenige Tische entfernt saßen. Jon hatte erzählt, dass sein Vater Freigang habe, aber nicht, dass er sie besuchen würde, und überrascht wie ich war, stieß ich dich an, so dass etwas Bier aus deinem Glas schwappte und auf den Tisch tropfte, wo es einen glänzenden, leicht zitternden kleinen See bildete. Als du dich umdrehtest, um zu sehen, was meine

Aufmerksamkeit erregt hatte, stand ein breitschultriger Typ mit triefenden Bieraugen und unpassendem Grinsen auf und machte sich auf den Weg zu ihrem Tisch. Ich weiß nicht mehr, wie er hieß, aber er war in der Gegend ein bekannter Raufbold, und allen war klar, dass er Jons Vater provozieren wollte, was, obwohl Jons Vater auf Freigang war und so gesehen viel zu verlieren hatte, wenn er in eine Schlägerei verwickelt wurde, ein Leichtes war, wie sich herausstellen sollte. Nachdem der junge Kerl beide Hände auf den Tisch gestützt hatte und mit prahlerischer Stimme sagte, wer im Gefängnis sitze, habe keinen Sex, und es sei ja bekannt, dass sich die meisten an ihre Mitgefangenen hielten, um ihre Lust auszuleben, starrte Jons Vater ihm direkt ins Gesicht, und es war klar zu erkennen, dass sein Blick keineswegs der Versuch war, sich aufzuspielen, um dem Herausforderer Angst einzujagen, sondern Ausdruck seiner kolossalen Wut, für die er berüchtigt war und die bereits in ihm hochstieg. Alle Gäste, vor allem aber diejenigen, die Jons Vater kannten, begriffen es, und die Stimmung wurde sofort sehr nervös. Eine nicht mehr ganz junge Frau mit Raucherstimme, Plastikrose im Haar und großen weißen Brüsten, die aus einem viel zu kleinen BH quollen, stand auf, ging auf den jungen Kerl zu und sagte, er solle mit ihr zu ihrem Tisch kommen, sie hätte etwas mit ihm zu bereden, und obwohl der Junge den Bluff ganz sicher durchschaute und ihm klar war, dass sie ihn nur dort wegholen wollte, bevor es Ärger gab, ging er mit. Er grinste immer noch und sagte oh oh, du jagst mir Angst ein, zu Jons Vater, aber alle sahen, dass er Schiss hatte, und das kapierte er ganz sicher auch, und je klarer ihm wurde, dass er sein Gesicht verloren hatte und sein Ruf als knallharter, rücksichtsloser Raufbold in Gefahr war, umso mehr sann er nach Rache, und nachdem er eine Viertelstunde lang Mut gesammelt hatte, beugte er sich er-

neut über Jons Tisch, noch gereizter und mit einem spöttischeren Grinsen als zuvor. Jons Vater ließ ein paar vulgäre Sprüche über sich ergehen, ohne etwas zu unternehmen, doch als der junge Kerl fragte, ob er beim Sex lieber den aktiven oder den passiven Part übernehme, konnte er sich nicht länger beherrschen, und nachdem er aufgestanden war und die pathetische, aber obligatorische Frage gestellt hatte, ob der Typ vielleicht mal kurz mitkommen wolle, folgte eine kurze und üble Schlägerei, bei der der Junge nicht einmal dazu kam, die Hände hochzuheben, schon hatte Jons Vater ihm in den Schritt getreten, beide Hände auf den Hinterkopf gelegt und diesen nach unten gedrückt, während er gleichzeitig sein Knie nach oben schnellen ließ, gegen die Nase des Jungen, immer wieder, dabei grinste er zwischen zusammengebissenen Zähnen und fragte wutentbrannt, ob der Knabe immer noch der Meinung sei, er hätte es mit einem verdammten Schwulen zu tun.

Jons Vater hatte hiermit nicht nur sein künftiges Recht auf Freigänge verwirkt, er würde vermutlich zusätzlich zu einer weiteren Verurteilung wegen schwerer Körperverletzung auch die gesamte Drogenstrafe von acht Jahren absitzen müssen, und dass er seinen Vater, den er gerade zurückbekommen hatte, auf diese Weise wieder verlieren würde, warf eine verletzliche Künstlerseele wie Jon vollständig aus der Bahn, das stellte ich mir jedenfalls vor. Sein Gesicht war in Auflösung begriffen, während er den beiden zusah, und kurz bevor sein Vater den Kopf des jungen Mannes wieder losließ und dieser auf den Asphalt plumpste (als ich sah, wie er umfiel, ging mir sofort durch den Kopf, wie zutreffend der Ausdruck »umfallen wie ein Mehlsack« war), drehte er sich um und rannte davon. Du bekamst es nicht sofort mit, und obwohl du sehr viel schneller warst als Jon, konntest du ihn nicht einholen, und du warst verzweifelt und in

Sorge, als du zu mir zurückkamst. Es geht um Leben und Tod, sagtest du, doch obwohl ich nicht alles wusste, was du wusstest, und obwohl die Situation weitaus ernster war, als ich es in dem Moment angenommen hatte, bestand kein Zweifel daran, dass du überreagiert hattest. Der Vorfall zwischen Jon und seinem Vater hatte dir vor Augen geführt, wie sehr du sich selbst nach einem Vater sehntest, und deshalb hattest du sehr viel mehr Mitleid mit Jon und die Situation folglich weitaus ernster eingeschätzt, als sie tatsächlich war. Ich glaube fast, ich hatte dich noch nie so aufgelöst gesehen wie in dem Moment, als du, nachdem wir heimgekommen waren, bei Jon anriefst und keiner ans Telefon ging.

Später am Abend, nachdem wir dem Genever, den einer von Mamas exzentrischeren Gästen (er behauptete ernsthaft, er könne mit Vögeln reden) mitgebracht hatte, ziemlich zugesprochen hatten, versuchte ich, dich mit einer scherzhaft gemeinten Bemerkung wieder auf fröhlichere Gedanken zu bringen. Nachdem ich über die Schlägerei im Allgemeinen und darüber, was für ein schlechtes Vorbild Jons Vater für seine Söhne war, im Besonderen gesprochen hatte, sagte ich leichthin, »nein, manche Kerle sollten für immer verduften, sobald sie den Fortpflanzungsprozess hinter sich gebracht haben«. Erst eine ganze Weile später wurde mir klar, dass dieser Kommentar für dich vielleicht nicht nur tröstlich war, was ich mit ihm beabsichtigt hatte, er konnte auch den Eindruck erwecken, ich wollte das Problematische an dem Umstand, dass du, ohne deinen Vater zu kennen, aufwuchst, bagatellisieren. Du warst den ganzen Abend über nachdenklich, düster und reizbar, und als du nach einem weiteren Schnaps verlangt hast und der Typ, der mit Vögeln reden konnte, sagte, er sei der Meinung, du hättest genug gehabt, hast du in seinen Spitzbart gefasst und fest daran gezogen, so dass er sich für einen kurzen Moment vorbeugen musste, was mich wiederum in schallendes Gelächter ausbrechen ließ.

Als ich einmal stinkwütend auf dich war:

Wir waren bei Jon zu Hause gewesen (hatten Chips gefuttert, Saft getrunken und »Betty Blue« auf Video angeschaut, einen Film, den wir alle drei toll fanden) und befanden uns nun auf dem Heimweg, als am Straßenrand ein langer bunter Damenschal lag. Als der Schauspieler, der du mitunter sein konntest, hast du ihn dir zweimal um den Hals gewickelt, die Enden mit den langen Fransen über die Schulter geschwungen und deinen Kopf wie eine Frau zurückgeworfen, und während wir durch die Spätsommernacht schlenderten, hast du mich mit einer Parodie auf Berit unterhalten, die damals eine Art Midlife-Crisis durchmachte und sich plötzlich für Dinge begeisterte, von denen sie gehört hatte, dass sie es wert seien, dass man sich für sie interessierte, genauer gesagt für Kunst und Kultur. Begleitet von meinen Lachanfällen hast du ihre hingebungsvolle und etwas schwülstige Art, Gedichte zu deklamieren, nachgeahmt, und als du fertig warst, hast du den Schal ein weiteres Mal um dich geschlungen, um anschließend eine Hand auf jene Stelle zu legen, an der sich dein Herz befand, und mit geschlossenen Augen und glückseliger Stimme gefragt, ob es nicht wunderschön sei.

Keine halbe Minute später waren wir an der Unfallstelle. Åge Vikens Wagen war geradewegs gegen einen Baum geprallt und vorne in der Mitte eingedrückt, wodurch quasi zwei Arme aus Metall den Baumstamm umfassten (auf dieselbe Weise, wie Anita Viken womöglich ihren Sohn umarmte, als Arvid kam, um ihnen zu sagen, was passiert war), und während Knut

Borge und Leif Andersson »Swing and Sweet« in dem noch funktionierenden Autoradio spielten, vergoss der Motor Benzin und Öl auf den weichen, von Tannennadeln bedeckten Boden (so wie Anita vermutlich Tränen auf die braunen Haare ihres Sohnes vergoss).

Es war ein roter VW Käfer. Die glatte, runde Form verlieh ihm das Aussehen dieses Tiers, und genau wie sich Käfer ihrer alten Panzer entledigen, war Åge Viken im Begriff gewesen, sich aus dem Auto herauszuschälen. Die Tür auf der Fahrerseite stand weit offen, so dass seine Hand wie ein vertrockneter Fühler in die Luft ragte, und während die Autoscheinwerfer an riesige runde Augen erinnerten, die starr in die Dunkelheit schauten, verleitete die gebrochene Antenne zu Assoziationen in Richtung staksiges Insektenbeinchen. Auf dem Boden gleich neben der geöffneten Fahrertür befand sich eine Blutlache, und von dort führte ein breiter, glänzender Blutstreifen hinein in den schwarzen Wald, einem roten Teppich gleich, auf dem Viken in den Tod schreiten konnte.

So in etwa habe ich es in Erinnerung, wie ein Gemälde oder vielleicht auch eine Sequenz aus einem dieser barocken und stark stilisierten Filme Peter Greenaways (die wir zwei so gern mochten im Gegensatz zu Jon, der die Filme viel zu prätentiös fand). Langsam und schweigend, mit großen neugierigen Augen näherten wir uns dem Wagen, und als wir direkt danebenstanden, hast du plötzlich den Schal vom Hals gewickelt, so wie man eine Vertäuung von einem Poller löst, und als wäre es die natürlichste Sache der Welt, hast du die Tür auf der Beifahrerseite aufgemacht und den Schal auf den Sitz gelegt.

Anschließend gingen wir, ohne ein Wort zu sagen, weg. Das war noch in der Zeit, bevor sie an dem Waldweg, der hinunter zum Wohngebiet führt, Straßenlaternen aufgestellt hatten, die

Dunkelheit umhüllte uns daher fast so, wie Holz einen Nagel in der Wand umschloss, wir konnten uns also nicht richtig sehen, als wir plötzlich stehen blieben und uns einander zuwandten. Wir müssen schnell Bescheid sagen, meintest du, und dann rannten wir los, nicht so schnell, wie man vielleicht erwarten würde, und auch nicht aufgeregt und in einer Art verspäteter Panik, wie man vielleicht ebenso erwarten könnte, sondern ziemlich gemächlich und mit dem, was ich als ein Gefühl von Verwunderung und Verwirrung in Erinnerung habe über das, was wir, oder vielmehr du, gerade getan hatten.

Während der nächsten Stunden und Tage gingen die Verwunderung und Verwirrung bei mir in Reue und ein schlechtes Gewissen über. Der Frauenschal könnte Anita Viken zu der Annahme verleiten, ihr Ehemann wäre auf dem Heimweg von einer Geliebten gewesen, als er gegen den Baum fuhr, vielleicht begann sie darüber zu spekulieren, wer diese Geliebte sein könnte, vielleicht kannte sie den Schal sogar und wusste, wer die Besitzerin war (das ist keineswegs abwegig, denn der Schal war ziemlich extravagant, und Leute mit ungewöhnlichen Kleidern fallen auf dem Land auf), und vielleicht beschuldigte sie am Ende eine völlig unschuldige Frau, ein Verhältnis mit Åge Viken gehabt zu haben, was wiederum schwerwiegende Konsequenzen für die eventuelle Ehe dieser Frau haben konnte. Und Vikens Sohn, vielleicht dachte er anders von seinem Vater, wenn er von dem Damenschal erfuhr, vielleicht begann er, ihn im Nachhinein abzulehnen, möglicherweise gar zu hassen, oder er spielte selbst den Casanova und fing an, seine Freundin zu betrügen, weil er in seinem Vater plötzlich einen Weiberheld sah.

Schwer zu sagen, was sie sich alles vorstellten, wenn die Fantasie erst einmal die Macht ergriffen hatte, aber ich konnte noch so wütend sein und dir viele schreckliche und doch wahrschein-

liche Szenarien ausmalen, du weigertest dich standhaft, Anita Viken anzurufen, um ihr alles zu erzählen. Das Ganze sei ein Kunstwerk, sagtest du, um anschließend mit der üblichen Leier anzukommen, es sei Aufgabe des Künstlers, den Menschen aus seinem Alltag zu reißen (und sei es nur für einen kurzen Augenblick), damit er sich und seine Umgebung aus einem anderen Blickwinkel sah als sonst. Du wolltest Anita Viken einen anonymen Brief schicken und ihr alles beichten, sagtest du, aber du wolltest warten, bis die Fantasien »ihre Wirklichkeitsauffassung richtig schön durcheinandergewirbelt hatten«, wie du dich ausgedrückt hast, denn je größer der Kontrast zwischen Fantasie und Wirklichkeit war, desto stärker und klarer würde sie die Wirklichkeit erleben, wenn die Sache aufgedeckt würde.

So gesehen würdest du Anita Viken geradezu einen Gefallen tun, sagtest du, es war nichts anderes, als was wir selbst zu erleben suchten, indem wir mit dem Tod und dem Selbstmord flirteten. Dass wir so viel über den Tod lasen und schrieben, Knochen und Gebeine sammelten, Haare, Haut, Finger- und Zehennägel, dass wir uns einen Ferienjob in der Metzgerei suchten, nur um zu sehen, wie Tiere geschlachtet wurden, und dass wir auf Beerdigungen gingen von Menschen, die wir nicht gekannt hatten, dies alles sei der Versuch, dem Tod so nahe wie möglich zu kommen, um eine neue Perspektive auf das Leben zu erhalten, sagtest du, was mir natürlich vollkommen klar war, das Thema hatten wir schließlich oft genug durchdiskutiert. Und weil du ernst machen wolltest mit dem, was bisher vor allem Gerede war, hast du dich plötzlich gebückt, aufs Geratewohl einen Pilz vom Waldboden gepflückt (wir waren in der Namsosmarka wandern) und darauf herumgekaut. Man muss die eigene Sterblichkeit erfahren haben, um das Leben wertschätzen zu können, sagtest du verwegen.

Du bist damals dem Tod wirklich nur knapp entgangen. Da Mama eine eifrige Pilzsammlerin war und ich oft mit ihr zusammen losgezogen war, hatte ich als Einzige von uns eine gewisse Ahnung von Pilzen. Ich bat dich, den Pilz zu beschreiben (ich hatte ihn nicht richtig gesehen, bevor du ihn in den Mund gesteckt hast), und es hörte sich an, als wäre es ein Spitzgebuckelter Raukopf gewesen, der in Nadelwäldern ja ziemlich verbreitet ist, was uns alle drei, dich, Jon und mich, in einen Schockzustand versetzte, der ungefähr vierzehn Tage anhielt. Ich war bleich und ernst, als ich sagte, dass ein winziger Bissen des Spitzgebuckelten Raukopfs ausreichte, um dauerhafte Nierenschäden hervorzurufen, und dass ein ganzer Pilz, den du gerade gegessen hattest, bestimmt ein Dutzend Leute um die Ecke bringen konnte. Anfangs hast du den Starken gespielt und dich über Jon lustig gemacht, der in Tränen aufgelöst war und dich anflehte, sofort zum Arzt zu gehen (er begann sogar, regelrecht an dir zu zerren). Aber es dauerte nicht lange, dann warst du still, blass und nachdenklich, und als wir nach Hause kamen und ich in Mamas Pilzbuch las, dass es zu spät sei, sobald das Gift ins Blut gelangt war, und es bis zu vierzehn Tage dauern könne, bis sich die Symptome ausbildeten, und dass der Tod ziemlich bald eintreten würde und schmerzhaft sei, bestand kein Zweifel daran, dass du auf diese Erfahrung liebend gern verzichtet hättest. Während der schlimmsten Angstattacken konnte ich tatsächlich Schweißperlen auf deiner schneeweißen Gesichtshaut erkennen, und dein Anblick auf Mamas Sofa inspirierte mich zu einem Text, in dem es hieß, »wie ein Embryo im Aschenbecher liegt die Zigarette«, zu dem Jon übrigens eine sehr schöne Melodie komponiert hat.

Doch nachdem vierzehn Tage vergangen waren und du immer noch nicht krank geworden warst, konntest du fast nicht mehr aufhören, uns immer wieder zu erzählen, wie froh du seist, diesen Pilz gegessen zu haben. Du fühltest dich gesünder und stärker denn je, sagtest du, und als wir eines Abends Pizza aßen und uns den Videofilm »Die durch die Hölle gehen« anschauten, spieltest du uns mehrmals die Szenen mit dem Russischen Roulette vor, zeigtest auf Christopher Walken und sagtest »He Leute, das hier bin ich«.

Darüber sprachen wir in den Tagen, nachdem du den Damenschal in Åge Vikens Wagen gelegt hattest, doch obwohl du mich beruhigen konntest, gelang es dir nicht, mich davon zu überzeugen, dass das, was du getan hattest, richtig war, und als ich sagte, den eigenen Mann zu verlieren sei wahrlich schlimm genug und »dein sogenanntes Kunstwerk« (verächtlich schnaubend ausgesprochen) sei deshalb nicht nur ungehörig, sondern auch überflüssig, konntest du kein gewichtiges Gegenargument ins Feld führen. Aber du musst zugeben, dass es schön aussah, sagtest du nur, und dann lachtest du dein charmantes Lachen, mit dem du mich immer wieder rumgekriegt hast.

Als uns ein Fahrzeug faszinierte:

Meine Haare waren nach dem Schwimmen getrocknet, aber das Salz hatte sie steif und widerborstig gemacht, und als wir von unseren Fahrrädern sprangen und sie den steilen Berg hinaufschoben, schlug ich vor, bei Jon vorbeizuradeln, wo wir uns mit dem Gartenschlauch abspritzen könnten, bevor wir loszogen, um Fotos zu machen. Für Jon war das in Ordnung, aber wir sollten unbedingt still sein, sagte er, denn die Schmerzen hätten seine Mutter die ganze Nacht wach gehalten, und sie schlief gleich oberhalb des Wasserhahns, an dem der Gartenschlauch angeschlossen war. Wir zwei sahen uns an und verdrehten bei seinen Worten die Augen, es war so typisch für Jon, aus allem gleich ein Drama zu machen. Der Wasserhahn und Gretes Schlafzimmerfenster lagen zwar nicht gerade auf verschiedenen Seiten des Hauses, aber doch so weit auseinander, dass wir hätten brüllen und schreien müssen, um sie zu wecken, und ich wollte gerade genervt, ja, ja, Jon, seufzen, schaffte es aber nicht, denn jetzt waren wir so weit oben angekommen, dass wir die ganze vor uns liegende Hochebene überblicken konnten, und als ich plötzlich Arvid entdeckte, der dort stand und einem Trupp Bauarbeiter zusah, wie sie ein altes gemauertes Haus abrissen, machte ich dich darauf aufmerksam.

Stellt euch vor, in dieser Hitze arbeiten zu müssen, war das Erste, was Arvid zu uns sagte, und dann zeigte er auf die vier schweißglänzenden Arbeiter vor uns mit kupferfarbener Haut. Drei von ihnen standen rauchend zusammen und unterhielten sich, während ein Vierter in einem Fahrzeug mit einer großen rostbraunen Eisenkugel saß, die an zwei Drahtseilen hing, ein Gefährt, das ich bis dato nur in meinen alten Donald-Duck-Heftchen gesehen hatte. Ja, sagten wir, mehr sagten wir nicht, denn wir waren fasziniert von dem comic-haften Fahrzeug, wir standen da und schauten zu, wie der Mann im Führerhaus anfing, an den dünnen Hebeln mit schwarzen Plastikkugeln darauf zu ziehen, so dass die Eisenkugel mehrmals hin und her schwang, immer höher und immer schneller, bis sie mit kolossaler Wucht gegen die Hauswand schlug, woraufhin sich die Zementblöcke wie die Steine eines Legohauses lösten, um anschließend schwer auf die Erde zu fallen, wo sie Wolken aus Sand und grauweißem Staub in die Luft schickten. Ich stützte mich mit dem Ellbogen auf den glühend heißen Fahrradsattel und zeigte auf die gewellten braunen Drähte des Bewehrungsstahls, der aus den Überbleibseln der Wände herausragte, denn mit den kleineren und größeren Zementklumpen, die an der Spitze hingen, erinnerten sie an Anushaare mit Kotresten daran, und das sagte ich, was dich zum Schmunzeln brachte, Jon aber nur wenige Minuten später unerträglich sentimental werden ließ.

Es begann damit, dass ich, nachdem wir ein Stück weitergeradelt waren, sagte, Arvid habe etwas bedrückt gewirkt. Du sagtest daraufhin, er sei vermutlich auch bedrückt gewesen. Den größten Teil seiner Kindheit und Jugend habe er bei seiner ältesten Tante gewohnt, die ihm genug zu essen, zu trinken und zum Anziehen gegeben hatte, aber viel zu wenig Wärme, Nähe und Liebe, weshalb er zu ihr ein ziemlich angespanntes Verhältnis hatte. Von seiner Geburt bis zu seinem neunten Lebensjahr allerdings, als ihr Hund eine vergessene brennende Kerze umgeworfen hatte und seine Mutter und sein Vater bei dem Brand ums Leben gekommen waren, hatte er in ebendiesem Haus gewohnt, das gerade abgerissen wurde. Er spricht nicht viel über die Zeit mit seinen Eltern, aber er ist immer ganz gerührt, wenn er in seinem Fotoalbum aus dieser Zeit blättert, sagtest du, woraufhin Jon traurig wurde und sich meinetwegen schämte, weil ich Teile von Arvids Elternhaus mit Kotklumpen verglichen hatte, wie er sagte.

Zuerst dachte ich, er mache nur Spaß, aber als uns aufging, dass dem nicht so war, sagten wir ihm, er solle mit dem Gesülze aufhören. Kurze Zeit später lehnten wir die Fahrräder bei Jon an die Garagenwand, und als wir dann das Salz mit dem Gartenschlauch abspülten, brüllte ich so laut, dass Grete wach wurde. Ich lachte und gab dem eiskalten Wasser die Schuld, aber mein Grinsen zeigte deutlich, dass ich log, woraufhin Jon sauer war und zum Fotografieren natürlich nicht mitkommen wollte. Für uns wäre das in Ordnung gewesen, wenn wir ihn nicht gebraucht hätten, um die Lampe zu halten, worüber sich

Jon natürlich vollkommen im Klaren war und was er gnadenlos ausnutzte. Er zeigte sich schwermütig und traurig und gab uns zu verstehen, dass es sehr schwer werden würde, ihn zum Mitkommen zu überreden, dass es aber nicht unmöglich war, natürlich nicht, denn sonst würden wir keine Zeit mit ihm verschwenden und uns sofort auf die Fahrräder schwingen, das wusste er, was ihn wiederum um die Freude bringen würde, von uns angebettelt und angefleht zu werden. Ich weiß nicht mehr, wie lange wir mit ihm im Garten saßen und ihm Honig um den Bart schmierten, eine halbe Stunde vielleicht oder eine Stunde. Wir, oder vielmehr du, da ich seine Schauspielerei verabscheute und mich zurückhalten musste, um nicht alles zu vermasseln, indem ich offen meine Meinung sagte, versuchten ihn gnädig zu stimmen, indem wir uns bestens gelaunt gaben und aufgesetzt freudig wirkten, doch erst als er sich darüber ausließ, wie schwer seine Mutter es hatte, und du dir nicht nur die Zeit nahmst, ihm zuzuhören, sondern tatsächlich so aussahst, als wärst du an dem Gesagten interessiert, begann er aufzutauen. Okay, dann komm ich halt mit, meinte er schließlich (als würde er uns einen großen Gefallen erweisen), aber zu dem Zeitpunkt hatte er es dann, wie schon so oft, geschafft, unser beider Begeisterung und schöpferische Freude größtenteils zunichtezumachen, und sosehr wir uns auch bemühten, vermochten wir die Kraft, die für gute Aufnahmen erforderlich ist, nicht mehr aufzubringen. Jon hingegen war plötzlich bester Laune, und als wir zum Merraneset kamen, wo wir in den alten Bunkern der Deutschen Aufnahmen machen wollten, war er von uns allen am eifrigsten und kreativsten. Er war wie ein Parasit, er saugte alle Kraft aus uns heraus, und je mehr er zum Leben erwachte, umso mehr verblühten wir, und obwohl wir das damals nicht so klar analysieren konnten, ahnten und spürten wir die Zusam-

menhänge, und das erfüllte uns mit einer Wut, die wir immer weniger unterdrücken konnten.

Als Mama eine gute Nachricht erhielt:

Mama schlief mit offenem Mund, und du, ich sowie einige ihrer Freunde saßen im Halbkreis um das Krankenbett, wie Zähne um die Zunge sitzen. Sie schien kurz vor unserer Ankunft gegessen zu haben, denn das Personal hatte den Teller noch nicht abgeräumt, und auch wenn das Fenster auf Kipp stand, roch es im Zimmer leicht nach Kochwurst, und plötzlich sah ich eine ganze Kette roter Würste, die eine nach der anderen in ihrem weit geöffneten Mund verschwanden, wie in einem Zeichentrickfilm. Und so wie in Zeichentrickfilmen Dinge in andere übergingen, gingen in meiner Vorstellung die Würste in rote Eisenbahnwaggons über, die in einen Tunnel fuhren, was zur Folge hatte, dass ich urplötzlich laut und deutlich »Wurstzug« sagte. In den Zehntelsekunden, bevor die anderen reagierten, sah ich einen Zug vor mir, dessen Passagiere tote Bullen, Pferde, Kühe und Schafe waren, in dunklen Waggons zusammengepfercht, ohne Luft, doch als ich merkte, dass du und die anderen im Zimmer die Köpfe drehten (wie Eulen) und mich mit merkwürdigem Gesichtsausdruck ansahen, mir also klar wurde, was ich da gerade gesagt hatte, verschwand das Bild aus meinem Kopf (ich habe es aber später in einem Werbefilm für vegetarisches Essen verwendet), und ich brach in Gelächter aus.

Hätte ein anderer zusammen mit mir in diesem Zimmer gesessen, hätte derjenige vermutlich geglaubt, ich sei aufgrund von Mamas Situation nicht ganz ich selbst und würde mich deshalb so benehmen, aber in dieser Versammlung gab es niemanden, der zu Sentimentalitäten neigte. Die anderen sahen mich an-

fangs vielleicht etwas verwirrt an, aber dann kam das Lachen in Gang wie ein etwas schwergängiger Motor, und plötzlich saßen alle um das Krankenbett und lachten aus vollem Halse, so dass Mama natürlich aufwachte.

Als sie die Augen aufschlug, begriff ich sofort, dass es ihr besser ging. Aus ihrem Gesicht schaute eine glückliche und weit weniger verängstigte Person als vor ihrer Einweisung ins Krankenhaus, und nachdem sie einen lustigen Kommentar abgegeben hatte, von wegen was für schlechte Freunde wir doch seien, dass wir um das Krankenbett saßen und uns köstlich amüsierten, erzählte sie, die Ärzte hätten nichts gefunden, vermutlich sei Schlafmangel, kombiniert mit harter Arbeit, zu wenig Essen und viel zu viel Alkohol die Ursache für ihre Sehstörungen, ihre Übelkeit und ihren Ohnmachtsanfall.

Die Angst, die sie bis zu dieser guten Nachricht verspürt hatte, sollte ich später als eine Art Virus vor mir sehen, das von einem Wirt zum nächsten übersprang. Vermutlich war es ihr Gerede über Krankheiten, die jahrzehntelang im Körper schlummern konnten, ohne dass man etwas merkte, um dann plötzlich zu erwachen und innerhalb kürzester Zeit ein Leben zu zerstören, das dich auf die Idee brachte, dein biologischer Vater habe möglicherweise eine solche schwere Erbkrankheit, eine Idee, die im zweiten Schritt dazu führte, dass plötzlich du und nicht Mama durch die Gegend liefst und Angst hattest, krank zu sein.

Eine solche Krankheit könnte auch erklären, wieso deine Mutter sich weigerte zu verraten, wer dein Vater ist, sagtest du. Menschen, die um ihre eigenen schweren Erkrankungen schon in der Kindheit und Jugend wussten, gingen oft daran zugrunde. Während die einen an Depressionen, Angstzuständen oder anderen Formen psychischer Erkrankungen litten, hatten andere das Gefühl, sie müssten sich beeilen, ihr Leben zu leben, solange sie es noch konnten, und endeten als Alkoholiker, Drogenabhängige oder dekadente Hedonisten der unterschiedlichsten Art. So gesehen war es nicht verwunderlich, dass deine Mutter meinte, es sei besser für dich, nichts zu wissen, sagtest du.

Jetzt suchst du also nach einem Sexualstraftäter, der beim Militär war und an Muskelzuckungen und zudem an einer schweren Erbkrankheit leidet, sagte ich, und wie immer musstest du herzlich lachen, wenn ich mich über deine Fantasien bezüglich der Identität deines Vaters lustig machte.

Als der Spasti mit dem Finger auf uns zeigte und lachte:

Mama, mein Mann und ich waren vor ein paar Wochen in Namsos und machten einen Abendspaziergang am Fluss, und da es wochenlang heiß und trocken gewesen war und das Wasser viel niedriger stand als üblich, sah ich plötzlich neben all dem anderen Schrott, der sich im Lauf der Jahre im Flussbett angesammelt hatte, ein altes verrostetes Klapprad, dessen Speichen mit rotem und gelbem Draht umwickelt waren. Eine graugrüne Schlammschicht hatte sich auf den Sattel gelegt, und zuerst dachte ich, sie sei daran schuld, dass das Fahrrad an ein ertrunkenes Ritterpferd erinnerte, das dort mitsamt Cape (oder Decke oder wie auch immer das Ding heißt) in der Strömung hin und her schaukelte. Doch keine halbe Minute später, als wir mitten auf der alten Holzbrücke standen und ich mich umdrehte und das Fahrrad sowie die restliche Landschaft aus einem anderen Winkel sah, begriff ich, dass der Gedanke ganz woanders herkam, er hing mit einem Vorfall zusammen, bei dem der Typ, den wir den Spasti nannten, mit dem Finger auf uns zeigte und lachte.

Der Spasti war nur zwei oder drei Jahre jünger als wir, aber auch wenn er nicht wirklich geistig zurückgeblieben war, so war er doch von ziemlich schlichtem Gemüt, weshalb er am liebsten mit denen herumhing, die ein paar Jahre jünger waren als er. Einmal, als wir zwei über dieselbe alte Holzbrücke gingen, die Mama, mein Mann und ich vor ein paar Wochen überquerten, machte er mit seinen jüngeren Kameraden auf dem kleinen Parkplatz auf der anderen Seite Ritterspiele. Mit einem Holzstock als Lanze radelten sie schreiend durch die Gegend, stießen imaginäre Gegner vom Pferd und warfen sie zu den Jubelschreien ihres Königs und schöner Jungfrauen im Turm oder wen auch immer sie als Zuschauer vor sich wähnten, zu Boden. Doch als der Spasti uns erblickte, trat er sofort auf die Bremse und hinterließ auf dem Boden einen dunkelbraunen Streifen, dann saß er da (im ersten Moment noch etwas wackelig im Sattel) mit der Lanze in der Luft, zeigte auf uns und lachte mit weit geöffnetem Mund. Seine großen Augen wirkten ganz fiebrig, und er schaute abwechselnd mit schnellen ruckartigen Kopfbewegungen, die an einen Hermelin oder etwas in der Art erinnerten, zu uns und zu seinen Kameraden. He, die sind ein Liebespaar!, brüllte er, und ich höre heute noch sein wieherndes Gelächter.

Dann geschah etwas, was wir beide traurig fanden. Denn obwohl seine Kameraden drei oder vier Jahre jünger waren als er, fanden sie Mädchen und Liebespaare und dergleichen nicht mehr peinlich, und nachdem sie zu uns herübergeschaut hatten, blickten sie den Spasti verständnislos an, zuckten mit den Schultern und sagten »na und?«, worauf alle, auch der Spasti, plötzlich dasselbe dachten (so sah es jedenfalls aus), nämlich, dass ein weiterer Jahrgang ihn an mentaler Reife überholt hatte.

Darüber unterhielten wir uns, als wir kurz darauf in eure

Küche traten, wo wir Arvid sahen, der die Ellbogen auf dem Tisch aufgestützt hatte und den Kopf zwischen den Händen hielt, so dass die Finger, die aus seinen ungewöhnlich zerzausten Haaren ragten, aussahen wie das Geweih eines jungen Rentiers. Er sagte nichts, aber als er aufstand, und mehr auf dich zutaumelte, als dass er ging, mit einem Gesicht, das vom Weinen rotgeschwollen war, und mit ausgestreckten Armen, wie ein Schlafwandler in einem Comic oder ein Zombie in einem schlechten Film, war uns sofort klar, dass Berit tot war. Anders als ich fingst du nicht an zu weinen, dein Gesicht war starr und ausdruckslos, und einen Augenblick sah es so aus, als wärst du vor allem darauf konzentriert, Arvid auszuweichen, der dich umarmen wollte, was dir aber nicht gelang, denn er schlang die Arme um dich, und während er sein Gesicht in deiner Schulter vergrub, hielt er dich fest, und ihr wiegtet euch hin und her, als wärt ihr erschöpfte Ringer beim Kampf. Erst als du wissen wolltest, was passiert sei, ließ er dich los, und während du dich aus seiner Umklammerung zu winden versuchtest und er einen etwas enttäuschten, fast verletzten Gesichtsausdruck bekam, erzählte er, dass sie im Schuhgeschäft von Ole Bruun Olsen tot umgefallen sei, vermutlich sei es das Herz gewesen.

Damals begriff ich es nicht, aber heute verstehe ich, dass Berits Tod und die Entbindung von Verpflichtungen und Erwartungen, die der Tod eines Vaters oder einer Mutter mit sich brachte, dazu führte, dass du in der Folgezeit eine Verwandlung durchliefst, vielleicht ist es aber gar nicht richtig, von einer Verwandlung zu sprechen, vielleicht sollte ich eher sagen, dass du jetzt imstande warst, Entscheidungen zu treffen, die du schon lange gern getroffen hättest, die du aber mit Rücksicht auf Berits Gefühle nicht treffen konntest, wie beispielsweise, bei mir einzuziehen.

Wir wohnten nicht viele Wochen zusammen auf dem Dachboden in unserem Haus, dann zogst du nach Trondheim, und ich ging nach Bergen, aber ich weiß noch, wie erwachsen ich mich fühlte, wenn wir abends die Zähne putzten und ins Bett gingen, ohne miteinander zu schlafen, oder wenn wir möglichst weit auseinander auf Mamas rotbraunem Chesterfield-Sofa saßen und uns langweilten (ein Vorgeschmack auf das, was man etabliert nennt), demselben Sofa übrigens, auf dem ich jetzt wieder sitze, mit dem Laptop auf dem Schoß und einem von Mamas Roséweinen auf dem Beistelltisch, woraus ich schließe, dass der Tod eines Vaters oder einer Mutter uns doch nicht so frei macht, wie ich eben noch angedeutet habe. Hier zu sitzen, in Mamas Wohnung, in der sie vor ihrem Tod gelebt hat, und in etwa in derselben Situation zu sein wie sie damals, nur dass sie ein wenig älter war als ich heute, vermittelt mir jedenfalls eine Ahnung davon, dass ich ihr immer ähnlicher werde. Ich habe die Phase, die ich gerade durchlebe, immer eine Denk- oder eine Atempause genannt, aber ohne jetzt noch weiter darauf einzugehen, für dich ist das ja nicht sehr relevant, kann ich zumindest sagen, dass es sich anfühlt, als würde ich in den Lebensstil gezogen, den sie sich nach Papas Tod zugelegt hat, so wie ich sie seit meinem zehnten, elften Lebensjahr erlebt habe. Vielleicht hatte Jon doch recht. Vielleicht ist es schwieriger auszubrechen, als ich immer angenommen habe (Schauder).

Trondheim, 5. Juli 2006. Eine Abrechnung.

Ich liege auf dem Sofa und starre an die Decke, höre, dass Egil heimkommt, und jetzt muss ich mich aufrappeln, es muss so aussehen, als wäre ich sehr beschäftigt, und wenn er fragt, warum ich von der Arbeit daheimgeblieben bin, werde ich sagen, dass ich Kopfschmerzen hatte oder so, und ich stehe vom Sofa auf, gehe durch das Wohnzimmer in die Küche, dort zum Kühlschrank und öffne ihn, gehe in die Hocke und schaue hinein, hier stehen die Reste von gestern, vielleicht sollten wir einfach die Reste aufwärmen.

Hallo, höre ich Egil sagen. Hallo, sage ich, und ich höre meine eigene Stimme, und meine Stimme klingt müde. Wo bist du?, höre ich Egil fragen, und ich schaue über die Kühlschranktür, und dort steht er, er sieht auf mich herunter. Da bist du ja, sagt er und lächelt. Ja, sage ich. Ich wollte gerade mit dem Kochen anfangen, sage ich. Aber… sagt Egil und sieht mich verblüfft an, er zieht die Augenbrauen hoch, während er den Aktenkoffer abstellt, und seine Schultern sind voll mit hellen Haaren. Wir wollten doch essen gehen, sagt er, und mir fällt ein, dass wir essen gehen wollten, und ich sehe ihn an und lächele. Ja, das stimmt, das wollten wir, sage ich nur, ich stehe auf und verpasse der Kühlschranktür einen kleinen Schubser, und die Tür fällt leise zu, und ich bleibe stehen und sehe Egil an, und Egil steht da und betrachtet mich und schüttelt fast unmerklich den Kopf.

Du redest schon so lange davon, dass du gern essen gehen möchtest, sagt Egil. Ja, ja, sage ich. Mein Gott, sagt er, er sieht mich an und zieht die Augenbrauen hoch, und einen Augenblick ist es still, ich sehe ihn an und stöhne. Das ist doch kein Grund, jetzt eine große Nummer daraus zu machen, sage ich. Ich mache doch gar keine große Nummer daraus, sagt er. Ich frage mich nur, was zurzeit mit dir los ist, sagt er und sieht mich an, und erneut zieht er die Augenbrauen hoch und schüttelt leise den Kopf. Du bist nicht du selbst, sagt er. Liegt es an deiner Mutter?, fragt er. Wenn etwas mit mir nicht stimmt, dann hat es jedenfalls nichts mit ihr zu tun, sage ich. Wenn es damit zu tun hat, dass wir unsere Brasilienreise absagen mussten, kannst du ganz beruhigt sein, sagt er. Ich kann stattdessen die letzte Septemberwoche freimachen, sagt er und sieht mich an, und wieder ist es kurz still, dann löst sich plötzlich etwas in mir, etwas Schweres, wie eine Lawine.

Weißt du was, sage ich laut, das ist echt das Frechste, was ich je gehört habe!, sage ich, und ich höre, wie wütend meine Stimme klingt, und ich kann nicht verstehen, wo diese wütende Stimme herkommt, ich nicke ihm zu, er zieht den Kopf etwas ein und sieht mich verwundert an. He?, sagt er. Du bist so unfassbar herablassend zu mir, sage ich, und ich höre, was ich sage, und ich verstehe nicht, wo diese Worte herkommen, es kommt mir vor, als würde jemand durch mich hindurch sprechen, und derjenige, der durch mich spricht, ist wütend, und jetzt spüre ich, wie ich ebenfalls wütend werde, und Egil steht da und sieht ganz verwirrt aus. Was um alles in der Welt willst du damit sagen?, fragt er.

Ich ärgere mich über dich, Egil, sage ich. Über dich! Die Brasilienreise hat damit nichts zu tun, und dass du das anbringst, ist so herablassend, sage ich. Glaubst du wirklich, ich bin so … leicht zufriedenzustellen?, frage ich. Hauptsache, wir machen hin und wieder eine Reise, dann bin ich zufrieden oder was? Was denkst du eigentlich von mir?, frage ich. Ich ärgere mich über dich, Egil, sage ich. Über dich, und ich höre, was ich sage, und ich begreife nicht, wo diese Worte herkommen, begreife nicht, wer in mir spricht, aber ich steigere mich in diese Wut hinein und starre Egil zornig an, und er wirkt verwirrt und erschrocken. Ist was passiert, Silje?, fragt er.

Jetzt hör mir doch mal zu, schreie ich, und ich höre, wie ich schreie. Ich höre, sagt er. Nein, das tust du verdammt noch mal nicht, sage ich laut. »Ist was passiert?«, fragst du! Ich ärgere mich über dich, sage ich, Egil starrt mich voller Ernst an, dann kommt er auf mich zu und streckt mir die Hände entgegen, und jetzt will er mich in den Arm nehmen, und ich spüre, wie die Wut in mir hochkocht, und schlage seine Hände weg. Schluss jetzt!, schreie ich, spiel nicht den Therapeuten!, schreie ich, und ich merke, wie sich meine Augen weiten, die Wut weitet meine Augen, und ich starre Egil mit großen wilden Augen an, und Egil wirkt sichtlich erschrocken. Ich spiele nicht den Therapeuten, ich will doch nur … sagt er, und dann sagt er nichts mehr, steht nur da und sieht mich an.

Du willst doch nur was?, fahre ich ihn an, du willst, dass ich mich als hysterisches Weibsbild fühle, das getröstet und beruhigt werden muss, sage ich. Du willst den Fokus von dir weglenken und davon, dass du in der Lage bist, andere bis aufs Messer zu reizen, sage ich, und ich höre, was ich sage, und ich höre, wie glaubwürdig ich klinge, höre, wie wahr das Gesagte klingt, und ich verstehe nicht, wo die Worte herkommen, sie sind einfach da.

Silje … das glaubst du doch selbst nicht, sagt er. Kannst

du, verdammt noch mal, damit aufhören, mir zu sagen, was ich glauben und denken soll?, schreie ich. Entschuldigung … aber äh, sagt er und schaut zur Seite, hebt resigniert die Hand, dreht sich um und sieht mich entgeistert an. Hältst du mich wirklich für so ausgekocht?, fragt er. Glaubst du wirklich, ich wollte dich deshalb trösten?, fragt er. Du machst mir immer ein schlechtes Gewissen, sage ich. Auch wenn ich weiß, dass ich nicht schuldig bin, sehe ich mich am Ende immer als die Schuldige, sage ich, und ich höre, was ich sage, und ich höre, wie wahr das Gesagte klingt, spüre, wie mein Selbstvertrauen wächst. Ehrlich gesagt, Silje, sagt er. Du kannst mir ja viel vorwerfen, aber dass ich verantwortlich dafür bin, dass du dauernd mit schlechtem Gewissen herumläufst, das geht zu weit, sagt er. Sagst du nicht selbst, dass Frauen schon als kleines Mädchen lernen, ihre Trauer, ihre Wut und ihre Scham nach innen zu richten? Dann kannst du jetzt nicht ankommen und mir die Schuld geben, sagt er. Es ist jedenfalls nicht sehr hilfreich, wenn du so bist, wie du bist, sage ich. Dass ich so bin, wie ich bin?, sagt er. Ja, sage ich. Das musst du mir erklären, sagt er. Deine ganze Pedanterie, das sind zwar nur Bagatellen, aber zusammengenommen ist es … ist es unerträglich, sage ich. So wie neulich, als du heimkamst und die Lampen ausgeknipst hast, sage ich, oder als ich vor ein paar Tagen Nudeln gekocht habe, sage ich, und ich starre ihn an, plötzlich kommst du und stellst den Topf auf eine Platte, die von der Größe her besser passt, sage ich, und ich höre, was ich sage, und ich merke plötzlich, dass es stimmt, was ich sage, Egil kam tatsächlich neulich und hat die Lampen ausgeknipst, und er kam tatsächlich vor ein paar Tagen und hat den Topf mit den Nudeln umgestellt, und ich sehe Egil an, und Egil sieht zu Boden, fährt sich mit der Hand durch die Haare und seufzt.

Also … sagt er. Wäre es ein einmaliger Vorfall, hätte ich es bestimmt nicht getan, sagt er. Aber du machst es ja jedes Mal, wenn du kochst, sagt er. Also für mich ist es so, als … sagt er, und dann fällt ihm nichts mehr ein … Als ginge man zur Bank, um eine bestimmte Summe an die Elektrizitätswerke zu überweisen, ohne dass man etwas dafür bekommt, sage ich, und ich verstelle meine Stimme dabei, verziehe das Gesicht zu einer Grimasse. Das habe ich schon hundert Mal gehört, verschone mich damit, sage ich. Warum lässt du es dann nicht einfach sein?, sagt Egil. Dann meckere ich auch nicht länger, sagt er. Was meinst du wohl, warum?, frage ich und warte kurz, und mein Mund steht halb offen, und meine Augen sind weit geöffnet. Ich tue das natürlich nur, um dich zu provozieren, ganz klar, sage ich. Ich habe deine Pedanterie so satt, und in irgendeiner Weise muss ich ja dagegen protestieren, sage ich, und einen Augenblick ist es still, und er steht da und starrt mich an, schüttelt vorsichtig den Kopf. Wie wäre es, wenn du die Dinge stattdessen mal ansprechen würdest?, sagt er. Ich habe keine Lust, mit dir zu diskutieren, Egil, ich weiß ja, dass du recht hast, sage ich, und fast zucke ich zusammen, als ich mich höre, denn was will ich damit sagen, was sage ich da, wohin will diese Stimme uns bringen, und einen winzigen Augenblick ist es still, wieder steht er nur da und starrt mich an. Entschuldige, Silje, aber jetzt … jetzt bin ich verwirrt, sagt Egil und sieht mich fragend an, und wieder ist es einen Augenblick still, dann öffne ich den Mund. Ich bin ja nicht blöd, Egil, sage ich. Ich weiß sehr wohl, dass es Energieverschwendung ist, wenn ich einen kleinen Topf auf eine große Kochplatte stelle, aber der Punkt ist, dass man sehr viel kostbarere Energie verschwendet, wenn man sich ständig um derlei Kleinkram Gedanken macht, sage ich, und ich höre, was ich sage, höre, wie wahr das Gesagte ist, höre, wie gut ich mich ausdrücke, und mein Selbstvertrauen wächst. Es kann gut sein, dass ich es manchmal übertreibe, sagt Egil. Aber gleichzeitig ist es nun mal so, dass die meisten Tage im Leben Alltag sind, und wenn wir uns keine Gedanken darüber machen, welche Gewohnheiten wir uns im Alltag zulegen, werden wir auch kein gutes Leben haben, sagt er. Verschone mich mit deinen Plattitüden, sage ich, und noch einmal verzieht sich mein Gesicht zu einer großen Grimasse. Das Problem ist, dass … also, du bist … dir fehlt das Großzügige. Ich glaube, es würde uns beiden besser gehen, wenn du es dir ab und zu gönnen würdest, etwas mehr über Dinge hinwegzusehen, sage ich. Ich ertrage es nämlich nicht … ich kann deine lächerlichen Forderungen nicht erfüllen, sage ich, und ich habe keine Lust, wegen einer Bagatelle, wegen eines geringfügigen Fehlverhaltens mit schlechtem Gewissen durch die Gegend zu laufen, sage ich, und ich höre, was ich sage, höre, wie wahr das Gesagte klingt, und ich kann nicht begreifen, wo das alles herkommt.

So ganz allmählich dämmert mir was, sagt Egil. Dafür wird es auch langsam Zeit, sage ich, und ich höre, wie triumphierend meine Stimme klingt, fast schwingt sie sich am Ende des Satzes zu Fistelhöhe auf, und ich starre Egil wutentbrannt in die Augen, und Egil sieht mich direkt an. Du sprichst gerade zu deiner Mutter, stimmt's?, sagt Egil, und er sieht mich an, und ich bleibe stehen und starre zurück, was meint er denn damit, was faselt er da? He?, sage ich und lege die Stirn in Falten. Die ganze Kritik ist eigentlich gegen deine Mutter gerichtet, sagt er. Was faselst du da?, frage ich. Du siehst es vielleicht nicht selbst, sagt er, aber ich kann es sehen, ich habe nämlich meinen Vater verloren, und ich weiß genau, wie es ist, wenn man dasitzt und weiß, dass es zu spät ist, das zu sagen, was man immer sagen wollte, sagt er. Entschuldige bitte, sage ich und kneife die Augen leicht zu, schüttele leise den Kopf. Aber ich verstehe kein Wort von dem, was du da redest, sage ich.

Es gab Zeiten, da habe ich meinen Vater gehasst, weil er meinen Bruder und mich so unterschiedlich behandelt hat, sagt er. Und ich wusste, dass ich es ihm gegenüber ansprechen müsste, wenn ich das Minderwertigkeitsgefühl und die Eifersucht und alles, was damit zusammenhängt, überwinden wollte … Tja, sagt er, aber ich habe mich nicht getraut, sagt er. Und als er starb, saß ich da mit meinen Vorwürfen und meiner Kritik und wusste nicht, wohin damit, also musste Trond dafür herhalten. Die ganze Wut, den ganzen Sumpf, alles, was sich angestaut hatte und was ich eigentlich an meinem Vater hätte auslassen sollen, habe ich auf ihn übertragen, sagt er. Und jetzt machst du dasselbe mit mir, sagt er. Siehst du das nicht?, fragt er und wartet kurz, es ist vollkommen still, und ich warte, warte darauf, dass die Stimme in mir antwortet, denn jetzt muss ich antworten, und ich schmatze ein wenig. Weißt du was, sage ich, mehr sage ich nicht, ich sehe zu Boden und schüttele den Kopf, und einen Augenblick ist es still, dann schaue ich wieder hoch und öffne den Mund, ich frage mich, was ich wohl antworten werde, doch ich komme gar nicht dazu, denn Egil ergreift erneut das Wort. Das ist eine ganz natürliche Reaktion, sagt er. Das ist Teil des Trauerprozesses, sobald du zu Oddruns Tod etwas Distanz bekommen hast, wirst du sehen, dass ich recht habe, sagt er, und dann ist es wieder still, und ich sehe Egil an und ziehe die Augenbrauen hoch, schüttele fassungslos den Kopf. Glaubst du das etwa selbst, Egil?, sage ich nur. Du warst doch bisher nicht sehr gnädig in deiner Einschätzung von Oddrun, sagt er. Jedenfalls nicht, so wie sie war, bevor dein Vater starb, sagt er. Ich habe schließlich allerhand Geschichten gehört aus dieser Zeit, wie weit sie gehen konnte, um dir beizubringen, was brave Mädchen tun dürfen und was nicht, sagt er. Und soweit ich weiß, hast du nie den Mut gehabt, es ihr gegenüber anzusprechen, sagt er, dann wartet er einen Moment, und ich stehe nur da und schaue ihn an, schüttele den Kopf und grinse fassungslos. Verdammt, Egil, sage ich. So gesehen ist es also positiv, dass du dich einen feuchten Kehricht darum scherst, ein braves Mädchen zu sein, und stattdessen auf mich losgehst, fährt er fort. Das heißt, dass du endlich im Begriff bist, einige der Ver- und Gebote über Bord zu werfen, die sie dir mitgegeben hat und deretwegen du ständig ein schlechtes Gewissen hast, weil du ihnen nicht genügst, sagt er. Mir ging es genauso, als mein Vater starb. Obwohl ich unglücklich war und getrauert habe, habe ich mich gleichzeitig freier gefühlt denn je, sagt er.

Weißt du was, Egil, sage ich und warte kurz, jetzt muss etwas kommen. Entweder, sage ich, entweder bist du so dumm, dass du an diesen pseudopsychologischen Unfug glaubst, oder du bist so geblendet von deiner eigenen Überheblichkeit, die ich vorhin angesprochen habe, sage ich, und ich höre, was ich sage, und versuche herauszufinden, was ich damit meine, und sehe Egil an, und jetzt muss ich dem Gesagten noch etwas folgen lassen. Geblendet von meiner eigenen Überheblichkeit?, sagt Egil. Ja, sage ich, und ich warte kurz. Du kannst dir schlicht nicht vorstellen, dass mit dir etwas nicht stimmt, sage ich. Wenn dich jemand kritisiert, dann gibt es nur zwei Möglichkeiten, sage ich, entweder hat es derjenige aus irgendeinem Grund auf dich abgesehen, oder er hat etwas falsch verstanden, sage ich, und ich höre, was ich sage, und ich bin so überzeugt von allem, was ich sage, es ist die Wahrheit. Ich kritisiere sozusagen nicht dich, sagst du, ich kritisiere meine Mutter… meine Mutter!, sage ich, und meine Stimme schwingt sich am Ende des Satzes fast zu Fistelhöhe auf. Hast du schon mal so was grenzenlos Bescheuertes gehört?, sage ich.

Du kannst sagen, was du willst, Silje, meint Egil. Aber es sieht ganz so aus, als hätte ich einen wunden Punkt getroffen, sagt er, und einen Augenblick ist es still, und ich stehe nur da und starre ihn an. Verdammt, sage ich und warte kurz. Hör doch mal, was du sagst, Egil, fahre ich ihn an, und meine Stimme bricht gleich vor Freude und Wut, und ich hebe resigniert die Hände. Genau darum geht es doch gerade, sage ich, und während ich es sage, sehe ich, dass es tatsächlich genau darum geht. Wenn ich hier stehe und wütend auf dich bin, schließt du von vornherein aus, dass ich überhaupt einen Grund haben kann, wütend auf dich zu sein, sage ich. Du gehst sofort davon aus, dass ich wütend bin, weil du mit deiner Kritik einen wunden Punkt getroffen hast, sage ich, und ich höre, wie wahr das Gesagte klingt, und ich merke, wie wütend ich bin, dass er so ist, wie ich ihn beschreibe. In deiner Welt hast du immer recht, Egil, sage ich. Warum bist du so, warum hast du so eine krankhafte Angst davor, nicht perfekt zu sein?, frage ich.

He!, sagt er. Ich finde, wir sollten uns etwas beruhigen, das hier bringt nämlich nichts, sagt er. Jetzt hör dir mal an, was du sagst, sage ich laut. Du versuchst schon wieder auszuweichen, sage ich. Silje, sagt er und nimmt das Kinn ein wenig hoch. Jetzt mal ganz ruhig, sagt er und hebt eine Hand, zeigt mir die Innenseite, und ich starre ihn an, und die Wut in mir wächst, denn jetzt will er mir einreden, dass ich hysterisch bin, je ruhiger und verantwortungsvoller er auftritt, desto hysterischer und unkontrollierter erscheine ich, und jetzt will er, dass ich hysterisch wirke, und ich merke, wie meine Augen in den Augenhöhlen wachsen, und ich starre ihn mit großen, wilden Augen an, und einen Augenblick ist es ganz still, jetzt muss ich mich beruhigen, in diese Falle darf ich nicht tappen, ich muss mich jetzt zusammenreißen, und ich hole tief Luft.

Es nützt nichts, sage ich, und ich höre, wie meine Stimme vor Wut bebt, einen Augenblick ist es still, und ich sehe ihn an. Ich dringe nicht zu dir durch, sage ich, und jetzt klinge ich etwas ruhiger, und es ist vollkommen still, ich halte seinem Blick stand, schüttele den Kopf. Kannst du nicht wenigstens den Versuch unternehmen, dir anzuhören, was ich sage, Egil? Es ist kurz still, und Egil sieht mich an, dann holt er plötzlich tief Luft und seufzt, und ich merke, wie wütend mich das macht, er steht da und tut so, als würde er resignieren, hat aber die Größe, sich dennoch anzuhören, was ich zu sagen habe.

In Ordnung, sagt er und blickt zu Boden. Ich habe es so satt, Egil, sage ich, und zwar schon lange, sage ich. Ich habe es so satt, dass du mich bei allem korrigierst, was deinen Vorstellungen von korrektem Benehmen und Auftreten nicht entspricht, sage ich, und ich höre, was ich sage, höre, dass es dasselbe ist wie vor wenigen Sekunden, und jetzt seufzt Egil wieder, stöhnt oje und sieht mich an, als hätte er die Schnauze voll davon, mich darüber meckern zu hören. Ich habe es so satt, das gibt mir das Gefühl, nicht zu genügen, sage ich. Das hast du schon gesagt, sagt er und sieht mich demonstrativ müde an, dann schließt er beide Augen und nickt, und ich spüre, wie die Wut in meinem Körper explodiert. Du hast meine Worte gehört, ja!, brülle ich ihn an, und Egil fährt zusammen und sieht mich erschrocken an, und ich mache einen Schritt auf ihn zu, starre ihn mit meinen großen, wilden Augen an. Aber du hast nichts von dem, was ich gesagt habe, an dich herangelassen, sage ich laut, denn sobald du registrierst, dass das, was ich zu dir sage, Kritik ist, schaltest du sofort auf Angriff, ohne darüber nachzudenken, worum es in meiner Kritik geht, ob sie berechtigt ist oder nicht, sage ich, und ich höre, wie wahr das Gesagte ist, und zum ersten Mal sieht es so aus, als würde er wirklich kapieren, was ich sage, zum ersten Mal sieht es so aus, als würde ich zu ihm durchdringen, und jetzt ändert sich seine Miene, jetzt verschwindet die Ruhe aus seinem Gesicht, und er ist plötzlich rot und wütend, und ich starre ihn zornig an.

Ich will dir mal was sagen, Silje, fängt er an. Wenn das, was du sagst, stimmt, dann bin ich jedenfalls nicht der Einzige in diesem Haus, der überhöhte Ansprüche an andere Menschen stellt, sagt er. Ach so? Und was für überhöhte Ansprüche stelle ich an dich?, sage ich und erhebe dabei meine Stimme. Das will ich dir sagen, auch er wird laut. Du stellst völlig zu Unrecht hohe Ansprüche an das, was ich gefühlsmäßig leisten soll, sagt er. Aha, sage ich und halte seinem Blick stand. Und das heißt?, frage ich.

Es reicht sozusagen nicht, dass wir einander lieb haben, sagt er, es reicht nicht, dass wir uns gegenseitig respektieren und korrekt miteinander umgehen, du verlangst, dass wir all das ausleben, was du mit der großen Liebe in Verbindung bringst, sagt er. Du willst quasi die einzige Frau auf der Welt sein, die in der Lage ist, mich glücklich zu machen, und ich soll der einzige Mann sein, der imstande ist, dich glücklich zu machen, sagt er. Die Gefühle, die wir füreinander haben sollen, können gar nicht groß genug sein, sagt er. Ich fühle mich manchmal wie ein Gefühlsakrobat, das finde ich unerträglich, sagt er.

Ich will dir mal was sagen, Egil, sage ich. Wir hätten als Paar nicht eine Woche überlebt, wenn es derlei hoffnungslos romantische Vorstellungen, wie du es nennst, nicht gäbe, sage ich. Ach so?, sagt er. Ach so?, gebe ich zurück, was glaubst du, wie es mit uns weitergegangen wäre, wenn wir zueinander gesagt hätten, dass der Partner jederzeit gegen wen auch immer austauschbar ist?, sage ich. Du könntest mich also gegen einen x-beliebigen Menschen austauschen?, fragt er wütend. Davon hast du doch geredet, nicht ich, schreie ich. Nein, sagt er. Das hast du missverstanden, sagt er. Wenn wir als Paar funktionieren sollen, dann brauchen wir solche Lebenslügen womöglich, sagt er. Aber der Punkt ist, dass die Rolle, die du mir in diesem Schauspiel zugewiesen hast, so unglaubwürdig wirkt, dass ich große Probleme habe, sie zu spielen, sagt er. Was du mir in den Mund legst und von mir verlangst, wirkt so falsch, dass ich manchmal denke, alles, was wir gemeinsam haben, sei falsch, unsere ganze Paarbeziehung gründe auf eingebildeten Gefühlen, sagt er, dann wartet er kurz, starrt mich an, und ich starre zurück. Weißt du, was ich glaube, ich glaube, du vermisst deinen Vater!, sagt er.

Was sagst du?, frage ich. Dieses unglaubliche Bedürfnis, die einzige Frau sein zu wollen, die ich lieben kann, hängt, glaube ich, mit dem Bild zusammen, das du von deinem Vater hast, sagt er. Ehrlich gesagt, sage ich, ich weiß bald nicht mehr, ob ich lachen oder weinen soll, sage ich. Wie oft habe ich mir anhören müssen, dass er dich beschützt hat, wenn Oddrun einen ihrer Anfälle hatte, fährt er fort. Wie er sich um dich gekümmert hat und dir die Liebe gab, die du brauchtest, die Oddrun dir nie zu geben vermochte, sagt er. Papas Goldschatz, sagt er, die unersetzliche kleine Silje, sagt er. Das vermisst du heute, dieses Gefühl soll ich dir geben, sagt er. Ich habe oft überlegt, dass die maßlosen Ansprüche, die du an ein Liebesleben stellst, dort herkommen, sagt er, und einen Augenblick ist es vollkommen still, er starrt mich an, und ich starre zurück.

Was ist eigentlich los mit dir?, fahre ich ihn an. Warum musst du alles, was ich sage und tue, in Verbindung bringen mit dem, was ich in meiner Kindheit und mit meinen Eltern erlebt habe?, sage ich. Also, wenn ich meinerseits genauso psychologisieren würde wie du, dann könnte ich zum Beispiel sagen, dass du so geworden bist, wie du bist, weil du mit einem Vater aufgewachsen bist, der deinen Bruder lieber hatte als dich, sage ich. Wenn du so versessen darauf bist, perfekt zu sein, kann ich behaupten, es liege daran, dass du immer noch ein kleiner nach Liebe dürstender Junge bist, der alles tut, um genauso viel Aufmerksamkeit von seinem Papa zu bekommen wie Trond, sage ich, und ich höre, was ich sage, und ich merke, wie zufrieden ich mit dem Gesagten bin, ich kann nicht begreifen, wo meine Worte herkommen, sie sind einfach da. Vielleicht geht es bei deiner Pedanterie und deiner Kleinkariertheit genau darum, sage ich. Vielleicht hast du damit ein wirksames Mittel entwickelt, um so perfekt sein zu können, wie dein Vater dich womöglich haben wollte, sage ich, dann warte ich kurz, nehme den Blick nicht von ihm.

Es ist einfach nur so, dass sich so etwas leicht sagen lässt, sage ich. So schlicht sind wir nicht gestrickt, Egil, sage ich, nicht einmal du bist so schlicht gestrickt, sage ich. Vielleicht ist es genauso gerechtfertigt, deine Pedanterie und deinen Perfektionshunger zum Beispiel mit deinem Job in Verbindung zu bringen, sage ich, eine Strategie, mit der dein Geschäft auf dem Markt überlebt, sage ich, und ich höre, was ich sage, und ich kann nicht fassen, wo das alles herkommt, ich kann mich nicht daran erinnern, das hier schon einmal gedacht zu haben, es bricht einfach so aus mir heraus, und einen Augenblick ist es still, ich nehme den Blick nicht von Egil, und jetzt kann ich sehen, dass sein Gesicht einen etwas verstimmten Zug bekommt.

Jetzt sag mir nicht auch noch, dass du Sozialistin warst, sagt er sauer. Ich sage nur, dass ich es ziemlich satthabe, von dir auf eine Entbehrung in meiner Kindheit reduziert zu werden, sage ich laut. Ich habe deine pseudopsychologischen Ergüsse satt, sage ich, und ich nicke ihm entschieden zu, nehme den Blick nicht von ihm. Ich bitte um Nachsicht, wenn ich nicht klüger bin, sagt Egil. Mein Gott, sage ich, und noch einmal verziehe ich das Gesicht zu einer Grimasse, starre Egil an und grinse. Spielst du jetzt auch noch den Gekränkten und Beleidigten?, sage ich.

Nein, sagt Egil. Ich sage nur, wie es ist. Ich bin nicht klüger als meine pseudopsychologischen Ergüsse, und ich glaube tatsächlich immer noch, dass daran etwas ist, sagt er. Es mag etwas schlicht klingen, trotzdem heißt es nicht, dass nichts dran ist, sagt er und wartet kurz, starrt mich an. Ich kann deinen Ansprüchen nicht genügen, und ich glaube auch nicht, dass dein Vater es gekonnt hätte, wenn er noch leben würde, sagt er. Er hat seine kleine Silje nie so geliebt wie heute, fünfundzwanzig, dreißig Jahre nach seinem Tod, sagt er, und mit so einem Mann kann man nicht konkurrieren, sagt er.

Weißt du was, Egil?, sage ich, und meine Stimme bebt vor Wut. Der Mann, mit dem du konkurrierst, ist nicht tot, rutscht es aus mir heraus, und ich höre, was ich sage, und merke, wie überrascht ich darüber bin. Er ist sogar so wenig tot, wie man nur sein kann, und ich verstehe nicht, wo das Ganze mit einem Mal herkommt, es ist einfach da. Was soll das heißen?, fragt Egil und sieht mich an, er legt die Stirn in Falten, und jetzt muss ich nachlegen. Es heißt genau das, was du denkst, sage ich, und ich starre ihn an und bin überrascht, wie glaubwürdig ich wirke, und ich sehe, dass Egil mir glaubt, ich sehe, wie sich sein Gesicht verändert, es ist plötzlich reglos und blass. Ja, sage ich und lache in mich hinein, in mir erschallt lautes Gelächter, und ich starre ihm direkt ins Gesicht. Genau das heißt es, sage ich, und meine Stimme zittert leicht.

Wer ist es?, fragt Egil. Es spielt keine Rolle, wer es ist, sage ich. Ist es dieser Schleimer, mit dem du dich letztes Jahr bei der Weihnachtsfeier unterhalten hast?, fragt Egil. Es spielt keine Rolle, wer es ist, sage ich noch einmal. Und ob es eine Rolle spielt, sagt Egil, und jetzt fängt er an, sich aufzuregen. Warum sollte es?, sage ich. Weil ich gern den richtigen Mann vermöbeln würde, sagt er. Oje, sage ich und verziehe mein Gesicht zu einem wütenden Grinsen. Jetzt mach dich nicht lächerlich, sage ich, und ich sehe Egil an, und Egil starrt zurück. Er ist es, ich weiß, dass er es ist, sagt Egil laut. Ich hab doch gesehen, wie ihr nacheinander gegeifert habt, sagt er. Verdammt noch mal, sagt er.

Dann wird es wieder still, und ich halte seinem Blick stand. Wenn ich also Gefühlsakrobatik betrieben und dich ebenfalls dazu gedrängt habe, hängt es vielleicht damit zusammen, dass ich lange versucht habe, unsere Beziehung zu retten, sage ich, und ich höre, was ich sage, und noch einmal geht mir auf, wie wahr das Ganze wirkt. Je schlechter es lief, umso mehr habe ich mich bemüht. Und es war sicher so … sage ich, und dann mache ich eine kleine Kunstpause, stelle mir vor, wie ich aussehe, und ich stelle fest, wie natürlich ich aussehe, wie glaubwürdig ich wirke, und ich betrachte Egil, sehe, wie blass er ist. Ich weiß es nicht, sage ich, es war sicher so, dass die Gefühle manchmal vielleicht etwas zu groß waren, sage ich, und einen Augenblick ist es still, Egil holt tief Luft und stößt sie wieder aus, er schüttelt den Kopf, geht, ohne mich anzusehen, an mir vorbei, geht zu dem Korbsessel am Fenster und lässt sich hineinfallen, und er beugt sich vor und fährt sich mit den Fingern durchs Haar, und eine Weile bleibt er so sitzen, dann richtet er sich wieder auf, lässt beide Hände in den Schoß sinken, verharrt so und starrt in die Luft, dabei lacht er entgeistert und schüttelt den Kopf, und noch einmal geht mir auf, wie wahr alles wirkt, es wirkt fast wahrer als die Wahrheit, wirklicher als die Wirklichkeit.

Ich komme mir so dumm vor, sagt Egil. Ich komme mir so verdammt gutgläubig und so … lächerlich vor!, sagt er. Ich laufe hier herum im Glauben, alles sei so, wie es sein soll, sagt er. Und währenddessen hast du, verdammt, Mann, sagt er, unterbricht sich selbst, sieht mich wieder an und wartet kurz, hält meinem Blick stand. Wer ist es?, sagt er, und jetzt ist seine Stimme plötzlich dunkler als sonst, und mir geht auf, dass es passt, wenn seine Stimme etwas dunkler ist als sonst, mir geht auf, dass das Ganze immer realistischer wirkt. Nein, entgegne ich. Ich sage nicht, wer es ist.

Es wird wieder still, und Egil schaut zu Boden, nach ein paar Sekunden hebt er plötzlich den Blick und sieht mich mit großen, neugierigen Augen an. Es ist Trond, sagt er leise, und ich höre, was er sagt, und merke, wie überrascht ich bin, als er es sagt. Verdammt, es ist Trond, sagt Egil, und eine Weile ist es ganz still, wir starren einander an, und keiner sagt etwas, ich sitze nur da und starre ihn an, und je länger ich so dasitze, desto sicherer ist er, dass es Trond ist, und ich stelle mir vor, dass ich ihn mit Trond betrogen habe, und mir geht auf, wie gut diese Rolle zu Trond passt, und einen Augenblick ist es ganz still, und ich spüre mein Herz klopfen, meinen Puls rasen, sitze einfach nur da.

Verdammt, Silje!, sagt Egil und starrt mich schockiert an. Hast du mich mit meinem Bruder betrogen?, fragt er aufgebracht und starrt mich zunehmend entrüstet an, und jetzt ist er felsenfest davon überzeugt, dass ich ihn mit Trond betrogen habe, und ich sitze nur da und unternehme keinen Versuch, es zu leugnen, ich könnte gut und gerne mit Trond fremdgegangen sein, und es passt richtig gut, dass Egil glaubt, ich hätte mit Trond ein Verhältnis. Verdammt, sagt Egil, dann schaut er wieder zu Boden und streicht sich mit den Fingern durchs Haar, und ich sitze nur da und starre ihn an, spüre, wie stark das hier ist, als hätten wir uns in ein Kraftfeld gestürzt, und ich spüre, wie mich die Kraft durchströmt, Leben strömt durch mich hindurch.

Jetzt verstehe ich, warum du ihm gegenüber so wohlwollend bist, sagt Egil, und warum du immer den Drang hast, ihn zu verteidigen, sagt er, und ich höre, was er sagt, und noch einmal fällt mir auf, wie wahr das alles wirkt, wie gut alle Teile zusammenpassen und wie viel realistischer es ist als die Realität. Darum lernen wir seine neue Dame nie kennen, sagt Egil. Du bist diejenige, mit der er … diese Kellnerin ist eine einzige Erfindung, sagt er und hält meinem Blick stand, wartet kurz. Wie lange läuft das Ganze schon?, fragt er. Nicht sehr lange, ein paar Monate, rutscht es mir heraus. Und wie viele wissen davon?, fragt er. Nicht so viele, sage ich. Nicht so viele?, sagt er wutentbrannt. Mit anderen Worten mehr als ihr zwei, sagt er und starrt mich an, und ich erwidere seinen Blick, und einen Augenblick ist es still, und er schlägt die Augen nieder.

Es ist so … es ist so demütigend, sagt er, und jetzt klingt er ganz verzweifelt. Und wer sind diejenigen, die Bescheid wissen?, fragt er. Weiß einer von meinen Freunden Bescheid?, fragt er. Frag nicht, Egil, sage ich, und ich sehe mich vor mir, während ich es sage, ich sehe, wie mein Gesicht einen leicht gequälten Ausdruck annimmt, spüre förmlich den Schmerz, auf den mein gequältes Gesicht verweist. Das ist doch nicht so wichtig, sage ich. Und ob das wichtig ist, sagt Egil laut. Für mich ist es wichtig, ich will nämlich gern wissen, wem von meinen Freunden ich vertrauen kann, sagt er. Von deinen Freunden weiß keiner Bescheid, sage ich. Verschone mich mit deinen Lügen, verdammt, sagt er. Wenn keiner von ihnen etwas wüsste, hättest du es sofort gesagt, sagt er, und er starrt mich an und wartet, ich sehe ihn an und sage nichts, dann schlage ich die Augen nieder.

Sie wissen alle Bescheid, sagt er leise und wartet kurz. Das sehe ich dir an, sagt er etwas lauter und wartet noch einmal, und ich stehe nur da und sage nichts, und je länger ich so dastehe, desto sicherer ist er, dass er recht hat, und ich stehe einfach nur da. Verdammt, Silje, du hast mich ganz einsam gemacht, weißt du das?, sagt er, und ich sehe zu ihm hoch, und er sieht mich an, dann dreht er sich weg, und ein paar Sekunden später beginnt er plötzlich zu lachen. Das Ganze ist ja schon komisch, sagt er, und er lacht so, wie ich es noch nie gehört habe. Verdammt komisch ist das, sagt er. Darum geht Trond in letzter Zeit ständig auf Sauftour, sagt er, und darum benimmst du dich in letzter Zeit so merkwürdig. Mein Gott, was war ich blind, sagt er, und ich höre, was er sagt, und noch einmal fällt mir auf, wie stimmig er alles aussehen lässt, wie wahr das Ganze wirkt, es wirkt wahrer als die Wahrheit.

Und was hast du nun vor?, fragt er, er hat die Ellbogen auf

den Knien und starrt zu Boden, schüttelt leise den Kopf, und einen Augenblick ist es vollkommen still. Was ich vorhabe?, frage ich. Verdammt, du bist doch diejenige, die das Ganze in Gang gesetzt hat, schnaubt er. Ich bin doch nicht allein dafür verantwortlich, dass unsere Beziehung sich so entwickelt hat, dass es jetzt so endet?, sage ich. Das ist echt die Höhe, schreit Egil, und ich zucke zusammen, als er schreit, und er setzt sich gerade hin, starrt mich wutentbrannt an. Nicht genug damit, dass du mich mit meinem eigenen Bruder betrügst und dass ich in etwa der Letzte bin, der es erfährt, außerdem gibst du mir auch noch die Schuld dafür, sagt er. Das tue ich nicht, wehre ich mich, ich sage nur, dass es passiert ist wegen der Entwicklung, die unsere Beziehung genommen hat, und in dem Punkt, finde ich, tragen wir beide in etwa gleich viel Schuld, sage ich, und ich höre, was ich sage, und mir fällt auf, wie gut ich argumentiere. Schwachsinn!, knurrt Egil. Es ist deine Schuld, ganz allein deine Schuld, es ist passiert, weil ich deine krankhaften Ansprüche an einen Partner in einer Liebesbeziehung nicht erfüllen kann, sagt er. Du lebst in einer romantischen Komödie, und wenn ich mich nicht füge, stürzt du dich auf meinen idiotischen Bruder, sagt er. Dort, sagt er, in diesem lebensuntauglichen Schwärmer hast du jemanden gefunden, der deine lächerlichen romantischen Bedürfnisse befriedigen kann, sagt er, dann wartet er kurz und bricht in wütendes Gelächter aus. Aber wenn der Alltag einkehrt, geht's wieder von vorne los, sagt er, dann suchst du dir einen Neuen, sagt er und grinst voller Wut. Warte nur, sagt er triumphierend, warte nur, du wirst schon sehen, dass ich recht habe, sagt er.

Du machst dich schon wieder unangreifbar, sage ich. Kannst du endlich mal mit diesem Schwachsinn aufhören?, brüllt er mich plötzlich an. Mir wird schlecht, wenn ich höre, wie du meinen dusseligen Bruder zitierst, brüllt er. Das warst doch du, brülle ich zurück, die blanke Wut fährt durch mich hindurch. Dass ich ein Verhältnis zu einem anderen Mann habe, lässt sich also nicht anhand der Entwicklung zwischen uns beiden erklären, brülle ich. Das Verhältnis habe ich, weil ich nicht in der Realität lebe, brülle ich und warte kurz, starre ihn zornig an, und es fühlt sich an, als wären meine Augen zu groß für die Augenhöhlen. Wie weit bist du eigentlich bereit zu gehen, um die Illusion aufrechtzuerhalten, dass du fehlerfrei bist?, sage ich. Die Realität ist mir also zu grau, ich muss mir einen Liebhaber nehmen, der mir helfen kann, an eine romantische Fantasiewelt zu glauben, sage ich, und ich höre, was ich sage, höre, wie wahr das Gesagte ist, wie recht ich habe. So ein Quatsch!, brüllt er. *Du* lebst doch in einer Fantasiewelt, Egil!, brülle ich. Du! Du lebst in einer Fantasiewelt, in der du ohne Tadel bist, und außerdem stimmt es gar nicht!, brülle ich.

Es ist vollkommen still. Was stimmt nicht?, fragt Egil, und er sieht mir direkt in die Augen. Ich habe kein Verhältnis, weder mit Trond noch mit einem anderen, sage ich, und ich höre, was ich sage, und ich merke, wie es mich überrascht, dass ich das Ganze plötzlich mir nichts, dir nichts offenlege. Und ich habe auch nie eins gehabt, sage ich. Es stimmt nicht, sage ich und sehe ihn an, und ich versuche leicht und gleichgültig zu lächeln. He?, sagt Egil, und er steht da mit leicht geöffnetem Mund und starrt mich mit runden, neugierigen Augen an. Es stimmt nicht, sage ich. Ich habe gelogen, sage ich und warte kurz, dann breche ich in schallendes Gelächter aus, und es dauert einen Moment, und Egil steht da und sieht mich verwundert an. Glaubst du, dass ich dir das abnehme?, sagt er, aber ich sehe ihm an, dass er nicht weiß, was er glauben soll. Es stimmt, sage ich. Ich habe gelogen, sage ich, und erneut lächele ich leicht und gleichgültig.

Sag mal … sagt er, dann wartet er wieder kurz, und warum hast du gelogen?, fragt er. Ich weiß es nicht, sage ich und zucke mit den Schultern, ich lache wieder laut, aber mein Lachen ist etwas zu fröhlich, mein Lachen ist etwas zu schrill, und jetzt löst sich plötzlich etwas in mir, etwas Großes, Schweres löst sich, und ich kann es nicht aufhalten, und Egil sieht mich mit ernstem Gesicht an, und ich schaue an Egil vorbei, versuche mich an mein leichtes, gleichgültiges Lächeln zu klammern.

Was ist eigentlich los, Silje?, fragt Egil, und dann höre ich das spröde Knistern, als er sich aus dem Korbstuhl erhebt. Jetzt machst du mir wirklich Angst, sagt er, und ich höre, wie er auf mich zukommt, und schaue zur Seite, versuche, an meinem leichten, gleichgültigen Lächeln festzuhalten, aber ich schaffe es nicht, dieses Große und Schwere in mir löst sich und fällt durch mich hindurch, fällt und fällt, und ich merke, wie mir schwindlig wird. Stimmt es, dass du gelogen hast?, fragt er. Ja, sage ich schnell, versuche, leicht und fröhlich zu klingen, schaffe es aber nicht, das Ja gerät zu einem verzweifelten Schluchzen, und jetzt kommt Egil auf mich zu, und ich spüre seine Hand auf meiner Schulter, spüre, wie er mich zu sich heranziehen und mich trösten will, und einen Augenblick ist es still, dann schlage ich seine Hand von meiner Schulter.

Silje, sagt er ernst. Ich habe es so satt, so zu enden, sage ich, und in mir löst sich etwas, und mir wird zunehmend schwindlig, und mein Blick flackert hierhin und dorthin. Ich habe es so satt, sage ich. So zu enden?, fragt er. Überempfindlich und instabil, sage ich. Als hysterisches Weibsbild, so wie sich Leute hysterische Weibsbilder vorstellen, sage ich, und einen

Augenblick ist es still. Das bin ich nicht, schreie ich plötzlich. Ich bin kein hysterisches Weib, schreie ich. Trotzdem stehe ich am Ende immer so da, sage ich, und wieder ist es kurz still, und ich spüre, wie die Tränen kommen. Und jetzt fange ich auch noch an zu heulen, sage ich, und ein Weinkrampf rollt durch meinen Körper, und dieses Große, Schwere fällt durch mich hindurch. Verdammt!, schluchze ich, dann wird es still, und ich spüre wieder Egils Hand auf meiner Schulter.

Silje, sagt er. Nein, schreie ich, und er fährt zusammen, als ich schreie, und ich schlage seine Hand von meiner Schulter. Rühr mich nicht an!, schreie ich. Silje, sagt er. Rühr mich bloß nicht an, sage ich. Ich verstehe nicht ... ich bin so verzweifelt, sagt er. Du bringst mich zur Verzweiflung, Silje. Ich will dir helfen, ich merke doch, dass es dir nicht gutgeht, sagt er, und er sieht mich mit großen, neugierigen Augen an. Aber ich will nicht, dass du mir hilfst, sage ich laut. Ich will nicht dieses hysterische Weibsbild sein, das einen Zusammenbruch erleidet und hinterher Hilfe und Trost von dir bekommt, sage ich. Ich habe es so satt, ich habe dich so satt, und ich habe mich so satt, ich ... sage ich, dann breche ich weinend zusammen, ich beuge mich vor und lege die Hände auf die Knie, sehe zu Boden und schüttele den Kopf, die Tränen laufen mir über die Wangen. Ich weiß nicht, was ich machen soll, schluchze ich. Ich bin so müde, ich schlafe nachts fast nicht mehr, ich bin in einem ewigen Dämmerzustand, sage ich.

Komm!, sagt Egil, er macht einen Schritt auf mich zu und nimmt mich in den Arm. Nein, schreie ich, hebe beide Hände und boxe ihm gegen den Brustkorb, und ich sehe sein verstörtes Gesicht, als er ein paar Schritte zurücktaumelt. Kannst du mir endlich mal zuhören?, schreie ich, bleib weg!, schreie ich, aber er bleibt nicht weg, er kommt noch einmal auf mich zu, hebt die Arme hoch und schlingt sie erneut um mich, und ich versuche, sie wegzuschlagen, versuche, ihn wegzuschubsen, doch es gelingt mir nicht, er ist zu stark, und er hält mich fest. Lass los!, schreie ich, und ich drehe und winde mich. Lass los!, schreie ich noch einmal, aber er lässt mich nicht los. Silje, sagt er. Ganz ruhig jetzt! Silje!, sagt er, und er packt mich noch fester, und ich spüre seinen heißen Atem an meinem Hals, spüre seine Fingerspitzen, die sich in meinen Rücken bohren. Schsch, sagt er, und einen Augenblick bleiben wir so stehen, und es ist vollkommen still, dann spüre ich, wie mich die Kraft verlässt. Die Kraft, die mich erfüllt hat, und dieses Leben, das mich erfüllt hat, weichen gewissermaßen von mir, und ich spüre, wie ich erlösche, ich verwelke und sterbe, und ich habe nicht die Kraft, weiterzumachen, dann bohre ich mein Gesicht in Egils Schulter und weine, und er streichelt mir den Rücken, und ich weine und weine, und er wiegt meinen Körper vorsichtig hin und her.

Entschuldige, Egil, sage ich, und ich höre, was ich sage, und das, was durch mich hindurch gesprochen hat, ist weg, und ich höre, wie ich aufgebe. Entschuldige, sage ich. Alles ist gut, Silje, sagt er leise. Ich will nicht so sein, sage ich. Ich verstehe nicht, warum ich so bin, sage ich. Warum ich so etwas sage, wenn es nicht stimmt, sage ich. Alles wird gut, Silje, sagt er, und dann ist es still, und ich richte mich auf, sehe zur Seite, kann Egil nicht anschauen, und ich stehe da und starre auf den Herd. Aber ich bin fast nie mehr glücklich, sage ich. Und das tut so weh, sage ich. Ich habe alles, was ich mir wünschen kann, und zugleich bin ich nicht glücklich, sage ich, und ich verstehe nicht, warum das so ist, sage ich. Ab und zu glaube ich, dass ich die Antwort gefunden habe, plötzlich glaube ich zu verstehen, und dann … bin ich doch nicht klüger als vorher, sage ich, und es wird wieder still, und ich fange plötzlich an zu weinen, die Wut und alle Kraft sind fort, und ich spüre, wie mich dieses Schwere wieder erfüllt. Ich bin fast nie mehr glücklich, Egil, schluchze ich. Und das ist auch schlimm für dich und die Kinder, sage ich. Meinetwegen leiden sie, sage ich, das sehe ich … und das tut noch mehr weh, sage ich, und ich weine und weine, und Egils Hand streicht mir unablässig über den Rücken. Ach, Silje, sagt Egil, und er drückt mich fest an sich. Für die Mädchen und mich bist du alles, sagt er. Oje, sage ich und wische die Tränen von meiner Wange, sag so was nicht, Egil, sage ich, es hat nur ein paar Tage gedauert, bis ich über Mamas Tod hinweggekommen bin, und ich glaube nicht, dass es meine Kinder sehr viel mehr Zeit kosten wird, über mich hinwegzukommen, sage ich, und ich höre, was ich sage, und ich spüre, wie weh es tut, das zu hören, und ich spüre, wie leer und schwer und müde ich bin. Und dich bestimmt auch nicht, rutscht es aus mir heraus. Was sagst du da?, fragt er, und ich stoße einen Seufzer aus, trockne die Tränen von der Wange. Ich weiß es nicht, sage ich, ich weiß bald nichts mehr, sage ich, und einen Augenblick ist es vollkommen still. Ich liebe dich, sagt Egil, und es entsteht eine Pause, ich seufze. Ich dich auch, sage ich.

Trondheim, 20. Juli 2006

Als Jon die Vögel zum Schweigen brachte:

Es war früh am Morgen, und die Vögel saßen in der Hecke und zwitscherten, aber Jon, du, ich und der Gastgeber, ein Typ aus Molde, der gerade erst eingezogen war mit einer Vogelbrust und so dürren Oberarmen, dass man darauf nicht einmal Tattoos von normaler Größe stechen konnte (Hast du ein Adlerjunges auf deinem Bizeps?, habe ich ihn gefragt, woraufhin er beleidigt war), saßen am Tisch und tranken immer weiter. Wir wollten noch nicht aufhören, aber die Flaschen waren leer, und keiner von uns hatte Lust oder war in der Lage, zu dir oder zu mir zu radeln, um Nachschub zu holen, darum saßen wir auf unseren Sprossenstühlen und versuchten, die Party in die Länge zu ziehen, indem wir uns möglichst lange an den Resten in unseren Gläsern festhielten. Der Gastgeber erzählte, er habe tatsächlich noch ein Fässchen geschmuggelten Schnaps im Keller, aber weil einer der Hintermänner wegen des Verkaufs von Methanol angeklagt worden war, sei er sich nicht zu hundert Prozent sicher, ob man den Inhalt trinken könne (nur zu 96 Prozent, wie er sich ausdrückte im Bemühen, witzig zu sein), darum war es sicher besser, die Finger davon zu lassen, bevor er ihn nicht hatte untersuchen lassen, was du überhaupt nicht so sahst, denn jetzt erkanntest du plötzlich die Chance, wieder einen auf Christopher Walken zu machen und russisches Roulette zu spielen, und unter dem Vorwand, du müsstest mal um die Ecke verschwinden, stahlst du dich in den Keller, und nachdem du das, was entweder Ethanol oder Methanol war, in eine halbleere Flasche Cola gefüllt hattest, standst du plötzlich mitten in der Küche und warst bereit, dein Leben zu riskieren. Ich werde den Schnaps für dich testen, sagtest du mit einem Grinsen, und da unser Gastgeber annahm, du hättest die Cola mit Wasser vermischt und das Ganze sei ein Scherz, amüsierte er sich köstlich, als du die Flasche an den Mund gesetzt und die hellbraune Flüssigkeit in dich hineingekippt hast. Aber als er sah, wie Jon und ich reagierten, und ihm klar wurde, dass das hier mitnichten ein Scherz war, erstarrte das Lächeln in seinem Gesicht, und nachdem er den Mund mehrmals geschlossen und wieder geöffnet hatte, erhob er sich halb und stotterte »Es stimmt, es stimmt, es könnte auch Methanol sein«, was dich natürlich nicht davon abhielt, weiterzutrinken. Du hast die halbe Flasche leer getrunken und sie dann vor dich hingehalten, und nachdem du gerülpst und deine glänzenden Lippen mit dem Handrücken abgewischt hattest, fingst du an zu grinsen und fragtest, ob sonst noch jemand probieren wolle. Die triefigen Wodkaaugen wanderten durch das Zimmer, und wohl wissend, dass Jon mindestens ebenso panisch war wie damals, als du aufs Geratewohl einen Pilz gepflückt und verzehrt hast, hielt dein Blick bei ihm inne, und du sagtest mit gespielt lustiger Stimme und unter Verweis auf all seine jämmerlichen Selbstmordversuche, »Jon, du hast doch bestimmt nichts dagegen, mal zu probieren, wo du so gern den großen Abgang machen würdest«, woraufhin Jon mit einer Wut reagierte, die ich einer derart schwachen, armseligen Kreatur niemals zugetraut hätte. Er sprang von seinem Sessel auf, und nachdem er dir die Flasche aus der Hand geschlagen hatte, so dass sie durch die Küche sauste und durch das offene Fenster in die Hecke flog, woraufhin die Vögel jäh verstummten, ging er ganz dicht an dich heran und schrie dir ins Gesicht, du seist der feigste Mensch, den er kenne. Du würdest zwar versuchen, dir und allen anderen weiszumachen, dass du mutig seist, dass du intensiver leben würdest, aber im Grunde sei das alles eine Art Flucht, schrie er, und nach einer langen, wütenden Tirade über deinen Egoismus und deine Selbstbezogenheit fragte er, ob du ihn für so blöd halten würdest, dass er nicht durchschaue, warum du solche Sachen machst. »Du traust dich nicht, geradeheraus zu sagen, dass du nichts mehr mit mir zu tun haben willst, darum versuchst du, mich irgendwie abzustoßen, indem du dich wie ein Drecksack benimmst, glaubst du, ich blick das nicht?«, schrie er, und ich erinnere mich sehr deutlich, dass die anderen Partybesucher, eine Clique aus Molde, die dem Gastgeber beim Umzug geholfen hatte und rundherum verteilt auf dem Wohnzimmerboden lag und schlief, von seiner Schreierei geweckt wurde, und während einige von ihnen sich nur kurz bewegten und einfach liegen blieben, fast so wie die Stöcke in den Wellen am Strand, setzten sich andere auf und starrten euch erschrocken an. Du hast weitergegrinst und so getan, als würde dich sein Gerede kaltlassen, doch als sich Jon außer sich vor Wut und Verzweiflung zu den Typen aus Molde umdrehte und schrie »Wir sind schwul, er hier will es zwar nicht zugeben und auch selbst nicht wahrhaben, aber wir sind schwul und seit fast zwei Jahren zusammen«, erlosch dein Grinsen, und ich weiß nicht mehr, ob du gequält oder betrübt aussahst, als du den Kopf geschüttelt und zu Jon gesagt hast, ihr hättet euch ineinander getäuscht. Du seist nicht schwul, und du hättest mehrmals versucht, ihm das klarzumachen, aber im Gegensatz zu ihm würdest du zu dem, woran du glaubst, auch stehen. Für dich sei es kein leeres Gerede, wenn du über Schopenhauers grandiose Idee eines kollektiven Selbstmords des Menschengeschlechts sprechen oder Peter Wessel Zapffe zitieren würdest, der sagte »und lasst die Erde nach euch schweigen«, du würdest tatsächlich meinen, was du sagst, und da keine Kinder entstehen konnten, wenn zwei Männer Sex miteinander hatten, sei Homosex nicht nur akzeptabel, er sei sogar die sicherste und beste Art überhaupt, Sex zu haben. »Nur schade, dass es nicht allen gegeben ist, es zu genießen«, fügtest du hinzu.

Erst später habe ich begriffen, dass du in dem Moment die Wahrheit sagtest. In der Situation damals glaubte ich vermutlich genau wie die anderen, das alles seien nur lächerliche Ausflüchte. Da wir zwei zusammen waren und ich genau wusste, was du im Bett mochtest und was nicht, und da ich wusste, wie bereitwillig du experimentiert und Dinge ausprobiert hast, auch im sexuellen Bereich, glaubte ich natürlich nicht, dass du ein verkappter Schwuler seist, wie die anderen Anwesenden wohl vermuteten, ich ging nur davon aus, es sei dir peinlich, wenn alle plötzlich mitbekamen, dass du Sex mit einem anderen Mann hattest, und dass du deshalb nach der erstbesten Entschuldigung griffst, die dir in den Sinn kam. Aber je mehr ich darüber nachdachte und je öfter ich Zeuge deiner unfassbaren Kompromisslosigkeit wurde und deiner Bereitschaft, die Konsequenzen deiner Überzeugungen zu tragen, desto sicherer war ich, dass du ernsthaft »den Versuch unternommen hattest, ein homophiles Leben zu führen«, wie du es im Nachhinein ausgedrückt hast. Ob deine Kompromisslosigkeit und dein Fanatismus Teil der psychischen Erkrankung waren, die später bei dir nachgewiesen wurde, weiß ich nicht, aber ich würde es auch nicht ausschließen.

Dass Jon, der einzige Mensch, der dich genauso gut kannte

wie ich, darauf bestand, du seist homophil, war natürlich reines Wunschdenken von seiner Seite. Ich war überrascht, dass er zugab, schwul zu sein, aber als ich es hörte, fand ich, dass es ganz deutlich und offensichtlich war, nicht nur, weil er einen schmächtigen, fast mädchenhaften Körper hatte und etwas feminin wirkte, sondern auch, weil Dinge, die er gesagt oder getan hatte und die ich nicht verstanden hatte, plötzlich Sinn ergaben. Plötzlich begriff ich, dass die halbnackten, muskulösen Kerle der Grund dafür waren, warum er um jeden Preis selbst die elendsten Musikvideos auf MTV sehen wollte (er behauptete natürlich, er wolle sie sehen, weil sie so schlecht waren, dass sie schon wieder witzig seien), und plötzlich begriff ich, warum er (und auch du) so heftig reagiert hatten, als sein Vater den jungen Mann am Kai zusammengeschlagen hatte, es lag nicht zuallererst daran, dass der Vater wieder ins Gefängnis musste, um die Reststrafe zu verbüßen, sondern daran, dass der Vater ganz offensichtlich der Meinung war, es gebe nichts Schlimmeres auf der Welt, als schwul zu sein, und weil, wie Jon (die Drama-Queen) hinterher zu dir sagte, »jeder Schlag gegen diesen Typen war wie ein Schlag gegen mich«. Wenn ich zurückschaute, wurde mir außerdem klar, dass Jon, was typisch für ihn war, die heikle Opferrolle des Schwulen, die eine Kleinstadt ihm bot, gezielt genutzt hatte, was du bestätigen konntest. Du wusstest als Einziger, dass er schwul war, und du hast erzählt, dass du es satthattest, dir das ewige Gejammer anzuhören, bei ihm zu sitzen, ihn zu trösten und aufzumuntern und zu den unpassendsten Zeiten herbeizueilen, weil er sich wieder einmal das Leben nehmen wollte. Er versuchte, sowohl dir als auch sich selbst einzureden, das Leben als Schwuler in einer Kleinstadt sei grausam, aber in Wirklichkeit liebte er es, sagtest du, und das, was ich an Schwermut, Selbstmitleid und Theatralik von Jons

Seite erlebt habe, war nichts, verglichen mit dem, was du mitgemacht hast.

Wenn ich daran denke, was du alles zu erzählen hattest, wie extrem er sein konnte, und wenn ich daran denke, dass Jon es bis heute nicht nur unterlassen hat, sich als Schwuler zu outen, was im Jahr 2006 ein Leichtes sein sollte, sondern dass er sogar längere Zeit eine Freundin hatte, neige ich fast zu der Annahme, dass auch er nicht homophil ist, sondern einfach nur die Rolle des leidenden Schwulen nutzte, um Sympathie zu erheischen und sich interessant zu machen.

Und diese Seite an ihm war es schließlich, die dir den Rest gab. Anstatt ihn von uns zu stoßen, indem wir uns schäbig aufführten, was wir damals sozusagen den ganzen Sommer und Herbst über betrieben, hätten wir ihm natürlich erklären sollen, wie anstrengend es war, ständig von seiner Schwermut nach unten gezogen zu werden, wie sehr wir die Schnauze vollhatten, dass er unsere Begeisterung und unsere Kreativität erstickte, indem er uns indirekt zwang, Mitleid mit ihm zu haben oder die Welt nur in düsteren Farben zu sehen. Aber das ist leichter gesagt als getan. Wir waren irgendwie zusammengewachsen, wir waren wie ein altes Ehepaar (falls man diesen Ausdruck für drei Personen verwenden kann), und bis zu dieser Party, nach der ich Jon viele, viele Jahre lang nicht mehr sah (er rief zwar wenige Tage danach an, aber da er wie immer behauptete, sich an nichts erinnern zu können, gaben wir ihm zu verstehen, dass das Maß voll sei und er nicht mehr anzurufen brauche), bis dahin quälten wir uns lieber gegenseitig, als dass wir uns schlicht trennten.

Du und ich blühten in der Folgezeit auf, wie ich mich erinnere, in kreativer Hinsicht wie auch als Paar. Wären wir zum Studium nicht in verschiedene Städte gezogen und somit trotz einiger tapferer Versuche, die Beziehung aufrechtzuerhalten, mehr und mehr auseinandergedriftet, kann ich mir durchaus vorstellen, dass mein gesamtes Erwachsenenleben völlig anders verlaufen wäre.

Als wir uns in eine Berghütte im Hochgebirge zurückzogen:

Ein Hermelin steckte im Schornstein der Hütte fest und hing dort wie ein Krebsgeschwür in einem Hals, bis er vor Hunger oder Kälte verendete. Nachdem wir den alten, grobkörnigen Schnee größtenteils entfernt hatten, klettertest du aufs Dach, und während ich abwechselnd drinnen den Kopf in den Kamin steckte und nach oben schaute und draußen mit zusammengekniffenen Augen und einer Hand vor der Stirn zusah, dass ich dich im Blick behielt, versuchtest du, mit Hilfe einer Angel, die wir in der Hütte gefunden hatten, das Tier in den Kamin zu stoßen, was dir schließlich auch gelang. Das abgemagerte, mit Reif bedeckte Tier war steif und hart wie ein Stein, und als es auf die rußgeschwärzten, ursprünglich roten Backsteine fiel, gab es einen dumpfen Schlag.

Anschließend nahm ich das Tier hoch und trug es über den knarrenden Fußboden, als würde ich ein Kind zur Taufe bringen. Ich wollte es in das dichte Gestrüpp aus krummen und schiefen Zwergbirken werfen, wurde von dir jedoch zurückgehalten, und gleich darauf, als ich auf der Treppe saß, dir zunickte und applaudierte (mit feierlicher Ironie), erschufst du das, was du das erste Kunstwerk unseres Aufenthalts nanntest (inspiriert von The Band, die sich auf eine Berghütte zurückgezogen hatte, um das zu schreiben, was später »Music from Big Pink« werden sollte, wollten wir eine Woche in einer Hütte im Dovrefjell verbringen und dort auf jede nur denkbarste Weise kreativ sein). Du hast die kurzen Hinterläufe an den Baumstumpf vor der Eingangstür genagelt, so dass der Hermelin aufrecht dastand wie ein kleiner ausgestopfter Eisbär, und nachdem du einen Schritt zurückgegangen warst, um das Werk gemeinsam mit mir in Augenschein zu nehmen, sprachst du davon, wie schön es sein würde, wenn einst die Sonne zurückkehrte und das Tier in der Wärme in sich zusammensackte wie ein bleicher Greis mit einem Herzinfarkt.

Später, als wir den Kamin angezündet, unsere Käsebrote gegessen und die erste Flasche Rotwein aufgemacht hatten, fertigte ich das an, was als unser zweites Kunstwerk galt. Beim Essen hatten wir darüber gesprochen, wie lange wir an diesem Ort wohl ohne Hilfe von außen überleben würden, und davon inspiriert, schrieb ich einen Text, an dessen genauen Wortlaut ich mich nicht mehr erinnere, der aber auf alle Fälle davon handelte, wie unsere Nachfahren Jahrhunderte nach einer von unserer Generation ausgelösten Atomkatastrophe aus den Höhlen gekrochen kamen, wo sie sich versteckt hatten, und wie ihre Kinder, nachdem sie auf den Sternenhimmel gezeigt hatten, den sie zum ersten Mal sahen, auf die Frage, was das Gelbe sei, das dort oben blinkte, zur Antwort bekamen, es seien Pisstropfen eines Gottes, der seinen Schwanz schüttele.

Erst jetzt sehe ich, dass dieser Text vermutlich ebenso sehr von dir inspiriert war wie von dem unterhaltsamen Gespräch darüber, wie lange wir wohl auf eigene Faust überleben würden. Denn so wie sich die Nachfahren in meinem Text gerade einen Mythos ausdachten, an den sie glauben und an dem sie sich orientieren konnten, warst du zum damaligen Zeitpunkt im Begriff, dir eine Vergangenheit auszudenken, an die du glauben und an der du dich orientieren konntest. Wir hatten immer gescherzt und gewitzelt, wenn du eine deiner vielen Theorien aus-

gebreitet hast, wer wohl dein biologischer Vater sein könnte, aber auch wenn mir klar war, dass du es nicht nur sagtest, um lustig zu sein, begriff ich nicht, wie ernst du es tatsächlich nahmst. Schon zu diesem Zeitpunkt waren deine psychischen Probleme, die später zu Krankenhausaufenthalten und Therapien führen sollten, sehr weit fortgeschritten, aber das sah ich damals nicht. Nicht einmal, als sich die erwähnte Angst, dein Vater könne an einer schweren Erbkrankheit leiden, zu einer Hypochondrie auswuchs, wurde mir der Ernst der Lage bewusst. Ich schüttelte fassungslos den Kopf darüber, dass du plötzlich anfingst, dich über alle möglichen Krankheiten zu informieren, und ich hatte die Nase voll davon, fühlte mich aber auch provoziert, wenn du einen Tag Symptome für MS entdecktest und am nächsten Tag irgendein anderes mysteriöses Syndrom. Dass dies aber nur ein Zeichen unter vielen dafür war, dass du im Begriff warst, dich in deiner eigenen Fantasie und deinen Spekulationen zu verlieren, kam mir nicht in den Sinn. Im Nachhinein kann man leicht sagen, dass ich es hätte begreifen sollen, aber vieles von dem, was ich heute als Symptom ansehen würde, nachdem ich weiß, dass du tatsächlich krank warst, deutete ich damals nur als interessante, faszinierende Eigenschaft deiner Persönlichkeit, und da wir nicht nur danach strebten, vorurteilsfrei und tolerant zu sein, sondern das Schräge und andere regelrecht kultivierten, war ich nicht in der Lage zu erkennen, dass etwas nicht stimmte. Du warst einfach anders, und anders zu sein war in unseren Augen fast immer positiv, echte Kinder des Individualismus, die wir waren.

Als wir das große LICHT einfingen:

Die Sonne schien, doch es hatte gerade geregnet, und bei jedem Windstoß wurden die stark belaubten Birkenzweige leicht angehoben, so dass sich die Tropfen lösten und in einem wunderschönen Silberregen auf unseren Hof herabfielen. Ich wollte gern ein Foto von dir machen, aber du fandst die Szenerie nur verdammt kitschig, worin ich dir im Grunde zustimmen musste. Die Bäume indes sahen so geduckt und traurig aus, und das Ganze erinnerte an eine Menschenansammlung, die um jemanden trauerte, den sie verloren hatte, und könnten wir das irgendwie zum Vorschein bringen, würde es trotz alledem ein gutes Foto werden, meinte ich, und schon stiegen wir über die riesige, glänzende Wasserlache mitten auf dem Kiesweg und gingen zu den Briefkästen. Wir stellten uns so hin, dass wir die Sonne im Rücken hatten, und du hobst deine neue Nikon Spiegelreflexkamera hoch, um sie sogleich wieder herabzusenken, denn von einem der Dachbalken in der leeren Garage, nur wenige Meter vor uns, hing eine dünne schwarze Leitung mit einer einsamen Glühbirne daran, und ich stimmte dir völlig zu, als du meintest, die Glühbirne würde Assoziationen an einen Galgen hervorrufen, und ein Galgen würde gut als Vordergrundbild zu den geduckten, weinenden Bäumen passen.

Wir knipsten ein paar Bilder, und hätten wir es dabei belassen, wäre die Sache heute vermutlich längst vergessen, aber wir hörten dort nicht auf, denn im Bemühen, die Erzählung, die diesem Motiv innewohnte, zu erweitern, holten wir einen kräftigen braunen Strick, der im Keller lag (ein altes Rettungsseil, soweit ich mich erinnere), und daraus machten wir einen echten Galgen, den wir am Dachbalken nicht weit von der Glühbirne befestigten, so dass wir, wenn wir uns an dieselbe Stelle stellten wie bei den vorherigen Bildern, die trauernde Menschenmenge vorne im Bild hatten, anschließend den Galgen und am Ende, im Galgen also, die Glühbirne, die natürlich Assoziationen an das Licht schlechthin auslösen sollte.

Wie immer waren wir sehr aufgeregt, wenn wir unseren Kunstprojekten nachgingen, und im Eifer vergaßen wir, den Galgen hinter uns zu entfernen, erst spätabends, lange nachdem Mama und ich ins Krankenhaus gefahren waren, um Oma zu besuchen, die damals sehr kränkelte, gingst du in die Garage, um ihn abzunehmen. Es war dunkel draußen, und als Arvid einen Nachttisch, ein paar Brettspiele und eine Kiste Bücher vorbeibrachte, die du bei deinem Auszug zurückgelassen hattest, kamen dir die Scheinwerfer plötzlich vor wie die Augen eines Raubtiers in der Nacht, erzähltest du später. Er bog mit dem Auto langsam in den Hof und rollte sozusagen direkt auf die Garage zu, wo er dich auf einem Hocker stehen sah, während du an einem Galgen hantiertest, daraufhin legte er eine Vollbremsung hin, riss die Autotür auf und rannte auf dich zu, in der sicheren Annahme, du wolltest dir gerade das Leben nehmen.

Und es war unmöglich, ihn davon wieder abzubringen, nicht zuletzt, weil Berit erst kurz zuvor gestorben war und er glaubte, du seist immer noch von Trauer überwältigt. Ich radelte zum Pfarrbüro und erzählte ihm von dem Fotoexperiment, womit ich deine Version bestätigte (wie ich annahm), aber Arvid war überzeugt davon, dass ich aus missverstandener Loyalität zu dir log, weshalb er mich mit einer ganzen Latte von Plattitüden über das Wesen wahrer Nächstenliebe überschüttete. Erst als ich wieder zu Hause war, fiel mir ein, dass die Bilder meine Worte bestätigen könnten, aber als ich es dir erzählte, etwas aufgeregt und in der Annahme, du würdest dich freuen, sagtest du, du hättest die Bilder wie die Negative bereits vernichtet.

Du hattest noch nie zuvor ein Negativ zerstört, und es wäre dir auch niemals in den Sinn gekommen, das zu tun, es gehörte zu deinen Prinzipien, darum wusste ich, dass du mich anlogst, und da ich mir nur einen Grund vorstellen konnte, weshalb du lügen solltest, nämlich damit Arvid die Bilder nicht sah, wurde mir klar, dass du irgendwann beschlossen hattest, Arvid in dem Glauben zu lassen, dass du dir das Leben nehmen wolltest, was du mit der Zeit auch zugegeben und als Teil des Kunstwerks deklariert hast.

Da dieses Vorgehen gewissermaßen die Realisierung des dem Bild innewohnenden kreativen Gedankens war, sah ich die Logik in deinen Worten, aber so, wie es mir missfallen war, einen Schal in den Wagen des tödlich verunglückten Åge Viken zu legen, missfiel es mir nun, dass du Arvid das antatest. Du würdest ihm die Galgenfotos schicken und die Sache mit der Zeit aufdecken, sagtest du, so wie du Anita Viken einen anonymen Brief geschrieben hattest, um ihr zu erklären, wie der Frauenschal im Wagen ihres Mannes gelandet war, aber wenn ich mir vorstellte, welche Ängste Arvid deinetwegen ausstehen würde, bis er die Bilder von dir bekam, und wie er sich hinterher verraten fühlen würde, reifte ein Gefühl von Abscheu in mir. Ich war stinksauer, und ich weiß noch, dass ich dich beschimpfte und dich egoistisch, kalt und zynisch nannte, zugleich konnte ich nicht umhin, dich für deine Kompromisslosigkeit zu bewundern, und sollte ich recht haben, wenn ich den Verdacht hege, dass du dein Gedächtnis überhaupt nicht verloren hast, sondern alles nur ein weiteres von dir in Gang gesetztes Kunstprojekt ist (du Gauner), kann ich nur sagen, dass ich dich weiterhin für deine Kompromisslosigkeit bewundere.

Ich habe von Anfang an den Verdacht gehabt, dass dein Gedächtnisverlust nur ein Kunstprojekt ist, das muss ich zuge-

ben, und dass ich es erst jetzt erwähne, kurz vor Ende meines Briefes, hängt ein wenig damit zusammen, dass ich Vergnügen daran gefunden habe, dich glauben zu lassen, ich ginge dir auf den Leim, aber auch, weil ich nicht ganz sicher war und immer noch nicht sicher bin, ob ich mit meinem Verdacht richtigliege. Vielleicht sehe ich, wenn ich dich verdächtige, nur den Lügner in mir selbst? Vielleicht übertreibe ich und messe dieser Seite viel zu viel Gewicht bei? Vielleicht ist die Person, die ich verdächtige, alle Bekannten hinters Licht führen zu wollen, nur ein Spiegelbild meiner selbst? Dass du so gern russisches Roulette gespielt hast und einen solchen Drang hattest, dein Leben und deine Gesundheit in regelmäßigen Abständen aufs Spiel zu setzen, lässt es außerdem nicht unrealistisch erscheinen, dass du einen Schock, eine Hirnschädigung oder irgendetwas anderes erlitten hast, das zu deinem Gedächtnisverlust geführt hat. Ich weiß wirklich nicht, was ich glauben soll, ich halte beides für gleichermaßen wahrscheinlich.